www.ingramcontent.com/pod-product-compliance
Lightning Source LLC
Chambersburg PA
CBHW070426170726
48291CB00002B/376

LOVE AND HOPE

HAVE NO BORDERS

AN INTERFAITH STORY

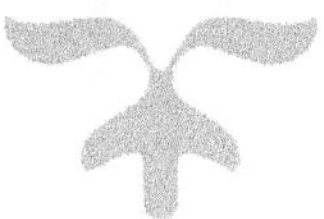

محبت اور امید کی کوئی سر حد نہیں: ایک بین المذاہب کہانی

By Michael Bienenstock

Copyright 2025 by Michael Bienenstock

This novel is entirely a work of fiction. The names, characters, and incidents portrayed in it are the work of the author's imagination. Any resemblance to actual people, living or dead, events, or localities is entirely coincidental.

Michael Bienenstock asserts the moral right to be identified as the author of this work.

یہ کتاب دنیا بھر کے مہاجرین کے نام ہے۔

دعا ہے کہ وہ اپنی مرضی کی زندگی گزار سکیں۔

فہرست مضامین | Table Of Contents

باب 1: میری زندگی کا اختتام

عربی زبان کی بلند آوازیں میرے کانوں سے ٹکرائیں، جیسے ویران منزل پر میرا استقبال ہو رہا ہو۔ اچانک گاڑی جھٹکے سے رکی۔

"جو، مجھے تمہارا پاسپورٹ دو۔ ہم گیٹ کے باہر کھڑے ہیں۔"

یہ الفاظ مجھے خیالوں کی دنیا سے واپس کھینچ لائے۔ گاڑی آہستہ ہوئی اور رک گئی۔ میرے لیے تو جیسے یہ جگہ جہنم کا دروازہ ہی تھی۔ صرف چار مہینوں میں میری زندگی مکمل طور پر اُلٹ پلٹ ہو چکی تھی۔

میرے ہاتھ کانپ رہے تھے جب میں نے اپنے پاسپورٹ کے لیے جیبیں ٹٹولیں، اور پھر بمشکل ڈاکٹر تھامس جانس کو تھما دیا—ایک افریقی نژاد امریکی، جو "ڈاکٹر زِو دِ آؤٹ بارڈرز" میں چیف سرجن تھے۔ قد میں چھ فٹ تین اِنچ، تقریباً پچاس سالہ، اور ایسی باوقار شخصیت کہ پہلی نظر میں رعب طاری ہو جائے۔

انہوں نے گاڑی کی کھڑکی سے جھک کر ہمارے کاغذات اردنی محافظ کو تھمائے اور کہا،

"یہ میرا نیا انٹرن ہے، جو گولڈ۔ اگلے ایک سال تک یہ میرے ساتھ اسپتال میں کام کرے گا۔"

محافظ نے اثبات میں سر ہلایا، کاغذات لیے، اور کھڑکی سے جھک کر مجھے دیکھا۔

"زیادہ سے زیادہ ایک یا دو منٹ لگیں گے،" اس نے اطمینان دلایا۔

"امید ہے سب کچھ درست ہوگا،" میں نے کہا۔

کتنا اچھا ہوتا اگر یہ محافظ کہہ دیتا کہ واپس نیو یارک جا سکتے ہو۔ یہ جگہ تو میری یونیورسٹی اور نیو یارک کی مصروف زندگی سے اتنی مختلف تھی۔ آخر میں یہاں کیسے جی پاؤں گا؟

چند لمحے بعد، محافظ میرے پاسپورٹ کے ساتھ واپس آیا اور مخصوص عربی لب و لہجے میں انگریزی بولتے ہوئے بولا:

"زعتری میں خوش آمدید، مسٹر گولڈ۔ آپ کا قیام خوشگوار رہے۔"

میرا قیام خوشگوار؟ بڑی مزے کی بات ہے!

میں نے پاسپورٹ لیا اور جیب میں رکھ لیا۔

"شکریہ، جناب،" میں نے جواب دیا۔ دل میں خوف کے باوجود کچھ تجسس اور جوش بھی تھا۔

میں ہزاروں مسلمانوں کے درمیان خود کو پر سکون کیسے محسوس کروں گا؟ میں نے تو کبھی نہیں چاہا تھا کہ شام کے مہاجر کیمپ میں انٹرن شپ کروں۔ یہ سب میرے والد کا فیصلہ تھا۔ اف، وہ تو شاید اس وقت اپنے دفتر میں بیٹھا یہ سب سوچ کر خوش ہو رہا ہو گا...

ڈاکٹر جانسن نے کیمپ کے اندر گاڑی چلانا شروع کی۔ سٹرک خیموں اور قافلہ نما گھروں کے بھول بھلیوں جیسے راستوں سے گزرتی چلی گئی۔ میں نے داخلی دروازے کے قریب کچھ بچوں کو کھیلتے دیکھا، کچھ ہنس بھی رہے تھے —اور ظاہر ہے، مجھے سمجھ نہیں آئی کہ وہ کیوں ہنس رہے تھے۔ کچھ بچے ایک عارضی سے میدان میں فٹبال کھیل رہے تھے۔ کھلاڑی پوری لگن اور جوش سے ایک دوسرے پر چیخ رہے تھے۔

سٹرک پر کچھ آگے، میں نے مرد و خواتین کو روایتی عرب لباس میں دیکھا۔ رنگ برنگی عباؤں میں ملبوس عورتیں اپنے سروں پر پانی کے مٹکے لیے جا رہی تھیں۔ تھوب پہنے ہوئے مرد تیز قدموں سے چلتے ہوئے جا رہے تھے، ان کی چپلوں سے اُڑتی گرد جیسے ان کی جلد بازی کا اعلان کر رہی ہو۔ ان کی گفتگو عربی کی شیریں لے میں بہہ رہی تھی، درمیان میں قہقہے اور ہاتھوں کے اشارے اس میں رنگ بھر رہے تھے۔ گاڑیاں بہت کم دکھائی دے رہی تھیں۔ کیمپ کی زندگی زیادہ تر پیدل چلنے والوں پر مشتمل تھی —زندگی کی دھڑکن جو آہستہ آہستہ تنگ راستوں پر رواں تھی۔

اچانک ڈاکٹر جانسن نے بریک مار دی، اور گاڑی رک گئی۔ میرا جسم جھٹکے سے آگے کو جھکا، اور میں نے ہاتھوں سے خود کو سنبھالا۔ ایک لمحے بعد میں نے دیکھا کہ گاڑی کے سامنے ایک ادھیڑ عمر آدمی اور ایک لڑکا آپس میں جھگڑ رہے تھے، ان کی عربی آوازیں غصے سے بلند ہو رہی تھیں۔ ڈاکٹر جانسن اور میں نے ایک دوسرے کی طرف فکر مند نگاہوں سے دیکھا، اور ہم نے فیصلہ کیا کہ گاڑی سے اتر کر معاملہ سلجھانے کی کوشش کرتے ہیں۔ میں ابھی دس گھنٹے کی طویل فلائٹ سے نیویارک سے آیا تھا، اور کسی پریشانی میں پڑنے کا موڈ نہیں تھا۔ میں تو بس اپنے کمرے تک پہنچنا چاہتا تھا۔

جیسے ہی ہم آگے بڑھے، میں نے دیکھا کہ ایک آدمی، جو سفید تھوب پہنے ہوئے تھا، غصے سے لال پیلا ہو رہا تھا اور غالباً کوئی چودہ سالہ لڑکے کی طرف انگلی اٹھا کر چیخ رہا تھا۔ لڑکے کی آنکھیں خوف سے پھیلی ہوئی تھیں اور اس کے ہاتھ میں ایک چھوٹا سا روٹی کا ٹکڑا تھا۔ وہ آدمی پوری شدت سے چیخ رہا تھا، اس کی آواز پورے کیمپ میں گونج رہی تھی۔ میرے خیال میں وہ لڑکے پر چوری کا الزام لگا رہا تھا۔

ڈاکٹر جانسن اور میں ایک دوسرے کو دیکھنے لگے۔ یہ واضح تھا کہ ہمیں معاملہ بگڑنے سے پہلے کچھ کرنا ہو گا۔

ڈاکٹر جانسن فوراً آگے بڑھے، اور آدمی اور لڑکے کے درمیان کھڑے ہو گئے۔ وہ عربی میں، تھوڑے سے انگریزی الفاظ ملا کر بولے:
"آیئے سب سکون سے بات کرتے ہیں،" ان کی آواز پر سکون اور پر اعتماد تھی۔
"ہم اس مسئلے کو پرامن طریقے سے حل کر سکتے ہیں۔"

جب معاملہ مزید کشیدہ ہونے لگا تو میں لڑکے کے قریب ہو کر کھڑا ہو گیا اور شفقت سے اس کے کندھے پر ہاتھ رکھ دیا۔ میں جھک کر اس کے کان میں آہستہ سے بولا:
"فکر نہ کرو، میں تمہاری مدد کروں گا۔"

میں نے مسکرا کر اسے تسلی دینے کی کوشش کی۔ اس نے کمزور سی مسکراہٹ لوٹائی۔ مجھے بالکل نہیں معلوم تھا کہ وہ انگریزی سمجھتا بھی ہے یا نہیں۔

میں نے ڈاکٹر جانسن کو غصے میں بھرے اس آدمی سے کچھ عربی میں کہتے سنا۔ پھر وہ میری طرف متوجہ ہوئے۔

"وہ آدمی کہتا ہے کہ یہ لڑکا اس کی روٹی چوری کر رہا تھا، لیکن میں نے اسے سمجھایا کہ یہ ممکن ہی نہیں۔"

"کیوں؟" میں نے الجھن سے پیشانی پر بل ڈالتے ہوئے پوچھا۔

"کیونکہ اس لڑکے کا نام اسماعیل ہے، اور وہ میری ایک نرس کا بھائی ہے۔ مزید یہ کہ وہ ایک بیکری میں کام کرتا ہے، جہاں سے جتنی چاہے روٹی حاصل کر سکتا ہے۔ اصل میں یہ آدمی خود روٹی چُرانے کی کوشش کر رہا ہے۔"

ڈاکٹر جانسن نے ہاتھ کے اشارے سے اسماعیل سے روٹی مانگی، جو اسماعیل نے فوراً دے دی۔ پھر ڈاکٹر جانسن نے وہ روٹی اس آدمی کو دے دی اور اسے جانے کو کہا۔ وہ شخص ایک لفظ کہے بغیر چلا گیا۔

"اگر وہ چوری کر رہا تھا تو آپ نے اسے روٹی کیوں دے دی؟" میں نے قدرے جھنجھلاہٹ سے پوچھا۔

"ممکن ہے وہ اپنے خاندان کے لیے ایک اضافی روٹی حاصل کرنے کی کوشش کر رہا ہو۔ ہر صبح، روٹی کے ٹرک زعتری میں لوگوں کو مفت روٹی فراہم کرتے ہیں۔"

اسماعیل بازو باندھے خاموش کھڑا تھا، چہرے پر اداسی جھلک رہی تھی؛ تاہم جب ڈاکٹر جانسن نے ہاتھ کے اشارے سے اسے جانے کو کہا، تو وہ بھی خاموشی سے چل دیا۔

"آپ نے تو اس سے کچھ کہا ہی نہیں، صرف اشارے کیے۔"

"اسماعیل بہرا ہے، وہ میری کوئی بات سن نہیں سکتا، اس لیے میں نے اسے اشارے سے جانے کو کہا۔ میں بعد میں اس کی بہن علینہ عزیز سے بات کروں گا۔ وہ نرس ہے، اور تم آج ہی اس سے ملو گے۔ وہ بہت خوش اخلاق ہے۔"

ایک خوش اخلاق نرس... اور بہرا بھائی؟ اب میں اس بارے میں کیا سوچوں؟

"وہ بہرا ہے؟" میں نے حیرت سے پوچھا۔

"جی ہاں، لیکن اس پر بعد میں بات کریں گے۔ فی الحال مجھے تمہیں تمہارے کمرے تک لے جانا ہے، اور پھر ہمیں ایک میٹنگ میں بھی جانا ہے۔"

ہم دوبارہ ٹرک میں سوار ہو گئے اور میری رہائش گاہ کی طرف روانہ ہوئے۔
ڈاکٹر جانسن نے کہا،
"شکریہ، تم نے صورتحال کو قابو میں رکھنے میں میری مدد کی۔ مجھے اکثر ایسے مسائل سے نہیں نمٹنا پڑتا، لیکن چونکہ ایک چھوٹا ٹلر کا اس میں شامل تھا جسے میں اچھی طرح جانتا ہوں، اور مجھے لگا جیسے وہ آدمی اسے مار ہی ڈالے گا۔ تم نے بہت اچھا کام کیا۔"

"کیا یہ اکثر ہوتا ہے؟" میں نے فکرمندی سے پوچھا۔

"میرا خیال ہے کہ ہاں، لیکن میں اپنے کام پر توجہ دیتا ہوں۔ تمہیں شاید اب نیو یارک کی یاد آ رہی ہو۔ آخر کار، یہاں آنا تمہاری اپنی مرضی سے تو نہیں تھا۔"

"یاد دلانے کا شکریہ۔"
میں سیٹ پر بیٹھا ست ہو گیا اور نیو یارک کی زندگی یاد کرنے لگا۔

مجھے تو اپنی پرانی دوست اسٹیسی کے ساتھ ہونا چاہیے تھا۔ ہم دونوں نے نیویارک یونیورسٹی کے میڈیکل اسکول میں ایک ساتھ داخلہ لیا تھا۔ میڈیکل اسکول کی تمام مصروفیات کے باوجود ہم ہمیشہ ایک دوسرے کے لیے وقت نکالتے—ایک دوسرے کی کامیابیوں کا جشن مناتے،اور شک و شبہ کی گھڑیوں میں ایک دوسرے کا سہارا بنتے۔

ہماری محبت ایک مستقل حقیقت تھی۔

یہ سب کچھ تب تک ٹھیک تھا جب تک ہم میڈیکل اسکول کے دوسرے سال کی بہار کی چھٹیوں میں کینکون گئے۔ ہمارا یہ سفر ایک ہفتے کی خوشی اور سکون کی نیت سے تھا—اور پھر۔۔۔۔

میرے اسٹیسی سے متعلق خیالات اُس وقت منقطع ہو گئے جب ڈاکٹر جانسن نے ٹرک کو ایک ایسی عمارت کے سامنے روک دیا جو کسی کالج کے ہاسٹل جیسی لگ رہی تھی۔

وہ میری طرف مڑے اور بولے:

"میں نے اپنی اسسٹنٹ سے کہا ہے کہ وہ تمہیں تمھارے کمرے تک چھوڑ دے۔ تم مجھے ڈاکٹر جے کہہ سکتے ہو، یہاں سب مجھے یہی کہتے ہیں۔"

"ڈاکٹر جے، جان کر خوشی ہوئی۔ عملاً سے مجھے لینے کا شکریہ۔ میرے والد نے مجھے بتایا ہے کہ آپ کتنے عظیم ڈاکٹر ہیں۔"

ڈاکٹر جے نے مسکرا کر کہا:

"تمہارے والد میرے بہت اچھے دوست ہیں، اگرچہ کئی سال ہو گئے ہیں اُن سے ملاقات کیے ہوئے۔ وقت ملا تو میں تمہیں اپنی اور اُن کی کچھ پرانی باتیں سناؤں گا۔ اور جہاں تک انٹرن شپ کا تعلق ہے—"

وہ رکے، اُن کے ہونٹوں پر ایک پُراسرار سی مسکراہٹ نمودار ہوئی—

"ہمارے مریضوں کو ہماری اشد ضرورت ہے۔ بس اتنا یقینی بناؤ کہ تم دل سے ان کی خدمت کرنا

چاہتے ہو... اور ان کی زندگی کو قائم رکھنا چاہتے ہو۔ میں تم سے ایک گھنٹے بعد ملوں گا اور تمہیں اپنے عملے سے ملواؤں گا۔"

میں نے کوشش کی کہ اپنی امیدیں بہت زیادہ نہ باندھوں، بس ایک سادہ سی خواہش رکھی: کاش کمرے میں ایئر کنڈیشنز ہو۔ زعتری کی گرمی مشہور تھی۔

ڈاکٹر جے کا اسسٹنٹ مجھے میرے کمرے تک لے گیا۔ ایک سنگل بیڈ، ایک دراز والا الماری، اور ایک میز——بس یہی سب کچھ تھا۔ ایئر کنڈیشنر کہیں نظر نہیں آیا۔

دل ہی دل میں میں نے کہا، "اف !"

شاید میرے چہرے کے تاثرات اُس اسسٹنٹ کی نظروں سے چھپ نہ سکے۔
"اگر تمہیں فور سیزنز ہوٹل کی امید تھی، تو یہ جگہ تمہارے لیے یقینی طور پر ایک جھٹکا ہو گی۔ خیر، اس کو اپنا ہی گھر سمجھو،" اُس نے ایک ہلکی سی طنزیہ مسکراہٹ کے ساتھ کہا۔

یہ کہہ کر اُس نے مجھے چابی تھمائی اور بغیر کسی مزید وضاحت یا ہدایت کے واپس مڑنے لگا۔ دروازے پر پہنچ کر اچانک پلٹا اور بولا:
"اوہ ہاں، تیس منٹ میں اسپتال کی لابی میں آ جانا۔ ڈاکٹر جے تمہارا انتظار کریں گے۔ دیر مت کرنا، اُنہیں دیر سے آنے والے بالکل پسند نہیں۔"

میرے دل میں کئی جذبات اُبھرے، مگر میں نے غصے کا مظاہرہ کرنے کے بجائے عملی قدم اٹھانے کا فیصلہ کیا۔
سفر کی تھکن سے لدے بھاری بیگز ایک طرف رکھے اور ضروری اشیاء نکالیں: ایک قمیض، انڈر ویئر، اور ایک تولیہ۔
باتھ روم نے جیسے مجھے آواز دی——ایک چھوٹی سی پناہ گاہ جہاں میں اپنی تھکن دھو سکتا تھا۔

میں نے شاور کا جائزہ لیا۔ ایک شیشے کی دیوار نے اسے باتھ روم کے باقی حصے سے الگ کیا تھا، جس سے جگہ کشادہ محسوس ہو رہی تھی۔

چھت سے لٹکا ہوا ایک باریک بارش جیسا شاور ہیڈ تھا جو پانی کی نرم دھاریں گراتا تھا۔

میں نے تصور کیا کہ جیسے میں وہاں کھڑا ہوں، آنکھیں بند کیے، پانی کی بوندیں مجھے گھیرے ہوئے ہیں—جیسے تجدیدِ حیات کی کوئی روحانی غسل۔

دیوار پر ایک ہی ہک تھا جس پر تولیہ لٹکایا جا سکتا تھا۔

غسل اور صاف شیو کے بعد میں پیٹھ کے بل لیٹ گیا، ہاتھ سر کے نیچے رکھے، اور ایک گہرا سانس لیا۔

تو یہ ہے وہ مقام جہاں میری زندگی کا اگلا باب شروع ہو رہا ہے۔

میں نے کبھی نہیں سوچا تھا کہ مجھے اتنی ویران جگہ پر ہونا پڑے گا۔

بس دل یہی چاہتا تھا کہ میں اسٹیسی کے ساتھ اپنے گھر پر ہوتا۔

میں نے اپنی گھڑی دیکھی۔ میٹنگ کا وقت ہو چکا تھا، اس لیے میں نے ایک اجلی سفید شرٹ اور کالے پینٹ پہنے۔

میں پیدل ہسپتال کی طرف گیا اور اس کی تین منزلہ عمارت کو بغور دیکھا۔

جب لابی میں داخل ہوا، تو یہ اندازہ ہوا کہ داخلی دروازہ مریضوں کے اہلِ خانہ کے انتظار گاہ کے طور پر بھی استعمال ہوتا ہے۔

ڈاکٹر جے حسبِ معمول میرا انتظار کر رہے تھے۔ وہ مجھے ایک راہداری میں لے گئے۔

ہم کئی آپریٹنگ اور ریکوری رومز کے پاس سے گزرے۔

ایک نظر میں ہی سمجھ گیا کہ یہاں کا سامان کافی جدید ہے۔

چونکہ میں نے مریضوں کے کمرے نہیں دیکھے، اس لیے اندازہ ہوا کہ وہ اوپر کی دو منزلوں پر ہوں گے۔

ڈاکٹر جے نے مجھے کانفرنس روم میں داخل کیا؛

دروازہ چر چراتے ہوئے کھلا، اور ایک ایسا منظر دکھایا جو نیو یارک یونیورسٹی (NYU) کے چمچماتے کانفرنس کمروں سے بالکل مختلف تھا۔

درمیان میں ایک گول لکڑی کی میز تھی، جو شاید ہزاروں کافی کے کپوں کے نشانوں سے بھری پڑی تھی۔

دیواریں سادہ تھیں، اور کہیں کہیں رنگ اُکھڑا ہوا تھا۔

دروازے کے قریب ایک گھڑی لٹک رہی تھی۔

NYU کی گہما گہمی بھری راہداریوں کی طرح یہاں کوئی چمکتی سکرینیں نہیں تھیں، نہ کوئی انگلیاں کی بورڈ پر رقص کر رہی تھیں۔

یہ کمرہ سادگی سے لبریز تھا۔

نہ کوئی کمپیوٹر کی گنگناہٹ، نہ فون کی گھنٹیاں——بس ایک خاموشی تھی، جو کھڑکی کے کنارے پڑی گرد کی طرح جم چکی تھی۔

میں نے میز کے گرد تیرہ افراد کو شمار کیا، جن میں ڈاکٹر جے بھی شامل تھے۔

میری نگاہ تیزی سے سب پر دوڑی——چھ مرد اور سات خواتین، جن میں تقریباً نصف ڈاکٹرز کی وردی میں تھے اور باقی نرسوں کے لباس میں۔

ڈاکٹر جے نے مجھے اشارہ کیا کہ میں ان کے برابر بیٹھ جاؤں، اور میں فوراً بیٹھ گیا۔

پھر وہ آہستہ سے مجھ سے مخاطب ہوئے، اس انداز میں کہ باقی افراد نہ سن سکیں:

"ہم مہنگے فرنیچر پر پیسے ضائع نہیں کرتے۔ جیسا کہ تم دیکھ سکتے ہو، یہی ہے ہمارا شنگری لا کانفرنس روم۔"

میں نے ہاں میں سر ہلایا اور ان کے مزید بولنے کا انتظار کرنے لگا۔

ڈاکٹر جے نے کمرے میں موجود تمام افراد کی طرف دیکھا۔ کچھ لوگ آپس میں ہلکی پھلکی گفتگو میں مصروف تھے۔

"کیا میں آپ سب کی توجہ حاصل کر سکتا ہوں؟"

فوراً خاموشی چھا گئی۔

"سب لوگ توجہ دیں، یہ ہیں جو گولڈ، نیو یارک سے۔ یہ ہمارے ساتھ ایک سال کے لیے انٹرن شپ کریں گے۔ مکمل شفافیت کے لیے بتا دوں کہ یہ میرے پرانے دوست اور کئی سال پہلے کے میرے رہنما کے بیٹے ہیں۔ تاہم، ان کے ساتھ وہی سلوک ہونا چاہیے جو یہاں کام کرنے والے دیگر افراد کے ساتھ ہوتا ہے۔ یہ تیسرے سال کے میڈیکل کے طالب علم ہیں، لہذا ہم ان کا آغاز آسان کاموں سے کریں گے تاکہ یہ اپنے تجربے میں اضافہ کر سکیں۔ خوش آمدید، جو۔"

سب نے تالیاں بجائیں اور کہا، "خوش آمدید، جو" یا "آپ کا یہاں ہونا اچھا لگا۔"

"شکریہ،" میں نے کہا۔

ڈاکٹر جے دوبارہ گویا ہوئے، "میں آپ سب کو الگ الگ متعارف کروا کر بور نہیں کروں گا۔ جو، تم دورانِ کام خود ہی سب سے ملو گے اور ان کے نام یاد کر و گے۔ تاہم، میں چاہتا ہوں کہ تم تین اہم افراد سے ضرور ملو۔"

"میرے بالکل بائیں طرف ڈاکٹر شمٹ بیٹھے ہیں۔ یہ ہسپتال کے نائب صدر کی حیثیت رکھتے ہیں۔ ڈاکٹر شمٹ جرمنی سے ہیں اور ہم دونوں قریبی ساتھیوں کی طرح کام کرتے ہیں۔"

میں نے ڈاکٹر شمٹ کی طرف دیکھا۔ وہ چھ فٹ سے لمبے تھے، اور ان کے بال سیدھے پیچھے کی طرف بنے ہوئے تھے۔ غالباً ان کی عمر پچاس کے قریب تھی۔ وہ ایک نہایت قابلِ احترام ٹراما سرجن تھے، جو اکثر ہمارے ہاں اعضا کی کٹائی اور دوبارہ جوڑنے کی سرجریاں کرتے تھے۔

ڈاکٹر شمٹ نے میری طرف ہاتھ ہلایا اور جرمن لہجے میں کہا، "مجھے تمہارے ساتھ کام کرنے کی خوشی ہوگی، جو۔"

"مجھے بھی،" میں نے جواب دیا۔

ڈاکٹر جے نے میری دائیں طرف بیٹھی خاتون کی طرف اشارہ کیا۔ "یہ ہیں ڈاکٹر سلامہ،" وہ بولے، "یہ مصر سے تعلق رکھتی ہیں اور ہماری ایک اعلیٰ ترین سرجن ہیں۔"

ان کی آنکھوں میں ایک پُرسکون اعتماد تھا۔ میں سوچنے لگا کہ نہ جانے ان کے ہاتھوں سے کتنی جانیں بچی ہوں گی، اور کیا میں ان کے ساتھ کام کرنے کا موقع پا سکوں گا؟

ڈاکٹر سلامہ نے مسکرا کر مجھ سے مصافحہ کیا۔ ان کا قد تقریباً پانچ فٹ تین انچ تھا، اور ان کی رنگت گہری بھوری تھی۔

"مجھے آپ کے ساتھ کام کرنے کی خوشی ہوگی،" میں نے کہا۔

پھر ڈاکٹر جے نے بات جاری رکھی، "ہمارے سرجنز اور نرسز عربی اور انگریزی دونوں زبانوں میں ماہر ہیں، اور کچھ فرانسیسی بھی جانتے ہیں۔ یہ بات سب پر لاگو ہوتی ہے، سوائے میرے۔ میں عربی میں روانی سے بات نہیں کر سکتا، البتہ معمولی گفتگو کر لیتا ہوں۔ جب میں عربی بولنے والے مریضوں سے ملتا ہوں، تو ایک مترجم کی مدد لیتا ہوں—اور تم بھی یہی کرو گے۔"

"ہمارے آدھے ڈاکٹر مشرقِ وسطیٰ سے تعلق رکھتے ہیں۔ بعض مریض چاہتے ہیں کہ ان کا علاج کوئی ایسا شخص کرے جو ان جیسا ہو، اور ہم پوری کوشش کرتے ہیں کہ ان کی یہ خواہش پوری ہو سکے۔"

پھر ڈاکٹر جے نے میز کے اس پار بیٹھے چھ افراد کی طرف دیکھا، جو نرسوں کے روایتی یونیفارم میں ملبوس تھے۔

ان کی طرف اشارہ کرتے ہوئے بولے، "یہ ہماری نرسوں میں سے چند ہیں۔ ہمارے پاس اسپتال میں کل بارہ نرسیں ہیں، لیکن ان میں سے کچھ اس وقت ڈیوٹی پر ہیں۔ جو تمہارے سب سے قریب بیٹھی ہیں، وہ میکا ہیں، میری بیوی۔"

میکا اور میری نظریں ملیں، ہم نے ایک دوسرے کو ہاتھ ہلایا۔ انہوں نے کہا، "تم سے مل کر خوشی ہوئی، جو۔ میں تمہارے والد کو اچھی طرح جانتی ہوں۔"

میں حیرت سے آنکھیں پھیلائے بولا، "مجھے بھی آپ سے مل کر خوشی ہوئی۔"

ڈاکٹر جے نے بات جاری رکھی، "ہماری کچھ نرسیں شام سے آئی ہیں۔ ہو سکتا ہے وہ خود بھی پناہ گزین ہوں، لیکن وہ نہایت تربیت یافتہ ہیں اور پوری کمیونٹی ان کا احترام کرتی ہے۔ ہم ان کے بغیر یہ سب کچھ نہیں کر سکتے۔ آخری تین نرسیں شام سے ہیں۔"

میں نے ان کی طرف ہاتھ ہلایا، لیکن میری نظر ایک نوجوان خاتون پر جا کر ٹھہر گئی—جس کی مسکراہٹ جیسے روشنی بکھیر رہی ہو۔

واہ! یہ تو بے حد خوبصورت ہے۔

میرے دل کی دھڑکن ایک لمحے کو رک گئی، اور نیند سے بوجھل آنکھیں یکایک پوری طرح کھل گئیں۔

اچانک زعتری کافی دلچسپ لگنے لگا۔

اس کا چہرہ میرے دل میں نقش ہو چکا تھا—ایک تصویر جو ہمیشہ کے لیے ثبت ہو گئی۔

میری واحد خواہش یہ تھی کہ کسی طرح اس کے قریب ہو جاؤں۔

اس کے بال، رات کے سیاہ ترین اندھیرے کی مانند، نہایت نرم اور ریشمی لگتے تھے جیسے چار مو

(charmeuse)کالباس۔

وہ لگ بھگ پانچ فٹ تین انچ کی تھی، مجھ سے چھ انچ کم۔ لیکن چاہے جتنی بھی میری خواہش تھی کہ اس سے بات کروں، یہ جگہ اس کے لیے مناسب نہیں تھی۔

میں نے سب کو ہاتھ ہلایا اور مسکرا دیا۔ دل ہی دل میں اُمید کی کہ شاید اُسے میری نظر میں چھپی پسندیدگی محسوس ہوئی ہو۔

ڈاکٹر جے نے بات جاری رکھی، "یہ بنیادی طور پر ایک سرجیکل اسپتال ہے۔ حالانکہ ہم کسی بھی ایمر جنسی سے نمٹنے کی صلاحیت رکھتے ہیں، لیکن ہمارے معائنہ، آپریٹنگ، اور ریکوری رومز سب پہلی منزل پر ہیں۔ دوسری اور تیسری منزلیں اُن مریضوں کے لیے ہیں جو رات یہاں گزارتے ہیں۔"

"ہمارے پاس امریکہ کی طرح چوبیس گھنٹے چلنے والا ایمر جنسی روم نہیں ہے، لیکن اسپتال چوبیس گھنٹے کھلا رہتا ہے۔ ہم دن اور رات کی شفٹوں میں کام کرتے ہیں۔"

"کیمپ میں چند اور میڈیکل فسیلیٹیز بھی ہیں، جہاں لوگ عام بیماریوں اور ضروریات کے لیے بہترین علاج حاصل کر سکتے ہیں۔ ان کا انتظام اردنی حکام کے پاس ہے۔ اگر تم ان مقامات کا دورہ کرنا چاہو تو مجھے بتانا، بلکہ میں تو چاہوں گا کہ تم ضرور جاؤ۔"

"اب، میں سب کو رخصت کرتا ہوں، سوائے جو کے، جس سے مجھے چند منٹ بات کرنی ہے۔ آپ سب کا شکریہ۔"

تمام ڈاکٹرز اور نرسیں اپنی ڈیوٹیز کی طرف لوٹ گئیں۔ وہ دلکش خاتون بھی میرے پاس سے گزری۔

جب وہ میرے قریب آئی، تو میرا انداز از خود بخود سنبھل گیا، اور میری نظریں اس کے پیچھے رہ گئیں۔

میں جانتا تھا کہ میں یہاں کے ان عظیم لوگوں سے بہت کچھ سیکھنے والا ہوں، لیکن میرے دل میں ایک عجیب سی بے چینی تھی۔

میں ان ہیروز کے درمیان خود کو اجنبی محسوس کر رہا تھا، اور شامی پناہ گزین کیمپ میں اپنی موجودگی بھی بے محل لگ رہی تھی۔ "اگر تم نے علینہ کو اس طرح گھورتے رہے، تو وہ پولیس بلا لے گی!" ڈاکٹر جے نے شرارت بھرے انداز میں مجھے چونکا دیا۔

علینہ... تو یہ اس کا نام ہے۔ کیا خوبصورت نام ہے—بالکل اس کے چہرے کی مانند، بے عیب۔

"ک—کیا مطلب؟"
میں ہکلا گیا، اور میرا چہرہ شرم سے سرخ ہو گیا۔

"اوہ آؤ یار، تم مجھے کیا سمجھتے ہو؟ میں بھی کبھی تمہاری عمر کا تھا۔ واقعی تم رابرٹ کے بیٹے ہو۔ تم ایک گھنٹے کے لیے اسپتال میں گھوم پھر سکتے ہو، جس سے چاہو ملو، تعارف کراؤ، پھر ہم میس ہال میں رات کے کھانے پر ملاقات کریں گے۔ مجھے کچھ کام نمٹانے ہیں۔"
یہ کہہ کر وہ کھڑا ہوا اور چلا گیا۔

کیا میرے والد نے مجھے یہاں کچھ سیکھنے کے لیے بھیجا تھا یا صرف ڈاکٹر جے کی چھیڑ چھاڑ برداشت کرنے کے لیے؟
کیا واقعی اتنا ظاہر ہو گیا تھا کہ میں اُسے گھور رہا تھا؟

ایک گھنٹے تک اسپتال میں اِدھر اُدھر گھومنے کے بعد، میں کھانے کے وقت لوگوں کے ساتھ بیٹھا اور ڈاکٹر جے کے سامنے والی نشست سنبھال لی۔

میں نے دیکھا کہ اس نے اپنے پاس والی سیٹ خالی رکھی تھی، اور حیرت کی بات یہ تھی کہ وہ سیٹ علینہ کے لیے تھی—وہی لڑکی جس کی ایک مسکراہٹ نے میرا دل چرا لیا تھا۔

ایک منٹ بعد، وہ کھانے کی ٹرے لیے ہوئے اندر داخل ہوئی اور بیٹھ گئی۔

ڈاکٹر جے نے آنکھوں میں چمک لیے کہا، "علینہ، یہ ہے جو گولڈ۔ اور جو، یہ ہے علینہ۔ یہ اسمٰعیل کی بہن ہے، وہی نوجوان جس کی ہم نے یہاں آتے ہوئے مدد کی تھی۔"

میں سمجھ نہیں پا رہا تھا کہ ڈاکٹر جے کو دعائیں دوں یا کوسوں۔

علینہ نے فوراً پوچھا، "میرے بھائی کو کیا ہوا تھا؟"

"کسی نے اُس کی روٹی چھیننے کی کوشش کی، اور ڈاکٹر جے نے مداخلت کی۔ میرا بھی کچھ معمولی سا حصہ تھا۔"

وہ پریشان نظروں سے ڈاکٹر جے کی طرف دیکھنے لگی، "آپ نے مجھے یہ نہیں بتایا۔"

ڈاکٹر جے کچھ ہچکچایا، "بتانے کا وقت ہی نہیں ملا، لیکن اب تمہیں معلوم ہو گیا ہے۔ باقی باتیں تم خود اُس سے کر لینا۔"

"ٹھیک ہے۔ جو، آپ سے مل کر خوشی ہوئی۔ ہمیں یہاں ہر مدد کی ضرورت ہے۔"

"میں واقعی بہت خوش ہوں،"
میں ہکلا گیا۔

واقعی جو؟ یہی جواب دے سکے تم؟
میں مسکراتا رہا، اور اُس نے بھی جواباً مسکراہٹ دی... تب ہی ڈاکٹر جے نے بیچ میں بول کر محفل میں ہنسی کی لہر دوڑا دی:

"تم کس بات پر خوش ہو؟ کہ اسمٰعیل پر روٹی چوری کا الزام لگایا پچھ اور؟"

وہ ہنسنے لگا۔

میرا چہرہ شرم سے لال ہو گیا۔ "میرا مطلب ہرگز یہ نہیں تھا کہ میں خوش ہوں کہ اُس نے روٹی چرائی؛ میں تو بس خوش ہوں کہ میں کچھ مدد کر سکا۔"

"شکریہ۔ میں تو صرف مذاق کر رہی تھی۔ میں نے کبھی نہیں سوچا کہ آپ خوش ہوں گے کہ میرے بھائی نے روٹی چوری کی۔"

کیا کمال کی حسِ مزاح رکھتی ہے۔ اُس کی مسکراہٹ اتنی دلکش تھی کہ میرا سانس لینا مشکل ہو گیا۔ ہم کچھ لمحوں کے لیے ایک دوسرے کو بس یوں ہی دیکھتے رہے۔

ڈاکٹر جے نے پھر بات کاٹ دی، "علینہ، جو کل سے ہمارے ساتھ شامل ہو گا، براہِ کرم اُسے صبح کیمپ کا دورہ کرا دینا اور یہ بھی بتا دینا کہ ہم یہاں کس طرح کام کرتے ہیں۔ میں نہیں چاہتا کہ وہ پیچھے رہ جائے، اور میں اُس سے نرمی برتنے کا بھی ارادہ نہیں رکھتا۔ اُسے پوری رفتار سے ساتھ لے کر چلنا ہے۔"

"جی، ڈاکٹر۔"

میں نے ڈاکٹر جے کی طرف عجیب سا انداز میں دیکھا۔ کیا وہ واقعی مجھے اس لڑکی سے ملا رہا تھا؟ وہی لڑکی جس نے میرے دل کی دنیا الٹ دی تھی؟

اور اب وہ مجھے کیمپ کا دورہ کرانے والی تھی۔

کیا یہ سب خواب تھا؟

اگلے دن کی امید لیے، میں سونے چلا گیا، جیسے کسی مہم پر جا رہا ہوں۔

میرے ہاتھوں میں پسینہ تھا، اور دل دھڑک رہا تھا جیسے ابھی سینہ چیر کر باہر آ جائے گا۔

میں کروٹیں بدلتا رہا، کوئی بھی پوزیشن آرام دہ نہیں لگ رہی تھی۔

جیسے ہی آنکھیں بند کرتا، دل چاہتا فوراً صبح ہو جائے، اور میں دیکھ سکوں کہ کل کیا لے کر آئے گا۔

میں بار بار بالوں میں ہاتھ پھیر تا رہا، یہ میری ایک گھبراہٹ کی عادت تھی، جو کبھی نہیں گئی۔

شاید دو گھنٹے ہی سو پایا ہوں گا۔

باب 2: کیمپ کا دورہ

جو

میں سورج کی کرنوں سے بیدار ہوا جو کھڑکی سے اندر آ رہی تھیں۔ آرام دہ کپڑوں اور جوتوں میں ملبوس ہو کر ناشتہ کرنے کے لیے روانہ ہوا۔ راستے میں، میں نے کچھ مردوں کو عربی میں گفتگو کرتے اور قریبی مسجد میں داخل ہوتے دیکھا—یقیناً اذان کی پکار پر۔

مجھے ہمیشہ مسلمانوں کی عبادت کے لیے گہری وابستگی بہت پسند آئی ہے۔

اگرچہ میں نے سنڈے اسکول میں تعلیم حاصل کی تھی اور بار متزواہ (Bar Mitzvah) کی رسم ادا کی تھی، لیکن گزشتہ چند برسوں میں میں نے عبادت میں زیادہ باقاعدگی نہیں رکھی تھی۔ عام طور پر صرف بڑے مذہبی تہواروں پر ہی شمولیت ہوتی تھی۔

مطالعہ اور کھیل ہی میری زندگی کو مکمل مصروف رکھتے تھے۔

علینہ کے ساتھ آج کے دن کی امید لیے، میں میس ہال کی طرف روانہ ہوا تاکہ ناشتہ کر سکوں۔

یہ ہال تقریباً پچاس افراد کے بیٹھنے کی گنجائش رکھتا تھا، مختلف میزوں پر لوگ بیٹھے تھے۔

جب میں اندر داخل ہوا تو تقریباً بیس افراد پہلے ہی وہاں موجود تھے—کچھ گروپوں میں اور کچھ اکیلے۔

یہ کیفے ٹیریا طرز کا سیٹ اپ تھا، جہاں ایک شاندار بوفے موجود تھا: عربی کھانوں اور روایتی امریکی ناشتے کا حسین امتزاج۔

میں نے صبح کے لیے "شک شُوکہ" (Shakshuka) کا انتخاب کیا، ایک لذیذ ڈش جو انڈوں کو مصالحہ دار ٹماٹر اور شملہ مرچ کی چٹنی میں ابال کر تیار کی جاتی ہے۔

اس کے ذائقے اور گرم مصالحے دن کے آغاز کے لیے بہترین تھے۔ ساتھ ہی میں نے تھوڑی سی "حمص" بھی لی، جو مشرقِ وسطیٰ کے کھانوں کا لازمی جزو ہے، اور اُسے

تازہ پیٹا بریڈ کے ساتھ کھایا۔

ناشتے کے اختتام پر میں نے کافی کا ایک کپ لیا اور ایک میز پر جا بیٹھا، تا کہ آرام سے کھانا کھاؤں اور اپنے نئے ساتھیوں کی صحبت کا لطف لے سکوں۔

اگرچہ میں کیمپ کو دیکھنے کے لیے پُرجوش تھا، لیکن میری اصل دلچسپی تو اُس لڑکی میں تھی جس سے میں کل ہی ملا تھا۔

میرے ذہن میں سینکڑوں سوالات گردش کر رہے تھے۔

اُس کی کہانی کیا ہے؟

وہ یہاں کیسے پہنچی؟

لیکن پھر خود کو روکا——ذرا سنبھل، جو!

ابھی تو اس لڑکی سے ملاقات ہی ہوئی ہے۔

جیسے ہی میں ناشتہ کرنے بیٹھا، کچھ ڈاکٹروں نے آ کر مجھ سے مصافحہ کیا اور تعارف کروایا۔

دو امریکہ سے تھے اور ایک فرانس سے۔

میں نرمی سے ناشتہ کرتا رہا، کافی کے گھونٹ لیتا رہا، اور بے چینی سے اُس کے آنے کا انتظار کرتا رہا۔

پانچ منٹ بعد وہ کمرے میں داخل ہوئی اور میرے سامنے والی کرسی پر اپنے کھانے کی ٹرے کے ساتھ بیٹھ گئی۔

اس کی آنکھیں گرمجوشی اور جذبات سے بھرپور تھیں، اور جب اُس نے مسکرا کر میری طرف دیکھا تو اُس کی مسکراہٹ ایسی تھی جو پتھروں کو بھی موم کر دے۔

میرا دل تیزی سے دھڑکنے لگا۔ پھر میں نے ایک چیز نوٹ کی۔

کل علینہ نے نرس کے سفید، سخت استری شدہ لباس میں خود کو پیش کیا تھا، لیکن آج اُس نے سادہ لباس پہنا ہوا تھا——ایسا لباس جو روزمرہ کی زندگی کی علامت ہو۔

سب سے نمایاں فرق اُس کا حجاب تھا، جو اُس کے چہرے کو بڑے خوبصورت انداز میں گھیرے ہوئے تھا۔

یہ اُس کے بالوں کو ڈھانپ رہا تھا، اُس کی گردن کو سمیٹے ہوئے تھا، اور کانوں کو چھپا رہا تھا۔ میں نے کبھی یہ سوچا بھی نہ تھا کہ وہ مسلمان ہو سکتی ہے۔

میں اُس کے سامنے بیٹھا اُس کی ذاتی زندگی کے بارے میں سوچنے لگا۔

''صبح بخیر، ڈاکٹر گولڈ۔ معاف کیجیے گا، میں دیر سے آئی۔ میں فجر کی نماز پڑھ رہی تھی۔''

''صبح بخیر''۔ کوئی بات نہیں۔ میں غلط آغاز نہیں کرنا چاہتا، لیکن مجھے معلوم نہیں تھا کہ آپ مسلمان ہیں۔

''کیا ڈاکٹر جانسن نے آپ کو نہیں بتایا کہ میں اسی کیمپ کی رہائشی ہوں؟''

''بتایا تھا، لیکن کل آپ نے حجاب نہیں پہنا تھا۔ اور آپ کی انگریزی بولنے کا انداز کچھ برطانوی لگ رہا تھا، اس لیے میں نے اندازہ لگایا کہ شاید آپ برطانیہ سے ہیں۔''

''میں انگلینڈ میں چار سال پڑھ چکی ہوں، اس لیے انگریزی روانی سے بولتی ہوں، لیکن میری پہلی زبان عربی ہے۔ تو، آپ کس مذہب سے تعلق رکھتے ہیں؟''

میں جھجک گیا۔ علینہ کی نظریں بے جھجک میرے چہرے کو تک رہی تھیں، میرے جواب کی منتظر تھیں۔

میرے اپنے ملک میں یہ کہنا کہ میں یہودی ہوں، کبھی مسئلہ نہ تھا۔

لیکن یہاں، جہاں چاروں طرف ہزاروں مسلمان موجود ہیں، اور میں چاہتا تھا کہ وہ مجھ سے متاثر ہو، تو یہ کہنا آسان نہ تھا۔

کیا میرا پس منظر ایک پُل بنے گا یا ایک خلیج؟

شاید بہتر یہی ہو گا کہ بات کا رخ بدل دوں—کچھ ایسا کہ کھل کر بات بھی ہو جائے،اور کوئی الجھن بھی نہ پیدا ہو۔

میں نے موضوع بدلنے کا فیصلہ کیا:

’’ایک بات واضح کر لیں، براہِ مہربانی مجھے ڈاکٹر گولڈ مت کہیں۔ جب مریض ہمارے آس پاس نہ ہوں تو مجھے جو کہہ کر بلائیں۔

اور تکنیکی طور پر،میں نے ابھی میڈیکل اسکول مکمل نہیں کیا،اس لیے میں مکمل ڈاکٹر نہیں ہوں۔ جب مریض موجود ہوں تو مسٹر گولڈ کہنا بہتر ہو گا۔‘‘

علینہ نے کندھے اچکائے۔ ’’ٹھیک ہے، جو یا مسٹر گولڈ۔ آپ مجھے علینہ ، نرس علینہ ، یا مریضوں کے سامنے عزیز کہہ سکتے ہیں۔ لیکن آپ نے ابھی تک میرے مذہب سے متعلق سوال کا جواب نہیں دیا۔‘‘

اُس کی پُر توجہ نظریں مجھے موضوع بدلنے کا کوئی موقع نہ دے رہی تھیں۔

میں بغیر کسی تاثر کے بیٹھا رہا۔

میں واقعی اس سوال کا جواب دینا چاہتا تھا، لیکن ہمت نہیں ہو رہی تھی۔

شاید میں کوئی دوسرا سوال کر دوں تاکہ وہ اس موضوع سے ہٹ جائے۔

میں نے اپنی کرسی پر پہلو بدلا:

’’آپ کا پورا نام کیا ہے؟‘‘

’’عزیز۔ عربی میں اس کا مطلب ہے ’طاقتور‘ یا ’عزت دار‘۔ کیا گولڈ کا بھی کوئی خاص مطلب ہے؟ اور یہ بھی جان لیجیے کہ آپ کا عربی نام ’جواہر‘ ہے، جس کا مطلب ہے سونا۔‘‘

’’بتانے کا شکریہ۔ فی الحال، میرا خیال ہے کہ آپ مجھے گولڈ کہہ کر پکاریں۔ یہ ہمارے خاندان کا نام نسلوں سے ہے۔ غالباً کبھی ہمارے کسی بزرگ کے پاس بہت واقعی سونار ہا ہو گا۔

تو، اب جبکہ ہم نے اپنے ناموں کی وضاحت کر دی ہے، کیا ہم ٹور شروع کریں؟‘‘

اس نے بھنویں سکیڑ لیں۔ ’’ابھی نہیں۔ آپ نے اب بھی میرے سوال کا جواب نہیں دیا۔ یہ تو بہت سادہ سا سوال ہے۔‘‘

میں نے اپنے ہاتھ ایک دوسرے کے اوپر رکھے، نیچے نظریں کیں، اور آہستہ سے سر ہلایا۔ وہ ہار ماننے والی نہیں تھی۔ اس کا کوئی راستہ نہیں بچا تھا۔

اگرچہ مجھے تھوڑا سا صدمہ ہوا تھا کہ وہ مسلمان ہے، لیکن میں یہ بات قبول کرنے کو تیار تھا۔ مجھے بھی اسی جذبے کی امید رکھنی چاہیے کہ وہ بھی میرے بارے میں ایسا ہی کرے گی، چاہے مسلمانوں اور یہودیوں کے درمیان خوف اور نفرت کی کتنی ہی طویل تاریخ کیوں نہ ہو۔

’’براہِ کرم برا نہ مانیے گا... میں یہودی ہوں—اگرچہ زیادہ مذہبی نہیں ہوں۔‘‘

’’اچھا تو آپ یہودی ہیں۔ یہاں میں نے جن آدھے ڈاکٹروں کے ساتھ کام کیا ہے، وہ بھی یہودی تھے۔ اور وہ سب بہت شاندار انسان تھے۔ البتہ، ان میں سے کوئی بھی اسرائیلی نہیں تھا۔‘‘

’’تمہیں اسرائیلی پسند نہیں؟‘‘ میں نے نرمی سے پوچھا۔

’’مجھے کبھی اسرائیل جانے کی اجازت نہیں ملی، ہماری حکومتوں کے اختلافات کی وجہ سے۔ بچپن سے، میں نے ان کے بارے میں صرف منفی باتیں ہی سنیں۔ اب یہ کہنا مشکل ہے کہ مجھے وہ پسند ہیں یا ناپسند۔

میں صرف وہی جانتی ہوں جو میرے والدین نے مجھے بتایا۔
خیر،انگلینڈ میں کچھ اسرائیلیوں سے ملی تھی،سب بہت اچھے لوگ تھے،
لیکن میں نے کبھی ان سے میل جول نہیں رکھا۔میرے خاندان میں یہ ممنوع تھا۔"

"سمجھ گیا۔
خیر،میں اسرائیلی نہیں ہوں اور بس ایک بار،جب میں تیرہ سال کا تھا،
تب اسرائیل گیا تھا۔

ویسے،تم نے اپنے والدین کا ذکر کیا... کیا وہ یہیں قریب رہتے ہیں؟"

میرے سوال کے ساتھ ہی،اس کے چہرے کی مسکراہٹ یک دم غائب ہو گئی۔
اُس کے ہونٹ سختی سے بند ہو گئے اور وہ کئی بار آہستہ سے سرہلانے لگی۔
اس نے نظریں نیچے کر لیں۔
پھر میری طرف دیکھا،گہری سانس لی،
اور آہستگی سے بولی،
"میں اپنے والدین کے بارے میں بات کرنا نہیں چاہتی،
لیکن چونکہ تم نے پوچھا ہے — نہیں،میرے والدین اب اس دنیا میں نہیں رہے،
لیکن میرا بہر ابھائی کیمپ میں میرے ساتھ ہے۔"

میں نے محسوس کیا کہ وہ ضبط کرنے کی کوشش کر رہی تھی،
لیکن اس کے آنسو بہہ نکلے۔

اوہ... میں نے غلط سوال پوچھ لیا۔
میں تو اسٹیسی سے بات کرنے کا عادی ہوں، جس سے میں کچھ بھی پوچھ سکتا تھا۔
مجھے معذرت کرنی چاہیے۔

"مجھے واقعی افسوس ہے کہ میں نے یہ سوال کیا۔

میں نیو یارک سے ہوں اور وہاں لوگوں سے ان کے والدین یا پرورش کے بارے میں بات کرنا ایک معمول کی بات ہے۔

میرے والدین خیریت سے ہیں، نیو یارک میں رہتے ہیں۔

میں بالکل بھول گیا کہ یہ کیمپ کتنے دکھوں سے بھرا ہوا ہے۔

شاید کسی دن، جب ہم ایک دوسرے کو بہتر جاننے لگیں، تو تم خود ہی ان کے بارے میں کچھ بتانا چاہو۔

مجھے معاف کر دو۔ یہ بات کرنا یقیناً بہت مشکل ہو گا۔"

میں واقعی بے وقوف ہوں۔

مجھے جاننے کا تجسّس تھا کہ ان کے ساتھ کیا ہوا، لیکن ابھی میں نے اسے جانا بھی نہیں...

میں یہ سوال نہیں کر سکتا۔

"ہاں، واقعی بہت مشکل ہے۔

میں کافی عرصے تک صدمے میں رہی، لیکن میرے بھائی کو میری ضرورت تھی۔

وہ کیمپ آنے سے پہلے ہی بہرا ہو گیا تھا اور اب اشاروں کی زبان سے بات کرتا ہے۔

لیکن وہ یہاں خوش ہے۔

ہمیں اپنی زندگی جینی ہے اور ہمیشہ ماضی کے غم میں نہیں رہنا چاہیے۔"

"تمہارے بھائی کی عمر کیا ہے؟ کیا وہ تمہارے ساتھ رہتا ہے؟"

"پندرہ سال۔ وہ بہت چھوٹا تھا جب ہمارے والدین کا انتقال ہوا۔
اب وہ صلاح کے ساتھ رہتا ہے، ایک اور دو نوجوانوں کے ساتھ۔
صلاح ایک عمر رسیدہ شخص ہے، جو میرے لیے چچا جیسے ہیں۔
جب مجھے کسی چیز میں مدد کی ضرورت ہوتی ہے،
تو میں اکثر انہی سے مشورہ کرتی ہوں۔
میں چاہتی ہوں کہ میرا بھائی میرے ساتھ رہے،
لیکن میں مریضوں کو دیکھنے اور کام کرنے میں اتنی مصروف ہوں
کہ اس کی دیکھ بھال کے لیے وقت نہیں ہوتا۔
پھر اسپتال کے علاقے میں اسماعیل کے لیے الگ کمرہ بھی نہیں ہے۔
اسے اپنی جگہ چاہیے۔
البتہ ہم ایک دوسرے سے اکثر ملتے ہیں،
اور میں کوشش کرتی ہوں کہ ہفتے میں چند بار اس کے لیے کھانا پکا دوں۔"

"میرا خیال ہے کہ صلاح اشاروں یا علامات کے ذریعے اس سے بات کرتا ہوگا؟"

"ہاں، صلاح اسے سمجھنے کی کوشش کرتے ہیں۔
وہ میرے جتنا ماہر نہیں ہیں، لیکن بہت محنت سے
اسماعیل کو بیکری میں کام سکھاتے ہیں،
اور تحریری شکل میں نئے الفاظ بھی سکھاتے ہیں۔
ایک بہرے کے لیے اس پناہ گزین کیمپ میں زندگی آسان نہیں۔"

"یقیناً نہیں ہوگی۔ کیا اسے دوبارہ سننے کی کوئی امید ہے؟"

"اس وقت نہیں۔
شاید اگر وہ امریکہ میں ہوتا
تو وہاں کے ڈاکٹر اس کے لیے کچھ کر سکتے تھے۔"

"یہ واقعی افسوسناک ہے۔"

یہ سن کر وہ تڑپ سی گئی۔
اس نے بازو سینے پر لپیٹے، ماتھے پر بل ڈالے،
اور خفگی سے میری طرف دیکھا۔

"ہاں، وہ بہرا ہے،
اور ہاں، یہ بہت اچھا ہوتا اگر وہ سن سکتا،
خاص طور پر ایسی جگہ میں،
لیکن وہ خوش ہے —
لہٰذا یہ افسوسناک نہیں ہے۔
افسوسناک تو وہ ہزاروں شامی لوگ ہیں
جو حکومت میں بیٹھے ہوئے درندوں کے ہاتھوں مارے گئے،
اور باقی دنیا نے ان مظالم پر آنکھیں بند کر رکھی ہیں۔"

میں خاموش بیٹھا رہا، دل میں یہ چاہا کہ اسے دلاسا دوں،
لیکن سمجھ گیا کہ یہ شاید ممکن نہیں۔
میں نے اس عورت کو ابھی جاننا شروع کیا تھا۔

وہ کیسے مجھ پر اعتماد کرے
جبکہ ابھی ہماری ملاقات کو چند منٹ ہی گزرے ہیں؟

میرے بازو بے جان ہو کر پہلو میں پڑے رہے۔
میں کچھ نہ کہہ سکا ان ناقابلِ بیان دکھوں کے بارے میں۔

میری سوچ نیویارک میں موجود اپنے خاندان کی طرف چلی گئی۔
اگر میری آنکھوں کے سامنے میرے گھر انے کو اجاڑ دیا جاتا،
تو شاید میں پاگل ہو چکا ہوتا...
کسی نفسیاتی اسپتال میں قید ہوتا،
ہر رات دہشتناک خوابوں کے ساتھ۔

میں نے اس کی آنکھوں میں المیہ اور حوصلہ دونوں دیکھے——
ایک زندہ بچ جانے والی کی روح پر کندہ نقوش۔

چند لمحے خاموشی کے بعد میں نے کہا:
"کیا آپ دورے کے لیے تیار ہیں؟
ہم اسے بعد میں بھی کر سکتے ہیں۔"
میں نے نظریں نیچی کر لیں اور سر ہلایا۔

چند لمحوں بعد،
اس کی نرم اور مانوس آواز سنائی دی——
کسی طرح اس کا موڈ بہتر ہو چکا تھا۔
یہ میری توقع سے ہٹ کر تھا۔

"میں ٹھیک ہوں اب۔
شاید اب تم مجھے یہ بتا دو کہ تم یہاں کیسے پہنچے؟
ایسے انٹرن ہمیں یہاں کم ہی ملتے ہیں۔"

میں نے کندھے اچکائے۔ "خیر، میں ہر تفصیل شیئر نہیں کرنا چاہتا،

لیکن میری محبوبہ، جو کہ خود بھی میڈیکل کی طالبہ تھی،

مجھ سے علیحدہ ہو گئی۔

اس کے بعد مجھے پڑھائی پر دھیان دینا بہت مشکل ہو گیا۔

سمسٹر کے بعد میرے والد نے سمجھا

کہ یہ انٹرن شپ میرے ذہن کو اس سے ہٹانے کے لیے مفید رہے گی۔

ڈاکٹر جے اور میرے والد ماضی میں ریزیڈنسی کے دوران

اچھے دوست تھے،

تو میرے والد نے ڈاکٹر جے سے رابطہ کیا—اور یوں میں یہاں ہوں۔

میرا خیال ہے کہ میرے والد نے ہی

ڈاکٹر جے کی ملاقات ان کی بیوی میکا سے کروائی تھی۔"

"واقعی؟

تم اپنے والدین کے بارے میں بعد میں مزید بتانا،

جب میں اپنے بارے میں بات کرنے کے لیے تیار ہوں۔

اب چلو، تمہیں دورہ کرواتی ہوں۔

امید ہے تمہیں یہ دلچسپ اور خوشگوار لگے گا۔"

اس نے شرارتی لہجے میں کہا۔

"یہاں کے لوگ اگر تم انہیں جاننے کی کوشش کرو تو بہت کچھ دینے والے ہیں۔"

میں نے سر ہلایا

اور اس کے ساتھ گالف کارٹ میں بیٹھ گیا—

وہ ڈرائیور کی نشست پر تھی۔

سب سے پہلے ہم ایک کھیل کے میدان پہنچے،
جہاں بچوں کا ایک خوش و خرم گروپ ہمیں دیکھ کر ہاتھ ہلا رہا تھا۔

وہ نہایت سلیقے سے کارٹ سے اتری
اور فوراً بچوں کی توجہ کا مرکز بن گئی۔
وہ ہر بچے سے انفرادی طور پر بات کرنے لگی،
اس کی زبان عربی تھی—جو میرے لیے اجنبی تھی،
مگر سمجھنے کی ضرورت نہ تھی؛
بچوں کے چہروں کے تاثرات، ہی سب کچھ کہہ رہے تھے۔
علینہ کی موجودگی نے ان کی دنیا روشن کر دی تھی۔

کیا ہی دل کو چھو لینے والا منظر تھا!
اس کا بچوں سے ناقابلِ یقین ربط تھا۔
وہ انہیں گلے لگاتی، اور بچے بھی محبت سے لپٹ جاتے—
یہ ایک ایسا منظر تھا جیسے قہقہوں اور محبت کی دھن چل رہی ہو۔
اس میں امید، حوصلہ، اور انسانوں کے باہمی تعلق کی طاقت جھلک رہی تھی۔

ایک لمحے میں نے دیکھا
کہ کئی بچے میری طرف دیکھ کر مسکرا رہے تھے،
جب علینہ مڑی اور میری طرف دیکھا۔
میں نے سنا، اس نے میرا نام—"جو"—لیا۔
شاید اس نے ان سے میرے بارے میں کچھ کہا تھا۔

ہم دوبارہ گالف کارٹ میں بیٹھے۔

"میں نے بچوں کو بتایا

کہ تم یہاں نئے ڈاکٹر ہو
اور اگر وہ بیمار ہوں گے
تو تم ان کی مدد کرو گے۔
اسی لیے وہ مسکرائے تھے۔"

"شکریہ۔ وہ بہت پیارے لگ رہے تھے
اور تمہیں دیکھ کر بے حد خوش تھے۔
تمہارا ان سے ایک خاص تعلق ہے ہے۔"

"شکریہ۔
ان میں سے کچھ کے ماں باپ یا خاندان نہیں ہیں،
تو میں ان کے لیے خالہ جیسی ہوں۔
میں کوشش کرتی ہوں کہ جب بھی موقع ملے،
انہیں دیکھنے آ جاؤں۔
ویسے، جب سے زعتری کیمپ قائم ہوا ہے،
یہاں بیس ہزار بچے پیدا ہو چکے ہیں۔"

"یہ تو حیران کن ہے!"

ہم گلی کی طرف مڑ گئے۔
میں نے دیکھا— سینکڑوں چھوٹے چھوٹے دکانیں اور اسٹالز لگے ہوئے تھے۔
میں دیکھ کر حیران رہ گیا۔
یہ ایک کھلی جگہ پر بنا ہوا شاپنگ مال لگ رہا تھا۔
رنگ برنگے کپڑے لہرا رہے تھے —
اسکارف، کپڑے، اور قمیصیں گویا قوس و قزح بن گئے تھے۔

مصالحوں کی خوشبو ہوا میں تیر رہی تھی،

میرے حواس کو چھیڑ رہی تھی۔

علینہ نے کہا،

"زعتری کیمپ میں ایک مصروف بازار ہے

جسے 'چیمپ' یا 'شام ایلیزے' کہا جاتا ہے،

جو کیمپ کے بیچوں بیچ تقریباً تین کلو میٹر تک پھیلا ہوا ہے۔

یہاں تقریباً اٹھارہ سو دکانیں ہیں۔"

"یہ تو ناقابلِ یقین ہے!" میں نے کہا۔

"یہ سب کیسے کرتے ہیں؟"

"اردن کی حکومت ہماری مدد کرتی ہے۔ روزانہ کئی ٹرک سامان لے کر یہاں آتے ہیں۔ قریب ہی

ایک اور شہر بھی ہے۔

تمہیں جان لینا چاہیے کہ زعتری اب اردن کا چوتھا سب سے بڑا شہر بن چکا ہے،

جہاں اسی ہزار لوگ آباد ہیں۔

تم جب چاہو ان دکانوں میں جا سکتے ہو۔

انہیں تمہارے پیسوں سے محبت ہو جائے گی۔"

میں ہنس پڑا۔ "یقیناً ہو جائے گی۔ تو اب آگے کیا ہے؟"

"یہ کیمپ شام کے ہر کونے سے آئے لوگوں پر مشتمل ہے۔

ہمارے پاس یہاں ڈاکٹر، وکیل، انجینیئر، اساتذہ اور دیگر شعبوں کے لوگ موجود ہیں۔

انہوں نے بہت بڑے سانحات دیکھے ہیں،

اپنی پچھلی زندگیوں کو چھوڑا

اور یہاں آ کر نئے سرے سے جینا شروع کیا۔
ان میں سے زیادہ تر اب اپنے پیشوں میں کام کرنے کے قابل نہیں رہے۔"

"تو پھر وہ سارا دن کیا کرتے ہیں؟"

"کچھ جز وقتی ملازمتیں کرتے ہیں۔
کچھ سبزیاں اگاتے ہیں۔
کچھ لوگ بجلی کے نظام کو بہتر بنانے میں لگے ہیں
تاکہ ہم انٹرنیٹ استعمال کر سکیں۔
یہ لوگ رحم کی بھیک نہیں مانگتے،
بلکہ محنت کرتے ہیں۔"

اس نے نیلے پس منظر پر عربی عبارت والی ایک عمارت کی طرف اشارہ کیا۔
"یہ وہ جگہ ہے جہاں روٹیاں تیار کی جاتی ہیں۔
یہ ایک بڑی باورچی خانے جیسی جگہ ہے۔
یہاں سے کیمپ کے لوگوں کو روزانہ مفت روٹی فراہم کی جاتی ہے۔
ہر خاندان کو، اس کے افراد یا قافلے (جو کہ ایک موبائل گھر کی طرح ہوتا ہے) کے مطابق
ایک خاص تعداد میں روٹیاں ملتی ہیں۔"

"کیا ہم اندر جا سکتے ہیں؟ میں دیکھنا چاہوں گا۔"

"ہاں، تمہیں موقع ملے گا، کہ تم صلاح اور میرے بھائی اسماعیل سے ملو۔"

"میں ان سے ملنے کا منتظر ہوں۔
لیکن واہ، پورے کیمپ کے لیے روٹی! یہ تو واقعی ایک بڑا کام ہے۔"

"ہاں، ہے۔

وہ روزانہ ہزاروں روٹیاں بناتے ہیں۔ میرا بھائی وہیں کام کرتا ہے اور صلاح اس فیکٹری کا نگران ہے۔ اس نے شام میں بڑی تکلیفیں برداشت کی ہیں، مگر پھر بھی وہ ہمیشہ پر امید رہتا ہے۔ جب سے ہم یہاں آئے ہیں، اس نے میرے اور اسماعیل کے لیے بہت کچھ کیا ہے۔"

جب ہم روٹی کی فیکٹری کے قریب پہنچے، تو ایک خوش مزاج بوڑھے شخص نے عربی میں آواز دی۔ وہ تیزی سے چلتے ہوئے ہماری طرف آیا اور علینہ کے سامنے کھڑا ہو گیا۔ اس کے چہرے پر گھنی سی سفید مونچھیں تھیں۔ اور وہ گنجا تھا۔ نہ گلے ملا، نہ بوسہ دیا— یہ یہاں کی ثقافت کا حصہ ہے، تھوڑا عجیب ضرور لگا، مگر یہی طریقہ ہے۔ وہ اب بھی عربی میں بات کر رہا تھا، اور میری طرف اشارہ کر رہا تھا۔

میں نے علینہ کی طرف دیکھا، "اس نے کیا کہا؟"

"رکو ذرا، اسے تھوڑی بہت انگریزی آتی ہے، میں اسے کہتی ہوں تم سے انگریزی میں بات کرے۔"

اس نے صلاح سے عربی میں کچھ کہا، اور صلاح نے سر ہلایا۔

"میں نے صلاح کو بتایا، کہ تمہارا نام جو گولڈیا 'جواہر' ہے اور تم ایک سال کی انٹرن شپ کے لیے آئے ہو۔"

میں نے اپنا دایاں ہاتھ بڑھایا اور گرمجوشی سے اس کا مصافحہ کیا۔

"جو، یہ ہیں چاچا صلاح۔"

"انگریزی معاف کریں۔ آپ سے مل کر بہت خوشی ہوئی،"
صلاح نے گرمجوشی سے کہا۔
"جو علینہ کا دوست ہے، وہ میرا بھی دوست ہے۔"

"مجھے بھی آپ سے مل کر خوشی ہوئی،"
میں نے جواب دیا۔
"علینہ نے مجھے آپ اور آپ کی روٹی فیکٹری کے بارے میں بتایا تھا۔
یقیناً آپ کو فخر ہونا چاہیے۔"

علینہ نے بات کاٹتے ہوئے کہا، "جو، آپ انکل صلاح سے بات کریں۔ مجھے صرف دس منٹ دیں،
میں اپنے بھائی کو لے آتی ہوں۔ انکل، براہِ کرم جو کے ساتھ بیٹھیں۔ میں ابھی آتی ہوں۔"

میں نے سر ہلایا جب وہ اجازت لے کر چلی گئی۔

صلاح میری طرف متوجہ ہوئے، "وہ اپنے بھائی سے بہت محبت کرتی ہے، زیادہ دیر الگ ہونا پسند
نہیں کرتی۔ میں اُسے کہتا ہوں کہ اب وہ کافی بڑا ہو گیا ہے، اپنا خیال خود رکھ سکتا ہے، مگر وہ سنتی
نہیں۔" اُس نے کندھے اچکا دیے۔ "وہ اپنے بھائی کی آواز ہے۔ وہی اُس کے لیے بولتی ہے، وہی
سنتی ہے۔"

"جی، میں سمجھتا ہوں۔ وہ اپنے بھائی سے واقعی بہت محبت کرتی ہے۔ یہ بڑی بات ہے کہ وہ ایک
دوسرے کے لیے موجود ہیں۔" میں نے ارد گرد ڈھیر ساری تیار شدہ روٹیوں پر نظر ڈالتے ہوئے
پوچھا، "ویسے، روزانہ کتنی روٹیاں بناتے ہیں آپ؟"

"میں کبھی نہیں گنتا۔ بہت ساری، ہزاروں، کون جانے؟ ہم ہسپتالوں، کیمپوں، گھروں — ہر جگہ
روٹی پہنچاتے ہیں۔"

"واہ، یہ تو بہت کام ہے،" میں نے حیرت سے کہا۔ "آپ یہاں کب سے کام کر رہے ہیں؟"

"میں یہاں آیا جب میری عمر بچپن سال تھی۔ اب میں بوڑھا ہو گیا ہوں، ستر کا ہوں، تو پندرہ سال ہو گئے۔" اُن کا چہرہ اور بال اُن کی عمر کے گواہ تھے، مگر اُن میں توانائی اب بھی بھرپور تھی۔ تاہم، اُن کے چہرے پر اداسی چھا گئی۔ "ایسا لگتا ہے جیسے چالیس سال ہو گئے ہوں۔"

میں نے اُن سے اُن کے خاندان کے بارے میں کچھ نہ پوچھنے کا فیصلہ کیا۔ میں سمجھتا ہوں کہ یہاں موجود ہر شامی پناہ گزین نے کچھ نہ کچھ صدمہ ضرور جھیلا ہے۔

"میں دیکھ سکتا ہوں کہ علینہ آپ کے لیے خاص ہے۔" ایک دوسرے کے لیے محبت اور ہمدردی دیکھنا دل کو چھو جانے والا لمحہ تھا۔

"شکریہ، جو۔ جی ہاں، وہ بہت خاص ہے۔ ایک شاندار عورت ہے۔"

ہماری گفتگو کا سلسلہ علینہ کی واپسی سے ٹوٹا، جو اسماعیل کو ساتھ لائی تھی۔ "یہ ہے اسماعیل، میرا چھوٹا بھائی۔"

اسماعیل اپنی بہن سے تھوڑا لمبا تھا۔ اُس کی داڑھی ابھی اگنا شروع ہوئی تھی، بال چھوٹے اور گھنگریالے تھے، اور چہرے پر معصومیت چھلکتی تھی۔

میں نے اپنا ہاتھ آگے بڑھایا، اور اُس نے ادب سے مصافحہ کیا۔ ہاتھ تھامے ہوئے میں نے کہا، "ہیلو اسماعیل، مجھے پہچانا؟ کل ہم ملے تھے۔ کیسے ہو؟ تمھاری بہن نے تمھارے بارے میں بہت کچھ بتایا ہے۔"

اسماعیل نے مجھے پہچان لیا، مگر اُلجھن سے اپنی بہن کی طرف دیکھا جیسے پوچھ رہا ہو—یہ آدمی کون ہے اور یہاں کیا کر رہا ہے؟

علینہ نے کہا، "آپ کا اُس سے بات کرنا بہت اچھا لگا، لیکن وہ آپ کی بات سن نہیں سکتا، اور اُسے انگریزی بھی بمشکل آتی ہے۔"

میری شر مند گی صاف ظاہر تھی جب مجھے احساس ہوا کہ میں یہ اہم بات بھول گیا ہوں کہ اسماعیل سن نہیں سکتا — حالانکہ پہلی ملاقات میں مجھے یہ بتایا گیا تھا۔ "اوہ، مجھے معاف کیجیے... میں بس..." میں معذرت کرنا چاہ رہا تھا، مگر الفاظ میرے لبوں پر اٹک گئے۔

علینہ نے نرمی سے مجھے تسلی دی، "کوئی بات نہیں، آپ عادی ہو جائیں گے۔"

پھر اُس نے اپنے بھائی کی طرف رُخ کیا اور ہاتھوں کے اشاروں سے اُس سے بات کرنے لگی۔ اُس نے اپنی انگلی سے میرے نام کا تلفظ اسماعیل کی ہتھیلی پر لکھا، اور اسماعیل، بڑی توجہ سے اُسے دیکھتے ہوئے، میری طرف متوجہ ہوا اور ایک دل موہ لینے والی مسکراہٹ کے ساتھ مجھے دیکھا۔ اپنی پچھلی غلطی پر شر مندہ ہو کر، میں نے ہاتھ دل کی طرف اشارہ کرتے ہوئے "I'm sorry" یعنی معذرت کرنے کی اداکاری کی، تا کہ اپنی ندامت کا اظہار کر سکوں۔

اسماعیل کی آنکھوں میں سمجھ بوجھ کی چمک آئی، اُس نے نفی میں سر ہلایا اور دونوں انگوٹھے اوپر کر کے مجھے تسلی دی۔

صلاح بولے، "جو، کیا آپ روٹی چکھنا چاہیں گے؟ بہت مزیدار ہے، آپ کو پسند آئے گی۔"

"ضرور، میں ذرا چکھتا ہوں،" میں نے مسکرا کر کہا۔

ہم صلاح کے ساتھ اس عمارت میں داخل ہوئے جہاں روٹی تیار کی جاتی تھی۔ اندر قدم رکھتے ہی جگہ بھری ہوئی محسوس ہوئی، لیکن جیسے جیسے ہم اندر کی طرف گئے، میں نے دیکھا کہ یہ ایک پیچیدہ مگر منظم سی جگہ تھی، جو کئی چھوٹے کمروں پر مشتمل تھی۔ مرد و خواتین مختلف عمر کے، مشرق

وسطیٰ کے روایتی لباس پہنے، روٹی بنانے میں مشغول تھے۔ کچھ آٹا گوندھ رہے تھے، تو کچھ بڑی مہارت سے پتلی پتلی چپاتیاں بیل رہے تھے۔

میں نے صلاح کی طرف دیکھا اور کہا، "واہ، یہ تو ناقابلِ یقین ہے۔ یہ لوگ روٹی کیسے بناتے ہیں؟"

"میں سمجھاتا ہوں۔ وہ عورت دیکھو،" اُس نے رنگ برنگے حجاب میں ملبوس ایک خاتون کی طرف اشارہ کیا۔

"جی۔"

"وہ آٹے کو گول شکل دے کر، سَج پر پھینکتی ہے۔"

"سَج؟"

"جی ہاں، ایک بڑی سی توے جیسی چیز۔ پھر ایک بیکر، اُدھر——"اُس نے ایک آدمی کی طرف اشارہ کیا، "وہ اُسے تنور میں ڈالتا ہے۔"
پاس ہی ایک تنور نما بھٹی تھی جس میں لمبے چمٹے رکھے ہوئے تھے۔

"یہ تو کچھ کچھ پیزا بنانے جیسا لگتا ہے،" میں نے تبصرہ کیا۔

"ہم یہاں پیزا نہیں بناتے، اس لیے نہیں جانتا،" صلاح نے ہنستے ہوئے کہا۔

"پھر اُس کے بعد کیا ہوتا ہے؟"

"جب روٹی تنور سے نکلتی ہے تو کوئی اُس پر تل چھڑکتا ہے اور زیتون کا تیل لگاتا ہے۔ یہی اِس کا ذائقہ لاجواب بناتا ہے۔"

"آپ نے اتنی تفصیل سے بتایا، بہت شکریہ۔ یہ سب دیکھ کر بہت اچھا لگا۔" میں نے کہا۔ کچھ کاریگروں نے ہماری طرف دیکھ کر مسکرایا۔ چونکہ مجھے عربی نہیں آتی تھی، میں صرف ہاتھ ہلا کر اور مسکرا کر جواب دے سکا۔

صلاح نے ایک تازہ روٹی اُٹھائی اور مجھے دی۔
"آپ چکھیں، امید ہے پسند آئے گی۔"

"شکریہ، صلاح۔" میں نے کہا، اور اُس نے بے تابی سے میری طرف دیکھا، جیسے میری رائے کا انتظار ہو۔

میں نے روٹی کا ایک ٹکڑا توڑا اور منہ میں رکھا۔ چباتے ہوئے میری آنکھیں خود بخود بند ہو گئیں، جیسے میں اس لمحے اور ذائقے کو مکمل طور پر محسوس کرنا چاہتا تھا۔ اس سادہ سی روٹی میں اُس ثقافت کی پوری روح سمٹی ہوئی محسوس ہوئی۔ میں دل سے اس جگہ، ان لوگوں، اور ان کے رسم و رواج سے جُڑتا جا رہا تھا——جیسے میں کسی چھپے ہوئے خزانے پر پہنچ گیا ہوں۔
گھر میں میں نے بہت بار پیٹا بریڈ ہمس وغیرہ کے ساتھ کھائی تھی، لیکن یہ روٹی... یہ کسی فنکار کے ہاتھوں کی تخلیق تھی، خالص اور بے مثال۔

صلاح نے میرا ردِ عمل دیکھ کر مزید خوش ہو کر مسکرا دیا۔ "اچھی، ہاں؟" اُس نے پوچھا۔

میں نے زور زور سے سر ہلایا۔ منہ روٹی سے بھرا ہوا تھا، اس لیے کچھ بول نہ سکا، لیکن میرے چہرے کے تاثرات سب کچھ کہہ رہے تھے۔ صلاح نے خوش ہو کر تالیاں بجائیں، اور اسماعیل نے بھی اُس کی پیروی کی۔
"تم جب چاہو آ سکتے ہو دوبارہ روٹی کھانے۔"

"میں ضرور آؤں گا، یہ بہت مزیدار ہے،" میں نے کہا، "علینہ نے اشارہ کیا کہ اب چلنے کا وقت ہو گیا ہے، چنانچہ ہم نے الوداع کہا۔

روانگی سے پہلے، صلاح نے ناشتے کے لیے میرے لیے ایک روٹی پیک کر دی۔ میں نے دل سے اُس کا شکریہ ادا کیا اور دونوں کو گرم جوشی سے الوداع کہا۔

جب ہم دکان سے نکل رہے تھے، صلاح نے علینہ کو کچھ عربی میں کہا، اور وہ مسکرا کر سر ہلا کر اُس کی بات کا جواب دیا۔

پھر ہم اپنا سفر جاری رکھتے ہوئے گالف کارٹ میں واپس بیٹھ گئے۔ میرا دل اور پیٹ دونوں میں اُس صبح کی یادیں اور ذائقے بھرے ہوئے تھے۔

گالف کارٹ میں بیٹھتے ہی علینہ نے کہا،

"ہمیں ایک اور جگہ جانا ہے، ایک چائے خانہ۔ اگر آپ ہماری ثقافت کو مزید سمجھنا چاہتے ہیں، تو جان لیں کہ چائے ہماری سب سے اہم مشروب ہے۔ بہت سے شامی Yerba mate چائے پینا پسند کرتے ہیں۔"

"Yerba mate میں ہوتا کیا ہے؟"

"یہ ایک خاص پودے کے خشک پتے اور تنوں سے بنتی ہے۔ ہم اُسے ایک خالی کیے گئے پھل کے خول سے پیتے ہیں، جس پر ایک دھاتی نلکی لگی ہوتی ہے۔ پلیز منع نہ کیجیے گا۔ ہمارے ہاں چائے صرف مشروب نہیں بلکہ مہمان نوازی اور سخاوت کی علامت ہے۔ تو، آپ وہ چائے پینا پسند کریں گے؟ جسے انگلینڈ میں کہتے ہیں، 'fancy a cuppa?'
وہاں کچھ لوگ پانی کے پائپ سے تمباکو بھی پیتے ہیں، اگر آپ کو دلچسپی ہو۔"

اس کی پیشکش نے مجھے چونکا دیا۔ وہ کتنی شفیق تھی۔ ہم ابھی تھوڑی دیر پہلے ہی ملے تھے اور وہ پہلے ہی مجھے اپنی دنیا میں شامل کر رہی تھی۔

ویسے بھی، اگر میں یہاں کام کرنا چاہتا ہوں تو شامی ثقافت کو سمجھنا ضروری تھا۔

"ضرور، چلیے۔ میں چائے پی لوں گا لیکن پانی کے پائپ سے پرہیز کروں گا۔"

پانچ منٹ بعد، ہم ایک چائے خانے میں بیٹھے تھے، جہاں بہت سے پناہ گزین موجود تھے۔ چائے خانے میں تقریباً بیس چھوٹی چھوٹی گول میزیں تھیں۔

ہماری ملاقات جس پہلے شخص سے ہوئی، وہ ایک گرج دار، گونجتی ہوئی آواز والا آدمی تھا۔ میں نے اُسے عربی میں بولتے سنا، لیکن جیسے ہی علینہ نے بات کی، وہ انگریزی پر آگیا۔

"خوش آمدید میرے چائے خانہ میں، علینہ۔ یہ نوجوان خوبصورت شخص کون ہے جسے تم ساتھ لائی ہو؟"

"یہ جو ہے۔ یہ ایک سال کے لیے اسپتال میں کام کرے گا۔ میں اسے کیمپ کا دورہ کرا رہی ہوں۔" اس نے میری طرف دیکھا۔

"جو، یہ محمد ہیں، اس جگہ کے مالک۔"

میں نے محمد سے مصافحہ کیا۔

"آپ سے مل کر خوشی ہوئی، محمد۔ مجھے یہاں کی چائے آزمانے کا انتظار ہے۔"

"ضرور، آپ جب چاہیں خوش آمدید ہیں۔ ہم امریکی کرنسی کا بھی خیر مقدم کرتے ہیں۔"

میں ہنس پڑا۔ "تو پھر میرا یہاں کئی بار آنا طے ہے۔"

"ابھی تک یہاں کا تجربہ کیسا رہا؟"

"ابھی صرف دو دن ہوئے ہیں، لیکن جو کچھ دیکھا ہے، وہ بہت متاثر کن ہے۔"

"بہت خوب، آپ دونوں باتیں کیجیے اور چائے نوش فرمائیے۔ اگر کسی چیز کی ضرورت ہو تو ضرور بتائیے۔"

"بالکل، ضرور۔"

ہم کمرے کے پچھلے حصے میں دیوار کے ساتھ ایک میز پر بیٹھ گئے جہاں کچھ پرائیویسی بھی تھی۔ میں نے ارد گرد نگاہ دوڑائی تو دیکھا کہ بہت سے لوگ کسی لکڑی کے پیالے سے پی رہے ہیں۔

علینہ نے میری دلچسپی محسوس کر لی۔
"ہم ایک ہی پیالے سے پی سکتے ہیں، یہ ہماری نئی دوستی کی علامت ہو گی،" اس نے مسکراتے ہوئے کہا، اس کی آنکھوں میں خلوص کی چمک تھی۔

کچھ دیر بعد ایک ویٹر نے ہمارے درمیان باماتے کا پیالہ رکھا۔ میں نے چند گھونٹ لیے۔ ذائقہ بہت تلخ تھا، لیکن پھر بھی دلچسپ لگا۔

علینہ نے بھی چند گھونٹ لیے اور کہا،
"مجھے خوشی ہے کہ تمہیں یہ جگہ دلچسپ لگ رہی ہے۔ محمد ایک شریف انسان ہے، حالانکہ بظاہر لگتا ہے کہ اسے صرف پیسوں میں دلچسپی ہے،" اس نے آنکھوں میں شرارت کے ساتھ کہا۔

"ہاں، نظر آرہا ہے۔ لیکن مجھے یہاں کی زندگی کے بارے میں مزید بتاؤ،" میں نے جھک کر تجسس سے پوچھا۔

"یہاں کی زندگی دکھوں سے بھری ہوئی ہے، مگر کبھی کبھی خوشیوں کے لمحات بھی آ جاتے ہیں،" اس کے لہجے میں اداسی اور حوصلہ دونوں جھلک رہے تھے۔

"جیسے کہ؟" میں نے مزید جاننے کی خواہش ظاہر کی۔

"شادیاں۔ صلاح نے مجھے ایک جاننے والے کی شادی میں شرکت کی دعوت دی ہے۔"

"واقعی؟ شادی؟ میں امید کرتا ہوں کہ جن دو لوگوں کی شادی ہو رہی ہے وہ ایک دوسرے سے محبت کرتے ہوں گے۔ مجھے لگتا ہے یہاں سچا جوڑ ملنا مشکل ہوگا،" میں نے ہمدردی سے مگر امید بھرے لہجے میں کہا۔

"تم بالکل ٹھیک کہہ رہے ہو۔ یہاں کامل جوڑ ملنا واقعی مشکل ہے۔ کیمپ میں زیادہ تر شادیاں مجبوری کی بنیاد پر ہوتی ہیں۔ جو لوگ یہاں پہنچتے ہیں، وہ اپنے پیاروں کو کھو چکے ہوتے ہیں، اور جو تنہا ہوتے ہیں وہ کسی ساتھی کی تلاش میں ہوتے ہیں جو ان کے ساتھ کھانا بانٹے، رات گزارے۔ کچھ لوگوں کو واقعی محبت مل جاتی ہے، اور کچھ کو نہیں۔ عجیب بات ہے نا؟ ہر انسان محبت کا طلبگار ہوتا ہے، مگر اکثر ہم اُسے کھو دیتے ہیں... اور تنہائی ہمارا مقدر بن جاتی ہے۔"

"واقعی ایسا ہی ہے،" میں نے سوچتے ہوئے اثبات میں سر ہلایا۔ "تو تمہارے بارے میں کیا خیال ہے؟ کیا... کوئی ہے جسے تم پسند کرتی ہو؟"

وہ ہنس پڑی۔ "نہیں۔ چچا صلاح ہمیشہ اس موضوع پر زور دیتے رہتے ہیں، لیکن میں مریضوں کا علاج کرنے میں اتنی مصروف ہوں کہ اس طرف دھیان ہی نہیں جا پاتا، اور اسماعیل ابھی بچہ ہے۔ وہی میری ساری دنیا ہے۔"

اس نے میری آنکھوں میں براہِ راست دیکھا، اس کی نگاہ پُر اعتماد اور مخلص تھی۔

"اگر تم مجھ سے شادی کرو گے، تو اسماعیل سے بھی کرنی ہوگی۔"

اس کے جواب نے میرے دل کی دھڑکن تیز کر دی۔ میں نے کئی بار سوچا تھا کہ اسے ڈیٹ پر چلنے کی دعوت دوں، لیکن مجھے ڈر تھا کہ کہیں وہ کچھ غلط نہ سمجھ بیٹھے۔ میں نے فیصلہ کیا کہ صبر سے کام لوں گا۔ ویسے بھی، میں اب تک اسٹیسی کو بھولا نہ تھا۔ دل کے کسی کونے میں اب بھی یہ خواہش زندہ تھی کہ کاش اسے دوبارہ دیکھ سکتا۔ لیکن وہ ہزاروں میل دور تھی۔

"تو تم یہاں کتنے عرصے سے ہو؟ تمہیں تو ہر کوئی جانتا ہے،" میں نے پوچھا۔

"میں آٹھ سال پہلے زِعتری آئی تھی،" اُس نے ماضی میں کھوئے ہوئے انداز میں جواب دیا۔

میں اس کے انداز سے سمجھ گیا کہ وہ بات چیت کے لیے آمادہ ہے۔ وہ ان لوگوں میں سے نہیں تھی جو زیادہ دیر خاموش رہیں — یہ بات میں ہماری ابتدائی ملاقاتوں سے سمجھ چکا تھا۔

"جب جنگ اپنے عروج پر تھی، ہمارا پورا ملک بدترین حالات سے گزر رہا تھا،" وہ بولی، اور اس کے کندھے سمٹ کر چھوٹے سے دکھائی دینے لگے، جیسے کسی کمزور پرندے کے ہوں۔ "دوستوں اور رشتہ داروں کی موت کی خبریں تقریباً ہر ہفتے آتی تھیں، مگر میں نے کبھی زیادہ شکایت نہیں کی۔ شاید اس لیے کہ میں تب کم عمر تھی، یا شاید اس لیے کہ ایسی فضا میں پرورش پانے سے سب کچھ معمول لگنے لگتا ہے۔"

وہ تھوڑی دیر رکی، اور ہلکی سی ہنسی — ایک تلخ سی مسکراہٹ۔

"میں نے ایک عام زندگی گزارنے کی کوشش کی... اگر ملبے میں کھیلنا کسی کے نزدیک 'عام' کہلایا جا سکے۔ ہر رات سونے جاتے، اور بموں کی آوازیں نیند توڑ دیتیں۔ جب پیچھے مڑ کر دیکھتی ہوں، تو اپنے چھوٹے سے وجود، اپنے بھائی، اور یہاں اور وہاں رہنے والوں پر ترس آتا ہے۔ کتنا احمقانہ لگتا ہے وہ وقت جب یاد آتا ہے۔ اکثر خود سے سوال کرتی ہوں، میں ہر روز رو کیوں نہ پڑی؟ شاید اس لیے کہ اُس وقت میرے ماں باپ زندہ تھے۔ مجھے یقین تھا کہ جب تک وہ ہیں، کچھ نہیں ہو سکتا۔ وہی تو میری ڈھال تھے — موت اور تباہی کی دھمکیوں کے خلاف میری حفاظت کرنے والی دیوار۔"

"میرے والد آپٹومیٹریسٹ تھے، اور والدہ نرس۔ ہم مالی طور پر مستحکم تھے۔ اسی لیے مجھے انگلینڈ میں تعلیم حاصل کرنے کا موقع ملا۔ میری والدہ اسپتال میں کام کرتی تھیں اور میں اسکول جاتی

تھی۔انھیں یہ خواہش تھی کہ اسماعیل کی پیدائش شام میں ہو،اس لیے ہم واپسی پر مجبور ہوئے۔ ان کے لیے یہ بہت اہم تھا کہ اسماعیل کی پہلی زبان عربی ہو۔"

"جب وہ دونوں دنیا سے چلے گئے،میں صدمے میں تھی۔اُس وقت میری عمر صرف پندرہ سال تھی...اور اسماعیل سات برس کا تھا۔"

میرے ہونٹ خشک ہو چکے تھے،اور میں اپنے کانوں پر یقین نہیں کر پا رہا تھا۔مجھے اپنے آپ سے نفرت محسوس ہونے لگی تھی۔اس کے کہے ہوئے ہر لفظ نے میرے اندر ایک خلا سا پیدا کر دیا— یہ احساس کہ میں تو اب تک صرف نادان اور ناشکرا ہی رہا ہوں۔

یہ سامنے تھی علینہ —ایک ایسی لڑکی جس نے اپنا گھر،اپنے والدین،سب کچھ کھو دیا تھا۔ایک ایسی ہستی جو جنگ کے سوا کچھ نہ جان سکی،ایک ایسی بچی جس کا بچپن اس سے ظالمانہ انداز میں چھین لیا گیا۔اور میں؟میرے پاس سب کچھ تھا جس کا کوئی خواب دیکھتا ہے،لیکن پھر بھی میں روز کسی نہ کسی بات پر شکوہ کرتا رہتا تھا— صرف اس لیے کہ میرے والدین اتنے اظہار پسند یا میرے مزاج کے مطابق نہ تھے جتنا میں چاہتا تھا۔

جتنا وہ اپنے دل کی باتیں کھولتی گئی،اتنا ہی مجھے اپنے وجود سے شرمندگی ہونے لگی۔

"مجھے افسوس ہے یہ سن کر... میرا مطلب یہ نہیں تھا کہ..."میں لڑکھڑاتی زبان سے بولا،اور اپنے اندر موجود احساسِ ندامت کے بوجھ کو محسوس کرتا رہا۔

علینہ نے گورڈے سے باماتی کی ایک چسکی لی۔جب وہ فارغ ہوئی،تو اس کی آنکھوں میں نمی تھی۔ "میں نے کہانا،سب ٹھیک ہے،"اُس نے آہستہ سے کہا،اور اپنے آنسو پونچھ ڈالے۔ میں نے جیب سے ایک رومال نکالا اور اُس کی طرف بڑھایا۔"شکریہ۔"وہ مسکرائی۔ پھر،خاموشی طویل ہونے لگی تو اس نے پوچھا،"اب تم اپنے بارے میں کچھ بتاؤ۔"

"میں نے ہمیشہ Doctors Without Borders کے بارے میں بہت سنا تھا، تو میر اخواب تھا کہ میڈیکل کی تعلیم کے دوران ان کے ساتھ کام کروں۔ یہ جگہ میرے آرام دہ دائرے سے بہت باہر ہے، اور یہاں ان ہیروز کے ساتھ کام کرنا میرے لیے ایک اعزاز ہے۔ خوش قسمتی سے، ابو اور ڈاکٹر جے آپس میں پرانے دوست ہیں، تو جب یہ موقع ملا، میں نے اسے ہاتھ سے جانے نہ دیا۔ NYU سے ایک سال کا وقفہ لیا، اور انٹرن شپ کے لیے اپلائی کیا۔ اور یوں، آج میں تمہارے سامنے ہوں۔"

میں نے اپنی جھوٹی کہانی ایک عجیب اعتماد سے سنائی—ایسا اعتماد جو اندرونی بزدلی کو چھپا رہا تھا۔ مجھے علم تھا کہ میں سچائی سے فرار حاصل کر رہا ہوں۔

"مجھے تم سے تھوڑا حسد سا ہو رہا ہے،" علینہ نے ایک ہلکی سی اداس مسکراہٹ کے ساتھ کہا۔ "تم NYU جیسے عظیم ادارے میں پڑھ رہے ہو—وہ ایک خواب تھا جو میں کبھی پورا نہ کر سکی۔ تم ڈاکٹر جے جیسے قابل سرجن کے ساتھ کام کرو گے، اور ایک سال بعد واپس اپنے گھر چلے جاؤ گے۔ تمہیں آزادی کی زندگی میسر ہے، یہ یقیناً بڑی نعمت ہو گی۔ میں تو شاید ساری زندگی یہیں گزار دوں۔ یہاں کے باقی پناہ گزین بھی ایسی ہی تقدیر کے مارے ہیں۔ ہم سب اپنی حالت کو قبول کر کے جینے کی کوشش کرتے ہیں، لیکن دل تو آج بھی ایک پُرامن شام کے لیے تڑپتا ہے۔"

وہ بالکل درست کہہ رہی تھی۔ اگر میں یہاں بطور پناہ گزین آیا ہوتا، تو شاید کب کا اپنا ذہنی توازن کھو بیٹھتا۔

"میں نے اب جانا ہے کہ میں نے اپنی زندگی کا ایک بڑا حصہ ناشکری میں گزارا ہے... جب تک کہ میں تم سے نہ ملا۔"

کاش میں نے وہ بات نہ کہی ہوتی۔ یہ سب کچھ کچھ زیادہ جلدی ہو گیا تھا۔ اُس کے ردعمل سے پہلے ہی میں نے شوخی سے کہا،

"مجھے ڈر ہے کہ اگر میں تمہیں بتا دوں کہ میں اپنی زندگی کو کوستا رہا ہوں، تو تم کہیں میرے چہرے

پر گرم چائے کا کپ نہ پھینک دو!"

"ہو سکتا ہے کہ میں ایسا ہی کروں،" اُس نے نرمی سے ہنستے ہوئے کہا، اور اُس کی آنکھوں میں شرارت جھلک رہی تھی۔

"چلو، بات بدلتے ہیں۔ فارغ وقت میں تم یا یہاں کے لوگ کیا کرتے ہو؟" میں نے موضوع بدلا۔

"میں لمبے شفٹوں میں کام کرتی ہوں، تو میرے پاس فارغ وقت بہت کم ہوتا ہے۔ میں دن میں تین سے پانچ بار اللہ سے دعا کرتی ہوں۔ قرآنِ مجید کی تلاوت کرتی ہوں، اسماعیل اور صلاح کے ساتھ وقت گزارتی ہوں۔" وہ سوچتے ہوئے اپنی ٹھوڑی پر انگلی رکھتی ہے، "ذرا سوچنے دو... ہاں، میں ہفتے میں ایک بار 'شام ایلیزے' پر چہل قدمی کرتی ہوں۔ دکانداروں سے یا جان پہچان والوں سے یا کبھی اجنبی لوگوں سے بات کرتی ہوں۔"

"اور تم فارغ وقت میں کیا کرو گے؟"

"مجھے ورزش کرنا پسند ہے، اور میں نئی دلچسپ چیزیں پڑھتا ہوں۔ چونکہ میں ابھی نیا ہوں، میں کیمپ کو دریافت کرنا چاہتا ہوں۔ مجھے ثقافت کے بارے میں سیکھنا اچھا لگتا ہے۔"

"اگر تمہیں ورزش پسند ہے، تو تم اسماعیل کے ساتھ فٹبال کھیل سکتے ہو۔ اُسے فٹبال بہت پسند ہے، لیکن کبھی کبھی بھار دوسرے لڑکے اُس کا مذاق اُڑاتے ہیں، کیونکہ وہ بہرا ہے۔"

"مجھے اُس کے ساتھ کھیل کر خوشی ہو گی، لیکن شاید وہ مجھ سے کہیں بہتر ہو گا۔"

"وہ برا نہیں منائے گا۔"

"کیا لوگ کبھی شام واپس جاتے ہیں؟"

"اگر وہ چاہیں تو جا سکتے ہیں۔ آخر کار وہ اُن کا اپنا وطن ہے۔ کچھ پناہ گزین اپنے گھر والوں یا دوستوں کو ڈھونڈنے کے لیے جانا چاہتے ہیں، اور اس خطرے کے باوجود واپس چلے جاتے ہیں۔ لیکن جو ایسا کرتے ہیں، وہ قید یا موت کے خطرے سے دوچار ہو سکتے ہیں۔ میرا خیال ہے کہ کچھ لوگوں کے لیے یہ زیادہ بہتر ہے کہ وہ اپنے وطن میں مریں، بنسبت اس کے کہ وہ کہیں اور بے وطن جیتے رہیں۔"

"اور تم؟ کیا تم واپس جاؤ گی؟"

"نہیں، میرے لیے اور میرے بھائی کے لیے حلب واپس جانا بہت خطرناک ہے۔ ہمیں شاید وہاں پہنچنے سے پہلے ہی مار دیا جائے۔ یہ جگہ دنیا کی سب سے خوبصورت جگہ تو نہیں، لیکن اب یہی میرا گھر ہے، اور میں جو کچھ ہے، اُسی پر قناعت کرتی ہوں۔"

"کیا تم کسی دوسرے ملک جانے کا سوچتی ہو؟"

"جب میں اپنی ماں کے ساتھ انگلینڈ میں رہتی تھی، تو مجھے بہت اچھا لگتا تھا۔ وہاں ہمیں بہت سے ایسے لوگ ملے جو ہمارے ساتھ بہت مہربانی سے پیش آئے۔ وہاں رہ کر دنیا کو ایک الگ زاویے سے دیکھنے کا موقع ملا۔ لیکن اب... مجھے شک ہے کہ کوئی ملک ہمیں قبول کرے گا۔"

"بد قسمتی سے تم جو کہہ رہی ہو، وہ سچ ہے۔ کاش ایسا نہ ہوتا۔ کاش میں کچھ بدل سکتا، لیکن... میں معذرت خواہ ہوں۔"

"معذرت نہ کرو۔ یہ سب کچھ تمہاری وجہ سے نہیں ہوا۔"

میں بات کو کسی مثبت رخ پر لے جانا چاہتا تھا۔ میں نے اثبات میں سر ہلایا اور آگے کو جھک کر کہا، "تمہیں پتا ہے، میں اُن بچوں کے بارے میں سوچ رہا تھا جن سے ہم پہلے ملے تھے۔"

"کیا سوچ رہے تھے اُن کے بارے میں؟"

"تم نے تھکے بغیر، مسلسل کام کیا ہے تا کہ اُنہیں وہ امید واپس ملے، جو اُن کے دلوں سے چھن چکی تھی۔ میں نے خود اُن بچوں کی مسکراہٹیں دیکھیں جب تم نے اُنہیں سلام کیا۔ جیسے ہی تم آئیں، بچے تمہاری طرف دوڑے——کتنا جوش تھا اُن کے چہروں پر۔ میں تمہاری سوچ نہیں بدل سکتا، لیکن میں چاہتا ہوں کہ اگر کسی نے تم سے یہ بات پہلے نہیں کہی... تو سن لو: تم نے بارہا انسانیت کو بچایا ہے، اور یہاں کے سب لوگ تمہارے احسان مند ہیں۔ تم نے اُنہیں وہ کچھ دیا ہے جو وہ واقعی حق رکھتے تھے——دوستوں کے درمیان رہنے کا موقع، کھیلنے، محبت کرنے، پیار پانے کا حق

اور ایک اور دن جینے کا موقع——جیسے کہ یہ دن ایک نعمت ہو۔"

وہ اپنا سر اپنے ہاتھ پر رکھ کر میری طرف دیکھنے لگی، اور اُس کے چہرے پر ایک خوبصورت مسکراہٹ اُبھر آئی۔ نرم آواز میں اُس نے کہا،

"تمہارے الفاظ بہت دل کو چھو لینے والے ہیں۔ میں تمہارے کہے کی قدر کرتی ہوں۔"

یہ بہت اچھا احساس تھا——وہ کہنا، جو شاید اُسے سننے کی ضرورت تھی۔ اور اُس سے بھی بڑھ کر، دل سے بات کرنا سکون بخش محسوس ہوا۔ چند لمحے ہم خاموش رہے... شاید اِس نئی بندھن کو محسوس کرتے ہوئے جو ہم دونوں کے درمیان بن چکا تھا۔

"میرے پاس ایک اور سوال ہے۔ تم نرس کیسے بنی؟"

"جب میں یہاں آئی، تو میں نے کوئی کام ڈھونڈنا شروع کیا تا کہ اسماعیل اور اپنی مدد کر سکوں۔ صلاح نے مجھے اسپتال کے ایک ڈاکٹر سے ملوایا۔ اُنہیں یہ جان کر خوشی ہوئی کہ میں دو زبانیں روانی سے بول سکتی ہوں اور انگلینڈ میں اسکول جا چکی ہوں۔ میں نے اسپتال میں تربیت حاصل کی۔ میری استاد میکا تھیں، جو ڈاکٹر جے کی بیوی ہیں۔ اُنہوں نے مجھے اپنی شاگردی میں لیا اور میرے ساتھ ب

حد صبر سے پیش آئیں۔ وقت کے ساتھ میں نے اتنا سیکھ لیا کہ مریضوں کے ساتھ خود کام کر سکوں۔ میرے پاس کوئی ڈگری نہیں، مگر علم ضرور ہے۔"

یہ بہت اچھا لگا—اُس کی دل کی بات کو تسلیم کرنا اور خلوص سے اپنا دل کھول کر بات کرنا۔ میں اُس نئے رابطے کے بارے میں سوچتا رہا جو ہم دونوں کے درمیان قائم ہو چکا تھا۔

چلنے سے پہلے، محمد ہمارے پاس آیا تا کہ حال پوچھ سکے۔ اُس نے مجھ سے پوچھا، "کیا تمہیں زعتری کیمپ کے بارے میں کچھ جاننا ہے؟"

"کیوں نہ تم ہی ہمیں کچھ دلچسپ باتیں بتاؤ؟"

"ضرور! یہاں تقریباً اسی ہزار پناہ گزین رہتے ہیں، جس کی وجہ سے یہ دنیا کا سب سے بڑا پناہ گزین کیمپ ہے۔ ہماری آدھی آبادی بچوں پر مشتمل ہے۔"

"واہ، ان سب کا خیال کون رکھتا ہے؟"

"ظاہر ہے، اُن کی مائیں تو ہیں ہی، لیکن ہمارے پاس بہت سی فلاحی تنظیمیں ہیں، جن میں اقوام متحدہ بھی شامل ہے، جو مدد کرتی ہیں۔"

"اور تمہاری کہانی؟ تم یہاں کیسے پہنچے؟"

"میں حلب میں ایک ریستوران کا مالک تھا۔ جب حکومت نے شہر پر بمباری شروع کی، تو میں اور میری بیوی یہاں آ گئے۔ ہمارے تین گود لیے ہوئے بچے ہیں۔" اُس کی آنکھوں میں اُس نے جو کچھ جھیلا تھا، وہ سب عیاں تھا۔

"تمہارا دل بہت نیک ہے، محمد، حالانکہ مجھے پتا ہے کہ تم مجھے مزید چائے بیچنے کی کوشش کرو گے اور میرا پیسہ لے لو گے۔"

محمد ہنسا۔ "ہاں، میں کروں گا۔ یہاں اپنا وقت اچھا گزارو۔"

"شکریہ،" میں نے کہا، اپنے کمزور عربی میں، جو شاید دس الفاظ پر مشتمل تھی، شکریہ ادا کرنے کی کوشش کرتے ہوئے۔

چائے کے بعد، ہم نے اپنے سفر کو جاری رکھا۔ علینہ نے محنت سے مجھے کیمپ کا جائزہ دکھایا اور بتایا کہ یہاں بجلی اور پانی کس طرح فراہم کیے جاتے ہیں۔

تینتالیس منٹ بعد ہم ہسپتال پہنچے، جو ہماری ملاقات کا اختتام تھا۔ حالانکہ ہم سارا دن ایک دوسرے کے ساتھ گزار چکے تھے، ایسا لگ رہا تھا جیسے صرف چند گھنٹے ہی گزرے ہوں۔

"تو، یہ تھا کیمپ کا دورہ، مسٹر جو،" اس نے ہنستے ہوئے کہا، اس کی ہنسی میرے کانوں میں موسیقی کی طرح لگی۔

"کیا واقعی؟ لگتا ہے میری قسمت کا کھیل ختم ہو گیا،" میں نے مذاق کرتے ہوئے کہا، میرے چہرے پر شرارتی مسکراہٹ تھی۔ اس کی ہنسی بہت خوبصورت آواز تھی۔

"لیکن سنجیدگی سے، مجھے بہت مزہ آیا۔" میں نے مسکرا کر کہا۔ "تم ایک شاندار رہنمائی کرنے والی ہو۔ مجھے امید ہے کہ یہاں سے ہم دونوں کا راستہ ایک دوسرے سے مزید بار ملے گا۔"

"شکریہ،" وہ شرماتے ہوئے بولی۔

"شکریہ،" میں نے کہا۔

"اچھا نہیں تھا،" اس نے ہنستے ہوئے کہا۔ "فکر نہ کرو، میں تمہیں کچھ عربی سکھاؤں گی۔"

"انتظار کر رہا ہوں،" میں نے جواب دیا۔

ان الفاظ کے ساتھ ہم نے ایک دوسرے کو الوداع کہااور اپنے اپنے راستوں پر چل پڑے۔

علینہ

دورے کے بعد، علینہ ڈاکٹر جے سے ملنے گئی۔ وہ ان کے دفتر میں داخل ہوئی اور ان کے سامنے بیٹھ گئی۔ "کیسا رہا؟" ڈاکٹر جے نے پوچھا۔ "سب کچھ ٹھیک رہا۔ کوئی مسئلہ نہیں تھا۔" "اچھا۔ جو کچھ تم نے کیسا پایا؟" "میں نے آج ہی اسے پہلی بار ملی۔ وہ اچھا لگتا ہے،" علینہ نے اپنے الفاظ احتیاط سے چنے۔ "مجھے یہ معلوم ہے۔ میرا مطلب ہے تمہاری ذاتی رائے سے نہیں، بلکہ کیا تمہیں لگتا ہے کہ وہ یہاں کام کر سکے گا اور رہ سکے گا؟" ڈاکٹر جے نے شدت سے سوال کیا۔ "شاید۔ وہ زعتری کے بارے میں بہت تجسس رکھتا ہے اور میری ثقافت کے بارے میں مزید سیکھنا چاہتا ہے،" اس کے دماغ میں ان کے باتوں کا منظر تازہ ہو گیا۔ "اس نے کس کس سے ملاقات کی؟" "ہم نے صلاح، اسماعیل اور محمد سے چائے کی جگہ پر ملاقات کی۔" "ٹھیک ہے۔ لگتا ہے دن اچھا گزرا۔ میں چاہوں گا کہ تم اس پر نظر رکھو اور اگر اسے کسی چیز کی ضرورت ہو تو مدد کرو۔ میں اس کی طبّی تربیت کا خیال رکھوں گا، لیکن تم زعتری کے بارے میں مجھ سے زیادہ جانتی ہو،" ڈاکٹر جے کا لہجہ پُرعزم مگر مہربان تھا۔ "ٹھیک ہے۔ اگر اسے ضرورت ہوئی تو میں مدد کروں گی،" علینہ نے ذمہ داری کا بوجھ محسوس کرتے ہوئے کہا۔ "ابھی کے لیے وہ ٹھیک ہے اور رابطے قائم کر رہا ہے،" "آنے کا شکریہ۔ تم اب آرام کر سکتی ہو۔ کل ملیں گے۔" وہ باہر نکلی اور اپنے کمرے میں آرام کرنے کے لیے چلی گئی۔ ایک بات جو اس نے ڈاکٹر جے کو نہیں بتائی وہ یہ تھی کہ جو اس میں خاص دلچسپی ظاہر کرتا تھا۔ شاید یہ صرف اس کی شخصیت کا حصہ ہو۔ پھر بھی، اس کا دماغ ان کی مختصر ملاقاتوں کا دوبارہ جائزہ لے رہا تھا——اس کی آنکھوں میں تجسس کا بڑھنا، اس کی ثقافت میں حقیقی دلچسپی۔ وہ بہت مہربان تھا اور اس نے بہت ساری تعریفیں کیں۔ اس نے کچھ اور محسوس کیا، ایک ایسا تعلق جو ان کے پیشہ ورانہ رشتہ سے آگے بڑھ کر تھا، اور اسے محسوس ہوا کہ وہ جو کے بارے میں مزید جاننا چاہے گی۔ پھر بھی، اسے محتاط رہنا تھا، کیونکہ وہ مسلمان نہیں تھا۔

باب 3: زعتری کا روز مرہ معمول

دورے کے بعد اگلے چند دنوں میں علینہ کے ساتھ بات چیت اور میل جول کا وقت بہت کم مل پایا۔ ہم کبھی کبھار میس ہال میں کھانا کھاتے تھے، لیکن ہمیشہ اسپتال کے دیگر عملے کے ساتھ۔ ہماری زیادہ تر بات چیت کام یا اسماعیل کے بارے میں ہی ہوتی تھی۔ تنہائی میں گفتگو کا موقع ہاتھ نہ آتا۔

میں ڈاکٹر جے کے سخت شیڈول کی پیروی کرتا تھا، جو اکثر سولہ گھنٹے پر مشتمل ہوتا تھا۔ یہ فیصلہ کرنا کہ کسی عضو کو بچایا جائے یا نہیں ایک مستقل اخلاقی اور جذباتی جدوجہد ہوتی تھی۔ ڈاکٹر جے نے ہمیشہ یہ کہا کہ زندگی کو بچانا، عضو کو بچانے سے زیادہ اہم ہے۔ ہر مریض کا جائزہ اس کے صحت یاب ہونے کے امکانات اور مجموعی صحت کے مطابق لیا جانا ضروری تھا۔ اگر عضو بہت زیادہ خراب ہو یا انفیکشن کا شکار ہو جائے تو اسے کاٹ دینا ضروری تھا۔ ڈاکٹر جے کی توجہ اور محنت بے حد متاثر کن تھی۔ وہ کبھی بھی تھکاوٹ یا کمزوری کا اظہار نہیں کرتے، چاہے وہ ہر روز کئی آپریشنز کرتے ہوں۔

میں اکثر علینہ کو سرجری کے دوران اور مریضوں کے کمرے میں جاتے ہوئے دیکھتا تھا۔ ان کی موجودگی ہر کسی کے حوصلے کو بلند کرتی تھی۔ وہ مریضوں کے ہاتھوں کو نرمی سے پکڑ کر ان سے عربی میں تسلی دینے والے الفاظ کہتیں۔ ان کی ہمدردی ہمیشہ مریضوں اور عملے پر ایک مثبت اثر چھوڑتی تھی۔

حتیٰ کہ جب مریضوں کو عضو کے نقصان کا سامنا ہوتا، ان کا ہمدرد رویہ ان کے تھکے ہوئے چہروں پر مسکراہٹ لانے میں کامیاب ہوتا۔

ایک صبح، مجھے ایک نوجوان لڑکے علی پر آپریشن کے دوران مشاہدہ کرنے اور مدد کرنے کا کام سونپا گیا۔ اس کی آنکھوں نے جنگ کے بدترین تجربات کو دیکھا تھا، اور اب اسے اپنے پیر کے ایک حصے کو کاٹنے کی ضرورت تھی۔

علینہ بھی اس آپریشن کی ٹیم کا حصہ تھیں۔ ایک عربی مترجم کے ذریعے، میرا کام علی کو اس کے کمرے میں تیار کرنا اور آپریشن کے لیے رگ میں سوئی لگانا تھا۔

اسی دوران، علینہ نے علی اور اس کی بے چین ماں کو آپریشن کے بارے میں آگاہ کرنے اور انہیں تسلی دینے کا نازک کام کیا۔ جب ہم اس کمرے میں داخل ہوئے، ہم جانتے تھے کہ ہمارے اقدامات علی کے مستقبل کو بدل دیں گے۔ علی بہت زیادہ پریشان نظر آرہا تھا۔ اس کے ہونٹ کانپ رہے تھے اور پیشانی سے پسینہ ٹپک رہا تھا۔

جب علی اپنی ٹانگ کے کاٹے جانے کے لیے تیاری کر رہا تھا، اور وہ ذہنی طور پر خود کو اس نئی زندگی کے لیے تیار کر رہا تھا—ایسی زندگی جس میں وہ جب چاہے گلیوں میں دوڑ نہیں سکے گا—تو میرے دل سے اپنے اور اس کے بچپن کے درمیان کیا گیا وہ متکبرانہ موازنہ نکلنے کا نام نہیں لے رہا تھا۔ اس کا نازک وجود میری آسائشوں سے بھرپور پرورش کے سامنے جیسے سوال بن گیا تھا۔

جب میں نے ایک نرس کی مدد سے علی کی رگ میں IV ڈالنے میں ہاتھ بٹایا، علینہ نرمی اور تحمل سے علی اور اس کی ماں سے عربی میں بات کر رہی تھیں۔ خوف کے باوجود، وہ علی کے چہرے پر ایک مسکراہٹ لانے میں کامیاب ہو گئی تھیں۔

وقفے کے دوران میں نے اس سے پوچھا، "تم نے اسے کیا کہا؟ وہ تم سے بات کرنے کے بعد کافی بہتر محسوس کر رہا ہے۔"

علینہ نے جواب دیا، "میں نے اسے کہا کہ وہ بہادر ہے اور وہ اس مشکل سے گزر سکتا ہے۔ پھر میں نے سچ بات کی۔ میں نے اسے بتایا کہ اگر وہ بڑا ہونا چاہتا ہے، تو اسے یہ سب کچھ جھیلنا پڑے گا۔ پھر میں نے اسے یقین دلایا کہ اسپتال کا سارا عملہ، بشمول میں خود، یہاں ہے اس کا سہارا بننے کے لیے... اور میں نے اسے بتایا کہ مجھے اس کی ہمت پر بہت فخر ہے۔"

میں نے دل سے کہا، "واقعی خوبصورت باتیں کیں تم نے اس بچے سے۔ بہت اچھا کام کیا۔ تمہارا اس سے اس طرح جُڑ جانا قابلِ تعریف ہے۔"

ہم دونوں علی کو آپریٹنگ روم تک لے گئے، جہاں ڈاکٹر شمٹ اس نازک اور اہم سرجری کو انجام دینے والے تھے۔ علینہ اس کے پاس رہی، اس کا ہاتھ تھامے ہوئے، یہاں تک کہ بے ہوشی کی دوا نے آہستگی سے علی کو نیند کی آغوش میں لے لیا۔

جیسے ہی کمرہ خاموش ہوا، ڈاکٹر شمٹ نے کنٹرول سنبھال لیا۔ انہوں نے مجھے اپنے قریب بلایا، اور علی کے پاؤں کو درپیش حقیقت — جسمانی تباہی — کو قریب سے دیکھنے کی دعوت دی۔

انہوں نے گھٹنے کے اوپر ایک داغ کی طرف اشارہ کرتے ہوئے کہا، "یہاں کی جلد کی کھردری ساخت کو دیکھو۔ فرق نمایاں ہے۔ تم یہاں پر اپنے ٹانکوں کے نشانات بھی دیکھ سکتے ہو، جو ظاہر کرتے ہیں کہ اس پاؤں کو پہلے بچانے کی کوشش کی گئی تھی۔"

میں نے ہلکی سی امید کے ساتھ پوچھا، "کیا کوئی امکان نہیں ہے کہ یہ ٹانگ بچائی جاسکے؟"

ڈاکٹر شمٹ کی آواز میں اعتماد اور حقیقت پسندی تھی، "نہیں۔ یقین کرو، اگر میں یہ کر سکتا تو ضرور کرتا، لیکن اس کا پاؤں بری طرح انفیکشن کا شکار ہے۔ اگر ہم نے ابھی اسے نہ کاٹا، تو اس کا درد بہت بڑھ جائے گا اور آخر کار وہ جان کی بازی ہار جائے گا۔ یہ واحد راستہ ہے۔"

ڈاکٹر شمٹ اور سرجیکل ٹیم نہایت مہارت اور درستگی سے کام کر رہی تھی، گو کہ ماحول کی جذباتی شدت کچھ اور ہی کہانی سنا رہی تھی۔

میرے دل میں خون کے منظر سے ہونے والی بے چینی، آہستہ آہستہ انسانی روح کی مضبوطی اور طب کی قربانیوں کے لیے عزت میں بدل رہی تھی — یہ وہ شعبہ تھا جو بکھری ہوئی زندگیوں کو جوڑنے کی آخری امید بن جاتا ہے۔

جیسے ہی برقی آری نے علی کی ٹانگ کو چھوا، میرے پیٹ میں ایک گرہ سی پڑ گئی۔

میں نے پہلے سے طے کر رکھا تھا کہ میں سرجن بنوں گا۔ میڈیکل اسکول میں کچھ سرجریز دیکھ چکا تھا، حتیٰ کہ امپیوٹیشنز (اعضا کی کٹائی) کی ویڈیوز بھی دیکھی تھیں۔

مگر حقیقت میں یہ سب اپنے سامنے ہوتے دیکھنا... یہ بالکل مختلف تجربہ تھا۔

ڈاکٹر شمٹ کو میری گھبراہٹ کا اندازہ ہو گیا، باوجود اس کے کہ ان کی ساری توجہ علی پر مرکوز تھی۔

انہوں نے نرمی سے کہا،

"اگر چاہو تو پیچھے کھڑے ہو کر دیکھ سکتے ہو۔ مجھے معلوم ہے یہ تمہارے لیے آسان نہیں ہو گا۔ رفتہ رفتہ تم اس ماحول کے عادی ہو جاؤ گے۔"

میں نے ان کی بات کو مانا، اور پیچھے ہٹ کر علینہ کے قریب آ گیا۔

غلطی سے میرا جسم اس سے ٹکرا گیا۔

اس نے میرے کندھے پر ہلکی سی تھپکی دی، جیسے مجھے تسلی دے رہی ہو۔

اسے شاید ایسی بے شمار سرجریز دیکھنے کا تجربہ تھا۔

بدقسمتی سے، میں طبیعت پر قابو نہ رہ سکا۔

میں نے منہ پر ہاتھ رکھا، فوراً باتھ روم کی طرف دوڑا اور قے کر دی۔

چند منٹ بعد میں واپس آپریٹنگ روم آیا تو علینہ نے خاموشی سے مجھے پانی کی بوتل تھمائی۔

مجھے شدید شرمندگی محسوس ہوئی۔

مجھے یقین تھا کہ اس نے میری پیشانی پر آیا پسینہ ضرور محسوس کیا ہوگا، مگر شکر ہے، وہ اور باقی سب کی توجہ علی پر تھی، میری ناتجربہ کاری پر نہیں۔

جیسے جیسے آپریشن آگے بڑھا، میری گھبراہٹ آہستہ آہستہ اس عزم کے سامنے سر جھکانے لگی جو میری نظروں کے سامنے کام کر رہا تھا۔

جراثیم کش دوا کی بو، مشینوں کی مسلسل آوازیں...ان سب نے کمرے کو ایک مخصوص فضا دے دی تھی۔

چند گھنٹے بعد آپریشن مکمل ہوا۔

علی کو پہلے ریکوری روم اور پھر واپس اُس کے اسپتال کے بستر پر منتقل کر دیا گیا۔

آپریشن کے بعد ہر روز میں علی کے کمرے جاتا، تا کہ اس کی حالت دیکھ سکوں۔

جب بھی میں اس کے ٹانکوں کا معائنہ کرنے کی کوشش کرتا، وہ کراہتا اور درد سے چیخ اُٹھتا۔

مگر چند دن بعد میں نے ایک خوشگوار منظر دیکھا——

علینہ، علی کے بستر کے پاس کھڑی، اس کا ہاتھ تھامے ہوئے تھی۔

دوسرے ہاتھ سے وہ نہایت نرمی سے علی کے بالوں کو سہلا رہی تھی۔

غم کی اتنی بڑی چٹان کے باوجود،

علی اس کی طرف دیکھ کر مسکرا رہا تھا...

جیسے اس کی موجودگی میں اُسے سکون مل رہا ہو۔

میں خاموشی سے کھڑا انہیں دیکھتا رہا۔ چند لمحوں بعد میں نے کہا،

"لگتا ہے اسپتال میں علی کو صرف تم ہی ہنسا سکتی ہو۔ مجھ سے تو نہیں ہوتا۔"

اس نے میری طرف دیکھا اور سر ہلایا۔

"تم اس کی زبان نہیں بولتے، اسی لیے تمہارے لیے مشکل ہے۔ میرا خیال ہے علی نے شاید ہی کبھی کسی ایسے شخص سے ملاقات کی ہو جو عربی نہ بولتا ہو۔ یہ بھروسا پیدا کرنے کی بات ہے۔"

میں نے کہا، "سمجھ گیا۔ براہِ کرم علی سے کہنا کہ عربی بہت خوبصورت زبان ہے، اور میری خواہش ہے کہ میں اسے اچھی طرح بول سکتا۔"

"ٹھیک ہے،" اس نے مسکرا کر کہا، اور میری بات علی تک پہنچا دی۔

علی نے میری طرف دیکھا اور دونوں انگوٹھے اوپر کر دیے۔

میرا دل پگھل گیا۔ میں نے جھک کر اس کو پیار کیا، اور وہ ہنسنے لگا۔

اس کی ہنسی نے مجھے یقین دلایا کہ وہ اب صحت یابی کی طرف گامزن ہے۔

چند دن بعد ڈاکٹر سلامہ نے مجھے ایک پچیس سالہ مریض، جناب السلیمان الدمن، کی پٹی بدلنے کا کام سونپا۔

ان کی ٹانگ حال ہی میں ٹخنے سے اوپر تک کاٹ دی گئی تھی۔

مجھے حیرت ہوئی کہ اس بار بھی میرے ساتھ علینہ تھی۔

میں دل سے اس بندوبست پر خوش تھا۔

اس کی انگریزی اور عربی پر مہارت نے اسے عملے اور مریضوں دونوں کے لیے نہایت قیمتی بنا دیا تھا، اور میں شکر گزار تھا کہ وہ میرے ساتھ ہے۔

جیسے ہی میں مریض کے کمرے میں داخل ہوا، ایک مانوس آواز نے کہا:

"ذرا خود کو تو دیکھو۔ تم تو پچھلی بار سے بھی زیادہ پیلے پڑ گئے ہو۔ ارے ارے، کیا سب کچھ تمہارے لیے زیادہ ہو گیا ہے؟"

اس کا ہنسی مذاق سے بھرپور انداز میری پریشانی دور کر گیا، خاص طور پر علی کی سرجری کے دوران میری حالت کے بعد۔

میں نے آنکھیں گھمائیں۔

"امید ہے اس بار تمہارے سامنے پھر سے تو نہ ہو جائے۔ واقعی ایک عجیب تجربہ تھا۔ شکر ہے بیہوش نہیں ہوا!"

"تم عادی ہو جاؤ گے۔ مثبت سوچو۔ ہر بار جب ہم کسی پر کام کرتے ہیں، کسی کی جان بچا رہے ہوتے ہیں،"

اس کی آواز حوصلہ افزا تھی۔

"کوشش کروں گا۔ تو آج تم کیا کر رہی ہو؟" میں نے بات کا رخ اس کی طرف موڑا۔

"ڈاکٹر سلامہ نے کہا ہے کہ ایک زخم پر مرہم لگانا ہے اور نئی پٹی باندھنی ہے،" اس نے بتایا۔

"ٹھیک ہے، بتاؤ، میں کیسے مدد کر سکتا ہوں؟" میں نے عزم سے کہا۔

"سلیمان الدمن انگریزی نہیں بولتے، اور اس وقت ہمیں سمجھ نہیں پا رہے۔ وہ کچھ زیادہ تعاون نہیں کرتے اور اکثر شکایت کرتے ہیں۔

آج کسی ریگولر مترجم کو بلانا بہتر ہو گا۔ مجھے اس کا لہجہ کچھ اچھا نہیں لگتا، اور میں پوری توجہ دینا چاہتی ہوں،" اس نے قدرے پریشانی سے کہا۔

"ٹھیک ہے،" میں باہر گیا اور ایک خاتون مترجم کو ساتھ لے آیا۔

مترجم نے عربی میں ان سے بات چیت شروع کی، اور میرے ساتھ انگریزی میں گفتگو کرتے ہوئے کہا:

"پہلے ہمیں پرانی پٹی اتارنی ہے اور زخم میں انفیکشن کی جانچ کرنی ہے۔"

"ٹھیک ہے،"

میں نے اس کی مدد کی۔

ہم نے پٹی اتاری اور زخم کا معائنہ کیا۔ زخم اچھی طرح بھر چکا تھا، اور انفیکشن کی کوئی علامت، جیسے شدید سرخی یا زیادہ جلن، نظر نہیں آئی۔

"اب کیا کرنا ہے؟"

میں نے قدرے پراعتماد لہجے میں پوچھا۔

"ڈاکٹر سلامہ نے مجھے ایک مرہم دیا ہے، اور کہا ہے کہ میں یہ ان کے زخم پر لگاؤں۔ پھر مجھے دیکھنا ہے کہ کوئی منفی ردِ عمل تو نہیں ہوتا۔"

"ٹھیک ہے۔ میں تمہارے ساتھ مشاہدہ کروں گا،" میں نے کہا، مدد کو تیار۔

اس نے مرہم لگایا، اور میں نے نئی پٹی باندھنے میں مدد کی۔ جب ہم فارغ ہوئے، تو میں نے مترجم کے ذریعے جناب السلیمان الدمن سے پوچھا:

"آپ کیسا محسوس کر رہے ہیں؟ کیا کوئی درد ہے؟"

اس نے تیوری چڑھائی۔ مترجم کے ذریعے کہا:

"ظاہر ہے، بیوقوف! اگر تمہاری ٹانگ کاٹی گئی ہوتی، تو کیا تمہیں درد نہ ہوتا؟ کیا تم بھی اسی نرس کی طرح بیوقوف ہو؟ اور تم ایک عام میدان کا مترجم استعمال کرتے ہو؟ تمہیں میری زبان یا ثقافت کی سمجھ نہیں۔"

میں چونک گیا اور اس کی طرف ناراضی سے دیکھا۔

"دیکھیں جناب الدمن، یہاں اسپتال میں سب لوگ آپ کو بہتر محسوس کرانے کی کوشش کر رہے ہیں۔"

ہم جانتے ہیں کہ ٹانگ کھونا آسان بات نہیں، لیکن یہ اب آپ کی حقیقت ہے۔
میں چاہوں گا کہ آپ نرس اور میری عزت کریں۔"

اس نے طنزیہ انداز میں کہا:
"تم لوگ عزت کے لائق ہی نہیں ہو۔"

میں نے افسوس سے سر ہلایا۔
کتنا عجیب مزاج ہے اس کا۔

جب ہم بات کر رہے تھے، علینہ نے زخم پر نظر رکھی ہوئی تھی۔
اچانک اس نے کہنی سے مجھے ٹھوکا دیا اور زخم کی طرف اشارہ کیا۔
جناب الدمن زور زور سے اپنی کٹی ہوئی ٹانگ کو کھجلا رہے تھے۔

علینہ نے اس سے پوچھا،
"کیا ہو رہا ہے؟"
اس نے عربی میں بات کی، اور مترجم نے مجھے ترجمہ کیا۔

اس سے پہلے کہ مترجم کچھ کہے، جناب الدمن غصے سے بھڑک اٹھے اور اور بھی زور سے کھجانے لگے۔

مترجم نے بتایا:
"تم، نرس، اپنے دستانے اور طبّی انداز میں، کیا جانتی ہو کہ میری جگہ ہونا کیسا ہے؟
یہاں لیٹے رہنا، درد سے کراہنا، اور تمہارے ان طبّی تجربوں کا شکار ہونا۔

مجھے تم پر بھروسا تھا، ساتھی، جانتی ہو؟
مجھے یقین تھا تم میرے زخموں کو راحت دو گی، میرے درد کو کم کرو گی۔

مگر نہیں—تم نے تو ایک معذور کو جلا ڈالا۔

یہ سب اس لیے ہے کیونکہ تم مجھ سے نفرت کرتی ہو۔"

میں نے دیکھا کہ علینہ کا چہرہ سرخ ہو گیا۔

میں نے جناب الدمن کی طرف دیکھا اور کہا:

"پر سکون ہو جائیں۔ آپ کا یہ رویہ نہ آپ کے لیے فائدہ مند ہے نہ ہمارے لیے۔

ہم آپ کا خیال رکھیں گے، اور ان شاءاللہ آپ جلد بہتر ہوں گے۔

بس صبر سے کام لیں۔"

جناب الدمن نے کئی بار سر ہلایا اور دوبارہ عربی میں بولے:

"مجھے تم سے نہیں، بلکہ اس نااہل نرس سے غصہ ہے جو تم نے میرے لیے چنی۔ یاد رکھنا، نرسِ ناواقف! میں اس بستر سے اٹھوں گا ایک ایسے غصے کے ساتھ جو تمہاری وردی کو ہلا دے گا! تم مجھے بھول نہیں سکو گی۔ نہیں، تم ضرور یاد رکھو گی اُس مریض کو جس نے تمہاری نااہلی کو للکارا۔ اور جب وہ وقت آئے گا، جان لینا کہ میں باہر ہوں گا، دوسروں کو خبردار کرتا ہوا: ہوشیار رہنا!"

علینہ نے سب کچھ سمجھا، اور مترجم کی وجہ سے اسے یہ باتیں دوبارہ بھی سننی پڑیں۔

وہ جناب الدمن کی طرف سے منہ موڑ کر میری طرف پلٹی، آنکھوں میں آنسو لیے ہوئے۔

مگر ہمیں زخم کا علاج بھی کرنا تھا۔

علینہ نے گہرے سانس لیے اور بے چینی سے کہا،

"زخم بہت بری طرح سے کھجلا رہا ہے۔ ہمیں کچھ کر نا ہو گا۔ میں نے کبھی ایسا ہوتے نہیں دیکھا۔"

اس کی آواز میں تشویش واضح تھی، اور میں نے دیکھا کہ اس کے ہاتھ بھی ہلکے ہلکے کانپ رہے تھے۔

میں نے کہا:

"ٹھیک ہے۔ پرسکون رہو۔ براہِ کرم پٹی اتارو اور زخم کو صابن اور پانی سے دھو دو۔ مرہم کو اچھی طرح صاف کر دینا۔ میں ڈاکٹر سلامہ سے مزید ہدایات لینے جا رہا ہوں۔ ابھی واپس آتا ہوں۔"

میں کمرے سے تیزی سے نکلا، دل زور زور سے دھڑک رہا تھا، اور ڈاکٹر سلامہ کو ان کے دفتر میں جا کر پایا۔

"ڈاکٹر سلامہ،" میں نے کہا، آواز میں پریشانی نمایاں تھی،

"ہمیں جناب الدمن کے ساتھ ایک مسئلہ پیش آیا ہے۔ لگتا ہے کہ ان کے زخم پر جو مرہم لگایا گیا تھا، اس سے الرجی ہو گئی ہے۔ ہمیں اب کیا کرنا چاہیے؟"

ڈاکٹر سلامہ نے میری بات سنی، آنکھیں چوڑی ہو گئیں، پھر انگلیاں آپس میں پیوست کر کے بولیں:

"میں ایک اینٹی بایوٹک کریم لے آتی ہوں۔ تب تک تم جناب الدمن کے کمرے میں جاؤ اور ایک ٹھنڈی پٹی لگاؤ۔ یہ خارش کم کرنے میں مدد دے گی، جب تک میں پہنچتی ہوں۔"
ان کی آواز پُر سکون اور اطمینان بخش تھی۔

میں جلدی سے واپس بھاگا گا اور علیمہ کو ہدایات دیں۔
اس نے فوراً ایک برف سے بھری پٹی تیار کی اور نرمی سے مریض کی ٹانگ پر رکھ دی۔
اس کی مسلسل خارش رک گئی، اور اس کے چہرے پر سکون نمایاں ہو گیا۔
مگر اس کا رویہ پھر بھی سخت ہی رہا۔

کچھ منٹ بعد ڈاکٹر سلامہ آ گئیں اور نئی مرہم لگائی۔
جناب الدمن کی حالت فوراً بہتر ہونے لگی۔
مگر اس کے باوجود، اس نے ایک نیا طوفان کھڑا کر دیا۔
اس بار وہ براہِ راست ڈاکٹر سلامہ سے مخاطب ہوا:

"ڈاکٹر سلامہ، مجھے یہاں کی خدمات پر سخت افسوس ہے، اور میں اس نااہل نرس کے خلاف باضابطہ شکایت درج کروانا چاہتا ہوں۔ اس نے جان بوجھ کر میری زندگی خراب کی ہے۔"

اس نے علینہ کی طرف انگلی اٹھائی۔

"براہِ کرم، اس بات کو یقینی بنائیں کہ یہ دوبارہ میری دیکھ بھال نہ کرے۔"

ڈاکٹر سلامہ کا چہرہ پُرسکون رہا، اور آواز میں مکمل پیشہ ورانہ انداز تھا۔

"سنیئے جناب الدمن، یہ مرہم لگانے کا حکم میں نے نرس کو دیا تھا۔ اگر کسی پر الزام ڈالنا ہے تو وہ میں ہوں۔ نرس نے محض میرے حکم کی تعمیل کی ہے۔ برائے کرم اسے عزت دیں جس کی وہ حقدار ہے۔"

جناب الدمن نے غصے میں بستر پر مکے مارے:

"اگر تم نے یہ کیا ہے، تو تمہیں برطرف کر دینا چاہیے!"

لیکن ڈاکٹر سلامہ نے اب بھی غصہ نہیں کیا۔

بلکہ وہ کہنے لگیں:

"آپ شکایت درج کر سکتے ہیں۔ میں کسی کو بھیج دوں گی جو فارم یہاں لے آئے گا، اور آپ اپنی شکایت لکھ سکتے ہیں۔ ہم اس واقعے کی تفتیش کریں گے اور آپ کو نتیجہ سے آگاہ کریں گے۔ مجھے آپ کی تکلیف کا افسوس ہے۔ لیکن ہم اپنی پوری کوشش کریں گے کہ آپ کا علاج مکمل ہو اور آپ کو جلد از جلد ڈسچارج کیا جا سکے۔"

ان کی آنکھیں اس کے چہرے سے جُڑی رہیں ۔۔۔ عزم اور ہمدردی کا ملا جلا تاثر لیے ہوئے، گویا وہ کسی صورت اس کے غصے سے ڈگمگانے والی نہیں تھیں۔ پھر ڈاکٹر سلامہ میری طرف مڑیں، چہرے پر مضبوط طلی کا اظہار تھا:

"علینہ میرے ساتھ باہر چلے گی۔ میں یہ برداشت نہیں کر سکتی کہ کوئی مریض نرس کو برا بھلا کہے۔"

میں میکا کو بھیجوں گی، وہ ہماری سب سے تجربہ کار نرس ہے۔ میکا اور تم دونوں جناب الدمن کی کچھ دیر نگرانی کرو۔ میرا خیال ہے کہ وہ جلد بہتر ہو جائے گا۔"

میں نے سر ہلایا:
"جی ڈاکٹر،"
اور دل ہی دل میں ان کی حمایت پر شکر گزار تھا۔

علینہ اور ڈاکٹر سلامہ کمرے سے نکل گئیں، اور میکا اور میں پیچھے رہ گئے۔
جناب الدمن اور میں خاموش رہے۔
کیا بد تمیز آدمی ہے!
میں دل میں سوچ رہا تھا، "خدا کرے دوبارہ کبھی تمہارے ساتھ کام نہ کرنا پڑے!"

جب میں کمرے سے نکلا تو مجھے علینہ کی فکر ہوئی۔
میں تصور بھی نہیں کر سکتا تھا کہ وہ اندرونی طور پر کیسا محسوس کر رہی ہو گی۔
میں نے اُسے ہسپتال کی ایک بینچ پر بیٹھے پایا۔
وہ خاموش تھی، آنکھیں نیچی اور اُداس، کندھے جھکے ہوئے۔

میں نے ایک لمحے کے لیے دانت بھینچے—اس کے لیے میری فکر مندی حد سے بڑھ گئی تھی۔
میں اس کے پاس جا بیٹھا، مگر احتراماً کچھ فاصلہ رکھا۔
دل چاہا کہ قریب ہو کر اُسے گلے لگا لوں،
مگر دل نے کہا: "ابھی یہ مناسب نہیں ہو گا۔"

میں نے خاموشی توڑی۔
سامنے دیکھتے ہوئے (اس کی طرف نہیں)

اور تسلی دینے والے لہجے میں کہا:

"کیسی طبیعت ہے؟ سخت وقت تھا، ہے نا؟"

وہ میری طرف نہ دیکھ سکی، نہ اوپر نگاہ اٹھائی۔

"ہاں، واقعی بہت مشکل وقت تھا۔ مجھے کبھی کسی مریض کے ساتھ اتنی مشکل پیش نہیں آئی...اور یہ میری غلطی تھی،"

اس کی آواز کانپ رہی تھی۔

میں نے بھنویں چڑھائیں:

"یہ تمہاری غلطی کیسے ہو سکتی ہے؟"

"میں نے ہی وہ غلط مرہم لگا یا۔ مجھے چاہیے تھا کہ پہلے تھوڑا سا لگا کر دیکھتی کہ کوئی ردِ عمل ہوتا ہے یا نہیں۔

لیکن میں نے پورے زخم پر لگا دیا اور پھر پٹی باندھ دی۔"

میں اٹھا اور سیدھے اس کی طرف دیکھا، چہرے پر فکر اور حوصلے کے ملے جلے جذبات تھے:

"تم غلط ہو۔

تم کیسے جان سکتی تھیں کہ کسی مریض کو ایسی شدید الرجی ہو گی؟

اور ویسے بھی، تم تو ڈاکٹر سلامہ کے حکم پر عمل کر رہی تھیں۔"

"تو شاید غلطی ڈاکٹر سلامہ اور میری دونوں کی ہو۔"

میں مسکرایا، اور خود اعتمادی سے بازو سینے پر باندھ لیے، جیسے اسے حوصلہ دینا چاہ رہا ہوں:

"نہ تمہاری غلطی تھی، نہ ڈاکٹر سلامہ کی۔

مجھے یقین ہے کہ مریض کی فائل میں کہیں بھی ایسا نہیں لکھا ہو گا کہ اسے اس مرہم سے الرجی ہو

سکتی ہے۔

اگر یہ سب امریکہ میں ہوتا تو وہاں کا ڈاکٹر بھی شاید یہی فیصلہ کرتا۔"

"شاید، لیکن اس بار تو غلطی میری ہی تھی۔

کیا تمہیں لگتا ہے وہ مجھے نوکری سے نکال دیں گے؟"

اس کی آنکھیں کسی بے سہارا بچے کی طرح لگ رہی تھیں۔

اب میں نے براہِ راست اس کی طرف دیکھا،

اور بے یقینی سے کہا:

"کیا؟ تمہیں نکال دیں؟

علینہ، ہوش کرو!

تم اسٹاف کی سب سے بہترین نرس ہو، اور شاید سب سے زیادہ مخلص بھی۔

ڈاکٹر جے اور ڈاکٹر سلامہ تمہیں کبھی نہیں چھوڑیں گے۔

تم اس اسپتال کا ایک ضروری حصہ ہو،

پناہ گزینوں اور اسپتال کے درمیان ایک پُل کی مانند ہو۔

تم ایسی بات کیسے سوچ سکتی ہو؟"

وہ میری طرف مڑی، اور میں نے اس کے چہرے پر ہلکی سی مسکراہٹ دیکھی۔

"شکریہ، تم میرے پاس باہر آ کر بیٹھے، اس کی مجھے بہت قدر ہے۔

تم نے مجھے بہتر محسوس کروایا۔

مجھے امید ہے کہ مسٹر الدمان جلد صحت یاب ہو جائیں، لیکن میں یہ بھی چاہتی ہوں کہ دوبارہ ان کے ساتھ کام نہ کرنا پڑے،"

اب اس کی آواز پہلے سے زیادہ سنبھلی ہوئی تھی،

اگرچہ آنکھوں میں ابھی بھی اداسی کی ایک جھلک باقی تھی۔

میں نے اس کی بات سے اتفاق کرتے ہوئے کہا:

"میں بھی یہی امید کرتا ہوں۔

شاید کل تم مجھے اپنے کسی پسندیدہ مریض سے ملواؤ۔

مجھے تمہارے چہرے پر دوبارہ مسکراہٹ دیکھنے کی خوشی ہو گی۔"

میری مسکراہٹ حوصلہ دینے والی اور گرمجوش تھی۔

اس کی آنکھیں کھل گئیں۔

"یہ تو اچھی تجویز ہے۔

واقعی ایک مریض ہے جس سے میں تمہیں ملانا چاہوں گی۔"

"مجھے خوشی ہو گی۔

کیا میں تمہیں ویسا ہی تسلی دے سکتا ہوں جیسے تم نے آپریشن روم میں میرے کندھے پر ہاتھ رکھا تھا؟"

میری آواز نرم اور مخلص تھی۔

"ہاں، تم مجھے تسلی دے سکتے ہو...اور میری پشت پر تھپکی دے سکتے ہو،"

اس نے جواب دیا۔

میں اس کے پیچھے جا کر نرمی سے اس کی پشت پر چند بار تھپکی دی۔

میرے دل کی دھڑکن تیز ہو گئی۔

پھر میں بینچ کے سامنے آ کر کھڑا ہو گیا۔

اس کے چہرے کو دیکھتے ہوئے، میرے وجود میں ایک عجیب سی گرمجوشی اور راحت بھر گئی۔

اگلے دن، میں علینہ سے میس ہال میں ملا۔

وہ پُرسکون لگ رہی تھی، جیسے کل کے سارے دکھ پیچھے چھوڑ دیے ہوں۔

اس نے کہا:

"یاد ہے، میں نے تمہیں ایک مریض کے بارے میں بتایا تھا؟

چلو، آج ہم مسٹر خالد سے ملنے جا رہے ہیں۔

تمہیں اچھا لگے گا۔"

"تم آگے چلو۔،"

میں نے خوشی سے کہا، اور ہم دونوں ایک مترجم کے ساتھ روانہ ہوئے۔

ہم مسٹر خالد کے کمرے میں داخل ہوئے۔

وہ پینسٹھ سالہ مریض تھے، جن کی پسلی کی ہڈی (sternum) ٹوٹی ہوئی تھی۔

علینہ نے عربی میں ان سے بات کی،

اور مترجم کے ذریعے کہا:

"سلام، مسٹر خالد۔ آپ کیسے ہیں؟

آپ آج بہت خوبصورت لگ رہے ہیں۔

آپ کے بال بہت ملائم ہیں، اور آپ کی آنکھیں چاند کی روشنی کی مانند چمک رہی ہیں،"

اس کی آواز میں نرمی اور سکون کا ایک نغمہ چھایا ہوا تھا۔

علینہ اور مسٹر خالد دونوں بلند آواز میں ہنس پڑے۔

پھر مسٹر خالد نے عربی میں کچھ کہا۔

اس بار، علینہ نے میرے لیے ترجمہ کیا:

"وہ کہہ رہے ہیں کہ انہیں تکلیف ہے،

لیکن وہ اس بات پر شکر گزار ہیں کہ وہ زندہ ہیں،

اور یہ کہ وہ ہمارے ساتھ ہنسی بانٹ سکتے ہیں۔"

میں وہیں کھڑا رہا،

اس سارے منظر کو دل کی گہرائیوں سے محسوس کرتے ہوئے۔

جب علینہ نے مسٹر خالد کی پٹیاں تبدیل کیں،

اس کے ہاتھوں میں مہارت اور نرمی تھی۔

اس کا تعلق خالد صاحب سے صرف الفاظ تک محدود نہ تھا،

بلکہ اس کی مسکراہٹ، اس کی موجودگی—ایک خاموش سی شفقت اور محبت کا احساس دلا رہی تھی۔

مسٹر خالد نے دوبارہ کچھ کہا، اور علینہ ہنسنے لگی۔

ہنسی تھوڑی دیر بعد رو کی، پھر میری طرف متوجہ ہو کر ترجمہ کیا:

"وہ کہتے ہیں کہ میں تمہیں ایک لطیفہ سناؤں—بیوی کو چار اونٹوں کے بدلے خریدنے والا لطیفہ۔

ایک آدمی نے کسی شخص کو چار اونٹ پیش کیے تاکہ وہ اس کی بیوی خرید سکے۔

اس شخص کا چہرہ تو خوشی سے سفید ہو گیا، اور وہ تقریباً مان ہی گیا تھا...

مگر تب اس کی بیوی نے، جو قریب ہی کھڑی تھی، طنزیہ لہجے میں کہا:

'تم میرے شوہر کو ایک اونٹ کے بدلے لے لو!'"

لطیفہ سن کر اس کی ہنسی اتنی دلکش تھی کہ میں بھی ہنسنے پر مجبور ہو گیا۔

یہ لمحہ بہت خوبصورت تھا۔

میرے دل میں ایک عجیب سی کیفیت محسوس ہوئی، جیسے کسی نے محبت سے تھاما ہو۔

یہ درد نہیں تھا، بلکہ ایک سکون بھرا احساس تھا۔

یہ راحت میرے سینے سے نکل کر جسم کے ہر حصے میں پھیل گئی۔

میں نے بہت عرصے بعد ایسا محسوس کیا تھا—شاید ان دنوں کی یاد تازہ ہو گئی جب میں پہلی بار اسٹیسی کے ساتھ ہوتا تھا۔

کیا میں علینہ سے محبت میں مبتلا ہو رہا ہوں؟

اس کی خوبصورتی، موجودگی، اور مہربانی نے میرے دل اور ذہن میں ایک ایسی جگہ بنا لی تھی جسے میں خود بھی مکمل طور پر سمجھ نہیں پایا۔

مجھے ایک لمحہ چاہیے تھا سوچنے کے لیے۔

کیا یہ محض تنہائی کا اثر ہے؟

کیا میں اس لیے دل ہار بیٹھا ہوں کیونکہ میں اس اجنبی جگہ میں خود کو تنہا محسوس کر رہا ہوں؟

میں نے بے یقینی سے اپنے کندھے اچکائے۔

یقینی طور پر کچھ نہیں کہہ سکتا،

لیکن میں اتنا ضرور جانتا تھا کہ علینہ کی موجودگی میرے لیے سکون اور گرمجوشی کا ذریعہ بن چکی تھی۔

ایسے ہزاروں لوگوں کے درمیان جہاں کوئی میری زبان نہیں سمجھتا تھا،

اس کی آواز، اس کی توجہ... ایک پناہ گاہ بن چکی تھی۔

چند مزید منٹ ہم نے بات چیت میں گزارے،

پھر میں نے مسٹر خالد سے وعدہ کیا کہ جلد دوبارہ آؤں گا۔

اس کے بعد، علینہ اور میں الگ ہو گئے،

اور میں اپنے اگلے کام کی طرف روانہ ہو گیا۔

باب 4: اسماعیل اور علینہ کے ساتھ فرصت کے لمحات

فارغ وقت میں، میں اسماعیل اور اس کے دوستوں سے ملا کرتا تھا۔

اسماعیل کا بہر اپن میری اندرونی جستجو کو بیدار کر دیتا——

میں اس کی زبان سیکھنے کی پیاس محسوس کرتا۔

میں روزانہ کچھ نئے اشارے سیکھتا

یہاں تک کہ میں اس کے ساتھ اس حد تک بات چیت کرنے کے قابل ہو گیا

کہ علینہ یا صلاح کی مدد کی ضرورت باقی نہ رہی۔

ہم دوسرے نوجوانوں اور چند بڑوں کے ساتھ فٹبال میچ کھیلتے

جن میں گول پوسٹس بھی عارضی اور سادہ سی بنی ہوتیں۔

اسماعیل نمایاں کھلاڑیوں میں سے ایک تھا——

تقریباً ہر میچ میں وہ کئی گول کر کے سب کو حیران کر دیتا۔

امریکہ کے ہرے بھرے میدانوں کے برعکس،

یہاں ہم مٹی پر کھیلتے تھے۔

میچ کے بعد، اسماعیل اور میں ایک دوسرے کے ساتھ تنہا کھیلتے——

وہ گول کرتا، میں بچانے کی کوشش کرتا۔

پھر میری باری آتی کہ میں اسے گول کرنے سے روکوں۔

ہم دونوں باری باری بیس بیس شاٹس لیتے

اور جو زیادہ گول کرتا، وہ فاتح کہلاتا۔

میں ہمیشہ سے کھیلوں میں اچھا تھا،
مگر اسماعیل کی فٹبال مہارت مجھ سے کہیں بڑھ کر تھی۔

کھیل کے بعد ہم پیتا بریڈ کے سینڈوچ کھاتے
اور وہ مجھے مزید اشارے سکھاتا۔
وہ کسی چیز کی طرف اشارہ کرتا اور اس کا اشارہ دکھاتا،
جس سے ہماری غیر زبانی بات چیت بہتر ہوتی گئی۔
یہ وقت میرے لیے بے حد قیمتی تھا۔

ہمارے درمیان دوستی کا یہ خوبصورت سفر
اُس دن ذرا مکدر ہوا جب دو نئے لڑکے ہمارے سامنے آگئے۔
میں نے فوراً محسوس کیا کہ اسماعیل بے چین ہو گیا ہے۔
اس کے جسم میں سختی آگئی
اور اس کے چہرے کی خوشی غائب ہو گئی۔

"کیا ہوا، اسماعیل؟"
میں نے اشاروں میں پوچھا،
میرے چہرے پر گہری فکر نمایاں تھی۔ اسماعیل عربی بول سکتا تھا
مگر مجھے وہ زبان نہیں آتی تھی،
لہٰذا اس نے مجھے اشاروں ہی میں جواب دیا:
"یہ دونوں بُرے لوگ ہیں۔
یہ مجھ سے نفرت کرتے ہیں۔

کیوں کہ میں بہرا ہوں، پھر بھی انہیں ہر بار ہرا دیتا ہوں۔"

اس کی نظریں ان دونوں لڑکوں اور مجھ میں بار بار گردش کر رہی تھیں۔

"پُراعتماد رہو۔ ہم انہیں شکست دیں گے،"
میں نے کہا،
تاکہ اس کے چہرے پر کچھ حوصلہ واپس لایا جا سکے۔

اسماعیل نے بازو باندھ لیے، اور نفی میں سر ہلاتے ہوئے اشارہ کیا:
"یہ چالا کی کریں گے۔ دیکھتے جاؤ۔"
اس کی جھنجھلاہٹ صاف محسوس ہو رہی تھی۔

میں نے اس کی بات کو سنجیدگی سے لیا، اور دوسرے لڑکوں کو کھیل شروع کرنے کا اشارہ کیا۔
دو-دو کے میچ میں صرف ایک گول پوسٹ تھی۔
ہم نے سکّہ اچھالا،
ہم جیتے اور ہمیں پہلی بار گیند ملی۔

اسماعیل نے کھیل کا آغاز کیا، اور گیند مجھے پاس کی۔
جب میں نے گیند واپس کی، تو ان لڑکوں نے اس پر جھپٹ کر اس کے پیروں اور پیٹ پر پیٹ پر لاتیں ماریں۔
پھر گیند کو ہاتھ سے اٹھایا—جو کہ فٹبال میں ممنوع ہے—
پھر دوبارہ زمین پر رکھ کر گول کر دیا، اور ہمیں تمسخر آمیز انداز میں ہنسی کا نشانہ بنایا۔

اسماعیل درد سے زمین پر پڑا تھا، اور مجھے گول کی کوئی پرواہ نہ رہی۔

میں فوراً اس کے پاس دوڑا۔

اس اتنے تکلیف میں چہرہ بگاڑتے ہوئے اشارہ کیا:
"میں نے کہا تھا، یہ شرارتی ہیں۔
ہمیں ان کے ساتھ نہیں کھیلنا چاہیے تھا۔"

میں نے اسے تسلی دی:"فکر نہ کرو، بس لیٹے رہو اور دیکھو۔
اب میں دیکھتا ہوں کہ یہ تمہیں دوبارہ تنگ نہ کریں۔"

میں نے محسوس کیا کہ اس کی آنکھوں میں خوف تھا۔
میری رگوں میں ایڈرینالین دوڑنے لگا
اور ایک محافظانہ غصے کی لہر میرے اندر اُٹھی۔
میں ان بد معاشوں کی طرف بڑھا، پاؤں زمین میں گاڑ دیے
اور صاف انداز میں اشارہ کیا کہ بس، اب اور نہیں۔

میرے انداز اور حرکات میں ایک واضح تنبیہ تھی ——
خواہ ہم ایک زبان نہ بولتے ہوں۔
مگر وہ باز نہ آئے۔ وہ اسماعیل کی طرف دوڑے
اور اسے زمین پر دوبارہ بار بار لاتیں مارنے لگے۔

میرے اندر غصے کی ایک طوفانی لہر اٹھی ——
ایسی کہ مجھے اپنے گرد دھند سی محسوس ہونے لگی۔
میں نے ایک لمحہ ضائع کیے بغیر قریب ترین لڑکے پر حملہ کیا
اور میرے مکے نے اس کے سینے کے نیچے نرم حصے پر ضرب ماری۔

وہ کراہتا ہوا دوہرا ہو گیا۔
دوسرے کی شیخی بھی ہوا ہو گئی، جب میں نے انہیں وہاں سے چلے جانے کا اشارہ کیا۔

اسماعیل اٹھا،اور میرے قریب آ کر مجھے گلے لگا لیا،
شکر گزاری اس کے چہرے سے جھلک رہی تھی۔

"شکریہ۔
یہ بہت عرصے سے تنگ کر رہے تھے،
مگر شاید اب مزید نہیں کریں گے۔"
اس کی آنکھوں میں آنسو تھے۔

ہمارا رشتہ اس واقعے کے بعد مزید مضبوط ہو گیا۔
مجھے اسماعیل سے مزید ہمدردی محسوس ہونے لگی جب میں نے اس کی بہن کی مدد کے باوجود پناہ گزین کیمپ میں اس کی مشکلات کو سمجھا۔ ہم نے زعتری میں زندگی اور اس کی بہن کے بارے میں طویل باتیں کیں۔ بد معاشی والے واقعے کے کچھ دن بعد میں نے اس کے ساتھ دوپہر کا کھانا کھایا۔

میں اس سے مزید پوچھنا چاہتا تھا کہ بہرے ہونے کا تجربہ کیسا ہے،اور یہ بھی جاننا چاہتا تھا کہ کیا اُسے اعتراض ہو گا اگر میں اس کی بہن سے ملنا چاہوں۔ ہم "شام ایلیزے" نامی کیفے گئے۔ کچھ پِتا بریڈ سینڈوچز اور چائے لینے کے بعد ہم بیٹھ گئے۔ میں کھاتے ہوئے اس سے بات کر سکتا تھا،اور وہ بھی کھاتے ہوئے مجھ سے اشاروں میں بات کر سکتا تھا۔

"تو، اسماعیل، مجھے زعتری میں اپنے کچھ تجربات کے بارے میں بتاؤ۔ کیا تمہارے اور بھی دوست ہیں؟"
"میری بہن ہے، سلاس، دو لڑکے اور کچھ دوسرے نوجوان جو ہمارے ساتھ رہتے ہیں۔ میں اُن لوگوں سے بھی دوستی کرتا ہوں جو میرے ساتھ کام کرتے ہیں۔" اُس نے اشاروں میں بتایا،اس کی انگلیاں نرمی سے حرکت کر رہی تھیں۔

’’اچھا۔ کیا وہ دو لڑکے بھی اشاروں کی زبان جانتے ہیں؟‘‘

’’ہاں، تھوڑی بہت۔ زیادہ تر وہ کسی چیز کی طرف اشارہ کرتے ہیں یا ہاتھ کے اشاروں سے بات کرتے ہیں۔‘‘ اُس نے اپنے دوستوں کے انداز کی نقل کی۔

’’دلچسپ۔ میں نے بھی کوشش کی ہے کہ جتنا ممکن ہو سیکھوں۔‘‘

’’ہاں، تم میری اشاروں کی زبان میں بہت اچھے ہو گئے ہو۔ مجھے خوشی ہوتی ہے۔ مجھے تمہارے ساتھ فٹ بال کھیلنا بھی اچھا لگتا ہے۔ ایک امریکی ہونے کے باوجود تم اچھا کھیلتے ہو۔‘‘ اُس نے اشارہ کیا اور چہرے پر مسکراہٹ آگئی۔

اس پر میں ہنس پڑا۔ میں نے ہنستے ہوئے کہا، ’’تمہیں لگتا ہے تم بہت مزاحیہ ہو، ہے نا؟‘‘ میں نے ہنستے ہوئے سر ہلایا۔

’’تم ہنسے!‘‘

’’ہاں، ہنسا تھا۔‘‘

میں نے چائے کی چسکی لی اور کپ نیچے رکھا۔ اسماعیل نے ضرور میرے چہرے کے تاثرات میں سنجیدگی کو محسوس کر لیا ہو گا۔ وہ حیرت انگیز انداز میں دوسروں پر دھیان دے سکتا تھا۔

’’کیا تم چاہتے ہو کہ تم دوبارہ سن سکو؟‘‘ میں نے آہستہ لہجے میں پوچھا۔

’’جب میں بہرا ہوا تھا، ہاں، تب چاہتا تھا، لیکن اب مجھے اندازہ ہے کہ یہ ممکن نہیں۔ کم از کم تری میں تو نہیں۔ تم نے یہ کیوں پوچھا؟‘‘

’’دو وجہ سے۔ ایک تو میری تجسس، اور دوسرا یہ کہ میں ڈاکٹر بننے کی تربیت لے رہا ہوں، اور ڈاکٹر ہونے کی حیثیت سے میرا کام ہے لوگوں کی مدد کرنا۔‘‘ میں نے وضاحت کی، تا کہ اسے میرے دل کی سچائی کا احساس ہو۔

’’ہاں، مگر کبھی کبھی تم کسی کو ٹھیک نہیں کر سکتے۔ بہرحال اپنی کوئی جان لیوا بیماری نہیں ہے۔ اگر تمہیں اعتراض نہ ہو تو میں ایک سوال کروں؟‘‘

’’ضرور، پوچھو۔‘‘

’’کیا تمہیں میری بہن پسند ہے؟‘‘

میری آنکھیں کھل گئیں۔ مجھے سمجھ نہیں آ رہا تھا کہ کیا جواب دوں۔ میں ایک لمحے کے لیے رُک گیا۔ وہ سب کچھ نوٹ کر لیتا ہے۔

’’ہاں، تمہاری بہن بہت اچھی ہے۔ اُس نے مجھے ارد گرد کی جگہیں دکھائیں اور اسپتال میں میری مدد کی ہے۔‘‘

’’مجھے یہ سب معلوم ہے، لیکن میرا وہ مطلب نہیں۔ کیا تم میری بہن کو مزید جاننے کا ارادہ رکھتے ہو؟‘‘ اُس کی آنکھیں میرے تاثرات کو پرکھنے لگیں۔

’’تم یہ کیوں پوچھ رہے ہو؟‘‘ میں نے تھوڑا دباؤ محسوس کرتے ہوئے اشارے سے جواب دیا۔

’’کیونکہ میں دیکھ سکتا ہوں کہ تمہیں وہ پسند ہے۔‘‘ اُس نے جواب دیا، اس کی نگاہٹس سے مس نہ ہوئی۔

’’تمہیں کیسے پتا چلا؟‘‘ میں نے اشارہ کیا، دل کی دھڑکن تیز ہو گئی۔

’’جس طرح تم اسے دیکھتے اور اس کے بارے میں بات کرتے ہو۔‘‘ اُس نے مسکرا کر کہا۔

میں نے کندھے اچکائے۔ ''ٹھیک ہے، ہاں، مجھے وہ پسند ہے۔ وہ بہت اچھی ہے۔ لیکن ہم نے کبھی ڈیٹ وغیرہ نہیں کی، اور مجھے نہیں معلوم کہ کیا کر سکتا ہوں یا نہیں۔'' میں نے اعتراف کیا، اور محسوس کیا کہ میرا چہرہ لال ہو رہا ہے۔

''کیوں نہیں؟'' اُس نے تجسس بھرے انداز میں پوچھا۔

میں نے شرماتے ہوئے اشارہ کیا، ''میں یہودی ہوں۔''

''تو کیا ہوا؟ یہ زعتری ہے۔ یہاں کسی سے محبت کرنا بہت مشکل ہے۔ ابھی تک میری بہن کو کوئی ایسا شخص نہیں ملا جو اُسے پسند آئے، لیکن وہ تمہیں پسند کرتی ہے۔'' اس نے اشارہ کیا، اس کا چہرہ مخلص تھا۔

''بتانے کا شکریہ۔ میں اس بات کو ذہن میں رکھوں گا۔'' میں نے اشارہ کیا، ایک عجیب سی راحت اور امید کے ملے جلے جذبات کے ساتھ۔
''خوش آمدید۔''

ہم نے مصافحہ کیا اور اپنے اپنے راستے پر چل دیے۔ اسماعیل اپنے کام پر واپس چلا گیا، اور میں اسپتال کی طرف لوٹ گیا۔

اگلے دن، فٹبال کھیلنے کے بعد ہم علینہ سے ملنے گئے۔
''کل اسماعیل اور میری دو لڑکوں سے لڑائی ہو گئی تھی۔ وہ لوگ اسماعیل کو مارنے کی کوشش کر رہے تھے۔ میں نے سوچا کہ تمہیں یہ بات پتہ ہونی چاہیے کہ میں نے بھی کچھ گھونسے مارے، اور غالباً اب وہ ہمیں تنگ نہیں کریں گے۔''

"کیا؟ تم دو مقامی لڑکوں سے لڑپڑے؟ تمہیں گرفتار بھی کیا جا سکتا تھا!"

"معذرت، جذبات پر قابو نہ رکھ سکا۔ میں نے اسماعیل کو زمین پر گرا ہوا دیکھا اور پھر فوراً ایکشن لیا۔"

اسماعیل نے بات میں اضافہ کیا، "تمہیں جو کہ ایک لڑکے کے پیٹ میں مارتے دیکھنا چاہیے تھا۔ وہ درد سے دوہرا ہو گیا، اور پھر وہ دونوں ہمیں چھوڑ کر چلے گئے۔ بہت زبردست تھا!"

علینہ نے اپنے ہاتھ گالوں پر رکھ لیے، "یہ لڑکے مسلسل اسے بہرے ہونے پر ستاتے رہے ہیں، کبھی زبانی بدتمیزی کرتے ہیں تو کبھی مارپیٹ۔ مجھے خوشی ہے کہ تم نے اس کے لیے آواز اٹھائی، اور خوشی ہے کہ تم دونوں محفوظ ہو۔ مگر تمہیں احتیاط کرنی چاہیے۔ میں ڈاکٹر جے کو یہ نہیں سمجھانا چاہتی کہ تم جیل میں کیوں ہو۔ میں تمہاری کیفیت کو سمجھتی ہوں، مگر اگلی بار بس وہاں سے چلے جانا۔"

"میری فکر مت کرو۔ مجھے امید ہے میری مداخلت سے وہ ہمیشہ کے لیے باز آ جائیں گے۔" میں نے پُر امید انداز میں جواب دیا۔

"مجھے بہت خوشی ہے کہ تم اور اسماعیل اچھے دوست بن رہے ہو۔ اُسے مزید لوگوں کی ضرورت ہے جو اس سے بات کر سکیں۔ صرف صلاح اور میں ہی اتنا جانتے ہیں کہ اس سے مکمل بات چیت کر سکیں۔" اُس کی آواز شکر گزاری سے بھری ہوئی تھی۔

"اور اب اُس کے پاس میں بھی ہوں۔" میں نے مسکرا کر کہا، اور دل میں ایک گرمجوشی سی محسوس کی۔

ہم دونوں ایک دوسرے کو دیکھ کر مسکرائے۔ یہ جان کر کہ میں نے اسماعیل کی مدد کی اور ان کی کچھ مشکلات کم کیں، مجھے بہت خوشی ہوئی۔ مجھے اچھا لگا کہ شاید میں نے اس کا اور اس کی بہن کا اعتماد حاصل کر لیا ہے، اور شاید ہمارے دل اور سوچ ایک دوسرے کے قریب آ گئے ہیں۔

ایک دن بعد، دوپہر کے کھانے پر علینہ نے مجھ سے پوچھا:

"کیا تم آج رات میرے ساتھ بریڈ فیکٹری میں کام کرنے کے لیے تیار ہو؟ کچھ بیکرز بیمار ہیں، اور صلاح کو دو رضاکاروں کی ضرورت ہے جو آٹا گوندھنے میں مدد کریں۔ فکر نہ کرو، میں تمہیں سکھا دوں گی۔ مزہ آئے گا۔"

"میں نے کبھی بیکر کا کام نہیں کیا، مگر کچھ نیا آزمانے میں مجھے کوئی اعتراض نہیں۔"

"زبردست، پھر بعد میں ملاقات ہو گی۔"

جب ہم بریڈ فیکٹری پہنچے تو صلاح نے ہمارا استقبال کیا اور ہمیں دو ایپرن اور بیکر کی ٹوپیاں دیں۔ ہم ایک دوسرے کے ساتھ کھڑے ہو گئے، ایپرن ڈھیلے انداز میں ہماری کمر کے گرد بندھے ہوئے اور ٹوپیاں ہمارے سروں پر رکھی ہوئی تھیں۔ میں نے مڑ کر اُسے دیکھا۔ وہ تیار لگ رہی تھی جیسے مزے سے کام کرے گی۔

صلاح ہمیں ہمارے ورک اسٹیشنز پر لے گیا، ہر ایک کے سامنے ایک لکڑی کی میز اور آٹے کا ایک بڑا پیالہ تھا۔ اس نے آٹا گوندھنے کا طریقہ دکھایا۔ آٹے کو دھکیلنے اور کھینچنے کی باقاعدہ حرکات دل کو بھا گئیں۔ ہم دونوں نے غور سے دیکھا، جب صلاح نے ماہر انداز میں آٹے کو نرم اور لچک دار گیند میں بدلا۔ ہر میز پر آٹے کا بڑا پیالہ تھا، جس سے آٹے کو تھامنے اور گوندھنے میں آسانی ہو رہی تھی۔

"اب تمہاری باری ہے،" صلاح نے کہا اور ہمیں اشارہ کیا کہ ہم آگے آئیں۔ علینہ کی انگلیاں آٹے میں ڈوب گئیں۔ وہ ہنسی، اور پورے اعتماد سے آٹا گوندھنے لگی۔ میں نے بھی اس کی پیروی کی — پہلے تو تھوڑا ہچکچایا، پھر آہستہ آہستہ رفتار پکڑ لی۔ میں نے گھر پر تو کئی بار کھانا بنایا تھا، لیکن ایسا کام کبھی نہیں کیا تھا۔ آٹا میرے ایپرن سے چمٹ گیا تھا۔

دس منٹ ہمیں کام کرتے دیکھ کر، صلاح مطمئن دکھائی دیا اور بولا، "اگر کوئی مسئلہ ہو تو مجھے بلا لینا۔ میں دو گھنٹے بعد آتا ہوں۔"

علینہ نے مسکرا کر کہا، "فکر نہ کریں، ہم ٹھیک رہیں گے۔"

پھر صلاح چلا گیا۔

پندرہ منٹ خاموشی سے آٹا گوندھنے کے بعد، اس نے میری طرف دیکھا۔

اپنا ماتھا پونچھتے ہوئے کہنے لگی،

"تم تو آٹا ایسے گوندھ رہے ہو جیسے باکسنگ کا میچ ہو رہا ہو!"

میں مسکرا دیا، اُس کے ہلکے پھلکے انداز کو فلرٹیشن سمجھتے ہوئے۔

"ارے بھئی، میں تو ہمیشہ دل سے کام کرتا ہوں۔ ویسے بھی، میرے پاس ملک کے تیز ترین آٹا گوندھنے والے کا اعزاز ہے، اُسے برقرار رکھنا ہے!"

اس نے میری بے تکی بات پر قہقہہ لگایا۔

"تیز ہو؟ ذرا دیکھتے ہیں تم کتنے تیز ہو!"

اس نے آٹے کی ایک مٹھی بھر کر مجھ پر اچھال دی۔

سفید پاؤڈر کا بادل سا اُٹھا اور میرے چہرے کو ڈھانپ لیا۔

میں نے پلکیں جھپکیں، پھر سر جھٹکا، آٹا ایسے گرا جیسے چہرے سے برف جھڑ رہی ہو۔

"اوہ، اب تو تم نے خود ہی مصیبت کو دعوت دی ہے!" میں نے شوخی سے کہا۔

میں نے بھی آٹے کی مٹھی بھری اور اُس پر پھینک دی۔

مگر وہ جھک گئی۔

ہنستے ہوئے بولی، "تم سے بچ گئی! ہاہا!"

"واقعی؟ بچی ہو؟"

میں اُس کی طرف لپکا، ہاتھوں میں آٹا بھر کر،

اور پھر ہم دونوں ایک دوستانہ آٹے کی لڑائی میں مشغول ہو گئے۔

فیکٹری کا ماحول آٹے کے بادلوں سے بھر گیا۔

ہم دونوں بچے بن کر ہنسنے لگے، آٹا اور قہقہے فضا میں اُڑ رہے تھے۔

تھوڑی دیر بعد، سانس لینے کے لیے ہم رُک گئے۔

علینہ نے میز پر ہاتھ رکھے اور کہا،

"تم تو مکمل شرارتی ہو!"

میں نے جواب دیا،

"اور تم ہو آٹے میں لپٹی نرس!"

اس نے نیچے دیکھا، اُس کا ایپرن اپنی اصل حالت سے بھی زیادہ سفید ہو چکا تھا،

اور پھر وہ خود بھی ہنس دی۔

"پتا ہے، مجھے نہیں لگتا کہ صلاح یہ گڑبڑ دیکھ کر خوش ہوں گے، لیکن مزہ تو آیا،" علینہ نے ہنسی اور تشویش کے ملے جلے لہجے میں کہا۔

واقعی، جیسے ہی صلاح اندر داخل ہوئے، انہوں نے بے یقینی کے عالم میں اپنے گالوں پر ہاتھ رکھ لیے۔

"میرے بچوں، تم لوگوں نے یہ کیا کر دیا؟ یہ تو مکمل تباہی ہے۔ تم لوگ آٹا گوندھنے آئے تھے، کھانے کی جنگ کرنے نہیں! اب میں کیا کروں؟ اگر تم لوگ یہاں کام کرتے، تو میں تو کب کا نکال چکا ہوتا!" انہوں نے بے بسی سے سر ہلایا۔

ہم دونوں ہنس پڑے۔ میں نے علینہ کی طرف دیکھا اور اپنی آنکھوں سے اشارہ کیا کہ وہ کچھ کہے۔ مجھے معلوم تھا کہ صلاح ناراض ہیں، لیکن میں اب بھی لمحے سے لطف اندوز ہو رہا تھا۔

علینہ نے سانس بحال کرتے ہوئے کہا،

"معاف کیجیے گا، انکل صلاح، ہم واقعی شرمندہ ہیں۔ سب میری غلطی ہے، میں ہی حد سے بڑھ گئی۔ ہم جگہ صاف کریں گے اور دو گھنٹے اضافی کام کریں گے تاکہ اپنی غلطی کا ازالہ ہو سکے۔" اُس کی آواز میں خلوص اور ندامت تھی۔

"معافی تب ملے گی جب جگہ صاف ہو جائے اور آٹا دوبارہ گوندھا جائے۔ شاید آئندہ تم دونوں کو یہاں کام کے لیے نہ بلاؤں۔" وہ سر ہلاتے ہوئے باہر چلے گئے۔

ہمیں جگہ صاف کرنے اور دوبارہ آٹا گوندھنے میں خاصا وقت لگا۔ دل تو کر رہا تھا کہ ایک اور آٹے کی جنگ ہو، مگر ایسا کرتے تو پوری رات وہیں گزارنی پڑتی۔

ہم نے ہاتھ منہ دھوئے، اور اپنی اپنی رہائش گاہ کی طرف لوٹ گئے۔ اس سفر نے مجھے سوچنے پر مجبور کر دیا کہ میں اور علینہ اب تک کیا کچھ ساتھ گزار چکے ہیں۔ اس قلیل مدت میں ہم نے مل کر آپریشن کیے، مریضوں کو دلاسہ دیا، اور اب یہ مزاحیہ آٹے کی لڑائی بھی۔ حیرت کی بات یہ تھی کہ کبھی ہمارے درمیان کوئی اختلاف یا جھگڑا نہیں ہوا۔

اُس کے بھائی اسماعیل نے مجھ سے اپنائیت اختیار کی، اور مجھے بھی اُس سے انسیت ہو گئی تھی۔

میرے دل نے پکارا: میں محبت میں گرفتار ہو چکا ہوں۔

لیکن جب میں نے اس معاملے پر مزید غور کیا، تو بہت زیادہ ضبطِ نفس کے ساتھ فیصلہ کیا کہ اپنے جذبات اُس پر ظاہر نہ کرنا میرے لیے بہتر ہوگا۔ میں خود کو ایسی محبت میں مبتلا نہیں کر سکتا تھا۔

ایک طرف تو شامی پناہ گزین کیمپ میں مستقل رہنے کا کوئی ارادہ نہیں تھا، اور دوسری طرف میں علینہ کو اُس کی موجودہ زندگی سے نکالنے کی استطاعت بھی نہیں رکھتا تھا۔

وہ اپنی حیثیت کی قید میں تھی—پناہ گزین ہونے کے ناطے وہ چاہ کر بھی کیمپ سے باہر نہیں جا سکتی تھی، چاہے وہ کتنی ہی باہمت اور خوش مزاج کیوں نہ ہو۔

اوپر سے، اگر میں اپنے والدین کو بتاؤں کہ میں ایک مسلمان لڑکی سے محبت کرنے لگا ہوں، تو وہ مجھے گھر سے نکال دیں گے۔

میرے والد نے مجھے شام اس لیے بھیجا تھا کہ میں ڈاکٹر جے کے زیرِ تربیت سرجری سیکھوں، نہ کہ شریکِ حیات ڈھونڈوں۔

حقیقت یہی تھی کہ ایسا رشتہ بے شمار الجھنوں سے بھرا ہوا تھا۔

میں اپنی پوری کوشش کروں گا کہ ان تمام بہانوں کو ڈھال بنا کر علینہ کے قریب جانے کی کوئی کوشش نہ کروں۔

چاہے یہ رکاوٹیں نہ بھی ہوتیں، کون کہہ سکتا ہے کہ وہ میرے جذبات کا جواب دے گی؟

اگر میں نے یہ رشتہ قائم کرنے کی کوشش کی، تو شاید خود کو ہی مذاق بنا بیٹھوں۔

پھر یہ بھی سچ ہے کہ مجھے اسٹیسی سے بریک اپ ہوئے چند مہینے ہی گزرے ہیں۔ کیا یہ محض ایک جذباتی ردِ عمل تھا؟

ہمارے تعلقات کو اسپتال کی حدود تک ہی محدود رہنا ہوگا۔

اگر کبھی میں نے اُسے اپروچ کرنے کا سوچا بھی، تو اصل آزمائش یہ ہوگی کہ میں یہودی اور اسلامی ثقافت کے فرق کو کیسے عبور کروں گا، اور ہمارے اسپتال کے اوقات اور فارغ وقت کو کیسے ہم آہنگ کیا جا سکے گا۔

***

علینہ

آٹے کی لڑائی کے اگلے دن رات کو، علینہ کی سوچیں بار بار جو کی طرف مڑتی رہیں۔

آج کی رات واقعی خوبصورت تھی، اور اُسے بہت مزہ آیا۔

جو اُس کے ساتھ ہمیشہ نرمی سے پیش آیا تھا، خاص طور پر ان مشکل حالات میں جب اُسے مسٹر الدمان جیسے مریضوں سے واسطہ پڑا۔

جو نے کئی مواقع پر اپنی محدود عربی کے باوجود مریضوں کو دلاسہ دیا، اور اُن کی تیار داری میں مہارت کا مظاہرہ کیا۔

اُسے اچھی طرح یاد تھا کہ کئی بار جب کوئی نرس یا ڈاکٹر مریض کی رگ تلاش نہیں کر پا رہا ہوتا، تو جو ہی وہ واحد شخص ہوتا تھا جو کامیابی سے سوئی لگا دیتا تھا—نہایت صبر اور مہارت کے ساتھ۔

اُسے محسوس ہوا کہ وہ اپنے جذبات کو کسی سمجھدار اور تجربہ کار عورت کے ساتھ شیئر کرے، جو اُس کے دل کی الجھنوں کو سلجھا سکے۔

کچھ دیر سوچنے کے بعد، اُس نے فیصلہ کیا کہ وہ میکا سے بات کرے گی۔

اگلی شام، اُسے میکا میس ہال میں ایک کھانے کی میز پر اکیلی بیٹھی نظر آئی۔

اُس نے ٹرے میں فلافل رکھے اور اُس کے سامنے جا بیٹھی۔ چند نوالے کھانے کے بعد، اُس نے محسوس کیا کہ میکا اُسے غور سے دیکھ رہی ہے۔

"سلام میکا، کیا میں یہاں بیٹھ سکتی ہوں؟"

علینہ کی آواز میں گھبراہٹ صاف جھلک رہی تھی۔

میکا نے پلیٹ سے نظریں اٹھائیں اور حیرت سے اُسے دیکھا۔

"یقیناً، مجھے حیرت ہے کہ تم میرے ساتھ کھانے بیٹھنا چاہتی ہو۔ ہم نے ایک عرصے سے اکٹھے نہیں کھایا۔ میں تو بس اس لیے آئی ہوں کہ تھامس آج کام کی وجہ سے لیٹ ہے۔ کیا کوئی بات ہے جس میں میں تمہاری مدد کر سکتی ہوں؟"

علینہ کچھ دیر ہچکچائی، پھر اچانک بول پڑی:

"میں بس تمہارا شکریہ ادا کرنا چاہتی تھی کہ تم نے مسٹر الدمان کی ذمہ داری تو لی۔ وہ میرے لیے واقعی ایک مشکل مریض تھا۔"

میکا کی آنکھوں میں نرمی آ گئی۔

"میں سمجھتی ہوں۔ میں نے اپنے کیریئر میں بہت سے مشکل مریض دیکھے ہیں۔ بعض اوقات وہ انسان پر گہرا اثر چھوڑ جاتے ہیں۔ لیکن تمہیں یہ اپنے دل پر نہیں لینا چاہیے۔ تم ایک بہترین نرس ہو۔"

اُس نے علینہ کا ہاتھ تھام کر نرمی سے تھپتھپایا، اُس کا چھونا گرمجوشی اور دلاسا دینے والا تھا۔

"لیکن مجھے لگتا ہے کہ تم صرف مسٹر الدمان کے بارے میں بات کرنے نہیں آئی ہو، بلکہ کوئی اور بات ہے۔ کیا میں صحیح سمجھ رہی ہوں؟"

علینہ نے جھک کر دھیمی آواز میں کہا:

"شکریہ... تم ٹھیک کہہ رہی ہو۔ یہ جو کے بارے میں ہے۔"

اُس کے رخساروں پر ہلکی سی لالی دوڑ گئی، اور اُس نے اِدھر اُدھر دیکھا کہ کوئی سُن تو نہیں رہا۔

میکا کی نرم اور مشفق شکل ایک دم سنجیدہ اور قدرے پریشان ہو گئی۔

"کیا اُس نے تمہارے ساتھ کچھ غلط کیا؟ کیا اُس نے تمہیں نقصان پہنچانے کی کوشش کی؟ ہم یہاں

اس طرح کا رویہ ہر گز برداشت نہیں کریں گے۔ کیا مجھے تھامس کو بلانا چاہیے؟"

اُس کا جسم سیدھا ہو گیا، جیسے کسی ہنگامی صورتحال کے لیے تیار ہو۔

علینہ نے فوراً سر ہلایا اور ہاتھ ہلا کر کہا:

"نہیں، بالکل نہیں! ایسا کچھ نہیں ہوا۔ وہ بہت اچھا ہے۔ میں تو صرف اُس کے بارے میں تھوڑا سا جاننا چاہتی ہوں۔ کیا ہم اکیلے میں بات کر سکتے ہیں؟"

اُس کی آنکھوں میں التجا تھی، اور وہ بے چینی سے ہونٹ کاٹ رہی تھی۔

میکا کھڑی ہو گئی، اُس کی آنکھیں حیرت سے کھلی ہوئی تھیں۔

"میرے اپارٹمنٹ چلو، ہم چائے پیتے ہوئے جو کے بارے میں بات کریں گے۔"

وہ دونوں اپارٹمنٹ کی طرف چل پڑے اور جا کر کچن ٹیبل پر بیٹھ گئے۔ میکا نے علینہ اور اپنے لیے چائے انڈیلی۔

میکا نے کرسی پر ٹیک لگائی، اُس کی نظر کہیں دور جا رہی تھی۔

"میں جو کے بارے میں ذاتی طور پر زیادہ نہیں جانتی، لیکن میں اُس کے والد کو بہت اچھی طرح جانتی ہوں۔"

علینہ نے دلچسپی سے جھک کر پوچھا، "آپ اُن کے والد کو کیسے جانتی ہیں؟"

"کئی سال پہلے،" میکا نے کہنا شروع کیا، "میں رابرٹ گولڈ کے لیے کام کرتی تھی — جو کے والد — اُس وقت کی بات ہے جب میں نے تھامس سے ملاقات بھی نہیں کی تھی۔ رابرٹ ایک زبردست ڈاکٹر تھا — بہت ماہر، بہت پرجوش، لیکن کبھی کبھار خود کو سب سے عقل مند سمجھنے والا۔

وہ ہر بات پر بحث کرنا پسند کرتا تھا اور اپنی رائے سے پیچھے ہٹنا اُس کے لیے بہت مشکل ہوتا تھا۔

لیکن اُس کا دل بہت بڑا تھا،اور وہ ہمیشہ ضرورت مندوں کی مدد کے لیے تیار رہتا تھا۔"

میکا نے رابرٹ کا ذکر ایک خاص محبت اور یاد کے ساتھ کیا۔

علینہ نے چائے کا گھونٹ لیا،اور اُس کی باتوں کو جذب کیا۔

"جو کو لگتا ہے کہ وہ اپنے والد کو کچھ خاص پسند نہیں کرتا۔

لیکن آپ تو اُنہیں اچھا انسان سمجھتی ہیں۔

اور اسی طرح آپ کی تھامس سے ملاقات ہوئی؟"

میکا نے سر ہلایا۔

"بالکل۔ رابرٹ ہی نے مجھے تھامس سے ملوایا تھا جب میں فلپائن میں رہتی تھی۔

باقی تو، جیسا کہ کہتے ہیں، تاریخ بن گئی۔"

میکا جھک کر علینہ کے قریب ہوئی،اُس کے ہونٹوں پر ایک ہلکی سی مسکراہٹ تھی:

"تو پھر، تم جو کے بارے میں کیوں جاننا چاہتی ہو؟ کیا تمہیں اُس کے لیے جذبات ہیں؟"

"شاید ہیں... لیکن مجھے خود بھی پوری طرح یقین نہیں ہے۔"

میکا کی آنکھوں میں شرارت کی چمک آ گئی۔

"آہ، جوانی کا پیار!

کبھی کبھی دنیا کی سب سے الجھی ہوئی چیز یہی ہوتی ہے۔"

"وہ میرے ساتھ بہت نرمی سے پیش آیا ہے جب سے وہ یہاں آیا ہے۔

مسٹر الدمان کے معاملے میں اُس نے میری بہت مدد کی۔

حتیٰ کہ وہ میرے بھائی کے ساتھ بھی بہت اچھا رہا ہے—اس نے سائن لینگوئج (اشاروں کی زبان) سیکھنے کی کوشش کی۔

اور جب وہ مجھے دیکھتا ہے... تو مجھے لگتا ہے کہ اُسے بھی کچھ محسوس ہوتا ہے۔"

علینہ کی آواز میں احترام اور جذبات نمایاں تھے،اور اُس کی آنکھیں چمک رہی تھیں۔

"تو میں تمہاری کس طرح مدد کر سکتی ہوں؟"

"میرے ذہن میں کچھ سوالات ہیں، جو شاید صرف کوئی تجربہ کار عورت ہی سمجھا سکے۔"

"تم مجھ سے کچھ بھی پوچھ سکتی ہو۔البتہ ،میں یہ نہیں کہہ سکتی کہ میرے پاس ہر جواب ہو گا۔
ہر صورتحال الگ ہوتی ہے۔"

میکا نے نرمی سے جواب دیا اور انتظار کرنے لگی۔

علینہ نے چائے کا کپ میز پر رکھا۔

"آپ کو کیسے پتہ چلتا ہے کہ آپ واقعی کسی سے محبت کرتے ہیں؟
میں یہ نہیں کہہ رہی کہ میں ابھی محبت میں ہوں...
لیکن اگر کبھی ہوئی، تو کیسے پہچانوں گی؟"

میکا مسکرائی۔

"محبت ایک پیچیدہ چیز ہے۔
یہ بالکل ایک خوبصورت پھول کی طرح ہے۔
کبھی اچانک کھل جاتا ہے،اور کبھی وہی پھول مرجھا بھی جاتا ہے۔
کبھی کچھ کہنا مشکل ہوتا ہے۔"

"لیکن پہچانا کیسے جائے؟"

"یہ واقعی مشکل سوال ہے۔
اپنے دل سے پوچھو:
'کیا جب وہ قریب ہوتا ہے تو دل کی دھڑکن تیز ہو جاتی ہے؟ کیا تمہارا دل بے قابو ہونے لگتا ہے؟'"

"وہ تو دیکھنے میں بھی اچھا لگتا ہے...."
علینہ نے کہا۔

"آہا!"
میکا نے دھیمی آواز میں کہا، "یہی پہلا اشارہ ہے۔
اگر وہ چمک دل میں نہ ہو، تو تم جیسے کسی خوبصورت پینٹنگ کو دیکھ کر بس واہ واہ کر رہی ہو——لیکن اُس سے جُڑ نہیں رہی ہو۔"

"اور دوسرا اشارہ؟"

"دوسرا، روزمرہ لمحوں کی جادو گری ہے۔
جب اُس کی ہنسی تمہیں اپنے اندر سمو لے،
اور اُس کے خواب تمہارے خوابوں میں ملنے لگیں——
تب تم صرف جی نہیں رہیں ہوتیں، تم محبت میں سانس لے رہی ہوتی ہو۔"

"یہ تو واقعی خوبصورت اندازِ بیان ہے۔ اور تیسرا؟"
اب علینہ کی آواز میں بے تابی اور اشتیاق نمایاں تھا۔

میکا تھوڑا سا اور جھک گئی، اور آہستہ سے بولی:
"تیسرا ہے 'چھلانگ'،——
یعنی وہ جرأت مند قدم جو ایک مشترکہ زندگی کی طرف اُٹھایا جاتا ہے۔

جب تم اپنے دل میں کہو، 'میں اُس کے بغیر زندہ نہیں رہ سکتی'، ...

جب تم محسوس کرو کہ تمہاری زندگی اُس کے ساتھ ایک شاہکار بننے کے لیے تیار ہے۔"

میکا نے چائے کا کپ اٹھایا اور ایک گھونٹ لیا۔

"تو، کیسا لگا میری محبت کے بارے میں جواب؟

جو کچھ میں نے کہا، وہ دراصل میں نے برسوں پہلے کہیں پڑھا تھا،

اور وہ الفاظ آج تک میرے دل میں بستے ہیں۔

کیا تمہیں جو کے ساتھ ویسے ہی احساسات ہوتے ہیں؟"

"مجھے یقین نہیں۔

وہ بہت اچھا انسان ہے، لیکن ہمارا مذہب بہت مختلف ہے۔

میں ایک یہودی مرد سے دوستی یا تعلق کا تصور بھی نہیں کر سکتی۔

یہ ناممکن لگتا ہے۔

آپ کا جواب بہت خوبصورت تھا،

لیکن میرے لیے سب سے اہم چیز میرا دین، اسلام،

اور میرا بھائی اسماعیل ہے۔

البتہ جو اور میرے بھائی کی دوستی واقعی بہت اچھی ہے——

وہ ساتھ فٹبال کھیلتے ہیں جیسے سگے بھائی ہوں،

اور جو اُس کا بہت خیال بھی رکھتا ہے۔"

"تو، وہ تمہیں اچھا لگتا ہے، لیکن تمہیں یہ بات کھٹک رہی ہے کہ وہ یہودی ہے؟"

"کیا اُس کے والدین بھی یہودی ہیں؟"

"ہاں، میرا خیال ہے کہ اُس کا پورا خاندان یہودی ہے۔"

''میں کبھی بھی اسلام کو چھوڑ کر یہودی نہیں بن سکتی۔

میں اپنے والدین کا بہت احسان مند ہوں،

اور اُن کی خاطر اسلام چھوڑنا میرے لیے ممکن ہی نہیں۔

اس کا مطلب ہے کہ میں جو کے ساتھ نہیں رہ سکتی۔''

''ایک حکمِ خداوندی ہے، 'اپنے ماں باپ کی عزت کرو'۔

اگر جو تم سے محبت کرتا ہے تو وہ تمہارے احساسات کو ضرور سمجھے گا۔

لیکن تمہیں اُس سے بات اُس وقت کرنی ہو گی جب تم خود اس کے لیے تیار ہو۔

اور اگر تمہیں اُس سے محبت ہی نہیں ہے، تو ایسی کوئی بات کرنے کی ضرورت ہی نہیں۔''

''آپ بالکل صحیح کہتی ہیں،

لیکن ایک اور بات ہے، جو شاید اس سے بھی زیادہ مشکل ہے۔

جو ایک سال کے بعد یہاں سے چلا جائے گا۔

اگر ہم ایک دوسرے کو پسند بھی کریں،

تو وہ یہاں سے چلا جائے گا اور مجھے پیچھے چھوڑ جائے گا۔

پناہ گزین کیمپ سے نکلنا آسان نہیں۔

اردنی حکومت کو بھی منظوری دینا ہو گی۔

اور پھر، وہ مجھے امریکہ کیسے لے جائے گا؟''

''میں سمجھتی ہوں کہ تم جو کو لے کر بہت الجھن کا شکار ہو ——

کیا ممکن ہے، کیا نہیں۔

لیکن جب مسلمان کسی بات کے بارے میں غیر یقینی ہوتے ہیں تو وہ کیا کہتے ہیں؟

'ان شاء اللہ'، ہے نا؟

اگر اللہ کی مرضی ہوئی، تو وہ ہو جائے گا۔

ہم میں سے کوئی نہیں جانتا کہ کل کیا ہو گا۔

ہم صرف امید ہی کر سکتے ہیں۔

ہر چیز ایک ایک قدم سے شروع ہوتی ہے۔

اگر تمہارا مستقبل اُس کے ساتھ امریکہ میں لکھا ہے،

تو وہ ہو کر رہے گا۔"

علینہ نے سکون کا سانس لیا۔

"آپ نے آج رات میری بہت مدد کی ہے۔

میں سوچ رہی ہوں کہ میں اُسے ایک شامی شادی میں بلاؤں جو میں اٹینڈ کرنے والی ہوں۔

یہ اُس کے لیے میرے کلچر کو سمجھنے کا ایک اچھا موقع ہو گا۔"

میکا نے سر ہلایا۔

"بہت ہی اچھا خیال ہے۔

مجھے یقین ہے کہ اُسے بہت مزہ آئے گا۔"

علینہ اُٹھی اور میکا کو گلے لگا کر رخصت ہونے لگی۔

میکا نے جاتے وقت کہا،

"جب دل چاہے، میرے پاس آ سکتی ہو۔

میں ہمیشہ تمہارے لیے موجود ہوں۔"

"شکریہ۔"

***

جو

اگلے دن کام پر، میں نے علینہ کو ناشتے پر دیکھا اور جا کر اُس کے ساتھ بیٹھ گیا۔
میں نے پوچھا، "تم کیسی ہو؟"

"میں ٹھیک ہوں۔ میرے پاس تمہارے لیے ایک سوال ہے۔"

"اوہ؟" "کیا تم کبھی کسی شامی شادی میں گئے ہو؟"

"نہیں، کبھی نہیں۔ کیوں؟"

"مجھے ایک شامی شادی میں مدعو کیا گیا ہے،
اور میں چاہتی ہوں کہ تم ہمارے کلچر کے بارے میں کچھ اور سیکھو۔
تمہیں وہ ٹور یاد ہے جو میرے ساتھ کیا تھا؟
تمہیں بہت پسند آیا تھا، ہے نا؟
یہ ایک اور موقع ہے کہ تم ہمارے لوگوں سے ملو،
اور ہماری زندگی کو قریب سے دیکھو۔
وہاں تم کچھ جانے پہچانے چہروں کو بھی دیکھو گے——
صلاح اور اسماعیل وہاں ہوں گے،
اور محمد، جو چائے خانہ چلاتا ہے، وہ کیٹرنگ کر رہا ہے۔
تو، کیا تم میرے ساتھ چلنا چاہو گے؟"
اس کی آنکھیں کسی جواب کی منتظر تھیں۔

اُس کا سوال میرے لیے بالکل غیر متوقع تھا۔
میں حیران اور خوش دونوں ہو گیا۔
اُس کے ساتھ شادی میں جانا میرے لیے بہت پُرجوش موقع تھا،
لیکن میں ضرورت سے زیادہ پُرجوش نظر نہیں آنا چاہتا تھا۔

"میں؟" میں لڑکھڑا گیا، "میرا مطلب ہے، ہاں، ضرور۔ میں ضرور چلوں گا۔ لیکن... کیا تمہیں واقعی کوئی اعتراض نہیں؟ میں کسی چیز میں دخل اندازی نہیں کرنا چاہتا۔ نہیں چاہتا کہ تمہارا مزہ خراب ہو۔"

وہ ہنس پڑی۔ "نہیں، بالکل نہیں۔
مجھے بہت اچھا لگے گا اگر تم ساتھ چلو۔"

میں نے کوشش کی کہ میری خوشی میرے آداب پر حاوی نہ ہو۔
"یقیناً، بہت شکریہ۔
میں صرف یہ یقینی بنانا چاہتا ہوں کہ کہیں کوئی غلط فہمی نہ ہو جائے۔"

اُس نے گرمجوش مسکراہٹ کے ساتھ کہا،
"بالکل نہیں۔ سب کچھ بہت اچھا ہو گا۔ مجھ پر بھروسا کرو۔ شادی اس جمعے کو ہے،
تو اچھا وقت گزارنے کے لیے تیار رہنا ۔"

میں نے اچھا تاثر چھوڑنے کے لیے پوچھا،
"ایک بات اور، میں کیا پہنوں؟"

اُس کا جواب سادہ تھا: "بس اچھے کپڑے پہننا۔ سب ٹھیک ہو گا۔"

یہ دعوت مجھے اُس کے ایک اور رُخ سے ملانے کا ذریعہ بنی——
ایک ایسا پہلو جو ہمارے پیشہ ورانہ ماحول سے ہٹ کر تھا۔
حالانکہ میں نے خود سے وعدہ کیا تھا کہ میں اپنے جذبات کو آگے نہیں بڑھاؤں گا،
مگر یہ دعوت ناقابلِ مزاحمت تھی۔
اُس نے مجھے خود مدعو کیا تھا۔
کیا اُسے میرے لیے کوئی احساس ہے؟

مجھے یقین نہیں،

لیکن اگر اُسے میرے لیے کچھ جذبات ہوں،

تو شاید میں رشتہ بنانے کی کوشش کروں۔

میں شامی ثقافت کے بارے میں بھی مزید جاننا چاہتا ہوں،

اور یہ موقع بہترین تھا۔

تھوڑے وقت بعد، مجھے لگا کہ شاید میں نے غلطی کر دی۔

میں نے تو فیصلہ کیا تھا کہ اُس سے تعلق نہیں بڑھاؤں گا۔

شاید میں وہم میں مبتلا ہو رہا ہوں، شاید میں خواہ مخواہ سمجھ بیٹھا ہوں کہ اُسے مجھ سے دلچسپی ہے۔

دیکھتے ہیں کیا ہوتا ہے۔

باب 5: شامی شادی

شادی کے دن کی صبح، مجھے اور علینہ کو ایک مریضہ کی صحت کا جائزہ لینے کے لیے ایک ساتھ مقرر کیا گیا۔

جب میں اُس کے کمرے میں داخل ہوا، تو علینہ پہلے سے ہی موجود تھی، اور اُس کے ساتھ مسز احمد بھی تھیں۔

جیسے ہی میں اندر داخل ہوا، مجھے محسوس ہوا کہ علینہ کی موجودگی نے کمرے میں ایک عجب سی سکون بھری فضا پیدا کر دی ہے۔

علینہ نے مسکرا کر کہا،

"سلام۔ آج ہمیں کسی مترجم کی ضرورت نہیں پڑے گی۔

ڈاکٹر شمٹ نے ان کی ریڑھ کی ہڈی کے 4L اور 5L مہرے جوڑ دیے ہیں۔

چند دنوں میں وہ ڈسچارج ہو جائیں گی۔

بس ہمیں ان کی کمر چیک کرنی ہے اور یہ دیکھنا ہے کہ وہ آرام دہ ہیں یا نہیں۔"

ہم دونوں نے مسز احمد کو آہستہ سے کروٹ دلائی تاکہ اُن کی کمر کا معائنہ کیا جا سکے۔

سب کچھ بالکل ٹھیک لگ رہا تھا۔

علینہ اور مسز احمد آپس میں کچھ دیر عربی میں گفتگو کرتی رہیں۔

میں نے اپنا نام سنا۔

"انہوں نے کیا کہا؟"

میں نے قدرے حیرانی سے پوچھا، میری پیشانی پر بل آ گئے۔

"انہوں نے پوچھا کہ تم کون ہو۔

میں نے کہا تمہارا نام جو ہے، اور تم یہاں ایک سال کے لیے انٹرن شپ کر رہے ہو۔"

"انہیں بتاؤ کہ ان کی کمر بالکل ٹھیک ہے،
اوران سے مل کر خوشی ہوئی۔
اور یہ بھی پوچھو کہ میں ان کے آرام کے لیے کچھ کر سکتا ہوں؟"
میں نے سنجیدگی سے کہا، پوری خلوصیت کے ساتھ۔

علینہ نے اثبات میں سر ہلایا۔ وہ دوبارہ عربی میں گفتگو کرنے لگیں۔ پھر علینہ میری طرف مڑی۔

"انہوں نے کہا کہ وہ آرام دہ ہیں، لیکن وہ یہ جاننا چاہتی ہیں کہ کیا تم شادی شدہ ہو؟
اور میں نے کہہ دیا، نہیں ہو۔"

"وہ یہ کیوں پوچھ رہی ہیں؟"

علینہ نے کندھے اچکا دیے، اور بے حد سادہ انداز میں کہا،
"ان کی ایک بیٹی ہے، اور وہ چاہتی ہیں کہ تم اُس سے شادی کر لو۔
اور اب وہ تمہارے جواب کا انتظار کر رہی ہیں۔"

میرا چہرہ یقیناً سرخ ہو چکا ہو گا۔
یہ کیا ہو رہا ہے؟
میں نے سیدھا علینہ کی طرف دیکھا۔

"براہ کرم، اُنہیں کہو کہ میں پیشکش کی قدر کرتا ہوں،
لیکن میں فی الحال شادی کے لیے تیار نہیں ہوں۔"

ایک بار پھر علینہ نے عربی میں بات کی۔ پھر، وہ دونوں زور سے ہنسنے لگیں۔

"انہوں نے انکار پر کیا رِدعمل دیا؟" میں نے ہچکچاتے ہوئے پوچھا۔

علینہ نے ایک سادہ انداز میں کہا، "انہوں نے کہاا گرتم جلد شادی کر لو، تو وہ تمہیں سونا اور بہت سا پیسہ بھی دیں گی۔"

میں نے شرمندگی سے اپنے چہرے پر ہاتھ رکھ لیے۔

یہ کیا ہو رہا تھا؟

ایک خاتون اپنی بیٹی کی شادی کا پیغام میرے لیے دے رہی تھی——

اور ترجمان کے طور پر علینہ!

لیکن علینہ بالکل بھی پریشان نہیں تھی، اس کے چہرے پر مکمل سکون تھا۔

"براہ کرم، مسز احمد سے کہو کہ معذرت چاہتا ہوں، لیکن میرا جواب ناں ہے۔

میں چاہتا ہوں کہ ان کی بیٹی کو کوئی اچھا رشتہ ملے،

لیکن وہ شخص میں نہیں ہوں۔ یہ میرا حتمی فیصلہ ہے۔"

پھر وہ دونوں ایک ساتھ ہنس پڑیں۔ میں حیران و پریشان کھڑا رہا۔

انکار پر ہنسی؟

عام طور پر لوگ تو ناراض یا غمگیں ہو جاتے ہیں۔

علینہ نے کہا،

"مسز احمد کہتی ہیں کہ وہ تم سے دوبارہ ملنے کی امید رکھتی ہیں۔

اب ہم جا سکتے ہیں۔ وہ بالکل ٹھیک ہیں۔"

یہ سب کچھ عجیب سا لگ رہا تھا۔

میرا چہرہ اب بھی سرخ تھا۔

میں نے جاتے ہوئے مسز احمد کو ہاتھ ہلایا۔

جیسے ہی ہم ہال میں نکلے ،علینہ ہنسنے لگی۔

میں وہیں کھڑا ہو گیا،اُس کے کچھ کہنے کاانتظار کرتارہا۔

کچھ تو گڑ بڑ تھی۔

اس نے میری طرف دیکھااور مسکراتے ہوئے کہا،"ناراض مت ہونا،

لیکن جو بات میں تمہیں بتانا چاہتی ہوں وہ یہ ہے...

مسز احمد کی کوئی بیٹی ہی نہیں ہے!""آج رات شادی پر ملتے ہیں!"

پھر وہ پلٹی اور ہنستی ہوئی دُور چلی گئی۔

اُس کی ہنسی کی آواز ہال میں گونجتی رہی۔

پتہ چلا،

یہ سب ایک مذاق تھا—ایک زبردست منصوبہ بند مذاق!

اور میں... پوراکاپورااشکار ہو گیا۔

اب سمجھ آیا، کیوں اُس نے کہاتھا کہ آج مترجم کی ضرورت نہیں۔

میں سوچتارہا کہ آخر علینہ نے شادی کے قریب آکر میرے ساتھ شادی کا مذاق کیوں کیا؟

کیاوہ میرے جذبات جاننے کی کوشش کر رہی تھی؟

میں اپنے کمرے گیا تاکہ شادی کے لیے تیار ہو سکوں۔

ایک نیامسئلہ ابھر آیا—کیاپہنوں؟

اس نے کہاتھا،"اچھے کپڑے پہننا"،

لیکن یہاں اچھے کپڑے کیا تصور کیے جاتے ہیں؟

یہ سوال مجھے اُلجھن میں ڈال گیا۔

میرے والدین ہمیشہ کہتے تھے کہ انسان کو ہمیشہ درست لباس پہننا چاہیے۔

ویک اینڈ (weekend) قریب آ رہا تھا، اور مجھے احساس ہوا کہ
یہ صرف شادی میں شرکت نہیں بلکہ علینہ کو متاثر کرنے کا موقع بھی ہے۔

چند ہی کپڑوں میں سے انتخاب کرتے ہوئے——
کیونکہ میں نے کبھی نہیں سوچا تھا کہ مہاجر کیمپ میں سوٹ پہننے کی نوبت آئے گی——
میں نے سیاہ پتلون اور ہلکی نیلی بٹن والی شرٹ کا انتخاب کیا۔
آئینے میں خود کو دیکھا، کالر سیدھا کیا اور شرٹ کے شکن ہموار کیے۔
ظاہری حالت سے مطمئن ہو کر، میں اُن سے ملنے نکل پڑا——
علینہ، صلاح اور اسماعیل۔

جب میں ان کے قریب پہنچا،
تو میں نے علینہ کو روایتی شامی لباس——عبایا——میں ملبوس دیکھا۔
رات کے سیاہ رنگ کی عبایا کسی سنگیت کی دھن جیسی لگ رہی تھی۔
اس کا سر حجاب سے ڈھکا تھا، لیکن چہرہ کھلا ہوا تھا،
اور شادی کے موقع کے لیے روایتی میک اپ کیا ہوا تھا۔
وہ بہت خوبصورت لگ رہی تھی۔
اس کی آنکھیں جگمگا رہی تھیں۔

میں نے آہستہ سے کہا، "تم بہت خوبصورت لگ رہی ہو،
لیکن اُس مذاق کا بدلہ میں ضرور لوں گا——اگرچہ وہ واقعی مزے دار تھا۔"

وہ ہنسی، "مجھے لگا یہ موقع موزوں تھا مذاق کرنے کا، کیونکہ ہم ایک ساتھ شادی میں جا رہے ہیں۔
خوشی ہے کہ تم نے اس کی مزاح کو سراہا۔
اور تم بھی آج کافی خوبصورت لگ رہے ہو۔"

"شکریہ۔
یہ میری پہلی شامی شادی ہے،اور میں واقعی اس کے لیے پرجوش ہوں۔"

"چلیں؟"
اس نے کہا،اور ہم چلنے لگے۔

آدھے راستے پر وہ رک گئی۔ میری طرف مڑ کر کہنے لگی،
"میں تمہیں شامی شادیوں کے بارے میں تھوڑااور سمجھانا چاہتی ہوں،
اور یہ بھی کہ وہاں کیا توقع کی جاتی ہے۔
ہمارے ہاں کچھ آداب اوراصول ہوتے ہیں،
لیکن کچھ لچک بھی ہوتی ہے۔"

"ٹھیک ہے،میں سن رہا ہوں۔"

"یہ ہماری ثقافت کا اہم حصہ ہے،
اس لیے بلا جھجک سوال پوچھنا یا تبصرہ کرنا۔"

"اوکے۔"

"شامی مسلمان شادی میں منگنی کی تقریب کو'خطبہ'کہتے ہیں،
جو شادی سے پہلے ایک رسمی اعلان کی طرح ہوتی ہے۔
اس تقریب میں دلہا اور دلہن نکاح یا'کتاب'(Ktab) نامی قانونی معاہدے میں شامل ہوتے ہیں،
جس میں دونوں ایک دوسرے سے وابستگی کا اعلان کرتے ہیں۔
'کتاب'میں'مہر'کا ذکر ہوتا ہے——
اسلامی روایت کے مطابق دلہا،دلہن کو تحفے کے طور پر رقم یا کوئی اور قیمتی چیز دیتا ہے۔"

وہ فخر اور محبت سے اپنی ثقافت بیان کر رہی تھی۔

میرا سرایک دم پیچھے ہوا، اور میں پر جوش انداز میں بولا،
"رکو ذرا!
مجھے نہیں پتا تھا کہ شامیوں کے ہاں شادی کا باقاعدہ تحریری معاہدہ ہوتا ہے۔
کیا تم جانتی ہو کہ یہودیوں میں بھی ایسا ہی ایک معاہدہ ہوتا ہے؟
اسے 'کتوبہ' (Ketubah) کہتے ہیں —
بالکل تمہارے جیسا ہی!"

"مجھے نہیں پتا تھا کہ اسلام اور یہودیت دونوں میں شادی کے معاہدے اتنے مشابہ ہوتے ہیں۔"

"مجھے بھی نہیں۔" میں نے سر ہلایا اور مسکرا کر اُسے دیکھا۔

"یہ حیرت انگیز ہے کہ مسلمانوں اور یہودیوں کی روایات میں اتنی مماثلت ہے، حالانکہ اُن کے بیچ بہت سے اختلافات ہیں۔
شاید ہم ایک جیسے ہی ہیں۔ آخرکار، ہم دونوں کی ابتدا کتابِ پیدائش (Genesis) سے ہوئی۔
اب آگے کیا ہوتا ہے؟"

"تو آج دلہا دلہن کو کتنے پیسے دے رہا ہے؟ عام طور پر کیا ہوتا ہے؟"

"افسوس کی بات ہے، اس معاملے میں کچھ لچک رکھنی پڑی ہے۔
دونوں دلہا دلہن نے اپنے خاندان کھو دیے ہیں —
اُن کے والدین موجود نہیں جو یہ شادی طے کرتے —
اور اُن کا رشتہ محبت کے بجائے حالات کے تحت طے پایا ہے۔
دونوں مالی مشکلات کا شکار ہیں،

اس لیے دلہا کا اپنی قافلہ گاڑی (caravan) دلہن کو دینا، مہر کے طور پر قبول کیا گیا ہے۔
اس کے پاس دینے کو اور کچھ نہیں۔"

اُس کے چہرے پر اداسی اور قبولیت کا امتزاج تھا۔

"مجھے نہیں لگتا کہ میں کسی ایسے شخص سے شادی کر سکتا ہوں جس سے محبت نہ ہو۔"

"میری بھی یہی سوچ ہے۔ میں صرف اُس سے شادی کروں گی جس سے محبت ہو۔
اور وہ شخص میرے بھائی کا بھی خیال رکھے۔
اس معاملے میں، یہ عورت شدید ضرورت کے عالم میں ایک ساتھی کی تلاش میں ہے۔
اگر دلہا اُس کا احترام کرے،
تو شاید وہ رشتہ چل جائے۔
کیا پتا، وقت کے ساتھ ساتھ محبت ہو ہی جائے۔"

اُس کی آواز نرمی سے بھری ہوئی تھی، ہمدردی کے ساتھ۔ میں ہنس دیا۔
"تمہارا آخری جملہ تو بلکل یہودیوں جیسا لگا،
کیونکہ ایک صدی پہلے یورپ میں وہ یہی کیا کرتے تھے۔"

"دلچسپ۔" "ہاں، واقعی دلچسپ۔
اس طرح کے موضوعات پر اُس کے ساتھ بات کرنا بہت اچھا لگتا ہے۔
نہ کوئی مذہب کی برتری پر بحث ہو رہی ہے،
نہ کوئی صحیح یا غلط ثابت کرنے کی کوشش۔

"تو، دلہا اور دلہن کب سے ایک دوسرے کو جانتے ہیں؟"
میں مزید جاننا چاہتا تھا۔

"بس کچھ ہی دنوں سے۔
ہماری شامی ثقافت میں لمبی منگنیاں عام نہیں ہیں۔"

"خطبہ اور اصل شادی کے بیچ کتنا وقفہ ہوتا ہے؟"

"اس کیس میں، یہ سب پچھلے تین دنوں میں ہوا۔"

"واہ۔
میرے خیال میں امریکہ میں اوسط منگنی کا دورانیہ شاید ایک سال ہوتا ہے۔"

"ہم امریکہ میں نہیں ہیں۔"

"یہ بالکل درست کہا۔ کیا تم کبھی کسی سے شادی کرنے کے قریب پہنچی ہو؟"

میرے سوال پر وہ تھوڑا حیران سی لگ رہی تھی، اُس کی آنکھیں کھل گئیں۔
شاید میں نے کچھ زیادہ ذاتی پوچھ لیا تھا، لیکن اُس کے چہرے کے تاثر کے باوجود،
وہ بولی...

"نہیں، جنگ نے میرے لیے مردوں سے ملنے کے مواقع چھین لیے،" اُس نے بے جان سے لہجے
میں کہا۔
"بہت سے مرد جنگ میں گئے اور مارے گئے۔ میں چاہتی ہوں کہ کبھی کسی سے ملوں،
لیکن اب امید نہیں رکھتی۔"
پھر اُس نے مجھ سے پوچھا،
"کیا تم کبھی کسی کے ساتھ شادی کے قریب پہنچے ہو؟"

"نہیں، نیویارک میں میری ایک گرل فرینڈ تھی کچھ عرصہ پہلے،
لیکن ہم شادی کے قریب نہیں تھے۔
اور اب ہمارا کوئی تعلق نہیں۔"
میں نے گہرا سانس لیا۔

وہ میرے ماضی کی محبتوں میں بالکل بھی دلچسپی لیتی نظر نہیں آ رہی تھی۔
"اچھا، بس اب کافی باتیں ہو گئیں۔"

میں نے دیکھا کہ صلاح اور اسماعیل ہماری طرف آ رہے تھے۔
"صلاح اور اسماعیل تمہیں لے جائیں گے جہاں سب مرد دلہے کے ساتھ خوشی مناتے ہیں۔
اب اگر تم اجازت دو، تو میں دلہن کے گھر جاؤں گی
اور اُس کی جہیز یا تحفوں کی تیاری میں مدد کروں گی۔
دلہا دلہن پہلے ہی نکاح نامے پر دستخط کر چکے ہیں،
جس میں دونوں کی ذمہ داریاں درج ہیں۔
اگر تمہیں مزید سوال ہوں تو صلاح یا اسماعیل سے پوچھ لینا۔"

جیسے ہی وہ چلی گئی،
میں نے صلاح کی طرف دیکھا،
جو کانوں تک مسکرا رہا تھا
اور ایک سفید قمیص اور اچھی سی پتلون پہنے ہوئے تھا۔
اُس کا لباس اُسے علم سے بھرے کسی دانا بزرگ کی طرح دکھا رہا تھا۔

اُس نے اسماعیل کو اشارہ کیا کہ وہ چلا جائے اور شادی کی تقریب میں شامل ہو جائے۔
اسماعیل نے ہمیں ہاتھ ہلایا اور خوشی خوشی روانہ ہو گیا۔

پھر صلاح میری طرف مڑا اور نرمی سے مسکرایا۔

"شادی میں چلنے سے پہلے، میں تم سے علینہ کے بارے میں بات کرنا چاہتا ہوں۔"

وہ پھر مسکرایا،

جیسے مجھے مطمئن کرنا چاہتا ہو۔

"برا نہ ماننا، مجھے تم اچھے لگتے ہو۔"

اوہ ہو...

اب میں نے کیا کر دیا؟

کیا میں نے کچھ غلط کہہ دیا؟

کیا میں نے ثقافتی طور پر کوئی غلطی کی؟

کیا میں کسی مصیبت میں پڑ گیا ہوں؟

"میں تم دونوں کی آنکھوں میں دیکھ سکتا ہوں کہ تم ایک دوسرے کو پسند کرتے ہو۔

تم اُسے پسند کرتے ہو، نا، جو؟"

صلاح کی آواز پُرسکون تھی، مگر اُس کی آنکھوں میں گہری سنجیدگی تھی۔

کیا، وہ میری آنکھوں سے دیکھ سکتا تھا؟

کیا، میں اتنا ظاہر کر رہا تھا؟

اب تک میں نے اپنی جذبات چھپانے کی پوری کوشش کی تھی،

لیکن لگتا ہے وہ کامیاب نہیں رہی۔

"میں جھوٹ نہیں بول سکتا۔ مجھے وہ بہت پسند ہے۔

وہ اندر سے بھی خوبصورت ہے اور باہر سے بھی۔"

"مجھے یقین ہے وہ بھی تمہیں پسند کرتی ہے،

لیکن ...

اب بھی بڑے مسئلے ہیں اور آگے بھی ہوں گے۔"

صلاح کا لہجہ نرم تھا لیکن اُس کے الفاظ بھاری تھے۔

جتنا میں اس بات کو تسلیم کرنا نہیں چاہتا تھا،

مجھے معلوم تھا وہ درست کہہ رہا ہے۔

صلاح نے اپنے دونوں ہاتھ میرے کندھوں پر رکھے اور کہا:

"سوچو۔

تم ایک سال بعد یہاں سے چلے جاؤ گے۔

واپس نیو یارک، اپنے ماں باپ کے پاس۔

علینہ کیا کرے؟

وہ یہاں سے نہیں جا سکتی۔

حکومت اُسے قبول نہیں کرتی۔

وہ ایسی خوبصورت کلی ہے جو ریگستان کے بیچ میں کھل گئی ہے،

جہاں اُسے اگنے کا موقع نہیں۔

یہ ایک بڑا فیصلہ ہے تمہارے لیے۔

شاید تم یہاں کے ہو کر رہ جاؤ اگلے پچاس سال کے لیے،

لیکن علینہ نہیں جا سکتی۔"

اُس نے زور سے سر ہلایا۔

"سمجھے؟ بڑا مسئلہ ہے۔ شاید دوستی بہتر ہے، محبت نہیں۔"

"میں چاہتا ہوں اُسے یہاں سے نکال کر اپنے ساتھ لے جاؤں۔
کیا تمہیں اس پر کوئی اعتراض ہے؟"
میری آواز میں امید اور عزم جھلک رہا تھا۔

"مجھے تو کوئی اعتراض نہیں، لیکن شاید وہ جا نہیں سکتی۔ شاید تم یہیں پھنس جاؤ۔
کیا تم اُس زندگی کو قبول کر سکتے ہو؟"

صلاح کی آنکھیں میری آنکھوں میں جھانک رہی تھیں،
جیسے وہ میرے دل کا حال جاننا چاہتا ہو۔

"مجھے نہیں معلوم۔ مجھے مکمل ڈاکٹر بننے کے لیے مزید دو سال کی ٹریننگ کی ضرورت ہے،
اور اُس کے بعد شاید چار یا پانچ سال کی مزید تربیت۔
میں یہاں اپنے آپ کو سنبھال نہیں سکتا۔
مجھے تو عربی بھی ٹھیک سے نہیں آتی۔"

"ٹھیک ہے، تم سوچو۔
لیکن میں تمہیں خبردار کر رہا ہوں:
اگر تم نے اُسے دکھ دیا، تو میں تمہیں دکھ دوں گا۔
اگلے پچاس سالوں تک وہ غمگین نہیں ہو سکتی۔
اُس کے چہرے کی مسکراہٹ مٹ جائے گی——
میرے چہرے سے نہیں، اُس کے چہرے سے۔
اور اس کا مطلب ہے کہ تمہارے چہرے پر بھی مسکراہٹ نہیں رہے گی،"
اس کی آنکھیں تحفظ کے جذبے سے تنگ ہوئیں۔

"ٹھیک ہے، صلاح۔ میں سوچوں گا۔

میں علینہ کو تکلیف نہیں دینا چاہتا

اور نہ اُس کی زندگی خراب کرنا چاہتا ہوں۔

جو بھی ہو، میں بس اتنا چاہتا ہوں کہ وہ خوش رہے۔"

میں اُس سے نظریں چرا کر نیچے دیکھنے لگا۔

صلاح نے بہت عمدہ باتیں کی تھیں۔

یہ بالکل ممکن تھا کہ میں چاہ کر بھی علینہ کو یہاں سے نہ نکال سکوں،

خواہ ہم شادی ہی کیوں نہ کر لیں۔

لیکن ابھی اس بارے میں سوچنے کا فائدہ؟

میں نے تو اب تک اُس کا ہاتھ تک نہیں پکڑا،

یا اُسے بوسہ نہیں دیا۔

شاید بہتر یہی ہو کہ جب یہاں میرا وقت ختم ہو،

تو میں نیو یارک اکیلا واپس چلا جاؤں۔

لیکن...

میرا دل اُسے چاہتا تھا، یہ حقیقت میں جھٹلا نہیں سکتا تھا۔

میں نے دوبارہ صلاح کی طرف دیکھا۔

"ٹھیک ہے صلاح،

میں تمہاری بات پر سنجیدگی سے غور کروں گا۔

اب کیا ہم شادی کی تقریب میں جا سکتے ہیں؟

میں واقعی اس کے بارے میں جاننے کے لیے بہت پر جوش ہوں۔"

"ضرور، تم لمبی سوچو۔ اگر کوئی مسئلہ ہو، تو میرے پاس آجانا۔"
اُس نے اپنا ہاتھ آگے بڑھایا، اور ہم نے گرمجوشی سے مصافحہ کیا۔

جب ہم شادی کی تقریب میں پہنچے، تو میں نے دیکھا کہ سب مرد خوشی میں شریک تھے۔
دُلہا پہلے ہی موجود تھا۔ وہ سادہ لباس میں ملبوس تھا——پتلون اور بٹن والی قمیص پہنے ہوئے۔
سب نے ایک دوسرے کا بازو تھاما ہوا تھا، اور مل کر چل رہے تھے۔
فضا خوشی سے بھرپور تھی، جیسے ماضی کے دکھوں سے نجات کا لمحہ ہو۔

میں صلاح کے ساتھ کھڑا تھا اور اُس سے پوچھا،
"صلاح، یہ رقص کیا ہے؟
کیا یہ روایتی ہے؟"

صلاح اب مکمل طور پر خوشی کے موڈ میں آچکا تھا۔
وہ موسیقی کی دھن پر جھوم رہا تھا۔
ہماری حالیہ گفتگو مکمل طور پر بھلا دی گئی تھی۔

"ہاں، یہ دبکہ ڈانس ہے۔ شامی روایت ہے۔
سانپ کی طرح رقص کرتے ہیں۔
کیا تم آزمانا چاہتے ہو؟"

ابھی میں جواب دینے ہی والا تھا
کہ میں نے دیکھا اسماعیل دوڑتا ہوا آیا اور رقص میں شامل ہو گیا۔
اپنی سماعت سے محرومی کے باوجود وہ دوسروں کے ساتھ قدم سے قدم ملا کر چل رہا تھا——
شاید وہی سب سے بہترین رقاص تھا۔

میں نے صلاح کی طرف سر ہلایا۔

اُس نے میرا ہاتھ پکڑا، اور مجھے رقص کرنے والوں کے درمیان لے گیا۔

شروع میں میرے قدم لڑکھڑائے، لیکن چند منٹ بعد میں تال میں آگیا۔

پھر دو آدمیوں نے دلہے کو کندھوں پر اٹھایا اور اُسے گھما گھما کر خوشی منائی ——

اُس کے چہرے پر فخر اور خوشی کی روشنی چمک رہی تھی۔

تقریباً بیس منٹ بعد، دُلہن ایک خوبصورت آئیوری (ہاتھی دانت رنگ) کے شادی کے لباس میں نمودار ہوئی،

جس کے کندھوں پر چمکدار سی کوہ، اونچی گردن، اور لمبی آستینیں تھیں۔

اُس نے دوپٹہ بھی اوڑھ رکھا تھا۔

چالیس خواتین، جن میں علینہ بھی شامل تھی،

اُس کے پیچھے پیچھے چل رہی تھیں۔ دُلہا اور دُلہن نے ہاتھ تھامے، اور دبکہ رقص کرنے لگے۔

ماحول میں خوشی کی لہر دوڑ گئی۔

قہقہوں، موسیقی، اور قدموں کی تال میل کی آوازیں، فضا میں گونجنے لگیں۔

علینہ ہمارے قریب آئی، مسکرائی، اور اسماعیل کو اشارہ کیا کہ وہ بھی رقص میں شامل ہو جائے۔

میں اُسے موسیقی کے ساتھ ہم آہنگ ہو کر حرکت کرتے ہوئے دیکھ رہا تھا۔

وہ اتنی خوبصورتی سے ناچ رہی تھی، کہ لگتا تھا جیسے اس وقت صرف وہی ایک رقاصہ ہو۔

میری نظریں اُس سے ہٹ ہی نہیں رہی تھیں۔ وہ بار بار میری طرف مسکرا رہی تھی ——

اور جب اُس نے اپنا ہاتھ بڑھایا، اور مجھے رقص میں شامل ہونے کی دعوت دی، تو میں انکار نہ کر سکا۔

صلاح کی دی گئی ڈانس ٹریننگ کے باعث

میں خوشی خوشی اس جاندار حلقہ رقص میں شامل ہو گیا۔

تقریباً پندرہ منٹ بعد، میں نے اُسے اشارہ کیا کہ میری سانس پھول گئی ہے
اور مجھے تھوڑا آرام چاہیے۔
پھر ہم دونوں مٹھائیوں کے میزوں کی طرف چلے گئے،
جہاں محمد نے ہمارا استقبال کیا، اُس کی آنکھیں خوشی سے چمک رہی تھیں۔

"آہ، علینہ اور جو۔
تم دونوں کو دیکھ کر بہت اچھا لگا۔
تم دونوں بہت دلکش لگ رہے ہو،"
اُس کی آواز میں بے حد گرمجوشی تھی۔

علینہ نے مسکرا کر جواب دیا۔

"شکریہ،" میں نے کہا۔
"علینہ نے بتایا ہے کہ آپ یہاں کے کیٹرر ہیں۔
کیا آپ مجھے چند شامی مٹھائیاں دکھا سکتے ہیں؟
میں کچھ چکھنا چاہتا ہوں۔"

محمد خوش ہو کر مسکرایا، اور ہمارے سامنے رکھی مٹھائیوں کی طرف اشارہ کیا۔
"اللہ تمہیں خوش رکھے۔"
اُس نے ایک مٹھائی کی طرف اشارہ کیا۔
"اسے کنّافہ کہتے ہیں۔"

"یہ کس چیز سے بنتی ہے؟"

"یہ ہماری سب سے پسندیدہ عربی مٹھائیوں میں سے ایک ہے۔
یہ باریک کٹی ہوئی پیسٹری سے بنتی ہے، جس میں پنیر یا کریم بھری جاتی ہے۔ پھر اسے چینی کے

شیرے میں بھگو کر، اوپر پستے سے سجا دیتے ہیں۔
کیا تم چکھنا چاہو گے؟"

"ضرور۔"

فوراً محمد نے مجھے پلیٹ میں ایک ٹکڑا اور کانٹا دیا۔

میں نے ایک چھوٹا سا نوالہ لیا۔
میری آنکھیں حیرت سے کھل گئیں، اور میں نے ہونٹوں پر زبان پھیر لی۔

"یہ تو بہت مزیدار ہے!
اور کیا کیا ہے یہاں؟"

میں نے میز کی طرف دیکھا،
جہاں دلکش رنگوں سے سجی ہوئی مٹھائیاں، اور خوشبودار مہک میرے دل کو لبھا رہی تھیں۔

محمد نے کہا،
"مجھے خوشی ہے کہ تمہیں پسند آیا۔
اگر کچھ اور چکھنا چاہو تو وہ کیک دیکھو،"
اُس نے اشارہ کیا۔

"یہ کیا ہے؟"

"یہ بس بوسہ ہے۔ بہت مزے دار ہے۔ کیا چکھنا چاہو گے؟"

"جی ہاں، پلیٹ میں رکھ دیں۔ میں تھوڑا مزید دیکھنا چاہتا ہوں۔ یہ سب کچھ اتنا مزیدار لگ رہا ہے
کہ اگر سب کھا لیا تو لگتا ہے سو پاؤنڈ وزن بڑھ جائے گا!"

محمد ہنس پڑا،

"آپ کے اچھے الفاظ کا شکریہ۔"

میں نے اِدھر اُدھر دیکھا، تو مجھے بقلاوہ (Baklava) نظر آیا، جو میں یونانی ریسٹورنٹ میں کھا چکا تھا۔

میں نے اپنی پلیٹ میں کچھ رکھ لیا، اور تینوں مٹھائیوں کو شوق سے کھانے لگا،

جب کہ محمد دوسروں کو خوش آمدید کہنے کے لیے آگے بڑھ گیا۔

علینہ نے صرف کنافہ کو چُنا۔

میٹھے مزے دار نوالوں کے درمیان، علینہ نے پوچھا،

"یہ بتاؤ، یہودی میٹھے میں کیا کھاتے ہیں؟"

"ہم بہت سی چیزیں کھاتے ہیں،

لیکن میری پسندیدہ مٹھائی 'روگلاخ' (Rugelach) ہے۔

یہ آٹے سے بنتی ہے، اور اس میں دار چینی، رسبری، خوبانی، یا چاکلیٹ بھری جاتی ہے۔

ہم اکثر اس میں خشک میوے بھی ڈالتے ہیں۔

جب میری ماں گھر لے کر آتی ہے، تو میں رُک ہی نہیں پاتا۔

یہ بھی ان مٹھائیوں کی طرح مزیدار اور میٹھی ہوتی ہے —

اور موٹا کرنے والی بھی۔ مجھے اب شاید کافی ورزش کرنا پڑے گی

تاکہ یہ اضافی وزن اُتار سکوں،"

میں نے ہنستے ہوئے پیٹ پر ہاتھ رکھا۔

علینہ ہنس پڑی،

"مجھے یقین ہے میرا بھائی تمہاری مدد کرے گا، جب تم اُس کے ساتھ فٹبال کھیلنے لگو گے۔"

پھر وہ دوبارہ ناچنے لگی، اور میں کھاتا رہا اور سب کو دیکھتا رہا۔

اسی دوران، محمد دوبارہ میرے پاس آیا، اُس کے چہرے پر گرمجوشی اور تجسس تھا۔

"کیا تم لطف اندوز ہو رہے ہو؟"

"جی، بہت زیادہ۔ یہ مٹھائیاں واقعی لاجواب ہیں۔"

"تعریف کا شکریہ۔
میں نے نوٹ کیا ہے، کہ تمہاری نظر خاص طور پر کسی ایک شخص پر مرکوز ہے، جو ناچ رہی ہے،"
اُس نے میری نظر کا تعاقب کرتے ہوئے کہا۔

"میں سب کو دیکھ رہا ہوں،"
میں نے بے پروا لہجے میں کہا۔

"شاید کچھ حد تک، لیکن صاف ظاہر ہے، کہ تمہاری نظر صرف علینہ پر ہے۔
کیا تمہیں وہ پسند ہے؟"

یہ سوال ہی عجیب تھا۔
"یقیناً، مجھے وہ اچھی لگتی ہے۔
ہم اچھے دوست بن چکے ہیں۔"

"کیا تم چاہتے ہو، کہ دوستی سے کچھ آگے بڑھے؟"
محمد نے گہری نظر سے مجھے دیکھا، اور میرے تاثرات کو جانچنے لگا۔

تم اتنے تجسس میں کیوں ہو؟

"مجھے نہیں لگتا، کہ یہاں زعتری کیمپ میں، ایسا کچھ ممکن ہے،"
میں نے بات ٹالنے کی کوشش کی۔

"کیوں نہیں؟ میں جانتا ہوں، کہ تم اُس کے بارے میں سوچتے ہو۔
وہ ایک غیر معمولی لڑکی ہے، اور اُسے بھی کوئی خاص شخص ملنا چاہیے۔
شاید وہ شخص تم ہی ہو۔
تمہیں کبھی معلوم نہیں ہوگا—
جب تک تم کوشش نہ کرو،"
محمد نے خلوص بھرے لہجے میں کہا۔

"مشورے کا شکریہ۔
ویسے، میرے خیال میں اس نے مجھے یہاں اپنی ثقافت دکھانے کے لیے بلایا ہے، نہ کہ کسی رومانوی تعلق کے لیے۔"

"ہو سکتا ہے، لیکن تم دونوں کے درمیان جذبات ضرور ہیں، اور میں سمجھتا ہوں کہ تمہیں اُن جذبات کو جاننے کی کوشش کرنی چاہیے،"
محمد نے کہا،
اُس کی آنکھوں میں نرمی اور دانشمندی جھلک رہی تھی۔

"دیکھتے ہیں۔"

اب تک صلاح اور محمد دونوں مجھ سے پوچھ چکے ہیں، کہ کیا میں علینہ کے ساتھ کوئی تعلق قائم کرنا چاہتا ہوں۔
کیا میری آنکھوں سے ہی سب کچھ واضح نظر آتا ہے؟
کیا وہ میری دلی کیفیت کو میرے چہرے سے پڑھ سکتے ہیں؟ اسی دوران موسیقی کا انداز بدلا

اور ایک خوبصورت، مختلف عربی دھن سنائی دینے لگی۔

"یہ کون سی موسیقی ہے؟"

میں نے محمد سے پوچھا۔

"یہ روایتی شادی کی موسیقی ہے،

جسے 'مبروک' کہا جاتا ہے، جس کا مطلب ہوتا ہے مبارک ہو۔

یہ گانے دولہا دلہن کی عزت افزائی کرتے ہیں۔

مشہور گیت اُنہیں بتاتے ہیں، کہ اُن کی زندگی چمکے گی۔"

محمد نے فخر سے کہا۔

گانا کچھ دیر تک چلتا رہا، اور سب لوگ جوڑے کے ارد گرد کھڑے ہو گئے۔

پھر، دولہا اور دلہن ایک ساتھ رقص کے لیے آگے بڑھے

اور لوگ تالیاں بجاتے رہے۔

"میں جا رہا ہوں ناچنے۔ معاف کیجیے گا۔"

میں نے اپنی پلیٹ اور کانٹا نثار کھا، اور علینہ اور باقی لوگوں کے ساتھ ناچنے لگا۔

جب ہم تھوڑی دیر بعد رکے، تو میں نے اُس کی طرف دیکھا۔

"دعوت دینے کا شکریہ۔

یہ سب کچھ بہت مزے دار ہے۔

دیکے ڈانس مجھے ہورا (Hora) کی یاد دلاتا ہے——

ایک ایسا رقص جس میں دولہا دلہن کو کرسیوں پر بٹھایا جاتا ہے۔"

"واقعی؟
یہ سن کر حیرانی نہیں ہوئی،
مشرقِ وسطیٰ کے رقص ایک جیسے ہو سکتے ہیں۔"

"شاید۔
اب دلہا اور دلہن کے ساتھ کیا ہوتا ہے؟"

"وہ تھوڑی دیر اور جشن منائیں گے،
پھر ایک گروہ اُنہیں اُن کے نئے گھر تک لے جائے گا۔"

"اچھا۔
میں دُعا کرتا ہوں، کہ اُن کی زندگی اچھی گزرے۔"

یہ شادی ایک لاجواب تجربہ تھی۔
میں نے اُس کی طرف دیکھا، اور فوراً چاہا
کہ اُسے بانہوں میں لے لوں، اور چوم لوں۔
میرے دل کی دھڑکن تیز ہو گئی، اور ایک جوش سا محسوس ہونے لگا۔

علینہ کی موجودگی نے میری سوچ کا زاویہ یہ بدل دیا ہے۔
مجھے یہ تک معلوم نہیں تھا، کہ میری زندگی میں کیا کمی تھی، جب تک کہ میں اُس سے نہیں ملا۔
اور اب، میں اس جذبے کو کبھی کھونا نہیں چاہتا۔

اُس کی یہ صلاحیت، کہ وہ جنگ زدہ ماحول میں بھی مریضوں کو خوشی دے سکتی ہے، میری اپنی
پریشانیاں بے معنی لگنے لگیں۔

میں اُسے تکتا رہا،اور میرے ذہن میں پچھلے کچھ دنوں کے مناظر گردش کرنے لگے ——
پٹیاں بدلنا، ہنسی بانٹنا۔

وہ شاید صرف مریضوں کی مدد کر رہی تھی، لیکن اُس نے مجھے بھی اس جگہ میں خوش آمدید کہا
جہاں میں نے آنے کا کبھی تصور بھی نہیں کیا تھا۔

شہر میں میری زندگی بالکل الگ دنیا لگتی تھی،اس دنیا سے جو میرے سامنے کھلی۔

وہ مجھے اسٹیسی کی یاد سے بھی دور لے گئی ——
جواب صرف ماضی کی دھند میں کھوئی ایک یاد بن چکی ہے۔

علینہ کی ہر بات قابلِ تعریف ہے ——
جس طرح وہ سب سے ایسے بات کرتی ہے، جیسے سب اُس کے قریبی دوست ہو۔
اُس کی ہنسی جو ہر مذاق پر چھلک پڑتی ہے،اُس کے چلنے کی نرمی،اُس کے انداز،اُس کی مہربانی جو جنگ
کی تباہ کاریوں اور ماں باپ اور دوستوں کے بچھڑنے کے باوجود قائم ہے۔

میں اُس سے اور زیادہ محبت میں گرفتار ہوتا جا رہا ہوں۔

دعوت ختم ہو چکی تھی، لیکن رقص جاری تھا۔
جب جشن اپنے عروج پر پہنچا، تو علینہ خوشی سے جھومتی ہوئی مجھے اپنے ساتھ ناچنے کے لیے بلانے
لگی۔

علینہ، میں کیا کروں؟ میں تمہارے سامنے بے بس ہو جاتا ہوں۔
تم میری تقدیر ہو۔ چاہے راستہ کتنا ہی کٹھن ہو، میں تمہیں اپنی زندگی کا حصہ بنانا چاہتا ہوں۔
میں وعدہ کرتا ہوں، کہ میں خود کو اُس انسان میں ڈھالوں گا، جو تمہارے قابل ہو۔

میرے خیالات کا تسلسل، موسیقی کی آواز سے ٹوٹا۔

اس کی لے ہمیں کھینچ لے گئی، اور جب ہم جھومتے، تو یوں محسوس ہوتا کہ ہمارے جسم ایک ساتھ رقص کر رہے ہیں۔

حالانکہ ہم نے ایک دوسرے کو چھوا نہیں، لیکن ہمارا قرب ایسا تھا کہ میں کسی بھی لمحے اُسے گلے لگا کر چوم سکتا تھا۔

جب شادی کی رسومات مکمل ہوئیں، اور ہجوم چھٹنے لگا، تو میں اب بھی اُس کے ساتھ ہی کھڑا تھا۔

ہم ایک دوسرے کی طرف مڑے، اور وہاں ہم دونوں کھڑے تھے ——

میں اور علینہ۔

عجیب سا سکوت تھا، جیسے الفاظ ختم ہو چکے ہوں۔

ہم اب بھی بہت قریب تھے، اور میں تھوڑا سا اور آگے جھکا۔

اُس نے خود کو پیچھے نہیں کیا۔

کیا وہ چاہتی تھی کہ میں اُسے گلے لگا کر چوم لوں؟

میرا دل جیسے سینے سے باہر نکلنے لگا تھا، لیکن میں یہ فاصلہ ——

جو کہ اب بہت معمولی رہ گیا تھا ——

ختم کرنا چاہتا تھا۔

میں آگے جھکا، اس امید کے ساتھ کہ ہم اپنے تعلق کو ایک بوسے سے مہر کر دیں گے، مگر اچانک اس کے ہاتھ اٹھے اور اس نے مجھے پیچھے دھکیل دیا۔ میں حیران و پریشان تین چار قدم پیچھے ہٹ گیا۔

علینہ، یہ تم کیا کر رہی ہو؟ چند لمحے پہلے تو مجھے لگا جیسے ہم ایک ہو جانے کے قریب ہیں۔ اب تمہاری مسکراہٹ غائب ہو چکی ہے، اور میں حیرت میں ڈوبا کھڑا ہوں۔ میرا ذہن الجھ گیا، جو ابات تلاش کرتا رہا۔

میں نے دونوں ہاتھوں سے اپنے گال تھپتھپائے۔ یہ کیا ہو رہا ہے! آخر اس اچانک تبدیلی کی وجہ کیا تھی؟ اس کے اس ردِعمل نے مجھے جھنجھوڑ کر رکھ دیا—خواہش اور الجھن کے درمیان معلق۔ وہ جادوئی لمحہ اب خطرے میں تھا۔ میں وہیں کھڑا سوچتا رہا، کیا یہ ہماری کہانی کا اختتام ہے؟ اس سے پہلے کہ میں اپنی الجھن کا اظہار کرتا، علینہ بولی:

"مجھے معاف کرنا۔ شاید یہ تمہارے لیے سمجھنا آسان نہ ہو، مگر میں چاہتی ہوں کہ تم سمجھنے کی کوشش کرو۔ میں تمہیں بوسہ لینے کی اجازت نہیں دے سکتی۔ مجھے اپنے دین اسلام کی پاسداری کرنی ہے، اور اللہ میری رہنمائی کرتا ہے۔ میں تمہیں بس یہ سوچنے کو کہوں گی: تمہاری نیت میرے بارے میں کیا ہے؟ ہم اس بات کو اُس وقت دوبارہ چھیڑیں گے جب ہم دونوں اس کے لیے تیار ہوں گے۔" یہ کہہ کر وہ تیزی سے پلٹی اور چل دی۔

میں حیرت میں گم بس اسے جاتے ہوئے دیکھتا رہا، جب تک کہ وہ نظروں سے اوجھل نہ ہو گئی۔ میں اسے کیسے نہ دیکھتا؟

جب وہ نظروں سے مکمل غائب ہو گئی، تو میں آہستہ آہستہ اپنے کمرے کی طرف چل پڑا۔ جیبوں میں ہاتھ ڈالے، میں شام کے اس غیر متوقع موڑ پر غور کرتا رہا۔ میں نے نہایا، مگر ایڈرینالین کی کیفیت کم نہ ہوئی۔

میں بستر پر لیٹ گیا، ہاتھ سر کے پیچھے رکھے، چھت کو تکنے لگا۔ میرے خیالات الجھے ہوئے تھے—خواہش، مذہبی و ثقافتی عقائد کا احترام، اور مستقبل کی ممکنہ راہوں کے بارے میں سوچ رہا تھا۔

ایک سوال بار بار ذہن میں گونج رہا تھا: میری نیت کیا تھی؟

شاید میں شادی کی خوشگوار فضا میں بہک گیا تھا۔

یہ محض ایک لمحاتی خواہش تھی ۔۔۔ جسمانی کشش یا شہوت ۔۔۔ مگر محبت نہیں۔

اب سب کچھ غیر یقینی لگنے لگا۔

لیکن ایک بات طے تھی ۔۔۔ میں نے کبھی اس طرح بے ساختہ عمل نہیں کیا۔

علینہ مختلف تھی۔

اس کے اس اچانک رویے کے باوجود، میں چاہتا تھا کہ ہم دونوں کے تعلق کو جانچوں، دیکھوں یہ کہاں جا سکتا ہے۔

لیکن ایک غیر مرئی دیوار، جو مذہب اور روایت سے بنی تھی، ہمارے درمیان کھڑی تھی۔

مجھے یاد آیا کہ دینِ اسلام پر عمل کرنے والے مسلمان مرد و عورت غیر محرم سے چھونے یا بوسہ لینے سے گریز کرتے ہیں۔

مجھے یہ یاد رکھنا چاہیے تھا، مگر میری تڑپ نے میری عقلمندی پر پردہ ڈال دیا۔

کیا میں صرف جسمانی کشش کی وجہ سے اس میں دلچسپی رکھتا تھا؟

کیا یہ صرف میری سابقہ محبوبہ 'اسٹیسی' سے چھٹکارے کا ردِ عمل تھا؟

میں مانتا ہوں کہ میں علینہ کی طرف جسمانی طور پر مائل تھا، مگر اس سے کہیں زیادہ بات تھی۔

میں جاننا چاہتا تھا کہ کیا ہمارا رشتہ ان مذہبی اور ثقافتی فرق کے باوجود قائم رہ سکتا ہے۔

میں کبھی بھی صرف جسمانی تعلق نہیں چاہتا تھا۔

شاید اگر سب کچھ ٹھیک رہا، تو وہ شادی کے بارے میں سوچ سکتی ہے۔

لیکن کیا وہ واقعی ایسا سوچ سکتی ہے؟

ایک مسلمان-یہودی شادی کا تصور ہی بہت بھاری لگتا تھا۔

میرے کوئی یہودی دوست نہیں جنہوں نے مسلمان سے شادی کی ہو، اور صرف چند ایک نے عیسائیوں سے کی ہو۔

ہمارے مذاہب کے قوانین اور روایات بعض جگہوں پر حیرت انگیز طور پر ملتے تھے، لیکن معاشرتی دباؤ بہت بڑا تھا۔

میرے اندر ایک نیا عزم پیدا ہوا۔

میں پہلو بدلتا رہا۔ اوہ، یہ معاشرتی پابندیاں!

مجھے سب مسائل کو سلجھانا ہو گا تا کہ ہم ساتھ ہو سکیں۔

جتنی جلدی، اتنا بہتر۔

میں چھت کو گھورتا رہا، جانتا تھا——آج رات نیند نہیں آئے گی۔

شاید کل... شاید کل اس انجان راستے میں کوئی روشنی دکھائی دے۔

***

علینہ

علینہ کا دل زور زور سے دھڑکنے لگا جب وہ شرمندگی کے عالم میں ایک قدم پیچھے ہٹی۔ اس کے بوسہ لینے کی اچانک کوشش نے اسے ہلا کر رکھ دیا تھا، اور وہ اپنے جذبات پر سوال اٹھانے لگی۔

اس نے وہ حد کیوں پار کی؟
وہ پہلا مرد تھا جس نے کبھی اسے اس انداز میں چومنے کی کوشش کی۔
علینہ نے اسے شادی پر صرف شکریہ اور دوستی کے جذبے سے بلایا تھا—کچھ اور کی توقع نہیں کی تھی۔
لیکن... ان کے درمیان ایک لمحے کے لیے خواہش کی چنگاری بھڑکی تھی۔

کیا میں نے واقعی اسے بوسہ لینے پر اکسانے کی کوئی کوشش کی؟ شاید کی ہو۔
میں نے اس کے ساتھ بہت قریب ہو کر رقص کیا۔
کیا میں نے اس کی خواہش کو ہوا دی؟ میں اتنی بے وقوف کیسے ہو سکتی ہوں؟
میں نے گناہ کر لیا ہے۔

وہ اپنے کمرے میں واپس چلی گئی اور بستر پر لیٹ گئی—کپڑے بھی نہیں بدلے۔
اسے اس غلط فہمی کو سمجھنے کی ضرورت تھی—یا شاید یہ غلط فہمی تھی ہی نہیں؟

میں اس کے بارے میں اصل میں کیا محسوس کرتی ہوں؟
کیا یہ صرف دوستی سے بڑھ کر کچھ ہے؟ ممکن ہے...
لیکن میں جلد بازی میں کوئی فیصلہ نہیں کر سکتی، خاص طور پر جب وہ یہودی ہے۔
مجھے تو کسی مسلمان سے نکاح کرنا چاہیے، یا پھر کبھی شادی نہ کرنا۔

لیکن...

جب بھی میں اسے دیکھتی ہوں، میری سوچیں بکھر جاتی ہیں۔

مجھے نتائج پر غور کرنا ہوگا۔

شاید مجھے وقتی طور پر اسے خود سے دور کرنا ہوگا...

تاکہ میں اپنے جذبات کی گہرائی کو پرکھ سکوں۔

اسے وقت درکار تھا——

لیکن کتنا وقت؟

اور کیا وہ میرے کسی بھی فیصلے کو سمجھ پائے گا؟

باب 6: شادی کے بعد کا دن

اُس رات میں تقریباً سو ہی نہ سکا۔ علینہ کا مجھے دھکا دینا میرے ذہن میں ہتھوڑے کی طرح گونج رہا تھا۔ واقعی، شاید میں نے صورتِ حال کو بالکل غلط سمجھا... یا شاید نہیں؟ اگر اُس نے مجھے محض اس لیے رد کیا کہ میں یہودی ہوں، تو میرے بس میں کچھ زیادہ نہیں تھا۔ موجودہ حالات کو دیکھتے ہوئے، میرا ذاتی خیال یہی تھا کہ ہمیں ایک رشتہ آزمانا چاہیے اور دیکھنا چاہیے کہ یہ کہاں تک جاتا ہے... مگر کیا وہ بھی اس بات پر راضی ہو گی؟

میں نے محسوس کیا کہ میرا دل مجھے دعوت دے رہا تھا کہ میں ان عقائد کا جائزہ لوں جنہیں اپنانے کی مجھ سے توقع کی جاتی ہے۔

مجھے کسی مسلم عورت سے محبت میں نہیں پڑنا چاہیے تھا،

لیکن اب، یہ فیصلہ کرنے کے لیے حوصلہ درکار تھا کہ میں پرانی سوچوں کو چیلنج کروں۔

میں نے ارادہ کر لیا: میں اس غیر مانوس راستے پر قدم رکھوں گا، حدود کو پار کروں گا،

اور اسپتال سے باہر بھی اُس سے رابطہ رکھنے کی کوشش جاری رکھوں گا۔

میں نے لباس بدلا اور کام پر روانہ ہوا۔ راستے میں میس ہال رُکا—امید تھی کہ علینہ کی ایک جھلک نظر آ جائے۔

مگر وہ وہاں نہیں تھی۔ میں نے ناشتہ کیا اور ڈاکٹر جے کے دفتر چلا گیا۔

وہ میز پر جھکے ہوئے کاغذات میں گم تھے، جیسے میرے وجود سے بے خبر ہوں۔

میں آہستہ سے کرسی کے کنارے پر بیٹھ گیا،

میرے ہاتھوں کی انگلیاں بازو پر ہلکی سی تھتھپاہٹ دے رہی تھیں۔

وقت جیسے تھم سا گیا تھا؛

ہر لمحہ، ہر گھڑی، بے حد طویل لگ رہا تھا۔

کیا وہ کبھی میری طرف دیکھیں گے؟

آخر کار، وہ سر اُٹھا کر بولے،

"معاف کرنا، تمہیں انتظار کروایا۔ کام بہت پیچھے رہ گیا ہے۔

سناہے تم کل رات علینہ کے ساتھ شادی پر گئے تھے؟ کیسا لگا؟ مزہ آیا؟ دبکہ ڈانس سیکھا؟"

میں رُک گیا،

گزشتہ رات کی تلخ یادیں دل پر بوجھ بن کر بیٹھ گئیں۔

"یہ ایک خوشگوار تجربہ تھا،" میں نے بالآخر جواب دیا۔

"جی، میں نے سب کے ساتھ دبکہ ڈانس میں حصہ لیا۔"

"شاباش۔ تم واقعی بہادر ہو۔ وہ رقص میرے بس کا نہیں۔

خیر، آج کچھ سرجری میں میری مدد کرو گے؟ ایک کالر بون ٹھیک کرنی ہے، پھر راؤنڈز بھی ہیں۔"

"جی، سر۔ روزانہ آپ سے نئی سرجری اور میڈیکل تکنیک سیکھنے کو ملتی ہے،

لیکن اگر آپ اجازت دیں تو ایک سوال پوچھنا چاہتا ہوں...؟"

"پوچھو، بالکل۔"

"علینہ کے بارے میں ہے۔"

"کیا بات ہے اُس کی؟" کیا اُنہیں پہلے ہی اندازہ تھا کہ میں یہی پوچھنے والا ہوں؟

شاید مجھے یہ بات بھول جانی چاہیے، کام پر توجہ دینی چاہیے،

اور یہ سب کچھ کبھی ہوا ہی نہیں، ایسا ظاہر کرنا چاہیے۔
لیکن دل میں جو درد تھا، رہنمائی کی جو شدید طلب تھی، وہ مجھے روکے نہ رکھ سکی۔

میرے والدین نہایت قدامت پسند اور سخت گیر تھے، وہ کبھی قبول نہ کرتے کہ میں کسی مسلمان عورت سے محبت کر بیٹھا ہوں۔
میرے چند ہی دوست تھے ——یہاں کے بھی علینہ کی بدولت۔ میرے پاس بات کرنے والا کوئی نہ تھا۔

"میرے لیے یہ کہنا آسان نہیں ہے۔ لیکن میں آپ کی رائے کو بہت اہمیت دیتا ہوں ...
میں اُس سے محبت کرنے لگا ہوں،"
میں نے تھوڑا کانپتے ہوئے اعتراف کیا۔

ڈاکٹر جے کی آنکھیں کھل گئیں، وہ کرسی پر آگے کو جھک گئے۔
"تم نے کیا کہا؟"

"جی، سر۔ میں اُسے چاہنے لگا ہوں۔ شادی میں، میں نے اُسے چومنے کی کوشش کی——
جو کہ بہت بڑی غلطی تھی، اور اُس نے کہا کہ ہمیں بیٹھ کر میرے ارادوں پر بات کرنی ہوگی۔
تو... سر، میں کیا کروں؟"

میرا دل تیزی سے دھڑک رہا تھا۔

ڈاکٹر جے نے کرسی کی پشت سے ٹیک لگائی۔
"تو اس نے تم سے جو کہا، وہی دہراتا ہوں:
تمہارے ارادے کیا ہیں؟ اگر تمہیں خود معلوم نہیں، تو یاد رکھو وہ شادی سے پہلے تمہارے ساتھ

جسمانی تعلق قائم نہیں کرے گی۔ اگر وہ چاہے تو تم سے دوستی رکھ سکتی ہے، لیکن شاید نہ رکھے اگر تمہاری نیت شادی کی نہ ہو۔ تو ایک بار پھر... تمہارے ارادے کیا ہیں؟"

"میں نے پوری رات اسی بارے میں سوچا، اور فیصلہ کیا ہے: میں اُس سے رشتہ قائم کرنا چاہتا ہوں... شادی کے لیے۔"

ڈاکٹر جے نے بے یقینی سے سر ہلایا۔

اچانک اُس کی آواز بلند ہو گئی، "نہیں، نہیں۔ تم سنجیدہ نہیں ہو سکتے۔

پہلی بات، اگر بالفرض علینہ تم سے شادی کے امکان پر راضی بھی ہو جائے، تو تم اُسے امریکہ کیسے لے کر جاؤ گے؟

ہم دونوں جانتے ہیں کہ تمہاری انٹرنشپ صرف ایک سال کی ہے۔

پھر تم واپس نیویارک جاؤ گے، میڈیکل اسکول مکمل کرو گے، اور ممکن ہے درجن بھر لڑکیوں سے ملو جن سے شادی بھی ہو سکتی ہے۔ علینہ تو شاید ہمیشہ کے لیے یہیں پھنس کر رہ جائے۔"

"اگر ممکن ہو تو، میں چاہوں گا کہ وہ اور اُس کا بھائی—اسماعیل— میرے ساتھ چلیں،"

میں نے نرمی سے کہا۔

ڈاکٹر جے نے میز پر زور سے ہاتھ مارا۔

"تم جانتے ہو یہ ممکن نہیں ہے!

میں بمشکل دو شامی نومولود بچوں کو ایمرجنسی ہارٹ آپریشن کے لیے امریکہ لے جا سکا تھا، اور صحت یاب ہوتے ہی اُنہیں واپس بھیج دیا گیا۔

تم خبروں پر تو توجہ نہیں دیتے؟

زیادہ تر سیاستدان پناہ گزینوں سے کوئی لینا دینا نہیں چاہتے، چاہے وہ کسی بھی ملک سے ہوں۔ اُس کے امریکہ داخل ہونے کی کوئی معقول وجہ نہیں۔"

میں نے ہونٹ بھینچ لیے۔

"لیکن میرا دل کہتا ہے کہ کوشش کروں، اور میں یہی کرنے کا ارادہ رکھتا ہوں۔"

"تو پھر تم بھی اُن ہزاروں میں شامل ہو جاؤ گے، جو کوشش کرتے ہیں...اور ناکام رہتے ہیں۔ چلو موضوع تھوڑا بدلتے ہیں۔

کیا تم اسلام قبول کرنے کا سوچ رہے ہو؟

جس علینہ کو میں جانتا ہوں، وہ کسی یہودی مرد کی بیوی نہیں بنے گی۔

کیا تم اُس کے ایمان——اللہ پر یقین——کو دل سے قبول کر سکتے ہو؟

اپنے والدین کو تو چھوڑو۔"

"میں ان باتوں پر سنجیدگی سے غور کر چکا ہوں۔ پہلی بات، میں اُس سے کبھی نہیں کہوں گا کہ وہ اپنا دین چھوڑ دے۔

مجھے اُس کی، اور یہاں موجود تمام مسلمانوں کی بے حد عزت ہے۔

جہاں تک میرے والدین کا تعلق ہے...

آپ ٹھیک کہتے ہیں، جب میں اپنی ماں کو یہ بتاؤں گا کہ میں ایک مسلمان لڑکی سے محبت کرتا ہوں، تو شاید اُن کا دل ٹوٹ جائے۔

اور میرے والد...

مجھے بالکل اندازہ نہیں وہ کیا ردِ عمل دیں گے۔ لیکن میں یہ جاننا چاہتا ہوں کہ آپ کے خیال میں، کیا ایک مسلمان عورت کا یہودی مرد سے نکاح ممکن ہے؟

یا یہ ہمارے مذاہب کے درمیان ایک ناممکن رکاوٹ ہے؟"

ڈاکٹر جے نے کندھے اُچکائے۔

"مجھے اس کا جواب نہیں معلوم۔

میں نہ مسلمان ہوں، نہ یہودی، بلکہ عیسائی ہوں۔ اگر تم واقعی اس سوال پر غور کرنا چاہتے ہو،

تو صلاح سے بات کرو۔

لیکن اس سے بھی پہلے، تمہیں علینہ سے کھل کر بات کرنی ہوگی۔

ہو سکتا ہے وہ تم سے دوستی یا تعلق میں دلچسپی ہی نہ رکھتی ہو...

ایسی صورت میں یہ ساری گفتگو بے معنی ہے۔"

"یہ بات درست ہے۔ میں اُس سے بات کرنے کی کوشش کروں گا، جب بھی وقت ملا۔"

میں نے پُر عزم لہجے میں کہا۔

ڈاکٹر جے نے گہری سانس لی۔

"تم اس سے بات ضرور کر سکتے ہو، اور شاید وہ تمہیں پسند بھی کرتی ہو، لیکن وہ جانتی ہے کہ اس کی

زندگی میں آگے بڑھنے کے راستے نہایت محدود ہیں۔

تم اُسے جھوٹی امید نہیں دلا سکتے۔ وہ اس کیمپ کی ایک قیمتی ہستی ہے۔ اگر وہ افسردہ ہوئی،

تو یہاں کے مریضوں اور عملے پر اس کا گہرا اثر پڑے گا۔

اگر تمہارا رشتہ ناکام ہوا، تو تم واپس نیویارک چلے جاؤ گے، اور کسی اور عورت سے شادی کر لو گے۔

لیکن اُس کے لیے...

یہ شاید محبت کا واحد موقع ہو۔

علینہ نے زعتری میں کبھی کسی میں رومانی دلچسپی ظاہر نہیں کی۔

تم اُس کا دل نہیں توڑنا چاہتے۔"

میں نے پختہ لہجے میں جواب دیا،

"یقیناً،

میں اُسے افسردہ نہیں کرنا چاہتا۔ لیکن وہ بھی خوشی پانے کی اتنی ہی حقدار ہے ، جتنے باقی سب پناہ گزین۔ شاید ہم انگلینڈ جا سکتے ہیں....
وہ وہاں چار سال تک تعلیم حاصل کر چکی ہے۔"

ڈاکٹر جے نے آہستہ سے کہا،
"ممکن ہے ، لیکن تم جس بھی ملک کا سوچو گے ، وہاں تمہیں انہی مشکلات کا سامنا ہو گا۔ اور یہ بھی مت بھولو کہ ، تمہیں اپنی میڈیکل ایجوکیشن دوبارہ شروع کرنی پڑ سکتی ہے۔"

"ان سب مراحل سے پہلے ، مجھے اُس سے یہ بات کرنی ہے، کہ وہ میرے بارے میں کیا محسوس کرتی ہے، اور کیا وہ یہاں سے نکلنا چاہتی ہے۔
اس کے بعد....
مجھے آپ کی مدد چاہیے ہو گی۔ آپ کو تو ضرور کوئی ایسا شخص معلوم ہو گا جو میری مدد کر سکے۔"

ڈاکٹر جے نے سنجیدگی سے کہا،
"صرف ایک شخص ہے، جو تمہاری مدد کر سکتا ہے، اور وہ میں نہیں ہوں۔"

"کون؟"
میں نے تجسس سے پوچھا۔

ڈاکٹر جے اپنی جگہ سے اٹھا، اور سیدھے میری آنکھوں میں دیکھتے ہوئے بولا،
"تمہارے والد۔"

پھر اُس نے گہری سانس لی۔
"تمہیں اُنہیں فون کرنا ہو گا۔
برسوں پہلے تمہارے والد نے میری بیوی کے معاملے میں میری مدد کی تھی؛ شاید وہ تمہارے لیے بھی یہی کر سکیں۔

بس مسئلہ یہ ہے کہ آج کل امیگریشن کی سیاست انتہائی ظالمانہ ہو چکی ہے۔

لیکن اگر کوئی علینہ کو امریکہ لے جا سکتا ہے ——

تو وہ تمہارے والد ہی ہوں گے ،" ڈاکٹر جے کی آواز نرم ہو گئی۔

میں نے ایک لمحے کے لیے آنکھیں بند کر لیں۔

مجھے یہ خیال سخت ناپسند تھا کہ میں اپنے والد سے مدد مانگوں۔

"مشورے کا شکریہ۔

شاید واقعی مجھے اُن سے رابطہ کرنا چاہیے۔

مگر مجھے شک ہے کہ وہ میری محبت کو پسند کریں گے۔

وہ چاہتے ہیں کہ میں صرف کام پر توجہ دوں، پھر واپس میڈیکل اسکول جاؤں۔"

ڈاکٹر جے نے نرمی سے کہا،

" تمہیں لگتا ہے وہ ایسا سوچتے ہیں، لیکن جانتے ہو...

انہوں نے بھی میڈیکل اسکول کے دوران محبت کی تھی۔

اگر وہ منصف مزاج ہوئے، تو تمہارا نکتہ نظر سمجھ سکیں گے۔"

مجھے فی الحال اس معاملے کو ذہن سے نکالنا تھا۔

مجھے سوچنا ہو گا کہ جب میں اُنہیں کال کروں گا تو کیا بات کروں گا۔

"شکریہ، ڈاکٹر جے،

مدد کے لیے۔"

" خیر، اب کام کی طرف آ جائیں؟

مجھے ایک گھنٹے میں آپریٹنگ روم پہنچنا ہے۔ میرے مریض کو ہماری ضرورت ہے۔"

اُس کی آواز میں ہار جانے کی سی تھکن تھی، جیسے وہ جانتا ہو کہ میں ایک شکست خوردہ خواب کی

طرف بڑھ رہا ہوں۔

ہم دونوں کھڑے ہوئے اور آپریٹنگ روم کی طرف بڑھ گئے۔

آپریٹنگ روم کی جراثیم سے پاک خوشبو اب میری جلد سے چمٹی ہوئی محسوس ہو رہی تھی۔
میں ڈاکٹر جے کے ساتھ کھڑا تھا۔
مریض کا معائنہ کرنے کے بعد اور ایکسرے کا جائزہ لے کر، ڈاکٹر جے نے اُس کی ہنسلی
(collarbone) میں ایک پیچ (screw) نصب کیا، تاکہ وہ ہڈی مستحکم ہو جائے۔
یہ ڈاکٹر جے جیسے ماہر سرجن کے لیے ایک نسبتاً سادہ عمل تھا،
لیکن اُس نے ہر ممکن احتیاط کی کہ کوئی پیچیدگی نہ ہو۔
یہ سب ایک گھنٹے سے بھی کم وقت میں مکمل ہو گیا۔

پھر راؤنڈز شروع ہوئے—— سفید کوٹوں والی شخصیات اور دھیمی سرگوشیوں کی ایک دھند بھری
لہر۔
مگر آخری مریض کے بستر پر پہنچ کر وقت جیسے تھم گیا۔

مریض کے چہرے پر درد کی لکیریں تھیں، اور جنگ کے نشانات واضح تھے——
ایک بازو کھو چکا تھا، ایک پوری زندگی بدل چکی تھی۔
مجھے پوری توجہ مریض پر رکھنی چاہیے تھی، لیکن میری نگاہیں علینہ پر جم گئیں۔

اُس کا لمس نرم تھا، پُرسکون اور متوازن، جب وہ اُس زخمی کے ہاتھ تھامے کھڑی تھی۔
میں ایک طرف کھڑا اسب کچھ دیکھ رہا تھا،
میرا دل خاموش گواہ تھا۔

ڈاکٹر جے نے بھی یہ منظر دیکھا۔
اُس کی نظر کچھ دیر علینہ پر ٹکی رہی۔
میں سوچنے لگا، کیا وہ بھی وہی دیکھ رہا ہے جو میں دیکھ رہا ہوں؟ طرف بڑھ رہا ہوں۔

علینہ کے وجود میں ایک شفا دینے والی روح؟

جو پروٹوکول اور نصاب سے آگے ہے؟

یا وہ میرے جھجکنے کو محسوس کر رہا ہے؟

مریض—اب ایک زندہ بچ جانے والا—اُس کے ہاتھ کو

دونوں ہاتھوں سے تھامے ہوئے تھا، جیسے وہی اُس کی زندگی کی آخری امید ہو۔

اور شاید واقعی ایسا ہی تھا۔

میں نے اُس کے چہرے کے نرم خد و خال کو دیکھا۔

علینہ وہاں کھڑی تھی جیسے روزمرہ کی دھند میں کوئی روشن چراغ ہو—

اور میں ایک پروانے کی مانند بے اختیار اُس کی طرف کھنچا جا رہا تھا۔

میں نے جیب میں ہاتھ ڈالا—وہاں کچھ Post-it نوٹس

مڑے تڑے سے پڑے تھے، میرے بے چین انگلیوں کی بار ہا گرفت سے کونے سے چھل چکے تھے۔

میں نے ایک نکالا اور جلدی سے لکھا:

"رات کے کھانے پر ملاقات؟

ہمیں بات کرنی ہے۔"

چند قدم آگے بڑھا اور اُسے نوٹ تھما دیا۔

جب ہماری انگلیاں ایک لمحے کو ٹکرائیں،

میرا ہاتھ لرزا اٹھا—

ریڑھ کی ہڈی تک جھر جھری دوڑ گئی۔

میں پہلے کبھی اتنا ڈر یا بے خوف نہیں ہوا تھا۔

مگر اب کوئی واپسی نہیں تھی۔

میرا دل چھلانگ لگا چکا تھا، اور عقل کہیں پیچھے رہ گئی تھی۔

اس نے نوٹ کو ایک نظر دیکھ کر ہلکے سے سر ہلایا—

ایک خاموش تائید، ایک خاموش وعدہ۔

آج رات کا کھانا صرف کھانا نہیں ہو گا؛

یہ ایک انکشاف ہو گا۔

ہم محبت، رکاوٹوں، اور زندگی کو ساتھ گزارنے کے امکانات پر بات کریں گے۔

جب ڈاکٹر جے نے معائنہ مکمل کیا، تو انہوں نے مجھے اشارہ کیا کہ ان کے ساتھ چلوں۔

میں اُن کے پیچھے چل پڑا، لیکن میرا ذہن تو بس علینہ کے گرد گھوم رہا تھا۔

کیا اُس نے ڈاکٹر جے کی اُس پر نظر کی سنجیدگی کو محسوس کر لیا تھا؟

کیا یہ کسی گہرے تعلق کی شروعات تھی—

ایک محبت بھری کہانی یا محض ایک لمحاتی ملاقات؟

میرا دل تیزی سے دھڑکنے لگا۔

یہ رات، یہ کھانا، میرے لیے کسی ممکنہ مستقبل کا آغاز ہو سکتا تھا—

ایسا مستقبل،

جس پر ہمارے موجودہ جذبات مہر لگا سکتے تھے، یا ہمیشہ کے لیے ہمیں ایک دوسرے سے جدا کر سکتے تھے۔

میں نے ارادہ کیا تھا کہ اپنے جذبات اُس پر ظاہر کروں گا—

اُس سے رشتہ مانگوں گا، اور اس تعلق کو دریافت کرنے کی خواہش ظاہر کروں گا۔

کیا وہ میری اس کمزوری کو قبول کرے گی؟

یا احتیاط کی دیواروں کے پیچھے چھپ جائے گی؟

رد کیے جانے کا تصور ہی میرے دل کو ساکت کر دیتا تھا اور معدہ گویا مٹھی میں آجاتا تھا۔

علینہ کی آواز میں کوئی خاص جذبات نہیں تھے۔

"میرا دن ٹھیک تھا۔

کیا ہم یہاں ایک نارمل گفتگو کر سکتے ہیں؟

میں نہیں چاہتی کہ کوئی ہمیں لے کر کچھ سمجھے۔

ہم اپنے بارے میں پرائیویٹ میں بات کریں گے۔"

اس نے یہ بات مکمل طور پر بے اثر چہرے سے کہی، اپنے جذبات ظاہر نہ کیے، لیکن ہم دونوں جانتے تھے کہ تمام تر کنٹرول اس کے ہاتھ میں تھا۔

اُس کا جواب سن کر میرے دل میں بے چینی سی دوڑ گئی۔

لگنے لگا جیسے کوئی بری خبر آنے والی ہے۔

یا شاید وہ صرف خلوت اور قربت چاہتی ہے،

"ٹھیک ہے، جیسا تم چاہو۔ ہم کسی عوامی جگہ بیٹھ سکتے ہیں، بس کسی ایسی جگہ جہاں کوئی ہمیں نہ سن سکے۔"

کینٹین میں چمچوں کی آوازیں، ٹرے کی کھنکھناہٹ، اور دور دور سے باتوں کی سرگوشیاں فضا میں بکھری ہوئی تھیں۔

میں اور علینہ ایک دوسرے کے سامنے بیٹھے تھے۔ ہمارے ارد گرد ساتھی اپنی دنیا میں مصروف تھے، اپنے چھوٹے چھوٹے معاملات میں گم۔

اُس کی نظر اُس کی پلیٹ پر جمی ہوئی تھی — جیسے وہ اس پر اپنے ان کہے جذبات لکھ رہی ہو۔

میں نے بھی اپنی پلیٹ کی باقیات کی کانٹے سے بے مقصد نقش بنانے شروع کر دیے۔

ہوا میں تناؤ سا تھا—
ایک اَن دیکھے دھاگے کی مانند جو ہمیں باندھے ہوئے تھا۔

جب میں اپنی پلیٹ کے آدھے حصے تک پہنچا، تو میں نے کھانا روک دیا اور اُس کی طرف دیکھا۔

"تو، تم کہاں جانا چاہو گی؟
جہاں ہم اس بارے میں سکون سے بات کر سکیں؟"

"ہم چیمپ ایلیزے جا سکتے ہیں، وہاں کوئی پر سکون جگہ ڈھونڈ لیں گے جہاں پر ایویسی ہو۔
شاید وہ چائے خانہ بہتر ہو گا،"
اس نے بڑے اطمینان سے کہا۔

میرا معدہ بری طرح گڑ بڑا رہا تھا۔
جو کچھ بھی کھاتا، ریت جیسا لگتا۔
یہ گفتگو ایک شاندار آغاز ہو سکتی تھی...
یا میری زندگی کا سب سے تکلیف دہ لمحہ۔

جب اسٹیسی نے مجھ سے تعلق ختم کیا تھا،
تو وہ گفتگو یکطرفہ تھی۔
مجھے امید تھی علینہ ہم دونوں کے بارے میں مختلف انداز میں سوچے گی۔
کیا وہ سنے گی...
جب میں اُس سے اپنے جذبات کا اظہار کروں گا؟

"ٹھیک ہے، میں فارغ ہو گیا ہوں،
جب تم تیار ہو، تو مجھے بتا دینا،"
میں نے آہستہ سے کہا۔

اس نے سر ہلایا،
"مجھے بھی اب کھانے میں دلچسپی نہیں رہی،
چلو چلتے ہیں۔"

ہم دونوں نے اپنی ٹرے واپس کیں۔
میری انگلیاں کانپ رہی تھیں جب میں اپنی ٹرے لے کر چل رہا تھا۔
سانس لینا بھی مشکل ہو رہا تھا۔
دوسری طرف، علینہ مکمل طور پر پُرسکون نظر آرہی تھی—
جیسے سب کچھ اُس کے کنٹرول میں ہو۔

وہ مجھے لے کر ایک گولف کارٹ چلا رہی تھی۔
میں خاموشی سے مسافر کی نشست پر بیٹھا تھا۔
ہم چائے خانے پہنچے اور ایک کونے کی میز پر بیٹھ گئے،
جہاں نسبتاً کم ہجوم تھا۔
چاروں طرف لوگ چائے پی رہے تھے اور حقّے کا دھواں اُڑا رہے تھے۔

چائے خانے کا مالک، محمد، آہستہ آہستہ چلتا ہوا ہماری طرف آیا۔

"السلام علیکم، علینہ۔
کیا خدمت کر سکتا ہوں؟
میں دیکھ رہا ہوں کہ آپ پھر سے اُسی آدمی کو لائی ہیں جو میں نے پہلے بھی دیکھا تھا۔
کیا آپ نے شادی پر اچھا وقت گزارا اُس کے ساتھ؟" علینہ نے بہت سیدھے انداز میں جواب دیا:
"السلام علیکم، محمد۔

آپ کو دیکھ کر خوشی ہوئی۔

جی، شادی پر اچھا وقت گزرا۔"

پھر اُس نے میری طرف دیکھا۔

"تم کون سی چائے پینا چاہو گے آج؟"

"میرے خیال میں...پودینے والی چائے ٹھیک رہے گی۔"

علینہ نے محمد کی طرف رُخ کیا:

"برائے مہربانی دو پودینے والی چائے لے آؤ۔

اور اس کے بعد ہمیں کچھ پرائیویسی چاہیے۔"

محمد نے قدرے حیرانی سے بھنویں اٹھائیں:

"کوئی مسئلہ تو نہیں؟

کیا میں کسی طرح مدد کر سکتا ہوں؟"

علینہ نے پھر وہی انداز اپنایا—

براہِ راست، بغیر لفاظی کے:

"نہیں، کوئی مسئلہ نہیں۔

بس چائے دے دیں،

اور تھوڑی خلوت کا خیال رکھیں۔"

میرے دل کی دھڑکن ابھی بھی بے قابو تھی۔

میں نہ جانتا تھا کیا کہنا ہے،

کیا کرنا ہے۔

لیکن آخرکار، میں نے خاموشی توڑنے کی ہمت کی:

"کل رات——"

بالکل اُسی لمحے،
اُس کے ہونٹوں سے بھی وہی الفاظ نکلے :
"کل رات..."

میں سمجھ گیا وہ پہلے بولنا چاہتی ہے۔
میں نے نرم لہجے میں کہا،
"تم کہو پہلے۔"

لیکن اُس نے میری طرف دیکھ کر کہا:
"نہیں، تم پہلے کہو۔
میں سننا چاہتی ہوں کہ کل رات کے بارے میں تمہارا کیا خیال تھا۔
آخر تم ہی تو تھے
جس نے سب کے سامنے مجھے چومنے کی کوشش کی تھی۔"

اور بس...یہی وہ لمحہ تھا۔
میرے دل کی گہرائیوں میں احساس ہو رہا تھا
کہ اگلے چند منٹ میری پوری زندگی کا رخ متعین کر دیں گے۔

"ٹھیک ہے۔"
اس کی آنکھیں، غیر یقینی کے دو جھیلوں کی طرح، میری آنکھوں سے ملیں
گویا بھیڑ بھاڑ والے کمرے میں
ہماری ایک خاموش گفتگو جاری ہو۔

ہوا میں ایک بوجھ سا معلق تھا—

ان کہے الفاظ کا بوجھ۔

میرا گلا خشک ہو چکا تھا۔ دل کی دھڑکن تیز تھی۔ میں نے ایک گھونٹ میں چائے پی اور بمشکل کہا، "بس ایک لمحہ دو مجھے۔"

وہ چپ چاپ بیٹھی رہی، ایک ہاتھ میز پر رکھا ہوا، اور دوسرے ہاتھ سے چائے کی چسکیاں لے رہی تھی۔

چند لمحوں کی خاموشی کے بعد میں نے کپ نیچے رکھا اور تھوڑا آگے ہو کر اُس کی طرف دیکھا۔

"میں معذرت چاہتا ہوں کہ میں نے کل رات تمہیں چومنے کی کوشش کی۔ تمہیں ناراض ہونے کا پورا حق ہے۔"

علینہ نے ایک لمبی سانس لی۔

"میں تم سے ناراض نہیں ہوں، لیکن مجھے تمہاری نیت جاننی ہے۔"

میں نے اثبات میں سر ہلایا اور حلق میں پھنسے ہوئے گولے کو نگلا۔ پھر اس کی آنکھوں میں آنکھیں ڈال کر کہا:

"میری نیت؟

میں اُس دن سے تم سے متاثر ہوں جب سے ہم ملے ہیں۔ تمہاری مسکراہٹ لاجواب ہے، اور جس انداز سے تم لوگوں کو مثبت انداز میں سوچنے پر مجبور کرتی ہو، وہ حیرت انگیز ہے۔ تم سب سے خوبصورت عورت ہو جس سے میں آج تک ملا ہوں۔ میں تمہیں گھنٹوں دیکھ سکتا ہوں، مگر تمہاری اصل خوبصورتی تمہارے اندر ہے۔"

وہ تھوڑا سا مسکرائی۔

"تمہارے محبت بھرے الفاظ کا شکریہ۔

میں بھی اعتراف کرتی ہوں، کہ میرے دل میں بھی تمہارے لیے کچھ جذبات ہیں۔"

لیکن پھر اُس کا لہجہ سنجیدہ ہو گیا:

"لیکن سن لو——

میں ایک مسلمان عورت ہوں، اور اپنے دین کو کبھی نہیں چھوڑوں گی۔

اس کا مطلب ہے، کہ ہم تبھی ایک ساتھ ہو سکتے ہیں، اگر تم میرے عقائد کا مکمل احترام کرو۔

مجھے یقین ہے، کہ کچھ یہودی عقائد ایسے ہیں جو اسلام سے براہِ راست متصادم ہوتے ہیں۔

اور ہم دونوں اس کا مطلب جانتے ہیں۔

میری پوری زندگی میں مجھے سکھایا گیا ہے کہ یہودیوں سے نفرت کرنا چاہیے۔

ہاں، میں نے کچھ اچھے یہودی ڈاکٹرز دیکھے ہیں لیکن کبھی نہیں سوچا تھا کہ اُن میں سے کسی کے ساتھ کوئی رومانوی تعلق ممکن ہو سکتا ہے۔"

"ہو سکتا ہے ایسا ہو، لیکن میں نے کبھی کسی مذہب کے خلاف نہیں سوچا، جب تک وہ پر امن ہو۔

امریکہ میں میڈیکل اسکولوں میں بہت سے مسلمان طلباء ہیں،

اور میرے کچھ اساتذہ بھی اسی دین کے پیروکار ہیں۔

میں اُن کے ایمان کے لیے اُن کی عزت کرتا ہوں۔

اور تم؟

تم کیا چاہتی ہو؟"

"میں چاہتی ہوں

کہ جو شخص میرے ساتھ ہو، وہ کھل کر، ایمانداری سے بات کرے۔

مجھے جھوٹ اور چھپانے کی عادتیں پسند نہیں۔
میں چاہتی ہوں کہ وہ اپنے جذبات کا اظہار کرے۔"

"میں اس بات سے سو فیصد متفق ہوں۔
میری پچھلی گرل فرینڈ تو...
جیسے اُسے میری باتیں سننے میں
دلچسپی ،ہی نہ تھی،"
میں نے ماضی کے دکھ کو یاد کرتے ہوئے کہا۔

علینہ کی بھنویں تن گئیں اور اُس نے بازو سینے پر باندھ لیے۔
"تم اپنی پچھلی گرل فرینڈ کی بات کیوں کر رہے ہو؟
یہ گفتگو تم اور میرے بارے میں ہے، نہ کہ اُس کے بارے میں۔
اگر تم اُسی کی بات کرنا چاہتے ہو تو شاید ہمیں اپنی بات ،ہی بند کر دینی چاہیے۔"

میں نے آنکھیں موند لیں۔
احمق۔
بیوقوف۔

"معذرت چاہتا ہوں، مجھے ایسی بات نہیں کرنی چاہیے تھی اس لمحے میں۔"

"ٹھیک ہے۔ تمہیں معاف کیا۔ اب بتاؤ، تم چاہتے کیا ہو؟"
اُس نے میری آنکھوں میں دیکھتے ہوئے پوچھا۔

"میں ایسی بیوی چاہتا ہوں، جو میرے ڈاکٹر کے پیشے میں میرا ساتھ دے۔
کبھی کبھی لمبے گھنٹوں تک کام کرنا پڑے گا، اور ہر روز رات کا کھانا گھر پر کھانا ممکن نہیں ہو گا۔

اوپر سے مریضوں کے فون کالز کسی بھی وقت آسکتے ہیں۔
جس قسم کا بھی سرجری کا کام میں کروں، وہ کافی وقت لے سکتا ہے۔"

"تو کیا تم چاہتے ہو کہ میں سارا دن گھر بیٹھی رہوں؟"
اُس کا لہجہ تیز تھا۔

"نہیں،
میں چاہتا ہوں کہ تم نرس کے طور پر اپنی مہارت بڑھاتی رہو۔
مجھے امید ہے کہ ہم تمہیں امریکہ بھیج سکیں تاکہ تم مزید تربیت حاصل کر سکو۔"
میں نے امید کی کہ میری آواز میں اخلاص جھلک رہا ہو۔

"اور اگر ہمارے بچے ہوئے تو اُن کی دیکھ بھال کون کرے گا؟
میں چاہوں گی کہ میرے بچے ہوں۔"

"یہ بات میرے لیے جواب دینا مشکل ہے،
کیوں کہ ابھی میرے بچے نہیں ہیں۔
لیکن امریکہ میں کئی عورتیں چند مہینے یا ایک سال گھر پر بچے کی دیکھ بھال کے لیے رک جاتی ہیں،
اگر وہ افورڈ کر سکیں۔ ہماری صورتحال میں یہ ممکن ہے، مگر ابھی کوئی قطعی جواب دینا ممکن نہیں۔"
میں نے کندھے اُچکا دیے۔

"تم نے کہا کہ میں امریکہ جاؤں گی۔ تمہیں کیا لگتا ہے کہ میں وہاں جانا چاہتی ہوں؟
یہاں میری نوکری ہے۔ کوئی گارنٹی نہیں کہ مجھے امریکہ میں نوکری ملے گی، اور نہ ہی میں اسے کبھی دیکھ پاؤں گی۔"

میری آواز قدرے بلند ہوگئی۔

"تم بالکل ٹھیک کہہ رہی ہو۔ کوئی گارنٹی نہیں۔ میں تم سے جھوٹ نہیں بولوں گا، لیکن زندگی میں کسی چیز کی کوئی گارنٹی نہیں، ان شاءاللہ۔"

"یہ سچ ہے۔ تم سے ملنے سے پہلے میں نے یہ سوچ لیا تھا کہ شاید میں کبھی شادی نہ کروں۔"

"میں سمجھتا ہوں۔ اور میں یہ بھی سمجھتا ہوں کہ ہمارے درمیان جسمانی تعلق شادی سے پہلے ممکن نہیں۔"

"یہ بات اس سے بھی آگے ہے۔ اگر تم میرے ساتھ شادی کا سوچنے کے لیے تیار نہیں ہو، تو میں تمہارے ساتھ کسی قسم کی دوستی یا تعلق میں بھی نہیں رہ سکتی۔"

میں بالکل خاموش رہا۔

گہری سانس لی۔

جذبات کا طوفان اندر ہی اندر چل رہا تھا۔ وہ صاف اور سیدھی بات کر رہی تھی —— لیکن اُس کی دیانتداری اندیشوں کے اندھیرے کو چیر رہی تھی۔

علینہ کی زندگی ثقافتی اصولوں کے سانچے میں ڈھلی ہوئی تھی، لیکن ہمارے درمیان ایک جذبہ تھا، ایک برقی کشش —— جسے جھٹلانا مشکل تھا۔

لیکن یہ سب کہاں لے جائے گا؟

اس کا جواب ابھی دھند میں تھا۔

"تمہاری سچائی کا شکریہ،اور یہی وہ خوبی ہے جس سے میں تمہیں اور بھی پسند کرتا ہوں۔
یا شاید مجھے کہنا چاہیے :'شکراً؟'
تم واقعی ایک زبردست عورت ہو۔"

عربی لفظ بے ساختہ میری زبان سے نکل گیا——
ہمارے دو جہانوں کے درمیان ایک پُل بن گیا۔
"میں نے کبھی نہیں سوچا تھا کہ میں کسی مسلمان عورت سے محبت کر بیٹھوں گا۔"
میری ماں کو تو دل کا دورہ پڑ جائے گا۔

"لیکن تم سے ملنے کے بعد سب کچھ بدل گیا ہے۔"
میرے ہونٹوں پر ایک سوال معلق تھا——ایسا سوال جو روایات کو چیلنج کر سکتا تھا، ہماری کہانیوں کو
نئے سرے سے لکھ سکتا تھا،اور شاید کسی غیر معمولی انجام تک لے جا سکتا تھا——
لیکن مجھے انکار کا ڈر تھا۔

پھر بھی، میں نے خود کو مجبور کیا کہ وہ سوال پوچھوں:
"اب ہم کہاں جائیں گے؟"

اُس نے کندھے اُچکا دیے۔
اور آنکھیں کھول کر سیدھے میری طرف دیکھا۔
"تم کہاں جانا چاہتے ہو؟"

"میں تمہارے ساتھ ایک حقیقی تعلق چاہتا ہوں۔
کیا تم اس کی کوشش کرنے کے لیے تیار ہو؟"

بغیر کسی توقف کے اُس نے جواب دیا:

"ہاں، اگر تم کوشش کرنا چاہتے ہو

تو میں بھی تیار ہوں۔"

میرا دل خوشی سے جھوم اُٹھا۔

میں کھڑا ہو گیا اور مٹھیاں بھینچ لیں جیسے کوئی فتح حاصل ہو گئی ہو۔

علینہ نے مسکرا کر دیکھا، مگر اُس کی مسکراہٹ میں میرے جتنی بے خودی نہ تھی۔

مجھے اس سے فرق نہیں پڑا۔

ہماری کہانی کا آغاز ہو چکا تھا۔

ہم نے جلدی سے چائے ختم کی،

گالف کارٹ میں واپس گئے، اور ایک دوسرے کو شب بخیر کہا۔

جب میں اپنے کمرے میں پہنچا، میری پہلی کیفیت خوشی سے لبریز تھی۔

ہم نے اس بات پر اتفاق کیا تھا کہ ہم ایک ایسا رشتہ شروع کریں گے جو شادی کی طرف لے جا سکتا

ہے۔

لیکن جیسے ہی مجھے وہ لمحہ یاد آیا جب میں خوشی سے اچھل رہا تھا اور اُس کے چہرے کا تاثر میرے ذہن

میں آیا—— مجھے محسوس ہوا کہ اُس نے وہی جذبہ واپس نہیں لوٹایا۔

شاید اُس کے دل میں اب بھی کچھ خدشات تھے۔

"منفی خیالات سے دماغ کو مت بھرو۔ مثبت سوچو۔ دیکھتے ہیں کل کیا لے کر آتا ہے۔"

باب 7: علینہ کی کشمکش

علینہ

علینہ اپنے چھوٹے سے اپارٹمنٹ کے کھانے کی میز پر بیٹھی تھی۔ اس کے سامنے چائے کا ایک کپ رکھا تھا، مگر اس نے اسے چھوا تک نہیں تھا۔ وہ کرسی پر پیچھے جھک گئی، گہری سوچ میں ڈوبی ہوئی تھی۔ جو کے ساتھ ممنوعہ تعلق اس کی روح پر بھاری تھا۔ پھر بھی، یہاں وہ بیٹھی تھی، اپنے دل کے ہاتھوں مجبور ہو کر جو سے ایک دن پہلے ہی کمٹمنٹ کر چکی تھی، جب اس نے اسے چومنے کی کوشش کی تھی۔ اگر کوئی اور ایسا کرتا، تو شاید وہ اسے دوبارہ دیکھنے کی خواہش بھی نہ رکھتی۔

اسے وقت اور جگہ کی ضرورت تھی، ایک موقع کہ وہ سکون سے سانس لے سکے اور صاف ذہن سے سوچ سکے۔ جس رات جو نے اسے چومنے کی کوشش کی تھی، اس نے خود کو پیچھے ہٹنے کا فیصلہ کیا تھا، اور اب وہ جانتی تھی کہ یہی واحد راستہ ہے جس سے وہ اپنے اندرونی انتشار کو حل کر سکتی ہے۔ آخر اس نے اس تعلق پر ہاں کیوں کہہ دی؟ وہ ایسا کیوں کرے گی جب کہ ایک دن پہلے ہی اس نے اسے خود سے دور دھکیلا تھا؟ یہ غلطی تھی اور بہت جلد بازی میں کیا گیا فیصلہ تھا۔

اس نے اپنی چائے پی اور کام کی تیاری کی۔

اس کا پہلا مریض خالد تھا، جو خوشگوار موڈ میں نظر آ رہا تھا۔ اسے سلام کرنے اور ضروری معائنے، جیسے درجہ حرارت، بلڈ پریشر اور بینڈ ٹیج چیک کرنے کے بعد، اس نے خالد سے پوچھا، "کیا کوئی مسئلہ ہے جس پر ہمیں بات کرنی چاہیے؟ کیا آپ کو کوئی تکلیف ہو رہی ہے؟"

"نہیں، سب کچھ ٹھیک ہے۔ میں جلد گھر جانے کا منتظر ہوں، مگر آپ کو دیکھ کر ہمیشہ خوشی ہوتی ہے۔ جو کہاں ہے؟"

علینہ کے چہرے پر ناگواری کے تاثرات ابھر آئے۔ خالد کو بالکل بھی معلوم نہیں تھا کہ کل انہوں نے جو کے ساتھ کیا بات کی تھی۔

"مجھے نہیں معلوم۔ وہ شاید ڈاکٹر جے یا کسی دوسرے ڈاکٹر کے ساتھ کام کر رہا ہوگا۔ میں نہیں جانتی کہ آج کے لیے اس کی ڈیوٹی کیا ہے۔ کیوں پوچھ رہے ہیں؟"

"وہ بہت اچھا انسان ہے۔ میں کیا کہہ سکتا ہوں؟ تم دونوں ایک ساتھ اچھے لگتے ہو۔"

خالد، تم بالکل بھی میری مدد نہیں کر رہے۔

"شکریہ، مگر جو کی اپنی زندگی ہے۔ وہ یہاں صرف ایک سال کے لیے آیا ہے، اور پھر چلا جائے گا۔"

"تو تم یہ تسلیم نہیں کرتیں کہ تمہیں اس کے لیے جذبات ہیں؟"

"میں کسی مریض کے ساتھ اپنی ذاتی زندگی پر بات نہیں کر سکتی۔ ہم ابھی تھوڑے عرصے پہلے ہی ملے ہیں۔ کیا ہم تمہاری صحت پر توجہ دے سکتے ہیں، نہ کہ میری زندگی پر؟" اس نے التجا کی، اس کی آواز میں ہلکی سی سختی تھی۔

"معاف کرنا، میرا مقصد تمہیں پریشان کرنا نہیں تھا۔ میں بالکل ٹھیک ہوں۔ میں جو کے بارے میں دوبارہ نہیں پوچھوں گا۔"

"شکریہ۔"

خالد کے کمرے سے نکلنے کے بعد، وہ عملے کے کمرے میں چائے پینے کے لیے ایک چھوٹا سا وقفہ لینے چلی گئی۔ خالد اس کے پسندیدہ مریضوں میں سے ایک تھا، مگر آج، وہ چاہتی تھی کہ وہ اس سے ملاقات نہ کرتی۔ میں نے جو کو اس سے کیوں ملوایا تھا؟ میں خود کو اس طرح کیوں محسوس کر رہی ہوں؟

اس نے چائے نیچے رکھی اور اپنے اگلے مریض سے ملنے چلی گئی، جو کہ ایک خاتون تھی جس کا کہنی کا زخم تھا۔ اس نے دوبارہ ضروری معائنہ کیا۔ اس خاتون کو جو کے بارے میں کچھ معلوم نہیں تھا۔

"آپ کی طبیعت کیسی ہے؟ کیا کوئی مسئلہ یا تکلیف ہے؟"

"نہیں، میں ٹھیک ہوں، مگر میں نے محسوس کیا ہے کہ تمہارا موڈ کچھ بدلا ہوا لگ رہا ہے۔ تم عام دنوں کی نسبت زیادہ سنجیدہ لگ رہی ہو۔ کیا سب کچھ ٹھیک ہے؟"

یہ سن کر علینہ چونک گئی۔ یہ میرے ساتھ کیا ہو رہا ہے؟

"آپ کے پوچھنے کا شکریہ، مگر میں بالکل ٹھیک ہوں۔ سب کچھ ٹھیک ہے۔ میں آپ سے کل دوبارہ ملوں گی۔ خدا حافظ۔"

اگلے مریض کے کمرے کی طرف جاتے ہوئے، اس نے ہال میں جو کو چلتے ہوئے دیکھا۔ وہ اس کی طرف پشت کیے ہوا تھا، اس لیے اس نے علینہ کو نہیں دیکھا۔ وہ وہیں رک گئی، اس الجھن میں کہ اب کیا کرے۔ پھر اس نے فیصلہ کیا کہ وہ کسی اور خاتون کے کمرے میں کچھ دیر کے لیے چھپ جائے تا کہ خود کو سنبھال سکے۔

اس نے سنک پر ہاتھ رکھے اور آئینے میں خود کو دیکھا، دل ہی دل میں سوچنے لگی، دیکھو، مجھے اپنا کام کرنا ہے۔ میں جو کو اپنے ہر کام پر اثرانداز ہونے نہیں دے سکتی۔ اگر مریضوں کو محسوس ہو رہا ہے، تو ڈاکٹرز کو بھی اندازہ ہو جائے گا، خاص طور پر ڈاکٹر جے کو۔ علینہ، آج تمہیں جو کو بھول کر اپنے کام پر توجہ دینی ہے۔

اسے پسینہ محسوس ہونے لگا، اس نے اپنے ہاتھ اور چہرہ دھویا۔ اسے ہر حال میں خود کو سنبھالنا تھا۔ اب وہ اگلے مریض کے پاس جانے کے لیے تیار تھی۔

جب وہ کھانے کے لیے گئی، تو اس نے دیکھا کہ جو ڈاکٹر جے کے ساتھ بیٹھا ہوا تھا۔ ان کے ساتھ جانے کے بجائے، اس نے اپنی ٹرے اٹھائی اور دوسری نرسوں کے ساتھ جا بیٹھی جو عربی بول رہی تھیں۔ اس نے محسوس کیا کہ جو کچھ لمحوں کے لیے اسے دیکھ رہا تھا، مگر اس نے نہ تو کوئی ردِعمل دیا اور نہ ہی اس کے ساتھ بیٹھنے کے لیے آگے بڑھی۔

اگر میں جو کے ساتھ بیٹھی ہوں، تو میرے لیے ایسے برتاؤ کرنا مشکل ہو جائے گا جیسے سب کچھ معمول کے مطابق ہو، اور حقیقت میں ایسا نہیں ہے — کم از کم میرے لیے نہیں۔

اس نے اپنی توجہ دوسری نرسوں کی گفتگو پر مرکوز کر لی، حالانکہ اندر ہی اندر وہ جانتی تھی کہ اس نے جو سے نظریں چرا کر اچھا محسوس نہیں کیا۔ مگر وہ اب بھی کشمکش میں تھی کہ اسے کیا کرنا چاہیے۔ یہ کتنی دیر تک چلے گا؟ میں کب فیصلہ کروں گی؟ جو کیا سوچے گا؟

رات کی نماز کے بعد

نماز کے بعد، خاموشی میں اور قرآنی احکام کے مطابق، اس نے اللہ سے رہنمائی مانگی۔

"یا اللہ،" اس نے آہستہ سے سرگوشی کی، اس کی آواز بمشکل سنائی دے رہی تھی۔

"مجھے راستہ دکھا، اے اللہ۔" اب کی بار اس کی آواز مضبوط تھی۔

"تو میرے دل کے حال سے واقف ہے۔ تو جو کے دل کو بھی جانتا ہے۔ کیا یہ تیری رضا ہے کہ ہم ایک ساتھ رہیں؟ کیا میں اس سے محبت کر سکتی ہوں اور ساتھ ہی اپنے اسلام پر بھی قائم رہ سکتی ہوں؟ یا مجھے اپنے روایتی اصولوں کی پاسداری کرنی چاہیے؟"

اس کی آنکھوں میں آنسو بھر آئے۔

"اللہ، اگر جو میرے لیے ہے، تو ہمارے راستے کو صاف کر دے۔ اگر نہیں، تو مجھے اسے چھوڑنے کی طاقت عطا کر۔ میں تیرے نشان کا انتظار کر رہی ہوں۔"

یا اللہ، مجھے جلدی جواب دے۔

نماز کے بعد، وہ اپنے بھائی اور سلاح سے ملنے کے لیے روٹی کے کارخانے گئی۔ سلاح اور اسماعیل دونوں اپنے کام میں مصروف تھے، آٹے کو گوندھ رہے تھے اور روٹیاں بنا رہے تھے۔

روٹی کی خوشبو سے بھرے اس پُرسکون ماحول میں، علینہ نے خود کو کچھ ہلکا محسوس کیا۔ اسے کسی مسلمان سے بات کرنی تھی جو اس کے ایمان کو سمجھ سکتا تھا۔ سلاح، اس کا منہ بولا چچا، ہمیشہ اس کے لیے پناہ گاہ جیسا تھا، جو اس کے سب سے گہرے خیالات کو سمجھ سکتا تھا۔

وہ اس کے قریب آئی، اس کا دل زور زور سے دھڑک رہا تھا۔ چونکہ جو وہاں نہیں تھا، اس نے عربی میں بات کی۔

"سلاح،" اس نے آہستہ سے کہا، "مجھے تم سے بات کرنی ہے۔"

سلاح نے آٹے کو گوندھتے ہوئے سر اٹھایا، اس کے ہاتھ آٹے سے بھرے ہوئے تھے۔ اس نے علینہ کے چہرے پر پریشانی دیکھی اور نرم لہجے میں پوچھا،

"کیا مسئلہ ہے؟ میں تمہاری کیسے مدد کر سکتا ہوں؟"

علینہ کچھ لمحے رکی، پھر اپنے دل کی بات کہہ دی۔

"میں جو سے محبت کر بیٹھی ہوں اور شاید غلطی سے اس کے ساتھ کمٹمنٹ بھی کر لی۔ وہ ایک شاندار انسان ہے، مگر وہ یہودی ہے۔ سلاح، یہ کیسے ہو سکتا ہے؟ ایک مسلمان اور ایک یہودی؟ ہماری ثقافتیں اور مذاہب ایک دوسرے سے اتنے مختلف ہیں۔ میں بہت پریشان ہوں۔ میں نے کبھی

نہیں سوچا تھا کہ میں اس کیمپ میں کسی مرد کے ساتھ تعلق میں آ جاؤں گی۔ کیا اللہ مجھے اس شادی کی طرف لے جا رہا ہے؟"

سلاح نے رک کر علینہ کو غور سے دیکھا۔ اس کی آنکھوں میں نرمی اور سمجھداری کی جھلک تھی۔ اس نے عربی میں جواب دیا،

"علینہ، محبت وہ طاقت ہے جو کسی سرحد کو نہیں مانتی۔ یہ شہد کی طرح بہتی ہے اور سب سے کڑوے فرق کو بھی میٹھا بنا دیتی ہے۔ اس کی طاقت پر بھروسہ کرو، اور یہ تمہیں راستہ دکھائے گی۔"

"مگر اس کا خاندان،" اس نے آہ بھری، "ہمارے معاشرے... وہ کبھی نہیں سمجھیں گے۔"

سلاح کی آواز دلاسا دینے والی تھی۔

"کبھی کبھی محبت ہمیں بدل دیتی ہے، ہمارے دلوں کو وسیع کرتی ہے۔ شاید وقت آ گیا ہے کہ روایات کی روٹی کو توڑ کر کچھ نیا چکھا جائے۔"

اس کے الفاظ علینہ کے مضطرب دل کے لیے سکون کا باعث بنے۔

"یہ بہت خوبصورت الفاظ ہیں، سلاح۔"

سلاح نے گہری دانائی سے کہا،

"ہو سکتا ہے میرے الفاظ خوبصورت ہوں، مگر میں تمہیں یہ نہیں بتا سکتا کہ کیا کرنا ہے۔ تمہیں خود فیصلہ کرنا ہو گا، یا اللہ سے مدد مانگنی ہو گی۔ انشاءاللہ۔"

"میں نے اللہ سے مدد مانگی ہے، مگر مجھے کیسے معلوم ہو گا کہ وہ کیا چاہتا ہے؟"

"میرا یقین ہے کہ کوئی نشان ضرور ملے گا، مگر میں نہیں جانتا کہ وہ کیا ہو گا۔ اپنے دل اور دماغ سے پوچھو کہ تمہارے لیے کیا بہتر ہے۔ اگر دونوں 'ہاں' کہتے ہیں، تو تمہیں اس کے ساتھ تعلق آزمانا چاہیے۔ وہ اچھا آدمی ہے، مجھے وہ پسند ہے۔ مگر ہاں، تم صحیح کہہ رہی ہو، وہ ایک یہودی ہے۔ مگر سوچو، ہم یہاں یہودیوں کی وجہ سے نہیں، بلکہ شامیوں کی وجہ سے ہیں۔ ہر مسلمان اچھا مسلمان نہیں ہوتا، ہر یہودی اچھا یہودی نہیں ہوتا، مگر جو ایک اچھا انسان اور ایک اچھا یہودی لگتا ہے۔"

"یہ سچ ہے کہ میں یہودیوں کی وجہ سے یہاں نہیں ہوں، بلکہ اپنی ناکام شامی حکومت کی وجہ سے۔ مگر تم نے کہا تھا کہ کوئی نشان ملے گا۔ وہ کب ملے گا؟ یہ انتظار بہت مشکل ہے۔"

سلاح نے سر ہلایا،

"میں نہیں جانتا کہ نشان کب ملے گا، انشاءاللہ۔ مگر جب میں تمہیں جوکے ساتھ دیکھتا ہوں، تم خوش لگتی ہو—تمہارا دل کھلتا ہے جیسے کوئی پھول۔ شادی میں، تم نے اس کے ساتھ اس طرح رقص کیا جیسے وہ دنیا کا واحد مرد ہو۔ تمہارا دل اس کے ساتھ ہے، مگر تمہارا دماغ ابھی پوری طرح مطمئن نہیں۔"

"تم صحیح کہہ رہے ہو، میرا دماغ ابھی بھی کشمکش میں ہے،" علینہ نے نظریں جھکا کر اعتراف کیا۔ سلاح نے مسکراتے ہوئے کہا،

"اچھا، ایک سوال پوچھتا ہوں۔ کیا جو ایک انسان ہے؟ کیا اس کا جسم کسی شامی کے جسم کی طرح ہے؟"

علینہ اس سوال پر ہنس پڑی، اس کے چہرے پر ہلکی مسکراہٹ آ گئی۔

"ہاں، اس کا جسم انسانی ہی ہے۔"

"اچھا، ایک اور سوال۔ وہ مسلمان مریضوں کے ساتھ کیسا سلوک کرتا ہے؟"

"وہ مریضوں کے ساتھ بہت اچھا ہے۔ جب کوئی انگریزی بولتا ہے، تو وہ بات چیت کرتا ہے، اور جب کوئی عربی بولتا ہے، تو مترجم کے ذریعے گفتگو کرتا ہے۔ سب مریض اسے پسند کرتے ہیں۔ وہ ان سے ہاتھ ملاتا ہے، اور جب کوئی گلے لگنا چاہے تو اسے گلے بھی لگا لیتا ہے۔ اس نے کچھ عربی الفاظ بھی سیکھ لیے ہیں۔ سب سے اچھی بات یہ ہے کہ وہ اسماعیل کے ساتھ اشاروں کی زبان سیکھ رہا ہے۔"

"زبردست۔ تم دونوں انسان ہو۔ تم دونوں مریضوں کو گلے لگاتے ہو اور محنت کرتے ہو، اور اسماعیل کو بھی وہ پسند ہے۔ یاد رکھو، دونوں مذاہب ایک ہی جگہ سے آئے ہیں۔ ہم سب نے ایک ساتھ آغاز کیا تھا، پھر کچھ بدل گیا، اور اب ہم ایک دوسرے کو پسند نہیں کرتے، مگر حقیقت میں ہم ایک جیسے ہیں۔ زیادہ تر لوگ امن چاہتے ہیں، مگر حکومتیں بیکار ہیں۔"

"تم صحیح کہہ رہے ہو۔ میں اسے ان چیزوں کے لیے ذمہ دار نہیں ٹھہرا سکتی جو ماضی میں ہوئیں۔ وہ ایک اچھا انسان ہے، اور ہم ایک دوسرے سے محبت کرتے ہیں۔"

"تو شاید تمہیں تعلق آزمانا چاہیے۔ اگر تم نے کوشش نہ کی، تو تم کبھی نہیں جان پاؤ گی۔ ایمانداری سے سب کچھ کہو، جب تم تیار ہو، تب اسے بتاؤ کہ تمہارے دل اور دماغ میں کیا ہے، اور بالکل شفاف رہو۔ اگر اس کی محبت سچی ہوئی، تو وہ تمہاری مدد کرے گا۔"

وہ دونوں کھڑے ہوئے اور ہلکے سے گلے ملے۔

سلاح نے کہا،

"فکر مت کرو۔ آخر میں، ہر چیز کسی نہ کسی طرح ٹھیک ہو جاتی ہے، انشاءاللہ۔ جو کچھ بھی ہونا ہے، وہ اللہ کی مرضی سے ہوگا۔ اب، جاؤ اور اپنے بھائی سے بات کرو۔ وہ بھی تمہاری مدد کر سکتا ہے۔"

اسماعیل سے مشورہ

علینہ اسماعیل کو ڈھونڈنے گئی۔ وہ دونوں ایک میز پر آمنے سامنے بیٹھ گئے۔ وہ مسکرا کر بولی،

"آج کام کیسا رہا؟"

اسماعیل نے کندھے اچکائے۔

"کام ٹھیک ہے۔ کوئی خاص مسئلہ نہیں۔ مگر تم یہاں کیوں آئی ہو؟ کیا کوئی مسئلہ ہے؟ میں تمہاری آنکھوں میں دیکھ سکتا ہوں کہ کچھ غلط ہے۔"

آہ، میرا بھائی مجھے سب سے زیادہ جانتا ہے۔

"ہاں، میرے پاس ایک مسئلہ ہے، اور مجھے تمہاری مدد چاہیے۔"

"تو پوچھو۔"

"تمہیں جو کیسا لگتا ہے؟"

اسماعیل نے مسکرا کر جواب دیا،

"یہ تو آسان سوال ہے۔ ہاں، وہ میرے لیے بھائی جیسا ہے۔ دیکھو، اس نے مجھے ان بد معاشوں سے کیسے بچایا اور کتنی اشاروں کی زبان سیکھ لی ہے۔ وہ ان چند لوگوں میں سے ایک ہے جن کے ساتھ

میں اس کیمپ میں نارمل بات کر سکتا ہوں۔ مگر تم یہ کیوں پوچھ رہی ہو؟ کیا تم اس سے محبت کرتی ہو؟ میں نے شادی میں دیکھا تھا کہ تم اسے کس طرح دیکھ رہی تھیں۔ براہ کرم مجھے سچ بتاؤ۔"

علینہ نے اپنے ہاتھ اپنے سر پر رکھ لیے۔

"مجھے نہیں معلوم۔ میں اس سے محبت کرتی ہوں، مگر بہت گھبرائی ہوئی ہوں کیونکہ یہ میری پہلی شادی کا موقع ہے۔ میں سمجھنے کی کوشش کر رہی ہوں۔ وہ بہت اچھا انسان ہے، اور ہم ایک دوسرے کے ساتھ بہت اچھے طریقے سے چل رہے ہیں۔"

پھر مسئلہ کیا ہے؟"

"کچھ چیزیں ہیں جن پر بات کرنی ضروری ہے۔ ان میں سے ایک تم ہو۔"

"جیسے کیا؟"

"میں تمہیں چھوڑ نہیں سکتی۔ میں نے خود سے وعدہ کیا تھا کہ کسی بھی صورت میں تمہارا خیال رکھوں گی۔"

"میرے بارے میں فکر مت کرو۔ میں سلاح کے ساتھ روٹی کے کارخانے میں ہمیشہ کے لیے کام کر سکتا ہوں۔"

"نہیں، یہ اچھی زندگی نہیں ہے۔ تمہیں صرف روٹی کے کارخانے سے زیادہ کی ضرورت ہے۔ تمہیں دوستوں اور خاندان کی ضرورت ہے۔ کیا تمہیں جو کو خاندان کا حصہ بنانے پر کوئی اعتراض ہے؟"

"مجھے کوئی اعتراض نہیں۔ تم چاہتی ہو کہ میں خوش رہوں، اور میں بھی چاہتا ہوں کہ تم خوش رہو۔"

"اسماعیل، مجھے اس بارے میں اچھی طرح سوچنا ہو گا۔ جب تک میں فیصلہ کرتی ہوں، تم اس کے ساتھ اچھا برتاؤ کرو۔ یہ کوئی آسان فیصلہ نہیں ہے۔"

اس نے سر ہلایا۔

"محبت کے معاملات کبھی آسان نہیں ہوتے۔"

اس نے الوداع کہا اور چلی گئی۔ اسے بہت کچھ سوچنا تھا۔

جو

آج کام کے بعد، میں نے علینہ سے ملنے کا سوچا، مگر میں نے نوٹ کیا کہ اس نے اسپتال میں میرے ساتھ دوپہر کا کھانا کھانے میں دلچسپی نہیں دکھائی۔ میں سوچ رہا ہوں کہ کیا وہ ہماری گفتگو کے بارے میں دوبارہ غور کر رہی ہے؟

جس رات اس نے چائے خانے میں ہمارے رشتے پر رضامندی ظاہر کی، میرے دل میں بے پناہ خوشی اور جوش کی لہر دوڑ گئی تھی۔ مگر اب، وہ مجھے بے چین محسوس کرا رہی ہے۔

اس کا "ہاں" کہنا وہ اعتماد نہیں رکھتا تھا جس کی میں توقع کر رہا تھا۔ اس نے ہاں کہہ دیا، مگر اس کی باڈی لینگویج اور اس کی آنکھیں میری طرح روشن نہیں ہوئیں۔ اس نے محبت بھری سرگوشیاں نہیں کیں، اور نہ ہی وہ نرم الفاظ کہے جن سے میری جذباتی تسلی ہو سکتی تھی، جیسے کہ "میں تم سے محبت کرتی ہوں، جو"۔ جب میں نے اسے کام پر دیکھا، اس کی مسکراہٹ موجود تھی، مگر وہ ایک روک رکھنے والی مسکراہٹ تھی، جیسے کہ وہ کچھ چھپا رہی ہو۔

میں اس احساس کو جھٹک نہیں سکتا کہ شاید میں نے بہت زیادہ دباؤ ڈال دیا ہے۔ شاید وہ اپنے اصل جذبات چھپا رہی ہے، یا پھر ہمارے مذہبی اور ثقافتی فرق بہت بھاری ہیں۔

چند دنوں تک میں نے انتظار کرنے کا فیصلہ کیا تاکہ دیکھ سکوں کہ وہ کیسا برتاؤ کرتی ہے۔ کیا وہ مجھ سے گریز جاری رکھے گی؟ اس کی آنکھیں، جو ہمیشہ روشن اور پرکشش لگتی تھیں، ایک ستارے کی مانند مجھ سے دور رہیں۔

چند دن بعد... ہم اچانک ایک ہی مریض پر کام کرنے کے لیے آمنے سامنے آ گئے۔ یہ میرے لیے بالکل غیر متوقع تھا۔ عام حالات میں، ہم ایک دوسرے سے دور جا سکتے تھے، مگر اس بار ایسا ممکن نہیں تھا۔

میں کمرے میں داخل ہوا، اور علینہ مریض کا بلڈ پریشر چیک کر رہی تھی۔ چونکہ میرا کام مریض کا معائنہ کرنا تھا، میرے پاس کوئی اور راستہ نہیں تھا سوائے اس کے کہ میں کمرے میں جاؤں اور اپنا کام کروں۔

علینہ نے میری طرف دیکھا تک نہیں، یا شاید اس نے دیکھا مگر جان بوجھ کر نظر انداز کر دیا۔ میں نے کہا، "صبح بخیر، سب کو۔"

میری آواز سنتے ہی، علینہ نے ایک لمحے کے لیے مریض سے نظر ہٹا کر مجھے دیکھا۔ مریض نے مجھے سلام کیا، مگر علینہ نے کوئی جواب نہیں دیا۔ اس نے مجھے مکمل طور پر نظر انداز کر دیا اور دوبارہ مریض کی طرف متوجہ ہو گئی۔

یہ اچھا اشارہ نہیں ہے، مگر میں اپنا کام جاری رکھوں گا۔

میں نے پیشہ ورانہ انداز میں کہا، "تو مریض کی حالت کیسی ہے؟ کیا آپ مجھے بتا سکتی ہیں کہ آپ نے آج کیا کیا؟"

علینہ نے تیوری چڑھائی اور میری طرف دیکھنے سے گریز کیا۔ اس نے قدرے سخت لہجے میں کہا، "میں مریض کے ساتھ ٹھیک ہوں۔ ابھی آپ کے معائنے کی ضرورت نہیں ہے۔ آپ بعد میں آ سکتے ہیں۔"

یہ سن کر میرا غصہ بڑھ گیا۔ مگر میں نے خود پر قابو رکھا اور کہا، "مجھے افسوس ہے، مگر میں بعد میں نہیں آ سکتا۔ مجھے اس مریض کو سرجری کے لیے تیار کرنا ہے۔ مجھے IV لگانا ہو گا۔ کیا آپ میری مدد کرنا چاہیں گی؟"

"نہیں، میں مصروف ہوں۔ جیسے ہی میں مریض کا بلڈ پریشر اور درجہ حرارت چیک کر لوں گی، میں جا رہی ہوں کیونکہ مجھے دوسرے مریض کو دیکھنا ہے۔"

"کیا تمہیں فوراً دوسرے مریض کو دیکھنے جانا ہے، یا تم کسی اور وجہ سے جانا چاہتی ہو؟"

وہ غصے میں بولی، "میں اس وقت مریض کے سامنے اس سوال کا جواب نہیں دوں گی، اس لیے اس کی توقع مت رکھو۔"

یہ تم نے کیسے کیا، علینہ؟ میں خاموش رہا۔ میں مجھے اندازہ ہو گیا تھا کہ اگر میں کچھ کہتا، تو حالات مزید خراب ہو سکتے تھے۔

ایک منٹ بعد، اس نے کہا، "میں فارغ ہو گئی ہوں۔ کمرہ اب تمہارا ہے۔"

پھر وہ مریض کی طرف مڑی اور کہا، "مسٹر گولڈ اب آپ کی دیکھ بھال کریں گے۔ آپ کا دن اچھا گزرے۔" اس کے بعد وہ چلی گئی۔

مریض نے مجھے حیرانی سے دیکھا۔ کمرے میں موجود مترجم نے مریض کی طرف سے پوچھا، "آپ دونوں کے درمیان کیا ہو رہا ہے؟"

میں نے زبردستی مسکرا کر جواب دیا، "فکر نہ کریں، سب کچھ ٹھیک ہو جائے گا۔ ابھی مجھے آپ کا IV لگانا ہے۔"

ہم دونوں خاموش رہے جب میں نے IV لگایا۔

جب میں کمرے سے نکلا، میں مکمل شاک میں تھا۔

علینہ نے میرے ساتھ کبھی ایسا رویہ اختیار نہیں کیا تھا۔ میں صاف دیکھ سکتا تھا کہ فیصلہ کرنے کی کشمکش ہم دونوں کو نقصان پہنچا رہی تھی۔ اگر اس نے فیصلہ کر لیا کہ وہ میرے ساتھ تعلق نہیں رکھنا چاہتی، تو مجھے شاید فوراً نیو یارک واپس جانا پڑے گا۔

کیونکہ وہ یہاں ہمیشہ کے لیے تھی، اور میں صرف ایک انٹرن تھا میں ہی تھا جو اس مسلمانوں سے بھرے سمندر میں اجنبی تھا۔

اپنے راؤنڈز مکمل کرنے کے بعد، میں میس ہال میں رات کا کھانا کھانے گیا۔ وہاں کوئی عملہ موجود نہیں تھا، اس لیے میں اکیلا ہی تھا۔ میں بیٹھا ہی تھا کہ علینہ اندر آئی اور سیدھا میری میز پر آ گئی۔ میں نے اس کی طرف دیکھا اور خاموش رہا، اس کے بولنے کا انتظار کرنے لگا۔

اس کا اظہار سنجیدہ مگر پُرسکون تھا۔ "مجھے افسوس ہے کہ آج مریض کے کمرے میں میں تم سے ناراض ہو گئی۔ میں نے سمجھا کہ تم جان بوجھ کر مجھے دیکھنے آئے ہو اور میری خواہشات کا احترام نہیں کر رہے، مگر میں غلط تھی۔ ایسا لگتا ہے کہ تمہیں وہاں ہونا ہی تھا۔ معذرت، یہ میری غلطی تھی۔"

میں نے جواب دیا، "مجھے بھی افسوس ہے۔ میں نے یہ نہیں سوچا تھا کہ یہ بات تمہیں اتنا پریشان کرے گی۔ اگر اب میں کسی کمرے میں تمہیں دیکھوں گا، تو میں مریض کو دیکھنے سے پہلے رکنے کی کوشش کروں گا یا کم از کم تمہیں صورتحال کے بارے میں بتا دوں گا۔"

"معذرت قبول کر لی۔ یہ ضروری نہیں کہ تم مریض پر کام کرنے سے بچو اگر تمہارا وہاں ہونا لازمی ہے۔ میں تمہیں یہ بھی بتانا چاہتی ہوں کہ میں جلد فیصلہ کر لوں گی۔ اور شکریہ یہ کہ تم میرے بھائی سے ملتے رہتے ہو۔ یہ اس کے لیے بہت معنی رکھتا ہے۔"

"خوشی کی بات ہے۔ مجھے اسماعیل کے ساتھ وقت گزارنا اچھا لگتا ہے۔ کچھ اور کہنا ہے؟"

"نہیں، شب بخیر۔ جلد ملاقات ہو گی۔"

اور وہ چلی گئی۔

علینہ

آج میں نے جو پر غصہ کر کے غلطی کی۔ مجھے لگا کہ وہ مجھ سے کھیل کھیل رہا ہے اور حالات کا فائدہ اٹھا رہا ہے۔ بعد میں میکا نے مجھے بتایا کہ جو واقعی اسی مریض کے ساتھ کام کرنے والا تھا۔ یہ ممکنہ رشتہ مجھ پر بہت بوجھ ڈال رہا ہے، اور مجھے یقین ہے کہ جو پر بھی اثر ڈال رہا ہو گا۔ اگر میں نے جلدی فیصلہ نہ کیا، تو شاید میں اس کے ساتھ ایک اچھی دوستی کا بھی نقصان کر بیٹھوں گی۔ اللہ، براہ کرم مجھے کوئی اشارہ دے۔

جو

اگلے دن دوپہر کے کھانے کے وقت، کیفے ٹیریا میں برتنوں کی آواز اور گرم سوپ کی خوشبو پھیلی ہوئی تھی۔ وہ میرے قریب دس فٹ کے فاصلے پر بیٹھی تھی، مگر ایسا لگ رہا تھا جیسے ہم کئی ملکوں کی دوری پر ہوں۔ ہمارے مختلف پس منظر کی خلیج میرے اور اس کے درمیان واضح محسوس ہو رہی تھی۔ میں نے اس کی طرف دیکھا، لیکن اس کی طرف سے کوئی ردِعمل نہیں آیا۔

ڈاکٹر جے، جو میرے ساتھ کھانے میں شریک تھے، نے میری پریشانی محسوس کی۔ ان کی آنکھوں میں فکر تھی، اور انہوں نے مجھے اپنے دفتر میں بلایا۔ وہ اپنی میز کے سامنے والی کرسی کی طرف اشارہ کرتے ہوئے بولے، اور میں وہاں بیٹھ گیا، اپنے خیالات کے بوجھ تلے دبا ہوا۔

"میں دیکھ رہا ہوں کہ تم اور علینہ کے درمیان کچھ مسئلہ ہے۔ کیا میں کچھ مدد کر سکتا ہوں؟ کیا تم نے کچھ غلط کیا جس کے بارے میں مجھے جاننا چاہیے؟" انہوں نے نرمی اور فکر کے امتزاج سے پوچھا۔

"نہیں، مجھے یقین ہے کہ میں نے کچھ غلط نہیں کیا، یا کم از کم میر اایسا ماننا ہے۔ میں بالکل نہیں سمجھ پا رہا کہ کیا ہو رہا ہے۔ میں سمجھا تھا کہ ہم نے اپنے مذہبی اور ثقافتی فرق کے باوجود ایک ساتھ وقت گزارنے پر اتفاق کر لیا ہے۔ آج تک ہم نے ایک ساتھ کام کرنے میں بھی لطف اٹھایا تھا۔ مریضوں نے بھی کئی بار کہا کہ ہم ایک اچھی ٹیم ہیں،" میں نے مایوسی سے جواب دیا، میرے لہجے میں الجھن اور تکلیف نمایاں تھی۔

ڈاکٹر جے نے کرسی کی پشت سے ٹیک لگاتے ہوئے غور سے میری بات سنی۔ "تمہاری باتوں سے لگتا ہے کہ وہ شاید اس رشتے کے لیے ابھی تیار نہیں تھی اور تمہاری باتوں سے اسے ایسا محسوس ہوا ہو جیسے تم نے اس پر دباؤ ڈالا ہو۔"

"یہ ہو سکتا ہے، مگر میں جانتا ہوں کہ اگر وہ مجھے انکار کرتی تو میں اس کا احترام کرتا۔ پھر اگر وہ اس کے لیے تیار نہیں تھی تو اس نے ہاں کیوں کہا؟" میں نے بے یقینی سے سوال کیا۔

"یہ میں نہیں جانتا۔ شاید وہ اس رشتے میں پہلی بار قدم رکھ رہی ہے، شاید وہ گھبراہٹ محسوس کر رہی ہے، اور اسے مزید وقت درکار ہے۔ ہو سکتا ہے کہ تم نے لاشعوری طور پر اس پر دباؤ ڈالا ہو۔ فکر مت کرو، اگر تم نے اسے کبھی بھی پروپوز کیا ہوتا، تو وہ شاید تب بھی اسی طرح کا ردِ عمل دیتی۔ وہ خوفزدہ ہو سکتی ہے۔"

"تو میں کیا کروں؟ کیا میں اس سے دوبارہ بات کرنے کی کوشش کروں یا اسے کچھ وقت دوں تاکہ وہ خود فیصلہ کر سکے؟" میں نے پریشانی سے پوچھا۔

"آج اس پر کسی قسم کی گفتگو مسلط مت کرنا۔ ابھی اس کے لیے سب کچھ بہت زیادہ اور بہت جلدی ہو رہا ہے۔ میر امشورہ ہے کہ اسے وقت دو۔ وہ شاید اس کشمکش میں مبتلا ہو کہ آیا اسے اس رشتے میں آگے بڑھنا چاہیے یا نہیں۔ یا شاید وہ یہودی مرد کے ساتھ تعلق قائم کرنے کے خیال کو قبول ہی نہ کر سکے، چاہے تم کتنے ہی اچھے کیوں نہ ہو۔"

"ڈاکٹر جے، شاید آپ ٹھیک کہہ رہے ہیں۔ میں اسے اکیلا چھوڑ دوں گا تاکہ وہ خود فیصلہ کر سکے۔ میں اسے مجبور نہیں کروں گا، کیونکہ اگر میں نے ایسا کیا تو وہ آسانی سے مجھے مسترد کر سکتی ہے۔ میں

نے اسٹیسی کے ساتھ بھی یہی کوشش کی تھی، اور وہ ناکام رہی۔ مگر میں علینہ سے محبت کرتا ہوں اور امید ہے کہ وہ ہمیں ایک موقع دے گی۔ دیکھتے ہیں کیا ہوتا ہے۔"

"میں تمہارے لیے نیک خواہشات رکھتا ہوں۔ بس اپنے کام پر توجہ دو اور امید رکھو کہ جو کچھ بہتر ہے وہی ہو گا۔"

میں ان کے دفتر سے باہر نکلا، میرے دماغ میں ہزاروں سوال گردش کر رہے تھے کہ آگے کیا ہو گا۔

پورا دن، ہمارے درمیان وہی دوری برقرار رہی۔ دوپہر کے بعد، تناؤ اب بھی محسوس ہو رہا تھا۔ میں نے سوچا کہ اسے لنچ کے لیے بلانے کا کوئی فائدہ نہیں ہو گا۔ میں اس کے رویے کو سمجھنے کی کوشش کر رہا تھا، مگر کچھ بھی واضح نہیں ہو رہا تھا۔

تاہم، میں ضدی تھا اور ہمارے درمیان حائل اس دوری کو ختم کرنے کے لیے پرعزم تھا۔ ڈاکٹر جے نے مجھے اسے وقت دینے کا مشورہ دیا تھا، مگر میں اس سے بات کیے بغیر نہیں رہ سکتا تھا۔ رات کے کھانے کے بعد، میں اس کی میز کی طرف بڑھا، جہاں وہ کچھ نرسوں کے ساتھ بیٹھی تھی۔

"معاف کیجیے، کیا ہم کچھ بات کر سکتے ہیں؟"

وہ تھوڑی دیر رکی، اس کی نظریں جھکی رہیں۔ "ابھی نہیں، جو۔ مجھے واقعی کچھ وقت درکار ہے۔ براہ کرم سمجھنے کی کوشش کرو۔ یہ میرے لیے آسان نہیں ہے۔" اس کی آواز بھر آئی، اور اس کے الفاظ ہچکچاہٹ سے بھرپور تھے۔

وہاں بیٹھی ہوئی نرسیں بھی الجھن میں مبتلا نظر آئیں، یہ سوچتے ہوئے کہ انہیں مداخلت کرنی چاہیے یا نہیں۔ میں خاموشی سے وہاں سے ہٹ گیا، کسی قسم کی بدمزگی پیدا نہیں کرنا چاہتا تھا۔

میں واپس اپنی نشست پر آ کر بیٹھ گیا، میرے ہاتھ میرے ماتھے پر تھے۔ میرے چہرے پر پسینہ تھا، اور مجھے اسے صاف کرنے کے لیے ایک رومال کی ضرورت محسوس ہوئی۔ "یہ تم کیا کر رہے ہو، جو؟ تمہیں اسے وقت دینا چاہیے تھا۔"

میں نے فیصلہ کیا کہ مجھے کسی اور سے اس معاملے پر بات کرنی چاہیے۔ "میں علینہ کے خیالات کو سمجھنے کے لیے کسی سے بات کرنی ہو گی، اور اس کے لیے سب سے بہترین شخص صلاح ہو گا۔" مگر

اس سے پہلے، میں دیکھنا چاہتا تھا کہ آیا اس کا رویہ مجھ سے بدلتا ہے یا نہیں۔ مگر ایسا کچھ بھی نہیں ہوا۔

علینہ کے بغیر راتیں گزارنے کے لیے، میں نے شام ایلیسز میں دوڑنے کا فیصلہ کیا۔ وہاں کی دکانوں کے مالکان مجھے خوش آمدید کہنے کے انداز میں اشارے کر رہے تھے، عربی زبان میرے لیے اجنبی تھی، مگر کاروباری زبان ہمیشہ ایک جیسی ہوتی ہے

میں بازار کے ہجوم میں دوڑتا رہا، مختلف خوشبوئیں میرے حواس پر چھا رہی تھیں—زیرہ، جائفل، الائچی، سماق اور دیگر دلکش مصالحے۔ چائے کی دکانوں کے پاس سے گزرتے ہوئے، وہاں کے ذائقے دار چائے کی خوشبو میرے دماغ میں بس گئی۔

ایک گھنٹے کی دوڑ کے بعد، میں میس ہال میں پہنچا اور رات دیر سے کھانے کا لطف لیا، تاکہ کوئی مجھ سے یہ سوال نہ کرے: "علینہ کہاں ہے؟"

کئی دن کی دوڑ اور علینہ کی طرف سے کوئی خبر نہ ملنے کے بعد، میں نے آخر کار فیصلہ کیا کہ صلاح سے بات کرنی چاہیے۔ میں گالف کارٹ چلا کر بیکری پہنچا۔ صلاح نے مجھے گرمجوشی سے خوش آمدید کہا اور ہم ایک علیحدہ کمرے میں چلے گئے۔

"صلاح، میں تم سے مشورہ لینے آیا ہوں۔ مجھے سمجھ نہیں آ رہا کہ کیا کہوں۔ میں علینہ کے ساتھ اپنا رشتہ آگے بڑھانا چاہتا ہوں، مگر اچانک وہ مجھ سے دور ہو گئی ہے۔ میں اس سے محبت کرتا ہوں، وہ میرے دل کے بہت قریب ہے، لیکن سب کچھ عجیب ہو گیا ہے۔ مجھے نہیں سمجھ آ رہی کہ ایسا کیوں لگ رہا ہے جیسے وہ مجھ سے محبت نہیں کرتی۔"

صلاح نے سر ہلایا اور ہمدردی سے مسکرایا۔ اس نے میز کے پار سے میرا کندھا تھپتھپایا۔ "میرے دوست، سب سے پہلے، چاہے وہ کوئی بھی فیصلہ کرے، تمہیں اسے قبول کرنا ہو گا۔ محبت نازک چیز ہے۔ اسے کچھ وقت دو تا کہ وہ اپنے طریقے سے تمہارے سوالوں کے جواب تلاش کر سکے۔"

"کیا تم نے اس سے بات کی ہے؟"

صلاح کرسی کی پشت سے ٹیک لگا کر بولا، "ہاں، وہ الجھن میں ہے، لیکن میں تمہیں بتاتا ہوں کہ وہ تم سے محبت کرتی ہے۔ تم دونوں انسان ہو، یہ مشکل بات ہے۔ تم دونوں میرے دل کے قریب ہو۔ لگتا ہے مجھے کچھ پینے کی ضرورت ہے۔"

میں زور سے ہنسا، "تم بہت مزاحیہ ہو، صلاح۔ میں جانتا ہوں کہ مسلمان شراب نہیں پیتے۔"

صلاح کھڑا ہوا اور بولا، "صحیح، لیکن ذرا رکو، ابھی آتا ہوں۔" وہ غائب ہو گیا۔ جب وہ واپس آیا، تو اس کے ہاتھ میں انگور کے جوس کی بوتل اور دو گلاس تھے۔ "یہ انگور کا جوس ہے، بہت بہترین نان-الکحل مشروب۔ میں خاص مواقع کے لیے رکھتا ہوں۔ تمہیں ایک مشروب کی ضرورت ہے۔ اسے چکھو، بہت اچھا ہے۔"

اس نے دو گلاس بھرے اور ایک میری طرف بڑھا دیا۔ اس نے اپنا گلاس اٹھایا اور بولا، "تمہاری صحت کے نام۔"

میں نے بھی دہرایا، "تمہاری صحت کے نام۔" ہم نے ایک ہی گھونٹ میں جوس ختم کیا اور گلاس میز پر رکھ دیے۔

"یہ چیز بہت میٹھی ہے،" میں نے کہا۔

"ہاں، بہت عمدہ مشروب ہے۔ مزید چاہیے؟"

"نہیں، شکریہ، لیکن شاید ہم کبھی ساتھ کھانا کھا سکیں۔ تو، مجھے کیا کرنا چاہیے؟ تمہارا کیا مشورہ ہے؟ میں کسی بھی حالت میں اسے تکلیف نہیں دینا چاہتا۔"

"اچھا ہے۔ تمہیں کچھ نہیں کرنا چاہیے، بس اس کے فیصلے کا انتظار کرو۔ صبر کرو۔ مجھے یقین ہے کہ وہ تم سے محبت کرتی ہے، لیکن اسے یقین کرنے کے لیے وقت درکار ہے۔ بس انتظار کرو۔ ان شاء اللہ۔"

"شکریہ، صلاح۔ تم نے مجھے تھوڑا سکون دیا ہے۔ جانے سے پہلے، میں تمہاری زندگی کے بارے میں کچھ پوچھنا چاہتا ہوں۔ شام میں تمہارے خاندان کے ساتھ کیا ہوا تھا؟"

صلاح نے اپنی آنکھیں ڈھانپ لیں اور سر ہلایا۔ پھر اس نے میری طرف دیکھا۔ "یہ ایک بہت برا واقعہ ہے۔ میرا خاندان، میرے والدین، میری بیوی، میرے تین بچے سب حلب میں رہتے تھے۔

میں کار مکینک کا کام کرتا تھا۔ایک دن جب میں کام کر رہا تھا، ہر طرف بمباری شروع ہو گئی۔ میں بھاگ کر گھر پہنچا، مگر گھر پہلے ہی تباہ ہو چکا تھا۔ میں نے اپنے تمام خاندان کو مردہ پایا۔ اسلام میں ہمیں 24 گھنٹوں کے اندر لاشوں کو دفن کرنا ہوتا ہے۔ میں نے ان کے جسموں کو گلے لگایا اور دیگر مرنے والوں کے ساتھ سفید کپڑے میں دفن کر دیا۔ اس کے بعد، وہاں میرے لیے کچھ نہیں بچا تھا،اس لیے میں شام چھوڑ کر یہاں آ گیا۔ خوش قسمتی سے، میں زندہ بچ گیا۔"

صلاح کا چہرہ بہت غمگین تھا۔ میں نے اس کی آنکھوں میں آنسو دیکھے۔ میں کھڑا ہوا اور اسے زور سے گلے لگا لیا۔ پھر میں نے کہا، "مجھے بہت افسوس ہے، صلاح۔ میں جانتا ہوں کہ اس کیمپ میں موجود ہر شخص اپنے گھر سے بے دخل ہوا ہے، مگر لگتا ہے کہ آپ سب نے اس سے بھی زیادہ خوفناک سانحات دیکھے ہیں۔ میں نہیں سمجھ سکتا کہ تم سب روزمرہ کی زندگی کیسے گزار رہے ہو۔ میں تمہارے درد اور ان صدموں کو نہیں سمجھ سکتا۔ دنیا نے کچھ نہیں کیا جبکہ اتنے زیادہ شامی مارے گئے۔"

"یہ سچ ہے۔ شکریہ۔ لیکن میں سب کو الزام نہیں دے سکتا۔ اگر میری بیوی یہاں ہوتی، تو وہ مجھ سے کہتی کہ اپنی زندگی جیو اور انہیں اپنی دعاؤں میں یاد رکھو۔ اور میں ایسا ہی کرتا ہوں۔"

اس نے اپنی جیب سے ایک تصویر نکالی۔ "یہ دیکھو، یہ میرے پورے خاندان کی تصویر ہے۔ان کا بس یہی ایک نشان میرے پاس بچا ہے۔ باقی سب کچھ تباہ ہو گیا۔ لیکن افسوس مت کرو، ایک دن میں دوبارہ اپنے خاندان سے ملوں گا۔"

میں نے تصویر کو غور سے دیکھا۔ صلاح پہلے جیسا ہی لگ رہا تھا، بس جوان تھا۔ اس کی بیوی اور تین بچے اس کے ساتھ کھڑے مسکرا رہے تھے۔ سب سے بڑا بیٹا تقریباً بارہ سال کا لگ رہا تھا۔

"مجھے یقین ہے کہ تم ضرور ان سے ملو گے، ان شاء اللہ۔" میں نے صلاح کو دوبارہ گلے لگایا۔ "مجھے واقعی بہت افسوس ہے۔"

ہم دونوں نے ایک دوسرے کو گلے لگایا۔ پھر میں صلاح کے پاس سے چلا آیا،اس کے خاندان کے بارے میں سوچتے ہوئے اور یہ سوچتے ہوئے کہ علینہ کیا فیصلہ کرے گی؟ میں اپنے کمرے میں واپس آیا، غمزدہ اور گہرے خیالات میں ڈوبا ہوا، یہ سوچتے ہوئے کہ وہ کس قدر درد باؤ میں ہو گی۔

***

علینہ

اپنی شام کی نماز کے بعد، علینہ نے دوبارہ اللہ سے رہنمائی طلب کی۔ "اے اللہ، میں ایک ہفتے سے زیادہ عرصے سے جو کے بارے میں کوئی اشارہ تلاش کر رہی ہوں۔ میں نے صلاح اور اپنے بھائی سے بات کی، اور ان کی خوشی اور حوصلہ افزائی بالکل ویسی ہی نشانیاں لگتی ہیں جیسی میں تلاش کر رہی تھی۔ اگر میں جو سے شادی کرتی ہوں، تو میں دعا کرتی ہوں کہ جہاں بھی ہم رہیں، میں اپنے بھائی کو اپنے ساتھ لے جاسکوں۔ وہ ایک دوسرے کے ساتھ اچھے تعلقات رکھتے ہیں، اور جو نے میرے بھائی کے ساتھ مؤثر طریقے سے بات چیت کرنا سیکھ لیا ہے۔ شکریہ، اللہ۔"

وہ اپنے کمرے میں گئی اور تکیے سے لپٹ کر لیٹ گئی، جو کے ساتھ اپنی ملاقاتوں کو یاد کرتے ہوئے——کہ کیسے وہ اس کی باتیں غور سے سنتا تھا، کیسے وہ اسپتال میں اس کی مدد کرتا تھا، اور کس طرح وہ دونوں مل کر ہنستے تھے۔ وہ اس میں کوئی خامی تلاش نہ کر سکی۔ خود کو جو کے لیے مکمل طور پر وقف کرنے کا فیصلہ اس پر بھاری پڑ رہا تھا۔ اسے اپنے جذبات اور اپنی پرورش کے درمیان توازن قائم کرنے کے لیے وقت اور جگہ درکار تھی۔ آٹھ سال اس کیمپ میں گزارنے کے باوجود، اس نے کبھی نہیں سوچا تھا کہ اس کی زندگی میں یہ موڑ آئے گا۔

جلد ہی، وہ فیصلہ کرے گی، کیونکہ اللہ نے اس کے راستے کو روشن کر دیا تھا۔

باب 8: والد کو فون کال

میری راتیں بے سکون ہوگئی تھیں۔ میں علینہ کے بارے میں سوچنا بند نہیں کر سکتا تھا۔ اس کا چہرہ میرے خیالات میں بار بار آتا، اور میری بے خوابی ایک نہ ختم ہونے والی جنگ بن گئی۔ ایک مستقبل کے ڈاکٹر کے طور پر، میں نیند کی اہمیت جانتا تھا، لیکن میں کیسے سو سکتا تھا جب میرا ذہن مسلسل کشمکش میں تھا؟ میں روزانہ اسپتال جاتا اور کئی کپ کالی کافی پیتا۔ یہی واحد طریقہ تھا جس سے میں جاگ سکتا تھا۔ مجھے یقین ہے کہ لوگ میری آنکھوں کے گرد سیاہ حلقے دیکھ رہے ہوں گے۔ پھر بھی، مجھے کام جاری رکھنا تھا۔

میری دن بھر کی مصروفیات ڈاکٹر جے کے سرجیکل شیڈول کے گرد گھومتی تھیں۔ اگلے تین دن، میں شدید نوعیت کی سرجریوں میں اسسٹنٹ کے طور پر شامل رہوں گا، جہاں ممکنہ طور پر مریضوں کی زندگیاں بچانا مشکل ہو سکتا تھا۔ ڈاکٹر جے مکمل توجہ اور مہارت کا تقاضا کرتے تھے۔ یہ آپریشنز میرے لیے خود کو ثابت کرنے کا موقع تھے، جہاں میں دکھا سکتا تھا کہ میں دباؤ اور ذمہ داری کو سنبھال سکتا ہوں۔

اپنی پہلی سرجری کے لیے جب میں آپریٹنگ روم میں داخل ہوا، تو پورے کمرے میں بے چینی کی ہلچل تھی۔ میں نے نوٹ کیا کہ علینہ اس پروسیجر کے لیے شیڈول میں نہیں تھی۔ میں مایوس تو تھا، لیکن اس لمحے، میں نہیں جانتا تھا کہ اگر وہ یہاں ہوتی تو میں اپنی توجہ برقرار رکھ سکتا یا نہیں۔

تمام میڈیکل اسٹاف نے اپنے ہاتھ دھوئے اور مائیکا نے ان کا معائنہ کیا۔ جب اس نے مجھے دیکھا تو مسکرا کر کہا، "گڈ لک، تم بالکل ٹھیک رہو گے۔" میں نے بھی اس کا شکریہ ادا کرتے ہوئے مسکرا دیا۔

مجھے مکمل طور پر سرجری پر دھیان دینا چاہیے تھا، لیکن جیسے ہی ڈاکٹر جے نے پہلا کٹ لگایا، میرا ذہن علینہ اور ہماری صورتحال کی طرف چلا گیا۔ ڈاکٹر جے نے ہاتھ بڑھایا، اس امید میں کہ میں انہیں سرجیکل نائف دوں گا۔ لیکن میں خیالات میں کھو یا ہوا تھا اور ان کی ہدایت کو محسوس ہی نہ کر

پایا۔ میں نے کوئی حرکت نہیں کی۔ پورا کمرہ خاموش ہو گیا، اور ڈاکٹر جے کی گونجتی ہوئی آواز نے فضا کو چیر دیا۔

"جو! چاقو دو، فوراً!"

میں گھبرا گیا، اور جلدی سے آلہ ان کے ہاتھ میں دیا۔ سرجری جاری رہی، لیکن میں نے محسوس کیا کہ تمام اسٹاف مجھ پر نظر ڈال رہے تھے۔ ان کے چہروں کے پیچھے چھپے ماسک میں بھی، مجھے لگا جیسے وہ میری کارکردگی سے ناخوش ہیں۔ میں نے خود کو دوبارہ غلطی نہ کرنے کے لیے سختی سے قابو میں رکھا۔ اگر میں مزید کوئی غلطی کرتا، تو شاید مجھے آپریٹنگ روم سے نکال دیا جاتا۔

ڈاکٹر جے نے کامیابی سے سرجری مکمل کی، لیکن وہ بغیر کچھ کہے کمرے سے چلے گئے، اور مجھے تنہا چھوڑ دیا تاکہ میں اپنی غلطی پر غور کر سکوں۔ انہوں نے فوری طور پر اس معاملے پر بات نہیں کی، بلکہ مجھے اپنے روزمرہ کے کام مکمل کرنے دیے۔ تاہم، بعد میں انہوں نے مجھے اپنے دفتر میں بلایا۔ ان کے دروازے تک جانے کا سفر کسی سزائے موت کے جلاد کی طرف بڑھنے کے مترادف لگ رہا تھا۔

میں نے دروازہ کھٹکھٹایا اور ان کی سخت آواز سنائی دی، "آ جاؤ، جو۔"

میں اندر داخل ہوا اور بے چینی سے کھڑا رہا، اس انتظار میں کہ وہ مجھے ڈانٹیں گے۔

"بیٹھو، ہمیں بات کرنی ہے۔" ڈاکٹر جے اپنے ڈیسک کے پیچھے کھڑے رہے، ان کا چہرہ سخت مگر فکر مند تھا۔ "یہاں کیا ہو رہا ہے؟ پہلے تو تم علینہ سے محبت کا اظہار کرتے ہو، اور اب تم اس سے بات بھی نہیں کر رہے۔ اگر آج وہ سرجری کے دوران تمہارے ساتھ کام کر رہی ہوتی تو کیا ہوتا؟ کیا تم پھر کسی بریک اپ سے گزر رہے ہو؟ چاہے کچھ بھی ہو، تم میری اسپتال میں غلطیاں نہیں کر سکتے۔ مریضوں کی زندگیاں ہم پر منحصر ہیں۔ میں تمہیں پہلے ہی بتا چکا ہوں کہ تم مجھ سے کسی بھی مسئلے پر بات کر سکتے ہو۔ اور میں نے یہ بھی کہا تھا کہ یہ رشتہ آسان نہیں ہوگا۔"

میں نے ان کی فکرمندی میں سکون محسوس کیا اور اپنی الجھن ان کے سامنے ظاہر کرنے کی کوشش کی۔ "ال... علینہ...۔" میں نے ہچکچاتے ہوئے کہا۔

ڈاکٹر جے نے ہاتھ کمر پر رکھے۔ "جاری رکھو، جھجکنا چھوڑو۔ میں سن رہا ہوں۔"

میں سنبھل گیا۔ "جی ہاں، یہ علینہ کے بارے میں ہے۔ جب سے میں یہاں آیا ہوں، وہ میرے دماغ میں ہے۔ میں اس کی پرواہ کرتا ہوں۔"

ڈاکٹر جے نے کئی بار سر ہلایا اور گہری نظر سے مجھے دیکھنے لگے۔ میں خاموش رہا، انتظار کرتا رہا کہ وہ کیا کہتے ہیں۔

"محبت زندگی کے ہر پہلو میں در آتی ہے۔ میں تمہارے جذبات کا احترام کرتا ہوں، لیکن تمہاری ذاتی زندگی کا مطلب یہ نہیں کہ تم کام میں غلطیاں کرو۔ ہم ڈاکٹر ہیں، اور ہماری ایک چھوٹی سی غلطی کسی کی جان لے سکتی ہے۔ تمہیں اپنے ذاتی معاملات حل کرنے ہوں گے تاکہ پیشہ ورانہ زندگی متاثر نہ ہو۔ لیکن پریشان نہ ہو، میں تمہارے ساتھ ہوں۔ میرا مشورہ ہے کہ تم اپنے والد کو فون کرو۔ شاید تمہارے والدین تمہاری مدد کر سکیں۔"

ان کی باتیں میرے دل پر اثر کر گئیں، اور حقیقت مجھ پر آشکار ہوئی۔ میں نے سر ہلایا، اور گلے میں ایک گانٹھ محسوس کی۔ "آپ بالکل صحیح کہہ رہے ہیں، ڈاکٹر جے۔ میں اپنے والد کو فون کروں گا۔ مجھے یہ معاملہ حل کرنا ہو گا۔"

"بہتر ہے۔ یاد رکھو، جو، میں تمہاری مدد کے لیے تیار ہوں۔ میں بھی کبھی جوان تھا۔ ہم مل کر اس کا حل نکال لیں گے۔"

میں نے شکریہ ادا کیا اور دفتر سے باہر آ گیا، ذہن میں بے شمار خیالات اور جذبات کی ہلچل لیے ہوئے۔ ان کی طرف سے ملنے والی حمایت میرے لیے بہت اہم تھی۔

جب میں نے دفتر چھوڑا، تو میں نے اپنی غلطی پر غور کیا، اور اپنے ذاتی اور پیشہ ورانہ ذمہ داریوں میں توازن قائم کرنے کا عہد کیا۔ اگر میں نے دوبارہ کوئی غلطی کی، تو مجھے ڈر تھا کہ ڈاکٹر جے میرے والد کو کال کریں گے، اور وہ فوراً مجھے نیو یارک بلا لیں گے۔ اگر ایسا ہوا، تو شاید میں انہیں کبھی قائل نہ کر پاؤں کہ کسی مسلم عورت سے محبت کرنا کوئی مسئلہ نہیں۔ آخر کار، میں اردن میں کام کے لیے بھیجا گیا تھا، کسی عورت کے پیچھے بھاگنے کے لیے نہیں۔

ڈاکٹر جے نے شاید میرے والد کو قائل کر لیا تھا کہ وہ میری مدد کریں، لیکن وہ ان کے بیٹے نہیں تھے۔ اگر ہماری محبت کو زندہ رہنا تھا، تو یہ فون کال ناگزیر تھی۔ مجھے انہیں علینہ کے بارے میں بتانا

ہی ہوگا، چاہے اس سے ہمارے رشتے پر مزید دباؤ کیوں نہ پڑے۔ میں نے اسے اپنے والدین سے چھپا رکھا تھا جب سے میں اس سے ملا تھا۔

میں نے انہیں اس وقت فون کرنا تھا جب وہ گھر پر ہوتے۔ دن میں جب وہ کام پر ہوتے یا رات کو جب وہ آدھے سوئے ہوتے، فون کرنے کا کوئی فائدہ نہیں تھا۔ اس کا مطلب یہ تھا کہ مجھے اردن میں صبح چھ بجے فون کرنا ہوگا، جو نیویارک میں رات دس بجے کا وقت بنتا تھا۔

اگلے دن، میں اپنے کمرے میں کھانے کی میز پر بیٹھا اور کال ملائی۔ چند گھنٹیوں کے بعد، میں نے اپنی ماں کی آواز سنی۔ چونکہ ان کے پاس کالر آئی ڈی تھی، انہیں پہلے ہی معلوم ہو گیا تھا کہ یہ میں ہوں۔

"ہیلو، اردن میں سب کچھ کیسا چل رہا ہے؟" ماں کی آواز گرم جوشی سے بھری ہوئی تھی لیکن اس میں ہلکی سی فکر مندی بھی جھلک رہی تھی۔ پس منظر میں، میں نے والد کی آواز سنی، جو مجھ سے بات کرنے کے لیے بے تاب تھے۔

"کیا وہ جو ہے؟ وہ کیسا ہے؟ جب تم بات ختم کر لو تو مجھے اس سے بات کرنے دینا، پلیز!"

"میں ٹھیک ہوں، ماں۔ میں نے والد کی آواز سنی۔ انہیں بتاؤ کہ جب میں تم سے بات کر لوں تو میں ان سے بات کرنا چاہتا ہوں۔ لیکن ویسے، تم دونوں کیسے ہو؟" میں نے اپنی آواز کو جتنا ممکن ہو مستحکم رکھنے کی کوشش کی، لیکن میرا دل تیزی سے دھڑک رہا تھا۔

"ہم ٹھیک ہیں، لیکن ہم غیر ملک میں نہیں ہیں! تم نے ہمیں فون کیوں کیا؟ مجھے معلوم ہے کہ تم صرف یہ جاننے کے لیے ہمیں فون کر رہے ہو کہ ہم کیسے ہیں۔ کوئی مسئلہ ہے؟ ڈاکٹر جانس کیسا ہے؟ ہمارے ہاں سب کچھ ٹھیک ہے۔" ان کی آواز میں تجسس اور پریشانی کا امتزاج تھا۔

"ڈاکٹر جے بالکل ٹھیک ہیں۔ میں ان سے سرجری کے بارے میں بہت کچھ سیکھ رہا ہوں۔ میں خوش ہوں کہ گھر میں سب کچھ ٹھیک ہے۔ اور تم بالکل ٹھیک کہہ رہی ہو، میں نے تمہیں صرف یہ پوچھنے کے لیے فون نہیں کیا کہ تم کیسی ہو۔" میں نے اپنی آواز کو پُرجوش اور خوشگوار بنانے کی کوشش کی۔ "میرے پاس کچھ بڑی خبر ہے جو میں تمہارے ساتھ شیئر کرنا چاہتا ہوں۔" میں نے گہری سانس لی، خود کو ان کے ردِعمل کے لیے تیار کیا۔

"تو، بڑی خبر کیا ہے؟ کیا تم گھر آ رہے ہو؟ ہمیں تمہیں دیکھ کر خوشی ہوگی۔" ان کی آواز میں امید کی کرن تھی۔

"نہیں، ابھی تو گھر نہیں آ رہا۔ کیا تم مجھے اسپیکر فون پر رکھ سکتی ہو؟ میں چاہتا ہوں کہ والد بھی یہ سنیں۔" میں نے اپنے ہاتھ ہلکے سے کانپتے محسوس کیے۔

لائن کے دوسرے سرے سے کچھ سرسراہٹ کی آوازیں آئیں، ماں نے اسپیکر فون آن کیا۔ میں نے فون اپنے ہاتھوں میں لے کر سوچا، "یا خدا، مجھے اندازہ نہیں کہ وہ کیا کہیں گے جب میں انہیں بتاؤں گا کہ میں محبت میں ہوں۔ نہ صرف محبت میں، بلکہ ایک مسلم عورت سے محبت میں۔ شاید یہ اتنا اچھا خیال نہیں تھا، لیکن اگر میں اس کے ساتھ رہنا چاہتا ہوں تو مجھے ان کی مدد درکار ہوگی۔ حوصلہ رکھو!"

میں نے فون دوبارہ کان سے لگایا۔ "ماں، ابو، میں محبت میں ہوں۔"

والد کی آواز صاف اور واضح تھی۔ "تمہارا مطلب ہے تم اپنے کام سے محبت میں ہو، یا... ؟" پھر ماں بولیں، جن کی آواز میں حیرت اور تجسس کی جھلک تھی۔ "یہ تو عورت ہی ہوگی، اور کیا چیز ہو سکتی ہے جس سے وہ محبت میں ہو؟"

"ماں بالکل صحیح کہہ رہی ہیں، ابو۔ یہ ایک عورت ہے، لیکن میں اپنے کام سے بھی محبت کرتا ہوں۔" میں نے اپنی آواز کو جتنا ممکن ہو پر سکون رکھا، لیکن کشیدگی واضح تھی۔

خاموشی چھا گئی، جو مجھے ایک صدی کی طرح محسوس ہوئی۔ آخر کار، چند لمحوں بعد، میں نے ماں کی محتاط آواز سنی، جو چھان بین کر رہی تھی۔

"تو، یہ عورت کون ہے؟ سب سے پہلے، کیا وہ یہودی ہے؟"

کیوں انہیں یہی سوال سب سے پہلے کرنا تھا؟ ظاہر ہے، ماں جاننا چاہتی تھیں۔ وہ یقیناً یہودی پوتے پوتیوں کے خواب دیکھ رہی تھیں۔

"نہیں، وہ یہودی نہیں ہے۔"

"کیا مطلب کہ وہ یہودی نہیں ہے؟ تو وہ کیا ہے؟ کیا وہ کیتھولک ہے؟ تم جانتے ہو کہ ہم نے تمہیں ایک اچھی یہودی لڑکی سے شادی کرنے کے لیے پالا تھا۔ یہ سنجیدہ تعلق ہے یا صرف وقتی ہے جب تک تم واپس آؤ؟" ان کی آواز ہر سوال کے ساتھ بلند ہوتی جا رہی تھی۔

"یہ ایک سنجیدہ تعلق ہے۔ سٹیسی کے مقابلے میں یہ بہت بہتر ہے۔ در حقیقت، جب سے میں اس عورت سے ملا ہوں، میں نے سٹیسی کے بارے میں بمشکل سوچا ہے۔" میں نے اپنی مخلصی کا اظہار کرنے کی کوشش کی، لیکن میں محسوس کر سکتا تھا کہ تناؤ بڑھ رہا تھا۔

اب میں نے والد کی سخت آواز سنی۔ "کیا وہ حاملہ ہے؟ اگر تم نے کسی کو حاملہ کر دیا ہے تو مجھ سے مدد کی توقع مت رکھو۔"

"نہیں، وہ حاملہ نہیں ہے، اور یہ آپ کا معاملہ بھی نہیں ہے، لیکن آپ کی مدد کی ضرورت ہے۔" میرا ضبط ختم ہو رہا تھا۔

ماں نے جلدی سے بولنا شروع کر دیا، ان کی آواز میں شدت تھی۔ "پہلے ہمیں اس عورت کے بارے میں بتاؤ۔ اس کا نام کیا ہے، اور وہ کس مذہب سے تعلق رکھتی ہے؟ مجھے لگتا ہے کہ وہ امریکی ہی ہو گی، کیونکہ تم امریکیوں کے ساتھ کام کر رہے ہو، اور تم عربی نہیں بولتے، ٹھیک؟"

"میں نے کچھ عربی الفاظ سیکھے ہیں، لیکن نہیں، میں ابھی تک روانی سے نہیں بول سکتا، اور ہاں، یہ عورت بہت اچھی انگریزی بولتی ہے۔" میں نے اپنی آواز کو ہموار رکھنے کی کوشش کی، لیکن میرا صبر جواب دے رہا تھا۔

ماں کی آواز بتا رہی تھی کہ وہ مجھ سے پریشان ہو چکی ہیں۔ "تو، براہ کرم ہمیں اس عورت کے بارے میں بتاؤ!"

اب کوئی راستہ نہیں بچا تھا۔ "اس کا نام علینہ عزیز ہے۔ وہ میرے ساتھ یہاں نرس کے طور پر کام کرتی ہے۔ اس نے انگلینڈ میں چار سال تک تعلیم حاصل کی ہے۔ یہ تو اچھی بات ہے۔ بری خبر یہ ہے کہ وہ مسلمان ہے اور ایک شامی پناہ گزین ہے، جو اپنے بہرے بھائی کے ساتھ یہاں رہ رہی ہے۔"

ماں نے چیخ ماری، اور میں نے والد کو ماں کو پرسکون کرنے کے لیے کہتے ہوئے سنا۔ پھر والد کی آواز آئی، جو یقین سے خالی تھی۔

"جو، یہ اچھا ہے کہ تم نے کسی کو پایا تاکہ تم تنہا نہ رہو، یا کبھی کبھار لطف اندوز ہو سکو، لیکن تم جانتے ہو کہ ہمارے خاندان میں اس تعلق کو قبول نہیں کیا جائے گا۔ اس کے علاوہ، وہ پناہ گزین ہے۔ وہ آسانی سے جہاز میں بیٹھ کر یہاں نہیں آسکتی۔ لہٰذا، اس کے ساتھ اس وقت تک مزے کرو جب تک یہ چل سکتا ہے، یا جب تک تم واپس نہیں آجاتے۔ شاید سٹیسی یا کوئی اور تم سے محبت کرلے۔ اور ایک بات یاد رکھو، اس عورت کو حاملہ مت کرنا، ورنہ مجھ سے کوئی امید مت رکھنا۔"

"اوہ، ابو، یہ سب حقیقت پسندانہ نہیں ہے۔ آپ جانتے ہیں کہ مسلمان نکاح سے پہلے رومانوی تعلقات نہیں رکھتے۔ جہاں تک میرے جذبات کا تعلق ہے، وہ بدل چکے ہیں۔ سٹیسی اب وہ نہیں جس سے میں محبت کرتا ہوں، بلکہ اب میں علینہ سے محبت کرتا ہوں۔ مجھے یقین ہے کہ اگر آپ اس سے ملنے کا موقع پائیں تو آپ کو بھی وہ پسند آئے گی۔ اس نے جنگ میں اپنے خاندان کو کھو دیا، اس کے باوجود وہ مضبوطی سے کھڑی ہے۔ اس کا بھائی اور ایک عمر رسیدہ پناہ گزین، صلاح، اس کی مدد کرتے ہیں اور وہ ان کی۔ وہ انتہائی ذہین ہے اور یہاں کی بہترین نرسوں میں سے ایک ہے۔ اگر آپ اس کے ساتھ کچھ وقت گزاریں، تو آپ بھی اسے پسند کریں گے، ابو۔" میں نے دل سے بات کی، امید تھی کہ وہ سمجھیں گے۔

"بیٹا، معاف کرنا، لیکن جب تک وہ اردن میں ہے، ہم اسے جان بھی نہیں سکتے، اور کسی کو پسند کرنا اور کسی سے محبت کرنا دو الگ باتیں ہیں۔ میں نیو یارک میں بہت سے لوگوں کو پسند کرتا ہوں، لیکن ان سب سے محبت نہیں کرتا۔ کیا ڈاکٹر جے کو اس بارے میں معلوم ہے؟ اگر ہم اس سے پوچھیں تو وہ ہمارے ساتھ علینہ کے بارے میں کیا کہے گا؟" والد کی آواز سخت تھی لیکن قدرے نرم ہو چکی تھی۔

"کیوں نہ آپ اسے خود فون کریں؟ ڈاکٹر جے علینہ کی بہت عزت کرتا ہے۔ در حقیقت، اسی نے مجھے آپ سے بات کرنے کا مشورہ دیا تھا۔"

"کیوں؟" والد نے تجسس سے پوچھا۔

"کیونکہ مجھے آپ سے ایک بڑااحسان چاہیے۔ مجھے آپ کی مدد درکار ہے تاکہ میں علینہ اور اس کے بھائی کو امریکہ لاسکوں۔"

"بالکل نہیں!" ماں نے چیخ ماری۔ "تمہیں ہو کیا گیا ہے؟"

یہ سن کر میں غصے میں آگیا، اور میری آواز میں جھنجھلاہٹ تھی۔ "خدا کے واسطے، ماں! آپ صرف اس کے مذہب کی بنیاد پر اندازے لگا رہی ہیں۔ آپ نے اسے دیکھا بھی نہیں۔ وہ سب سے غیر معمولی عورت ہے جس سے میں کبھی ملا ہوں۔ براہ کرم پہلے اسے جاننے کی کوشش کریں اور مذہب پر توجہ نہ دیں۔"

اب والد کی آواز سنائی دی، وہ سخت لیکن نسبتاً پُرسکون تھے۔ "دیکھو، اس کے مذہب سے قطع نظر، ایک شامی پناہ گزین کو امریکہ لانا بہت مشکل ہے، بلکہ تقریباً ناممکن ہے۔ امریکہ میں بہت سے سیاستدان مسلمانوں کے داخلے پر مکمل پابندی چاہتے ہیں۔ وہ واقعی اتنی اچھی ہوسکتی ہے جتنی تم کہہ رہے ہو، لیکن یہاں کی سیاست اس کے حق میں نہیں ہے۔ تمہاری توقع ہے کہ میں اسے امریکہ کیسے لاسکتا ہوں؟"

"ڈاکٹر جے نے مجھے آپ سے بات کرنے کا کہا تھا۔ اس نے کہا کہ اگر کوئی یہ کر سکتا ہے، تو وہ آپ ہیں۔ اس نے مجھے بتایا کہ آپ نے برسوں پہلے اس کی اور اس کی بیوی کی مدد کی تھی۔"

"مجھے یاد ہے۔ میں نے اس کی مدد کی تھی، لیکن وہ میرا دوست تھا، بیٹا نہیں۔ دوستوں اور خاندان میں فرق ہوتا ہے۔ میں اپنے دوستوں کے ساتھ روز نہیں رہتا، نہ ہی ان کی مالی مدد کرنی پڑتی ہے۔" والد کی آواز سخت تھی، لیکن میں نے تھوڑی سی ہچکچاہٹ بھی محسوس کی۔

مجھے والد کا رویہ سخت تنگ کر رہا تھا۔ "شاید ایسا ہو، لیکن اگر آپ مجھ سے دوبارہ ملنا چاہتے ہیں، تو آپ کو کوشش کرنی ہوگی۔ میں علینہ اور اس کے بھائی کے بغیر گھر واپس نہیں آرہا۔"

اب ماں پس منظر میں رو رہی تھی، ان کے آنسو میرے دل کو توڑ رہے تھے۔

"جو، تم نے اپنی ماں کو بہت پریشان کر دیا ہے۔ برائے مہربانی ایسی دھمکیاں نہ دو جب تک تم واقعی ان پر عمل کرنے کا ارادہ نہ رکھتے ہو۔ میں دیکھ سکتا ہوں کہ تم اس عورت کے لیے کتنے سنجیدہ ہو۔ ہم اب فون بند کر رہے ہیں۔ میں ڈاکٹر جے کو کال کروں گا اور دیکھوں گا کہ میں کیا کر سکتا ہوں،

لیکن میں کوئی وعدہ نہیں کر رہا۔ تمہیں یہ حقیقت قبول کرنی پڑے گی کہ تمہیں اکیلے ہی گھر واپس آنا پڑے گا، کیونکہ تمہیں میڈیکل اسکول مکمل کرنا ہے۔ تمہارا ویزا ایک سال میں ختم ہو رہا ہے، لہذا براہ کرم اس امکان کے لیے خود کو تیار کرو۔"

"میں سمجھتا ہوں، ابو۔ ماں کو میرے لیے گلے لگائیں۔ براہ کرم، براہ کرم، براہ کرم، کچھ کرنے کی کوشش کریں۔ میں زندگی بھر آپ کا احسان مند رہوں گا۔" میری آواز التجا اور امید سے بھری ہوئی تھی۔

"خدا حافظ، جو۔ جلد ہی بات ہو گی۔" والد نے کہا، ان کی آواز جذبات سے بوجھل تھی۔

فون رکھتے ہی مجھے سکون اور بے چینی کا امتزاج محسوس ہوا۔ گفتگو شدید تھی، لیکن مجھے امید تھی کہ میرے والدین میرا ساتھ دیں گے اور علینہ اور اس کے بھائی کو امریکہ لانے میں میری مدد کریں گے۔

ہوا میں بہت سے سوالات معلق تھے — کیا وہ مجھے منتخب کرے گی؟ یا وہ بھی اسی طرح پیچھے ہٹ جائے گی جیسے سٹیسی نے کیا تھا؟ میں سٹیسی کے بارے میں سوچنا بند نہیں کر سکتا تھا۔ کیسے کر سکتا تھا؟ وہ دس سال تک میری دنیا کا حصہ رہی تھی۔ لیکن میں اپنے ماضی کو اپنے مستقبل کا فیصلہ کرنے نہیں دے سکتا تھا — خاص طور پر جب میں جانتا تھا کہ کوئی اور منتظر ہے، علینہ نے مجھے یہ سکھایا کہ کسی کی پرواہ کرنا کیسا محسوس ہوتا ہے، دوبارہ دل کھولنا، اور اس کو کھونے کا خوف دم گھونٹ دینے والا تھا۔

مجھے لگا تھا کہ میں اس وقت سے زیادہ ٹوٹا ہوا محسوس نہیں کر سکتا جب سٹیسی میری زندگی سے چلی گئی تھی، لیکن علینہ کو کھونا ناقابل برداشت ہو گا۔ شاید میں یہی کا سزا کا حقدار ہوں — میں اس سے بے پناہ محبت کرتا ہوں، اور اگر یہ رشتہ کامیاب نہیں ہوا، تو مجھے خوف ہے کہ میں کبھی بھی کسی کے لیے کافی نہیں ہوں گا، نہ علینہ کے لیے، نہ کسی اور کے لیے۔ میں ان الفاظ کو اپنے ذہن میں دہراتا رہا۔ "میں کافی اچھا نہیں ہوں، یا ہوں؟" میں نے پانی کے چند گھونٹ پیے۔

یہ اچھا ہوا کہ میں نے اپنے والدین کو یہ نہیں بتایا کہ علینہ ابھی تک ہمارے تعلقات کے بارے میں غیر یقینی ہے اور شاید مجھ سے پیچھے ہٹ جائے۔ اگر ایسا ہوتا تو شاید وہ زیادہ خوش ہوتے۔ انہیں ایسا

لگتا تھا کہ وہ مجھے قائل کر سکتے ہیں کہ میں علینہ کو چھوڑ دوں اور سٹیسی کے ساتھ دوبارہ تعلق قائم کرنے کی کوشش کروں — سٹیسی؟ وہ اب بھی اس کے بارے میں کیوں سوچ رہے ہیں؟ میں نے غصے میں میز پر مکا مارا۔

اگر علینہ "نہیں" کہتی ہے، تو یہ چھ مہینے میں میری دوسری مسترد دگی ہوگی۔ شاید میں رشتوں کے قابل ہی نہیں ہوں۔ اس نے مجھے سٹیسی کے ساتھ اپنے بریک اپ کی یاد دلا دی۔ ہم مڈل اسکول سے الگ نہ ہونے والے ساتھی تھے۔ گریٹ نیک، نیویارک میں بڑے ہوتے ہوئے، ہم نے تعلیمی دباؤ اور سماجی توقعات کے درمیان ایک دوسرے میں سکون پایا تھا۔ ہم اسکول ڈانسز اور ہائی اسکول پروم میں ایک ساتھ گئے۔ پورے اسکول نے ہمیں "سب سے زیادہ کامیاب ہونے والے اور شادی کرنے والے جوڑے" کے طور پر منتخب کیا تھا۔

ہماری قربت NYU میں ہمارے انڈر گریجویٹ سالوں میں مزید گہری ہوگئی، جہاں ہم نے میڈیکل ڈاکٹرز بننے کے خواب دیکھے۔ ہمارا رشتہ ایک ایسا پناہ گاہ تھا جہاں ہم خود کو بغیر کسی خوف کے کھل کر ظاہر کر سکتے تھے۔"

اور پھر کینکون کا واقعہ پیش آیا۔

جب میں سامان کھول رہا تھا، اچانک سنا، "جو، میں ہمارے تعلقات کو ختم کرنا چاہتی ہوں۔"

میں نے اس سے بحث کی، اپنی بات سمجھانے کی کوشش کی، لیکن اس نے ایک نہ سنی۔ اس رات اس نے مجھے گھر سے نکال دیا۔ بھلا ایسا کون کرتا ہے؟ ہاں، اس کے نام پر لیز تھی، لیکن ہم تین سال سے ایک ساتھ رہ رہے تھے۔

پھر بھی، مجھے گھر چھوڑنا پڑا، اور اس کے بعد روزانہ کلاسز میں اسے دیکھنا میری عادت بن گئی۔ میں لیکچرز پر دھیان دینے کے بجائے اسے گھورتا رہتا تھا، اور یہی میری زندگی کو مزید مشکل بنا رہا تھا۔ میرے نمبر خراب ہوتے گئے، اور میرے والد، جو میڈیکل اسکول کے ڈین تھے، مجھ سے سخت مایوس ہو گئے۔ اسی لیے میں آخر کار یہاں اردن آ پہنچا۔

سٹیسی نے مجھ سے کہا تھا،

"تم اپنی راہ خود تلاش کر لو گے۔ اب وقت آگیا ہے کہ ہم ایک دوسرے کے بغیر اپنی پہچان بنائیں۔"

جب اس نے یہ کہا، تو میں نے اس پر یقین نہیں کیا تھا۔اس وقت میں واقعی اپنی راہ بھٹک چکا تھا۔ لیکن اب میں نے اپنی راہ پالی تھی!

میرے والدین سٹیسی کو پسند کرتے تھے۔ وہ یہودی تھی، اور اس کا خاندان ہمارے قریب رہتا تھا۔اس کا والد بھی ایک ڈاکٹر تھا۔ میں گن نہیں سکتا کہ کتنی بار ہمارے خاندان ایک ساتھ چھٹیوں، جیسے یہودی نیا سال اور فسح، پر ملے۔ مختصر یہ کہ، ہر کوئی یہ سمجھتا کہ سٹیسی کے ساتھ میری زندگی مکمل تھی، مگر حقیقت میں ایسا نہیں تھا۔

ظاہر ہے، اپنے والدین کو یہ بتانا کہ مجھے ایک مسلمان پناہ گزین عورت سے محبت ہو گئی ہے، ان کے لیے کسی دھچکے سے کم نہ ہو گا۔ اور ایسا کیوں نہ ہوتا؟ یہ ان کے تصور سے بالکل الٹ تھا۔ شاید وہ مجھے اپنے گھر میں چھوٹے چھوٹے بچے دوڑتے ہوئے دیکھ رہے تھے، جو مسلمان لباس پہنے ہوئے ہوتے۔ یہ سب انتہائی دقیانوسی سوچ تھی۔

مگر مذہب کو ایک طرف رکھیں، علینہ وہ سب سے زندہ دل، عزت دار اور خوبصورت شخصیت ہے جس سے میں کبھی ملا ہوں۔ سٹیسی نے ہر کام اس لیے کیا کیونکہ اس سے توقع کی جاتی تھی، جبکہ علینہ ہر کام اس لیے کرتی ہے کیونکہ وہ خود کرنا چاہتی ہے۔ یہ اس کا جنگ کی تباہی سے بچنے اور زندگی میں آگے بڑھنے کا طریقہ تھا۔

اب مجھے اپنے والدین کے خیالات کو بدلنا ہو گا—لیکن پہلے، علینہ کو فیصلہ کرنا ہو گا کہ آیا وہ میرے ساتھ تعلق رکھنا چاہتی ہے یا نہیں۔

آؤ، علینہ۔ ہمارے لیے ایک اچھا فیصلہ کرو۔

باب 9: علینہ کا فیصلہ

جو

دو ہفتوں تک، میں بے یقینی اور بے قراری کے ایک نہ ختم ہونے والے چکر میں پھنسا رہا۔ کبھی کبھار، میں نیلے اسکرب پہنے علینہ کو کسی کونے میں غائب ہوتے دیکھتا۔ میں اسے اپنی طرف بھاگتے ہوئے دیکھنے کی امید رکھتا، یہ سنتے کہ وہ مجھ سے محبت کرتی ہے۔ مگر ایسا کبھی نہیں ہوا۔

میرے روزانہ کی دوڑ کے علاوہ، اسماعیل کے ساتھ فٹبال کھیلنا میرے لیے ایک عارضی فرار تھا، جو مجھے لمحہ بھر کی راحت دیتا تھا۔ مگر اس نے بھی میرے چہرے پر چھائی اداسی کو محسوس کیا۔ اسماعیل مجھے تسلی دینے کے لیے مختلف طریقے اپناتا۔ ہم جب بھی موقع ملتا، ایک ساتھ کھاتے، اور جب اسے میری پریشانی محسوس ہوتی، تو وہ اکثر میرا کندھا تھپتھپاتا۔ مگر جب بھی میں اسماعیل کی طرف دیکھتا، تو مجھے علینہ کا چہرہ نظر آتا۔

اس کی موجودگی ہر طرف محسوس ہوتی، اور میں جانتا تھا کہ تب تک کوئی سکون نہیں ملے گا، جب تک وہ ہمارے مستقبل کے بارے میں فیصلہ نہیں کر لیتی۔

ایک دن، فٹبال کھیلنے کے بعد، اسماعیل نے کہا:

"میں جانتا ہوں کہ تم اداس ہو، مگر میری بہن نے ابھی کوئی فیصلہ نہیں کیا۔ مثبت سوچو۔ میں تمہارے ساتھ ہوں۔ میرے لیے یہ بہت اچھا ہو گا کہ میرا ایک بڑا بھائی ہو، جیسے تم ہو۔"

یہ سن کر میرا دل خوشی سے بھر گیا۔ میں مسکرایا اور کہا،

"مجھے بھی تم جیسا چھوٹا سالا پسند ہو گا۔ اگر ہم امریکہ چلے گئے، تو میں یقینی بناؤں گا کہ تمہیں بہترین تعلیم ملے۔"

اسماعیل نے مسکرا کر جواب دیا،

"یہ اہم نہیں کہ ہم کہاں جائیں یا میں کیا کروں، بس یہ ضروری ہے کہ ہم ساتھ رہیں۔"

ہم دونوں نے ایک دوسرے کو گلے لگایا اور اپنی اپنی راہ لی۔

آخرکار، وہ لمحہ آ ہی گیا۔

کام کے دوران، علینہ اس میز پر آئی جہاں میں اکیلا بیٹھا کھا رہا تھا۔

اس کے چہرے پر مسکراہٹ نہیں تھی، بس وہی پہلے جیسا بے تاثر چہرہ۔

وہ سیدھی کھڑی تھی، اس کے انداز میں مضبوطی اور عزم تھا۔

"جو، کیا ہم آج رات چائے خانے میں بات کر سکتے ہیں؟" اس نے کہا، اس کی آواز میں سنجیدگی اور تھوڑا سا اضطراب تھا۔

میری آنکھیں حیرت سے کھل گئیں۔

"ہاں، بالکل! کس وقت؟"

"میں سات بجے کام ختم کرتی ہوں، تو آٹھ بجے ٹھیک رہے گا؟"

"ٹھیک ہے، میں آٹھ بجے پہنچ جاؤں گا۔"

وہ کچھ کہے بغیر پلٹی اور واپس چلی گئی۔

مجھے اس کی سوچوں کا ذرا بھی اندازہ نہیں ہوا۔

کیا یہ اچھا اشارہ تھا؟

یا ایک بار پھر، ناممکنات کی تاریکی میں جھلملاتی امید؟

یہ ملاقات طے پانے کے بعد، میرے لیے باقی دن کام پر توجہ دینا مشکل ہو گیا۔

جیسے ہی کام ختم ہوا، میں اپنے کمرے کی طرف بھاگا، دل میں امید اور خوف کے جذبات کی جنگ جاری تھی۔

جلدی سے نہایا، کپڑے بدلے، اور تقریباً دوڑتے ہوئے چائے خانے جا پہنچا۔

میں پندرہ منٹ پہلے ہی پہنچ گیا۔

علینہ ابھی نہیں آئی تھی، مگر محمد نے مسکراتے ہوئے میرا استقبال کیا۔

"السلام علیکم، اور آپ پر بھی اللہ کی سلامتی، رحمت اور برکت ہو۔"

میں نے جواب دیا،

"السلام علیکم۔"

پھر میں اسی میز پر جا بیٹھا جہاں پہلے بھی ہماری بات ہوئی تھی، یہ امید کرتے ہوئے کہ شاید یہ میز میرے لیے خوش نصیب ثابت ہو۔

میں نے پودینے کی چائے منگوائی، مگر میرے ہاتھ لرز رہے تھے۔

اگر اس نے مجھے مسترد کر دیا، تو میں کیسے رد عمل دوں گا؟

یہ میرا وطن نہیں تھا۔

پندرہ منٹ بعد، وہ آ گئی۔

وہ ایک روایتی عبایہ میں ملبوس تھی، مگر اس نے نقاب نہیں پہنا تھا۔

اس کے چہرے پر چھائی سنجیدگی نے میرے دل میں خوف کی لہر دوڑا دی۔

کیا یہ اس بات کا اشارہ تھا کہ اس نے اکیلے رہنے کا فیصلہ کر لیا ہے؟

کیا میرا خوف سچ ثابت ہونے والا تھا؟

محمد نے احترام سے اس کا استقبال کیا۔

"السلام علیکم، خوش آمدید۔ آپ کا آدمی آپ کا اپنی پسندیدہ سیٹ پر انتظار کر رہا ہے۔ کیا آپ اس کے ساتھ بیٹھنا چاہیں گی؟"

علینہ نے ہموار لہجے میں کہا،

"جی، اور براہ کرم میرے لیے بھی پودینے کی چائے لے آئیے۔"

جیسے ہی وہ میری طرف بڑھی، میں کھڑا ہو گیا۔

میرا دل زور زور سے دھڑک رہا تھا۔

میں خاموش رہا، انتظار کرتا رہا کہ وہ کیا کہے گی۔

جب وہ بیٹھی، تو چائے کی پیالی آ گئی۔

اس نے ایک گھونٹ لیا، پھر میری طرف دیکھا۔

میری نظریں اس پر جمی تھیں، میرا دل دعا کر رہا تھا کہ وہ کچھ کہے، کچھ بھی۔

انتظار ناقابل برداشت تھا۔

آخر کار، اس نے خاموشی توڑی۔

"ہیلو، مجھے فیصلہ کرنے کے لیے وقت دینے کا شکریہ۔"

میں نے آہستہ سے جواب دیا،

"کوئی بات نہیں۔ تمہارے ساتھ بیٹھنا اچھا لگ رہا ہے۔"

میں اور کیا کہتا؟

اس نے دوبارہ چائے کا گھونٹ لیا، اس کے ہاتھ ہلکے سے لرز رہے تھے۔

اس نے کپ رکھا، اور کہا،

"پہلے، میں تم سے پوچھنا چاہتی ہوں کہ تم کیسے ہو؟ میں نے اپنے بھائی سے سنا ہے کہ تم کبھی کبھار اداس لگتے ہو۔"

میں نے آہ بھری۔

"میں ٹھیک ہوں۔ میں اب بھی تمہارے بھائی کو ملتا ہوں، اور ہم فٹ بال کھیل کر لطف اندوز ہوتے ہیں۔"

"یہ اچھی بات ہے۔"

مگر اس کے چہرے پر کوئی مسکراہٹ نہیں تھی۔

پھر اس نے کہا،

"تمہیں تحمل سے سننا ہوگا جو میں کہنے جا رہی ہوں۔"

میرے گلے میں ایک گانٹھ پڑ گئی۔

"لگتا ہے، یہ بری خبر ہے؟"

اس نے ہاتھ اٹھایا۔

"رکو، پہلے میری پوری بات سنو۔"

وہ ایک لمحے کے لیے اپنی چائے کی طرف دیکھنے لگی، پھر دوبارہ میری آنکھوں میں جھانکا۔

"میں نے ہر رات اللہ تعالیٰ سے دعا کی اور اپنے فیصلے کے ساتھ جدوجہد کی۔ میں بستر پر لیٹ کر سوچتی رہی کہ اپنی زندگی اور اپنے بھائی کے لیے کیا کرنا چاہیے۔ میں تمہاری صبر و تحمل کی بہت شکر گزار ہوں، اور جو چند بار ہم میں غلط فہمی ہوئی، اس کے لیے معذرت خواہ ہوں۔"

لیکن وہ ابھی بھی مسکرائی نہیں۔

کاش میں اس کے خیالات پڑھ سکتا۔

یہ برا ہونے والا ہے، بہت برا۔

کیا میں رو پڑوں گا؟

میں پہلے ہی فیصلہ کر چکا تھا کہ میں اسے ٹوکوں گا نہیں اور نہ ہی کسی بحث میں پڑوں گا۔

میرے دل میں اس کے لیے جو احترام تھا، وہ مجھے ایسا کرنے کی اجازت نہیں دیتا تھا۔

شاید میرے والد صحیح تھے، اور وہ میرے ساتھ تعلق نہیں رکھنا چاہتی تھی۔

اگر ایسا ہوا، تو میں اپنے کام پر توجہ دوں گا اور نیویارک واپس جا کر میڈیکل اسکول مکمل کر لوں گا۔

میں نے گہری سانس لی اور میز کے کنارے کو مضبوطی سے پکڑ لیا۔

میں نے اثبات میں سر ہلایا۔

اس نے ایک گھونٹ چائے پی اور میری آنکھوں میں سیدھے دیکھ کر بولی،

"بہت دعا کرنے اور صلاح اور اپنے بھائی سے بات کرنے کے بعد، میں نے یہ محسوس کیا ہے کہ میں تم سے پورے دل سے محبت کرتی ہوں اور اپنی زندگی تمہارے ساتھ گزارنا چاہتی ہوں، اگر تم اب بھی مجھے چاہتے ہو۔ اور میں جانتی ہوں کہ میں تم سے بہت کچھ مانگ رہی ہوں، مگر میں یہ بھی چاہتی ہوں کہ اگر تم ممکن ہو، تو تم میرے اور میرے بھائی کو امریکہ لے جانے میں مدد کرو۔"

میں فوراً اپنی کرسی سے اٹھ کھڑا ہوا، اور کرسی کی آواز زور سے فرش پر گونجی۔

"کیا! او میرے خدا! تم نے کیا کہا؟"

مجھے یقین نہیں آ رہا تھا۔

خوشی کا ایک طوفان میرے اندر دوڑ گیا، جیسے سمندر کی موجیں مجھے بہا لے جا رہی ہوں۔

میرا دل زور زور سے دھڑک رہا تھا، اور میرا جسم بے قابو خوشی میں جھوم رہا تھا۔

میں نے اپنی بانہیں فضا میں لہرا کر چیخ کر کہا،

"او میرے خدا، ایک بار پھر!"

سب لوگ، محمد سمیت، میری طرف حیرانی سے دیکھنے لگے۔

شاید انہیں لگا کہ میں پاگل ہو چکا ہوں، جو کہ کسی حد تک درست بھی تھا۔

اب، وہ مسکرا رہی تھی۔

میں نے فوراً اپنی حرکات روکی اور واپس اپنی جگہ بیٹھ گیا۔

میں نے کمرے میں موجود لوگوں کو دیکھا اور کہا،

"معذرت چاہتا ہوں، مگر ایسے لمحات زندگی میں کم ہی آتے ہیں۔ براہ کرم دوبارہ اپنی چائے پر دھیان دیں۔"

کچھ لوگ مسکرا کر تالیاں بجانے لگے اور پھر ہمیں تنہا چھوڑ دیا۔

میں نے علینہ کی طرف دیکھا اور کہا،

"یقیناً، میں تمہیں چاہتا ہوں! میں تم سے بے حد محبت کرتا ہوں۔ میری زندگی میں کبھی بھی کسی چیز کی اتنی شدید خواہش نہیں ہوئی جتنی تمہاری ہے۔ تم ہر لحاظ سے بہترین ہو، اور ایک پل بھی ایسا نہیں گزرتا جب میں تمہارے بارے میں نہ سوچوں۔ میں اپنی پوری کوشش کروں گا کہ تم اور اسماعیل امریکہ جا سکو۔ میرے والد اس میں مدد کریں گے۔ میں بے صبری سے چاہتا ہوں کہ تم میرے والدین سے ملو۔ بس اتنا جان لو کہ میں تم سے بے پناہ محبت کرتا ہوں، اور ہمیشہ تمہاری خوشی کے لیے ہر ممکن کوشش کروں گا۔ میں تمہارے ساتھ ایمانداری اور محبت سے پیش آؤں گا، اور ایک اچھے شوہر کی طرح تمہارے ہر فیصلے کا ساتھ دوں گا۔"

علینہ نے اپنی مشہور مسکراہٹ کے ساتھ جواب دیا،

"اوہ، جو، میں بہت خوش ہوں کہ تم اردن آئے۔ اب مجھے احساس ہو رہا ہے کہ اگر تم نہ ہوتے، تو میری زندگی ہمیشہ کچھ ادھوری محسوس ہوتی۔ میں جانتی ہوں کہ تم اسلام کو سمجھنے کی کوشش کرو گے، اور میں یہودیت کو سمجھنے کی کوشش کروں گی۔ میں بے حد خوش ہوں کہ میں نے یہ فیصلہ کر لیا۔ مجھے لگتا ہے کہ ہم دونوں مل کر کسی بھی مشکل کو عبور کر سکتے ہیں۔"

ہم دونوں ایک دوسرے کو دیکھ رہے تھے،

پھر اچانک، چائے خانے کے تمام لوگ دوبارہ کھڑے ہو گئے، اور پورا کمرہ تالیوں سے گونج اٹھا۔

تو، پرائیویسی کی درخواست گئی بھاڑ میں!

ہم دونوں نے مسکرا کر سب کی طرف دیکھا اور ہاتھ ہلا کر شکریہ ادا کیا۔

پھر، ہم نے ایک دوسرے کی آنکھوں میں دیکھا، اور ہمیں احساس ہوا: یہ ہمارا لمحہ تھا، ہماری جیت۔

محمد نے بلند آواز میں کہا،

"ان دو محبت کرنے والوں کو دیکھو! یہ میری چائے کی دکان میں خوشی لے کر آئے ہیں۔ شاید اب سب اکیلے لوگ یہاں آئیں گے اور محبت میں گرفتار ہو جائیں گے، اور میرا کاروبار خوب چمکے گا!"

چائے خانے میں موجود تمام لوگ ہنسنے لگے۔

پھر، محمد نے مزید کہا،

"اور ہاں، اپنی شادی کی کیٹرنگ کا آرڈر دینا مت بھولنا!"

میں ہنسنے لگا۔ محمد ہمیشہ مجھے ہنسنے پر مجبور کر دیتا تھا۔

میں نے علینہ سے پوچھا،

"تم نے یہ فیصلہ کیسے کیا؟"

اس کی آنکھیں نرمی سے چمکیں،

"صلاح نے مجھ سے کہا تھا کہ میرے دل اور دماغ کو ایک ہونا چاہیے۔ جب میں نے اس سے دو ہفتے پہلے بات کی، تب میرا دل تمہارے ساتھ تھا، مگر میرا دماغ تیار نہیں تھا۔ اب ہو گیا ہے۔"

میں نے سر ہلایا۔

"سمجھ گیا۔ میرا دل اور دماغ تو تمہیں پہلے دن سے قبول کر چکا تھا۔ تو اب، ہمارے دل اور دماغ ایک ساتھ ہیں۔ یہ واقعی حیرت انگیز ہے۔"

علینہ نے مسکراتے ہوئے کہا،

"ہاں، اور تمہارا مجھ پر صبر قابل ستائش ہے۔

اللہ فرماتا ہے،

فَٱصْبِرْ إِنَّ وَعْدَ ٱللَّهِ حَقٌّ وَلَا يَسْتَخِفَّنَّكَ ٱلَّذِينَ لَا يُوقِنُونَ۔

ترجمہ:

"پس صبر کرو، یقیناً اللہ کا وعدہ سچا ہے، اور جو لوگ یقین نہیں رکھتے یعنی "کافر لوگ" تمہیں ہلکا نہ کر دیں۔"

میں نے ہنستے ہوئے کہا،

"تو میں کافر ہوں؟"

اس نے نرمی سے جواب دیا،

"نہیں، تم اہلِ کتاب ہو۔ لیکن اسلام میں صرف مردوں کو غیر مسلم عورتوں سے شادی کی اجازت ہے۔"

میں نے حیرت سے پوچھا،

"تو کیا اس میں خواتین کے لیے کوئی استثناء ہے؟ اور پھر تم مجھ سے شادی کرنے کے لیے کیوں تیار ہو؟"

اس نے پرجوش لہجے میں کہا،

"پہلے تو مجھے لگا کہ ایسا ممکن نہیں، مگر میں نے اس موضوع پر تحقیق کی۔"

"اور؟"

اس کی آنکھیں چمکیں،

"میں نے کچھ مثالیں دیکھیں جہاں ایمان والے غیر ایمان والوں سے شادی کرتے ہیں۔ کیا تم جانتے ہو کہ نبی محمد ﷺ کی ایک بیٹی کی شادی ایک غیر مسلم سے ہوئی تھی؟"

میں حیرت سے بولا،

"نہیں، مجھے یہ بالکل معلوم نہیں تھا۔ اور مجھے یہ بھی نہیں پتا تھا کہ ان کی بیٹی تھی۔"

اس نے سر ہلاتے ہوئے کہا،

"ہاں، ان کی بیٹی تھی۔"

میں نے مزید پوچھا،

"کیا تمہیں جدید دور میں بھی ایسی مثالیں ملیں؟"

اس نے اثبات میں جواب دیا،

"ہاں، انگلینڈ اور دیگر صنعتی ممالک میں مسلم خواتین غیر مسلم مردوں سے شادی کر رہی ہیں کیونکہ وہ ایسا شریکِ حیات چاہتی ہیں جو ان کی ذہنی اور سماجی ضروریات پوری کرے۔ وہ اپنے والدین کی مرضی کے مطابق شادی کرنے کے بجائے، خود فیصلہ کرنا چاہتی ہیں۔"

میں نے سوچتے ہوئے کہا،

"یہ سب تو ٹھیک ہے، لیکن مجھے لگتا ہے کہ یہ چیزیں شام یا دیگر عرب ممالک میں ابھی بھی ناقابلِ قبول ہوں گی؟"

"میری صورتحال منفرد ہے۔ میں ایک پناہ گزین کیمپ میں ہوں، اور میرے والدین اب اس دنیا میں نہیں رہے۔ مجھے اپنا شوہر خود چننا ہے، اور مجھے ذہین لوگوں، جیسے کہ ڈاکٹروں کے ساتھ وقت گزارنا پسند ہے۔ اس لیے، مجھے تم سے شادی کرنے کی اجازت ہے،"

علینہ نے 'ہے' پر زور دیتے ہوئے کہا۔

پھر اس نے تجسس سے پوچھا،

"یہودی صبر اور محبت کے بارے میں کیا کہتے ہیں؟ تم نے میرے فیصلے کا انتظار کرنے میں بے حد صبر کا مظاہرہ کیا۔"

میں نے جواب دیا، "میں یہودی کہاوتوں کے بارے میں کوئی بڑا عالم نہیں ہوں، لیکن میں ایک امریکی کہاوت جانتا ہوں، 'صبر ایک خوبی ہے۔' یہ مشکل تھا، لیکن میں نے سمجھا کہ میں تمہیں مجبور نہیں کر سکتا۔ یہ فیصلہ صرف تمہارا ہونا چاہیے تھا۔"

اس نے اثبات میں سر ہلایا۔

"اور محبت کے بارے میں؟" وہ میری آنکھوں میں دیکھتے ہوئے بولی۔

میں نے مسکراتے ہوئے کہا،

"یہودی محبت پر بہت بات کرتے ہیں۔ میں یہ کہنے سے نفرت کرتا ہوں، لیکن کچھ یہودی دولت سے محبت کرتے ہیں—مگر وہ محبت تب تک اچھی ہے جب تک تمہاری دولت تمہارے پاس رہے۔ لیکن جب دولت چلی جاتی ہے، تو وہ محبت بھی ختم ہو جاتی ہے۔ پھر، وہ کہتے ہیں کہ دوسرا

سب سے زیادہ دیر پا رشتہ تمھاری فیملی کے ساتھ ہوتا ہے، جو تمھاری زندگی کے ساتھ ہی ختم ہو جاتا ہے۔ لیکن سب سے طویل محبت وہ ہوتی ہے جو نیکی کے کاموں میں ہو، کیونکہ ان کا اثر تمھارے جانے کے بعد بھی باقی رہتا ہے۔ میں نے یہاں تمھارے نیک اعمال دیکھے ہیں، اور لوگ کبھی بھی تمھیں بھول نہیں پائیں گے۔ "

میں نے اس کی طرف دیکھتے ہوئے مزید احترام محسوس کیا۔

" یہ واقعی ایک خوبصورت نظریہ ہے۔ لیکن تم نے بھی غیر معمولی کام کیے ہیں، جو میرے فیصلے پر اثر انداز ہوئے ہیں۔ کیا یہ تمھاری اپنی سوچ ہے ؟ "اس نے دریافت کیا۔

"نہیں، یہ تلمود میں لکھا ہے، "میں نے مسکراتے ہوئے کہا۔ ہماری قربت مزید بڑھ رہی تھی۔

علینہ نے تجسس سے کہا،

"مجھے تمھاری یہ تلمود نامی کتاب دیکھنی ہوگی۔ ایسا لگتا ہے کہ اس میں بہت سی باتیں ہمارے عقائد سے ملتی جلتی ہیں۔ اور شاید تم بھی قرآن پڑھ سکتے ہو؟ "

میں نے پرجوش لہجے میں کہا،

"ہاں، بالکل۔ اگر ہم ایسا کریں، تو ہمیں اپنے مذاہب میں اور بھی زیادہ مشترکات ملیں گی۔ "علینہ نے نرمی سے مسکراتے ہوئے کہا،

"مجھے یہ بھی خوشی ہے کہ تم میرے بھائی کے ساتھ بہت اچھی طرح گھل مل گئے ہو۔ ان دنوں میں جب میں انتظار کر رہی تھی، اس نے تمھاری آنکھوں میں اداسی کو محسوس کیا۔ جو، تمھاری یہاں کی زندگی کے ساتھ ایڈ جسٹمنٹ حیرت انگیز اور غیر متوقع طور پر آسان رہی ہے، اور یہ وہ چیز ہے جو میں تم میں بہت زیادہ پسند کرتی ہوں۔ "

میرے دل میں جذبات بھر آئے۔ میں نے آہستہ سے کہا،

"شکریہ۔ "

جب ہم اپنے کمروں کی طرف جا رہے تھے، میں نے علینہ کو مخاطب کرتے ہوئے کہا،

"آج رات میں سکون سے سو سکوں گا اور تمھارے خواب دیکھوں گا۔ کافی دنوں سے میری نیند پوری نہیں ہو رہی تھی، لیکن آج میں سکون سے سوؤں گا۔ "

میں چاہتا تھا کہ میں آگے بڑھ کر اس کا ہاتھ تھام لوں، اسے گلے لگالوں، اور اپنی محبت کا اظہار کروں، لیکن میں جانتا تھا کہ ایسا نہیں کر سکتا۔

"مجھے معلوم ہے کہ میں ابھی تمہیں چوم نہیں سکتا، لیکن میں چاہتا ہوں کہ تم جان لو کہ جو کچھ بھی میرا ہے، وہ اب تمہارا بھی ہے، اور ہم اپنی ہر چیز کو مل کر بانٹیں گے۔"

اس نے نرمی سے کہا، "شکریہ۔"

ہم نے اپنی چائے ختم کی، اور چائے خانے میں موجود لوگوں نے مسکرا کر ہماری منظوری دی۔

جب ہم باہر نکلے، میں نے سب کو ہاتھ ہلا کر الوداع کہا، اور وہ سب ہماری خوشی میں شریک ہو گئے۔

ہم نے گالف کارٹ میں بیٹھ کر واپسی کی۔

جب میں اپنے بستر پر لیٹا، تو کئی دنوں بعد پہلی بار میں نے سکون سے نیند لی۔

اب مجھے روز "شام ایلیسیز" (Shams-Elysees) میں جاگنگ کرنے کی ضرورت نہیں تھی۔

غیر یقینی کی جو کیفیت تھی، وہ ختم ہو چکی تھی، اور اس کی جگہ ایک سکون اور خوشی نے لے لی تھی۔

میرے خواب علینہ کی مسکراہٹ اور ہمارے مشترکہ مستقبل کی تصویروں سے بھرے ہوئے تھے۔

باب 10: ستاروں کے نیچے

جو

اب جب کہ ہم نے ایک دوسرے کے ساتھ رہنے کا عہد کر لیا ہے، میں اپنا تقریباً سارا فارغ وقت علینہ، اس کے بھائی، اور صلاح کے ساتھ گزارتا ہوں۔ ہم کیمپ میں چہل قدمی کرتے، اور شام ایلیسیز کے بازار میں بہت سے دلچسپ لوگوں سے ملتے۔ ہر شخص اپنی کہانی سنانے کو تیار ہوتا — یہ کہ کیسے شامی فوج نے ان کے خاندان کے افراد کو قتل کیا۔ اس کے باوجود، وہ سب اپنی زندگی گزارتے رہے، مسکراتے چہروں کے ساتھ اپنی اشیاء بیچتے رہے۔

ایک پر سکون دسمبر کی شام، جب سورج افق کے پیچھے چھپ گیا، علینہ اور میں کھلے آسمان کے نیچے بیٹھے تھے۔ الگ الگ کمبلوں میں لپٹے، تکیے ہمارے سروں کے نیچے رکھے، ہم ستاروں کی جھلملاتی کہکشاں کو دیکھ رہے تھے۔ آسمان پر لاکھوں ستارے جگمگا رہے تھے، ان کی روشنی بے خلل اور دلکش تھی۔ عام طور پر، میں ستاروں کے بارے میں زیادہ نہیں سوچتا، لیکن آج رات، علینہ مجھے عربی میں ان کے نام اور کہانیاں بتانے کے لیے بے تاب تھی۔ اور میں بھی، موقع سے فائدہ اٹھاتے ہوئے، کچھ عربی سیکھنے کے لیے تیار تھا۔

علینہ نے ستاروں پر نظریں جماتے ہوئے تجسس سے پوچھا،

"جب تم ستاروں کو دیکھتے ہو، تو تمہیں کیا نظر آتا ہے یا تم کیا سوچتے ہو؟"

میں نے جواب دیا،

"مجھے شمالی ستارہ نظر آتا ہے۔ میں نے اسکول میں فلکیات پڑھی تھی، لیکن یہ میری خاص دلچسپی نہیں رہی۔" پھر میں نے آسمان کی طرف اشارہ کرتے ہوئے کہا، "براہ کرم مجھے عربی برجوں کے بارے میں کچھ بتاؤ۔"

علینہ نے خوشی سے کہا،

"ضرور! عربی فلکیات کی ایک طویل تاریخ ہے۔ آسمان کے بہت سے روشن ستاروں کے نام عربی سے ماخوذ ہیں۔"

میں نے دلچسپی سے پوچھا،

"تو کیا تمہارے برج ہمارے برجوں سے مختلف ہیں؟"

"ہاں، میں تمہیں کچھ مثالیں دوں گی۔ عربی میں ایک مشہور برج 'الثریا' ہے، جسے آج کل 'پلئیڈیز' کے نام سے جانا جاتا ہے۔ عربی میں اس ستاروں کے جھرمٹ کا نام 'النجم' ہے، جس کا مطلب ہے 'ستارہ'۔"

اس نے مشرق کی طرف اشارہ کیا۔ "اگر تم اس سمت دیکھو، تو تمہیں یہ نظر آ سکتا ہے۔"

"یہ بہت دلچسپ ہے!" میں نے جوش سے کہا۔

اس نے مزید کہا،

"ایک اور ستارہ 'الدبران' ہے، جو قبل از اسلام کے زمانے میں نامزد کیا گیا تھا۔ اس کا مطلب ہے 'پیچھا کرنے والا'، کیونکہ یہ پلئیڈیز کے پیچھے آتا ہے۔" پھر اس نے دوسرے ستاروں کے ایک جھرمٹ کی طرف اشارہ کیا، "یہ دیکھو، وہی ہے۔"

میں نے حیرت سے کہا،

"واہ، تم واقعی ان چیزوں کے بارے میں بہت کچھ جانتی ہو۔ مجھے تو آدھا بھی معلوم نہیں جتنا تمہیں معلوم ہے۔ کیا تمہیں اور بھی کچھ پتا ہے؟"

علینہ نے مسکراتے ہوئے کہا،

"ہاں، ایک قدیم کہانی 'الجوزاء' کی ہے، جو سہیل نامی شخص سے منسوب ہے۔ اس کی دو بہنیں تھیں، جنہیں 'شیرا جوڑا' کہا جاتا تھا۔ شادی کی رات، الجوزاء کی موت ہو گئی، اور سہیل نے خوفزدہ ہو کر بہت دور ہجرت کر لی۔ ایک بہن دریا عبور کر کے اپنے بھائی کے قریب چلی گئی، اور وہ 'عبور کرنے والی شیرا' کہلائی، جبکہ دوسری بہن، جو شدید غمزدہ تھی، وہیں رہ گئی، اور اس کے آنسوؤں کی وجہ سے اسے 'رونے والی شیرا' کہا گیا۔"

میں نے غور سے سننے کے بعد کہا،

"بہت دلچسپ کہانی ہے۔ کیا تمہیں لگتا ہے کہ یہ لوگ حقیقت میں موجود تھے؟"

علینہ نے ہلکا سا کندھے اچکایا،

"کون جانتا ہے؟ یہ نام ہزاروں سال پہلے رکھے گئے تھے۔"

اگرچہ میں علینہ کے بہت قریب تھا، پھر بھی ہمارے درمیان جسمانی فاصلہ تھا۔ یہ مجھے کھار ہا تھا کہ میں اس عورت کو چھو نہیں سکتا جس سے میں محبت کرتا ہوں۔

میں نے نرمی سے کہا،

"تم نے ستاروں کی ایک رومانوی کہانی سنائی۔ کاش میں تمہیں اپنے بازوؤں میں لے سکتا، تمہیں گلے لگا سکتا، اور شاید چوم بھی سکتا۔ فکر مت کرو، میں ایسا کرنے کی کوشش نہیں کروں گا، میں صرف اپنے جذبات بیان کر رہا ہوں۔"

علینہ نے سکون سے جواب دیا،

"مجھے معلوم ہے کہ تم ایسا نہیں کروگے، کیونکہ تم میرے اسلام کے اصولوں کو سمجھتے ہو۔ حقیقت تو یہ ہے کہ ہمیں شادی سے پہلے ایک دوسرے کو دیکھنے کی بھی اجازت نہیں، لیکن ہم نے ایک ساتھ کام کیا، اور ایسا ہونا ناگزیر تھا۔ میں نے کبھی بھی زبردستی کی گئی شادی نہیں چاہی، بلکہ محبت کرنا اور شادی سے پہلے اپنے شریکِ حیات کو جاننا چاہتی تھی۔ لیکن میں شادی سے پہلے کسی بھی طرح کی جسمانی قربت نہیں چاہتی، اور تم یہ جانتے ہو کہ ایک مسلمان عورت کا غیر مسلم مرد سے شادی کرنا ممنوع سمجھا جاتا ہے۔"

میں نے مسکراتے ہوئے کہا،

"ہاں، میں جانتا ہوں، اور میں خوش ہوں کہ تم نے مجھے جاننے کا موقع دیا اور اسلام کے بارے میں سکھایا۔ تم بہادر ہو کہ تم نے میرے ساتھ رشتہ قائم کرنے کی ہمت کی، اور میں تمہارے اس حوصلے کی بہت قدر کرتا ہوں۔"

پھر میں نے موضوع بدلتے ہوئے کہا،

"کیا تم نے کبھی سوچا ہے کہ دوسری کہکشاؤں میں بھی کوئی مخلوق رہتی ہو؟ ستارے ہمیں قریب لگتے ہیں، لیکن حقیقت میں وہ لاکھوں میل دور ہوتے ہیں، بالکل ایسے ہی جیسے زمین پر لوگ قریب رہتے ہیں، لیکن جب بات مذہب یا نسل کی آتی ہے، تو ان کی سوچیں ایک دوسرے سے لاکھوں میل دور ہوتی ہیں۔"

علینہ نے گہری سوچ میں پڑتے ہوئے کہا،

"میں نے ستاروں کے بارے میں کبھی اس زاویے سے نہیں سوچا تھا۔ میں ہمیشہ ان کی خوبصورتی کی معترف رہی ہوں۔ بچپن میں میں خلا میں گھومنا چاہتی تھی، یہ جانے بغیر کہ یہ ناممکن ہے۔ ابھی تمہاری بات نے مجھے سوچنے پر مجبور کر دیا—کاش کوئی ایسا سیارہ ہوتا جہاں مذہب اور رنگ و نسل کی کوئی اہمیت نہ ہوتی۔"

میں نے آہ بھرتے ہوئے کہا،

"ہاں، کاش ایسا ہوتا۔ لیکن حقیقت میں، تم اور میں قریب ہیں، حالانکہ ہمارے مذاہب مختلف ہیں۔ لیکن باقی دنیا کو ہماری پرواہ نہیں۔ دنیا میں بہت زیادہ نفرت ہے، بس یہی فرق ڈالتا ہے کہ کون کس طرح سوچتا ہے۔"

علینہ نے افسوس بھرے لہجے میں کہا،

"یہ سچ ہے۔ یہاں لاکھوں شامی پناہ گزین ہیں۔ ہم سب سنی مسلمان ہیں، لیکن شامی حکومت زیادہ تر شیعہ ہے۔ ہم میں سے اکثر صرف اپنے جسم پر موجود کپڑوں کے ساتھ بھاگ نکلے تھے۔ ہمیں صرف ایک نارمل زندگی گزارنے کا موقع چاہیے تھا۔ لیکن سیاستدان ہمیں جانوروں کی طرح سمجھتے ہیں۔ اگر ہم شام میں رہتے، تو شاید مارے جا چکے ہوتے۔"

میں نے تشویش سے پوچھا،

"یہ خوفناک ہے، میں جانتا ہوں۔ لیکن اگر تمہیں موقع ملے، تو تم کہاں جانا چاہو گی؟ تم کیا کرنا چاہو گی؟ تمہارے خواب کیا ہیں؟"

"میں جانتی ہوں کہ ہم نے اس موضوع پر کئی بار بات کی ہے، لیکن یہ ہمیشہ میرے ذہن میں رہتا ہے۔ تم سے ملنے سے پہلے، میں نے یہ سوچ لیا تھا کہ شاید میں اپنی بقیہ زندگی یہاں اپنے بھائی کے ساتھ ہی گزاروں گی۔ لیکن جب سے میں تم سے ملی ہوں، میں امید کر رہی ہوں کہ میں اپنے بھائی کے ساتھ امریکہ جا سکوں۔ اور میں چاہتی ہوں کہ کوئی اسکول یا ادارہ ملے جو میرے بھائی کی تعلیم میں مدد کرے۔ میں وہاں نرس کے طور پر کام کرنا چاہتی ہوں اور دوسروں کی مدد کرنا چاہتی ہوں، جیسے میں یہاں کرتی ہوں۔ ابھی، اگر میں امریکہ بھی جا سکوں، تو میں کام نہیں کر سکتی، کیونکہ وہ

مجھے کبھی ورک پرمٹ نہیں دیں گے۔ میں اپنی پوری زندگی کسی اپارٹمنٹ میں قید ہو کر کچھ کیے بغیر نہیں گزارنا چاہتی۔"

میں نے پوچھا، "اگر تمہیں امریکہ کے علاوہ کسی اور ملک جانے کا موقع ملے تو کیا تم جاؤ گی؟"

علینہ نے گہری سانس لی اور کہا،

"اگر ایسا ہو سکے اور میری جان کو خطرہ نہ ہو، تو میں ضرور جاؤں گی۔ میں نے بہت سے لوگوں کے بارے میں سنا ہے جو یورپ جانے کی کوشش میں سمندر میں ڈوب گئے۔ وہ برے لوگوں کے ہاتھوں میں پھنس جاتے ہیں، جو ان کے پیسے لے کر انہیں مرنے کے لیے چھوڑ دیتے ہیں۔ ابھی کے لیے، میں یہاں کیمپ میں دیگر ہزاروں پناہ گزینوں کے ساتھ بہتر ہوں، جو سب اپنے ملک واپس جانا چاہتے ہیں۔ چونکہ ہم نہیں جا سکتے، ہم ایک دوسرے کو زندگی گزارنے میں مدد دیتے ہیں۔"

میں نے سیدھا ہو کر بیٹھتے ہوئے کہا،

"میں تمہیں اور تمہارے بھائی کو اس حالت میں کبھی نہیں چھوڑوں گا۔ میں تم دونوں کو امریکہ لے جانے کی کوشش کبھی نہیں چھوڑوں گا۔"

علینہ نے اپنے بازو سینے پر لپیٹ کر پوچھا،

"کیا تم نے اپنے والد سے اس بارے میں کوئی خبر سنی؟ تم نے کافی دنوں سے ان کا ذکر نہیں کیا۔"

میں نے جواب دیا،

"ہاں، میں نے کچھ بار اپنے والد اور والدہ سے بات کی تاکہ معلوم کر سکوں کہ وہ کوئی حل نکال رہے ہیں یا نہیں۔ میری ماں شروع میں ہمارے بارے میں بہت پریشان ہو گئی تھی، لیکن وہ چاہتی ہیں کہ میں خوش رہوں۔ میرے والد ہمیشہ اپنی باتیں چھپا کر رکھتے ہیں اور کوئی خبر اس وقت تک نہیں دیتے جب تک وہ حتمی نہ ہو۔ ابھی تک انہوں نے کوئی اچھی خبر نہیں دی، لیکن اس کا مطلب یہ نہیں کہ وہ ہمارے لیے کچھ نہیں کریں گے۔ جب وہ کچھ کرنے کا ارادہ کرتے ہیں، تو وہ کر گزرتے ہیں۔ ہمیں ایمان رکھنا ہو گا۔"

علینہ تھوڑی مایوس نظر آئی۔

"ہاں، ہمیں ایمان رکھنا ہوگا، لیکن چھ مہینے بعد تم واپس امریکہ چلے جاؤ گے، اپنی پرانی زندگی میں۔ تم دوبارہ میڈیکل اسکول جاؤ گے اور اپنے والدین کے پاس رہو گے۔ یہ ممکن نہیں لگتا کہ میں اور اسماعیل تمہارے ساتھ جا سکیں۔ تمہارے والد میری کیوں مدد کریں گے؟ وہ مجھے جانتے بھی نہیں۔ ان کے لیے تو میں بس ایک عام مسلمان عورت ہوں۔ شاید ہمیں خود ہی کچھ کرنا ہوگا۔"

میں نے نرمی سے کہا،

"پہلی بات، میرے والد امریکہ میں کئی مسلمانوں کو جانتے ہیں۔ وہ ایک میڈیکل اسکول کے ڈین ہیں، جہاں سے شاید سینکڑوں مسلمان گریجویٹ ہو چکے ہیں۔ میں جانتا ہوں کہ ان کے کچھ مسلمان ساتھی بھی رہے ہیں۔ سب سے اہم بات، میں نے ان سے مدد مانگی ہے۔ میں ان کا بیٹا ہوں۔ میں نے انہیں صاف کہہ دیا تھا کہ اگر وہ کچھ نہ کر سکے، تو میں یہیں کیمپ میں ہی اپنی باقی زندگی گزارنے کے لیے تیار ہوں۔"

علینہ نے حیرانی سے پوچھا، "کیا تم واقعی ایسا کرو گے؟"

میں نے مضبوطی سے کہا، "ہاں۔"

علینہ نے افسردگی سے کہا،

"ایسا بھی ہو سکتا ہے کہ میرے خواب کبھی پورے نہ ہوں، چاہے تم جتنی بھی کوشش کر لو۔ تب ہمیں کوئی اور فیصلہ کرنا ہوگا، ان شاءاللہ۔"

میں نے اس کا ہاتھ نرمی سے تھامنے کی خواہش کو دبایا اور تسلی دی،

"جو بھی ہوگا، ہم اسے ایک ساتھ سامنا کریں گے۔ میں تمہیں کبھی نہیں چھوڑوں گا، میں وعدہ کرتا ہوں۔"

علینہ نے میری طرف دیکھا، پھر اچانک اس کی آنکھوں میں چمک آ گئی اور وہ مسکرا دی۔

"اب مزید پریشانی کی باتیں نہیں کرتے۔ میں جانتی ہوں کہ حنوکہ (یہودی تہوار) قریب ہے۔ چونکہ تم اپنی فیملی کے ساتھ نہیں ہو، میں نے تمہارے لیے ایک تحفہ خریدا ہے۔ امید ہے کہ تمہیں کوئی اعتراض نہیں ہوگا کہ یہ تحفہ میں دے رہی ہوں، کیونکہ میں یہودی نہیں ہوں۔ تم پہلے یہودی ہو جسے میں نے کوئی تحفہ دیا ہے۔"

میری آنکھیں حیرت سے کھل گئیں۔

"اوہ، نہیں، بالکل نہیں! تمہارا تحفہ دینا بالکل ٹھیک ہے، لیکن اس کی ضرورت نہیں تھی۔ اگر میں اپنے والدین کے ساتھ ہوتا، تو ہم شمعیں جلاتے اور تحائف کا تبادلہ کرتے، جیسا کہ اس تہوار میں کیا جاتا ہے۔ میں نے اس سال انہیں کوئی تحفہ نہیں بھیجا کیونکہ میں گھر سے بہت دور ہوں۔"

علینہ نے ایک چھوٹا سا ڈبہ میری طرف بڑھایا۔

"لیکن تم میرے ساتھ ہو، اور میں نے تمہارے لیے کچھ خاص لیا ہے۔"

میں نے حیرت سے پوچھا،

"یہ کیا ہے؟ کیا میں اسے کھول سکتا ہوں؟"

علینہ نے سر ہلایا،

"ہاں، براہ کرم! کھولو۔"

میں نے کاغذ ہٹایا اور ڈبہ کھولا۔ اندر سے ایک مڑا ہوا چاقو نکلا۔ میں نے اسے غور سے دیکھا اور پوچھا،

"یہ کیا ہے؟"

علینہ نے مسکرا کر جواب دیا،

"میرا پہلا تحفہ تمہارے لیے ایک شامی خنجر ہے، جسے 'خنجر' کہا جاتا ہے۔"

میں نے اسے ہاتھ میں لے کر دیکھا اور اس کی شاندار کاریگری کو سراہا۔

یہ چاقو 'J' کے حرف کی شکل کا تھا، زیادہ تر چاندی سے بنا ہوا تھا، اور اس کے دستے میں نیلم کے قیمتی پتھر جڑے ہوئے تھے۔ میں نے اسے ہوا میں گھمایا جیسے کوئی برش چلاتا ہے۔ یہ حیرت انگیز تھا اور لگتا تھا کہ اس پر کافی رقم خرچ کی گئی ہوگی۔

میں نے حیرانی سے پوچھا،

"یہ تمہیں کہاں سے ملا؟ یہ تو واقعی شاندار ہے!"

علینہ نے جواب دیا،

"یہ شام میں عام چیز ہے۔ صلاح نے مجھے یہ دلانے میں مدد کی، اس لیے تم اسے بھی شکریہ کہہ سکتے ہو۔"

میں نے دل کی گہرائیوں سے کہا،

"یہ ناقابل یقین ہے۔ بہت شکریہ! میں نے تمہارے لیے کچھ بھی نہیں لیا، کیونکہ میں حنوکہ منانے کے بارے میں سوچ ہی نہیں رہا تھا۔ لیکن میں یہ احسان لوٹاؤں گا۔"

علینہ ہنس دی،

"مجھے خوشی ہے کہ تمہیں یہ پسند آیا۔ تمہیں کچھ دینے کی ضرورت نہیں۔ میں نے تمہارے لیے ایک اور تحفہ بھی خریدا ہے۔"

اس نے اپنے کمبل کے نیچے سے ایک اور ڈبہ نکالا اور مسکرا کر کہا،

"چلو، اسے بھی کھولو۔ مجھے یقین ہے کہ تمہیں یہ تحفہ بھی پسند آئے گا۔"

"مجھے بے حد تجسس ہے کہ یہ کیا ہے۔" میں نے ڈبہ کھولا اور اندر مختلف قسم کی مٹھائیاں دیکھیں۔ میں نے ایک ٹکڑا با قلوا اٹھایا اور کھا لیا۔ "یہ بہت مزیدار ہے۔ تم کتنی خیال رکھنے والی ہو۔ یہ تحفہ مجھے اپنے گھر کی رو گلچ کی یاد دلاتا ہے، جو ہم حنوکہ پر کھاتے ہیں۔ بے حد شکریہ! کیا تم مجھے عربی میں 'تحفہ' کے لیے استعمال ہونے والا لفظ سکھا سکتی ہو؟ میں یہاں کے لوگوں سے بات کرنا چاہتا ہوں، چاہے تھوڑی بہت ہی عربی کیوں نہ ہو۔ مجھے صرف 'السلام علیکم'، 'ان شاء اللہ'، 'شکریہ' اور مریضوں کے ساتھ استعمال ہونے والے کچھ طبّی الفاظ آتے ہیں، بس۔"

علینہ نے مسکراتے ہوئے کہا،

"'ھدیہ' تحفے کے لیے عربی لفظ ہے۔ اپنے تحفے کا لطف اٹھاؤ۔ اب تم مجھے کچھ عبرانی (Hebrew) الفاظ سکھاؤ۔"

میں نے مسکرا کر کہا،

"میں عبرانی میں روانی سے بات نہیں کر سکتا۔ میں کچھ دعائیں زبانی یاد کر سکتا ہوں، لیکن جہاں تک عبرانی میں گفتگو کا تعلق ہے، میں زیادہ ماہر نہیں ہوں۔ اگر مجھے عبرانی میں بات کرنی ہو، تو میں بالکل گم ہو جاؤں گا۔ لیکن پہلے، میں تمہیں امن کے لیے عبرانی لفظ سکھاتا ہوں۔"

"زبردست، ہم ایک دوسرے کو دونوں زبانوں میں سلام کر سکیں گے،" علینہ نے خوشی سے کہا۔

"عبرانی میں 'امن' کے لیے 'شلوم' کہتے ہیں۔ یہ سلام اور الوداع دونوں کے لیے استعمال ہوتا ہے۔"

وہ ہنس پڑی۔

"تو انگریزی تمہاری واحد زبان ہے؟"

"ہاں، میں نے ہائی اسکول میں ہسپانوی پڑھی تھی، لیکن زیادہ یاد نہیں۔ مجھے مزید عربی سکھاؤ، براہ کرم۔ 'میں تم سے محبت کرتا ہوں' کو عربی میں کیسے کہتے ہیں؟"

"أُحِبُّكَ۔"

میں نے فوراً کہا،

"أُحِبُّكِ، علینہ۔"

اس نے مسکراتے ہوئے پوچھا،

"عبرانی میں کیسے کہتے ہیں؟ کیا تمہیں معلوم ہے؟"

"ایک لمحہ دو، مجھے سوچنے دو۔ مجھے یہ ضرور معلوم ہونا چاہیے۔" میں نے توقف کیا۔ "کاش میں اپنی عبرانی کلاسز پر زیادہ دھیان دیتا۔ آہ، یاد آیا! اگر میں تمہیں کہوں تو یہ 'انی اوہیف اوتاخ' ہوگا، اور اگر تم مجھے کہو گی تو 'انی اوہیوت اوتاخ'۔"

اس نے اپنی دلکش مسکراہٹ کے ساتھ کہا،

"انی اوہیوت اوتاخ۔" پھر اس نے شرارت سے اپنے ہاتھ کمر پر رکھے۔ "کیا تم نے کبھی اپنے والدین کو عبرانی میں 'میں تم سے محبت کرتا ہوں' کہا؟"

میں نے سر ہلایا۔

"نہیں، ہمیشہ انگریزی میں کہا۔ شاید تم پہلی شخص ہو جسے میں نے عبرانی میں یہ کہا ہے۔"

"یہ تو زبردست بات ہے۔ محبت کی بات ہو رہی ہے، کیا یہ بہت اچھا نہ ہوتا کہ سب یہودی اور مسلمان ایک دوسرے کو 'میں تم سے محبت کرتا ہوں' کہتے؟ کیونکہ ہم سب ایک ہی نسل سے ہیں اور ہمیں ایک دوسرے کا اسی طرح احترام کرنا چاہیے جیسے ہم اپنی قوم کا کرتے ہیں۔"

"میں تم سے پوری طرح متفق ہوں۔ لیکن فی الحال، یہ ممکن نہیں لگتا۔ پھر بھی، ہم دونوں یہاں ہیں، اور جیسا کہ جان لینن نے گایا تھا، 'اور دنیا ایک ہو جائے گی'—کم از کم ہمارے لیے تو یہ سچ ہے۔ آج کی رات بہت خوبصورت تھی، اور میں مزید ایسی شاموں کے لیے بے حد پرجوش ہوں۔"

کھانے کے بعد، ہم نے کچھ دیر مزید باہر بیٹھ کر ستاروں کو دیکھا، پھر کمبل تہہ کیے اور عبرانی و عربی میں شب بخیر کہا۔

"لیلہ طوب،" میں نے عبرانی میں کہا۔

"تہیہ تسبح علی خیر،" علینہ نے عربی میں جواب دیا۔

میں نے اسے اس کے کمرے تک پہنچایا اور پھر اپنے کمرے میں چلا گیا۔

رات واقعی یادگار تھی، اور علینہ کے تحفوں نے مجھے حیران کر دیا تھا۔ 'خنجر' جو اس نے دیا تھا، وہ کمال کا تھا۔ اسٹیسی نے مجھے کبھی ایسا کچھ نہیں دیا تھا۔ میں نے ایک لمحے کے لیے اسٹیسی کے بارے میں سوچا۔ وہ میڈیکل اسکول کے تیسرے سال میں تھی اور یقینی طور پر اچھی کارکردگی کا مظاہرہ کر رہی ہوگی۔ لیکن کیا میں اسے یاد کرتا ہوں؟ نہیں، بالکل نہیں۔ درحقیقت، میں چاہتا تھا کہ میں اسے دوبارہ شکریہ کہوں، کیونکہ اس کی وجہ سے مجھے زنزاری بھیجا گیا، اور یہیں مجھے علینہ ملی۔ یہ میری زندگی کی سب سے بڑی خوش قسمتی تھی۔

"میٹھے خواب، علینہ۔"

علینہ

علینہ بستر پر لیٹی اور رات کی خوبصورت یادوں کو دہراتی رہی۔ "یہ جادوئی رات تھی، جہاں دو ثقافتیں ستاروں کے نیچے جُڑ گئیں۔"

وہ جو کے جذبے اور کھلے ذہن سے بہت متاثر ہوئی تھی۔ "یہ بہت کم ہوتا ہے کہ کوئی شخص اتنی ایمانداری سے اپنی زندگی اور خیالات کا اظہار کرے۔ یہی وجہ ہے کہ میں جو سے محبت کرتی ہوں۔"

لیکن ایک خدشہ اس کے دل میں موجود تھا——"کیا جو کے والد کبھی ہمارے امریکہ جانے کے فیصلے کی حمایت کریں گے؟"

وہ چاہتی تھی کہ جو اپنے والد پر مکمل انحصار نہ کرے۔ "مجھے جو کی مزید حوصلہ افزائی کرنی ہوگی، تاکہ وہ خود بھی کوئی حل تلاش کرے۔"

گہرائی میں، وہ جانتی تھی کہ اسے جو پر بھروسہ کرنا ہوگا۔ "وہ ہمیشہ میرے ساتھ کھڑا رہا ہے، اور مجھے یقین ہے کہ وہ ہر صورت حال میں میرا ساتھ دے گا۔"

باب 11: زندگی اور موت

جو

میرے سب سے قیمتی لمحات میں سے ایک وہ تھا جب کسی مریض کو صحتیابی کے بعد اسپتال سے چھٹی دی جاتی تھی۔ چھ مہینے کے بعد، علی، ہمارا وہ چھوٹا مریض جس کی ٹانگ کاٹ دی گئی تھی، آخر کار مصنوعی ٹانگ کے ساتھ چلنے کے قابل ہو گیا۔ میں نے دیکھا کہ علی بہت جلد اس پر چلنے میں آرام دہ محسوس کرنے لگا، کبھی کبھی تو دوڑنے بھی لگتا تھا۔ اس کی بہتری دیکھنا میرے لیے باعثِ فخر تھا۔ آخر وہ دن آ گیا جب اسے اسپتال سے فارغ کیا جانا تھا۔ اس کی ماں اسے لینے آئی، اس نے تمام ڈاکٹروں اور عملے کو گلے لگایا، اور ہم سب مسکرا دیے۔ لیکن علینہ کی آنکھیں نم ہو گئیں جب اس نے علی اور اس کی ماں کو محبت بھری الوداعی گلے لگا کر رخصت کیا۔ یہ منظر میرے دل کو چھو گیا۔

جب وہ چلے گئے، میں نے علینہ سے کہا، "تمہیں خود پر فخر ہونا چاہیے۔ میرا خیال ہے کہ علی کی صحتیابی میں تمہارا بہت بڑا کردار تھا۔ اس کے جانے پر کچھ افسوس ضرور ہے، لیکن مجھے یقین ہے کہ ہم علی کو کیمپ میں دوبارہ دیکھیں گے۔"

اس نے اپنے آنسو صاف کیے۔ "ہاں، ہمیں علی دوبارہ ضرور ملے گا۔ تم نے بھی اس کی صحتیابی میں بہت اچھا کام کیا۔ یہ صرف میں نہیں تھی۔ اسپتال میں ہمارا کام ایک معجزہ ہے، اور مجھے اس کا حصہ بننے پر فخر ہے۔ میرا کچھ دکھ اس وجہ سے بھی ہے کہ میں ان بہت سے بچوں کو نہ بچا سکی جنہیں میں نے شام میں دیکھا تھا——ان کی زندگیاں صرف حکومت کے خود غرضانہ فیصلوں کی وجہ سے ختم ہو گئیں۔ میں آج بھی ان کے چہرے یاد کرتی ہوں جب وہ بے جان پڑے ہوتے تھے۔ یہ کام وہ خلا بھرتا ہے جو میں یہاں آنے سے پہلے محسوس کرتی تھی۔" پھر اس نے میری آنکھوں میں دیکھا اور مسکرائی۔ "اور ظاہر ہے، تم نے میری زندگی پہلے سے بھی زیادہ خوبصورت بنا دی ہے۔ میں ہر دن تمہارے ساتھ گزارنے کی خواہش رکھتی ہوں۔ مریض آتے اور جاتے رہتے ہیں، لیکن میں چاہتی ہوں کہ تم کبھی مجھے نہ چھوڑو۔"

میں نے صحیح الفاظ ڈھونڈنے کی کوشش کی۔ میں نہیں جانتا تھا کہ آیا میں اس کے ماضی کے درد کو مٹا سکتا تھا یا نہیں، لیکن میں کم از کم ایک چیز کے بارے میں اسے یقین دلا سکتا تھا۔ "تمہیں فکر کرنے کی ضرورت نہیں؛ میں تمہیں کبھی، کبھی نہیں چھوڑوں گا، میں وعدہ کرتا ہوں۔ میں ہر حال میں تمہارے ساتھ رہوں گا، چاہے ہم کہیں بھی رہیں، جو بھی کریں۔ بس امید ہے کہ جلد ہی یہ امریکہ میں ہو گا۔"

ایک اور مریض جسے ہمیں الوداع کہنا پڑا، وہ مسٹر خالد تھے۔ کئی مہینوں تک، علینہ نے اس کے زخموں پر پٹیاں بدلیں اور عربی میں اس سے زندگی پر باتیں کیں، دونوں ایک دوسرے کے لطیفوں پر ہنستے تھے۔ جب بھی وہ اس کے زخموں کا علاج مکمل کرتی، ہمیشہ اسے تسلی بھرا گلے دیتی۔ مسٹر خالد کا آخری دن دونوں کے لیے بہت جذباتی تھا۔ وہاں زیادہ آنسو تھے، کم مسکراہٹیں اور قہقہے۔ مسٹر خالد نے عربی میں کچھ کہا اور پھر میری طرف دیکھتے ہوئے علینہ کی طرف مڑا۔

"مسٹر خالد جاننا چاہتے ہیں کہ تمہارے میرے بارے میں کیا ارادے ہیں۔ وہ ہمیں ایک ساتھ دیکھ چکے ہیں اور سمجھتے ہیں کہ ہم ایک بہترین جوڑا ہیں،" علینہ نے چمکتی مسکراہٹ کے ساتھ کہا۔ "تو، تم انہیں کیا بتانا چاہتے ہو؟ میں ترجمہ کر سکتی ہوں۔"

میں نے مسکرا کر کہا، "براہ کرم انہیں بتاؤ کہ میں ان کی فکر مندی کی بہت قدر کرتا ہوں۔ وہ ایک نہایت عقلمند شخص ہیں، اور میں امید کرتا ہوں کہ وہ اپنی چوٹوں سے مکمل صحتیاب ہو جائیں گے۔ جہاں تک تمہارے بارے میں میری نیت کی بات ہے، انہیں بتاؤ کہ میں تم سے محبت کرتا ہوں۔"

یہ سن کر علینہ شرما گئی۔ "تم واقعی چاہتے ہو کہ میں انہیں بتاؤں کہ ہم محبت کرتے ہیں؟ تم جانتے ہو کہ ہم نے کام کے دوران اپنی محبت کو چھپانے کی پوری کوشش کی ہے۔ کیا تمہیں لگتا ہے کہ یہ ٹھیک ہو گا؟"

"ہاں، بتا دو۔ وہ پہلے ہی جانتے ہیں کہ ہم ساتھ ہیں۔ ہم کام پر ہاتھ نہیں پکڑتے اور نہ ہی گلے ملتے ہیں، لیکن لوگ ہماری آنکھوں میں ایک دوسرے کے لیے محبت دیکھ سکتے ہیں۔" اس نے آنکھیں گھمائیں۔ "ٹھیک ہے۔" وہ مسٹر خالد کی طرف مڑی اور عربی میں بولنے لگی۔ جیسے ہی وہ بات کر رہی تھی، مسٹر خالد کا چہرہ چمک اٹھا، اور انہوں نے تالیاں بجائیں۔ پھر انہوں نے اپنی

بانہیں پھیلائیں، گویا علینہ کو گلے لگانے کی اجازت مانگ رہے ہوں۔ علینہ نے لمحہ بھر کو ہچکچاہٹ کی، لیکن ان کی گہری محبت اور شکر گزاری کو سمجھتے ہوئے، ایک مختصر، نرم گلے لگا لیا۔ پھر مسٹر خالد نے شفقت سے اس کے سر پر ہاتھ رکھا، جیسے وہ اس کی اپنی بیٹی ہو۔

پھر انہوں نے عربی میں کچھ کہا۔

"انہوں نے کیا کہا؟"

"انہوں نے ہمیں بے حد خوشیوں کی دعا دی ہے، اور کہا ہے کہ اگر ہمیں کبھی کسی چیز کی ضرورت ہو، تو صرف انہیں بتانے کی دیر ہے۔ اور یہ بھی کہا کہ میں چار اونٹوں سے کہیں زیادہ قیمتی ہوں۔"

یہ سن کر میں ہنس پڑا اور مسٹر خالد کی طرف دو انگوٹھے اٹھا کر اظہارِ خوشی کیا۔

لیکن جہاں خوشیوں بھرے رخصتی لمحات ہوتے تھے، وہاں کچھ مریض اپنے زخموں کی شدت کے باعث جانبر نہ ہو پاتے تھے۔ ایسے موقعوں پر، ڈاکٹر جے متاثرہ خاندان اور عملے کو تسلی دینے کی کوشش کرتے، انہیں گلے لگاتے اور ان کی محنت کی تعریف کرتے۔ جب بھی ایسا لمحہ آتا، اسپتال میں ہر شخص اداسی اور پژمردگی میں مبتلا ہو جاتا، اور میں بھی اس میں شامل تھا۔

میری پہلی موت سے سامنا ایک عمر رسیدہ خاتون، لیلیٰ، کی وفات پر ہوا، جو شام میں مسلسل زخمی ہونے کے باعث بچ نہ سکی۔ وہ دس سال سے اس پناہ گزین کیمپ میں رہ رہی تھی، اور اس کا کوئی خاندان باقی نہ تھا۔

علینہ اور میں خاموشی سے ایک ساتھ کھڑے تھے، ہمارے کندھے ایک دوسرے کو چھو رہے تھے، جب ایک معاون نے اس کی آنکھیں بند کیں اور سفید چادر سے ڈھانپ دیا۔ پھر اسے جنازے کے لیے مخصوص جگہ منتقل کر دیا گیا۔

یہ لمحہ میرے لیے ایک گہرا ادراک لے کر آیا کہ موت ہر کسی کو آنی ہے۔ لیلیٰ بوڑھی تھیں، لہٰذا ان کا انتقال کسی حد تک متوقع تھا، لیکن پھر بھی یہ لمحہ سب کے لیے افسوسناک تھا۔

کمرے سے باہر نکلنے کے بعد، میں نے علینہ سے جنازے کے بارے میں پوچھا۔ یہ میری پہلی بار تھی کہ میں کسی مسلمان جنازے میں شریک ہونے جا رہا تھا، اور میں اس کے بارے میں زیادہ سے زیادہ جاننا چاہتا تھا۔

"کیا تم مجھے اسلامی جنازے کے بارے میں کچھ سمجھا سکتی ہو؟ میں نے نیویارک میں کچھ جنازے ٹی وی پر دیکھے ہیں، لیکن جو سب سے زیادہ یاد ہے وہ بس سفید چادر میں لپٹے جنازے کے پیچھے بھاگتے ہوئے لوگوں کا ہجوم ہے۔ اس میں کوئی اصول بھی ہوتے ہیں یا بس یہی طریقہ ہوتا ہے؟" میں نے تجسس سے پوچھا۔

علینہ نے نرمی سے کہا،

"ہم اسے جنازہ کہتے ہیں۔ شاید تمہیں ہمارا جنازہ ایک ہجوم لگے، لیکن اس کے سخت اصول ہوتے ہیں۔ مثال کے طور پر، جب ہم کسی کو سفید کپڑے میں لپیٹتے ہیں، تو اس کا سر خانہ کعبہ کی طرف ہوتا ہے۔"

"کون شخص کو کفن میں لپیٹتا ہے اگر اس کا کوئی خاندان نہ ہو؟ میں فرض کرتا ہوں کہ ایسا کبھی کبھار ہوتا ہو گا۔ کیا یہ کام اسپتال کا عملہ کرتا ہے؟" میں نے تفصیلات کو سمجھنے کی کوشش کرتے ہوئے پوچھا۔

"اگر وہ اسلام کے اصولوں پر عمل کریں تو ہو سکتا ہے، لیکن ہمارے پاس کچھ کمیونٹی رہنما بھی ہوتے ہیں جو یہ کام کر سکتے ہیں،" علینہ نے جواب دیا۔

"اور پھر کیا ہوتا ہے؟" میں نے مزید جاننے کے لیے تھوڑا آگے جھکتے ہوئے پوچھا۔

"خاندان اور دوست اللہ سے دعا کرتے ہیں کہ وہ مرحوم کے گناہوں کو معاف کر دے۔ پھر، بہت سے لوگ جنازے میں شرکت کرتے ہیں——یہاں تک کہ وہ بھی جو مرنے والے کو کبھی نہیں جانتے تھے۔" وہ لمحے بھر کے لیے رکی، پھر مجھ سے پوچھا، "یہودی جنازے کیسے ہوتے ہیں؟"

"یہودی جنازے مختلف ہوتے ہیں۔ خاص طور پر مذہبی یہودی اپنے مرنے والوں کو ان کی وفات کے بہتر گھنٹے کے اندر دفن کر دیتے ہیں۔ تاہم، میں کچھ ریفارم یہودیوں کو جانتا ہوں جنہوں نے اپنے پیاروں کے جسموں کو برف پر دو ہفتے تک رکھا تا کہ دور دراز سے آنے والے لوگ آخری

وداعی دے سکیں،" میں نے وضاحت کی، اپنی روایات کا تبادلہ کرتے ہوئے ایک گہری وابستگی محسوس کی۔

"کیا وہ مرنے والوں کے لیے دعائیں پڑھتے ہیں؟" اس نے نرمی سے پوچھا۔

"ہاں، ہم پڑھتے ہیں۔" میں مزید یہودی جنازوں کے بارے میں بات نہیں کرنا چاہتا تھا کیونکہ ہم اردن میں تھے۔ اس کے بجائے، میں علینہ کے خاندان کے بارے میں مزید جاننا چاہتا تھا۔ میں جانتا تھا کہ جب بھی کوئی جنازہ ہوتا ہے، انسان ایک لمحے کے لیے اپنے خاندان کے بارے میں ضرور سوچتا ہے، چاہے کتنی ہی دیر کے لیے ہو۔

"کیا تم نے اپنے والدین کے جنازے دیکھے؟ میں جانتا ہوں کہ جب وہ دنیا سے رخصت ہوئے تب تم ان کے ساتھ تھیں،" میں نے نرمی سے پوچھا۔

اس نے ایک گہری سانس لی، اس کے کندھے تھوڑے جھک گئے۔ "نہیں، میں نے ان کا جنازہ نہیں دیکھا، نہ ہی اسماعیل نے۔ ہم دونوں زخمی تھے اور صدمے میں تھے۔ اسلامی مذہب میں، وہ ہماری صحتیابی کا انتظار نہیں کرتے۔ مجھے نہیں معلوم میرے والدین کہاں دفن ہیں—شاید کسی اجتماعی قبر میں، کیونکہ اس دن بہت سے لوگ جاں بحق ہو گئے تھے۔ براہ کرم، میں اس بارے میں بات نہیں کرنا چاہتی، ٹھیک ہے؟"

میرے پیٹ میں مروڑ اٹھا، اور مجھ پر ہمدردی کی لہر دوڑ گئی۔ یہ یقین کرنا مشکل تھا کہ دنیا میں اتنی بے رحمی موجود ہے۔ "میں سمجھتا ہوں، لیکن یہ بہت بھیانک ہے۔"

"ہاں، ایسا ہی ہے۔ بہت سے شامیوں کا بھی یہی انجام ہوا۔ کچھ جگہوں پر تو لاشوں کو دھونا اور کفن پہنانا بھی ناممکن تھا،" اس نے درد بھری آواز میں کہا۔

"میں تصور بھی نہیں کر سکتا کہ اس سب سے گزرنا کیسا ہو گا۔ مجھے افسوس ہے،" میں نے کہا، اس کے چہرے پر اداسی کے آثار دیکھ کر موضوع بدلنے کی کوشش کرتے ہوئے۔ "تو، ڈاکٹر کے جنازے کے وقت کیا کردار ہوتا ہے؟"

"ڈاکٹر جے اس وقت بہت اچھا کام کرتے ہیں۔ وہ ہمیشہ مناسب الفاظ تلاش کر کے اہل خانہ کو تسلی دینے کی کوشش کرتے ہیں۔ وہ ان کے غم، غصے اور الجھن کو غور سے سنتے ہیں۔ وہ ہمیشہ اپنی حدود کو سمجھتے ہیں۔ اس سے زیادہ میں کیا کہہ سکتی ہوں؟" اس نے کندھے اچکاتے ہوئے ایک ہلکی سی مسکراہٹ دی۔

"کیا وہ جنازے میں شرکت کرتے ہیں؟" میں نے دلچسپی سے پوچھا۔

"ڈاکٹر جے عیسائی ہیں، اس لیے وہ براہ راست حصہ نہیں لیتے، لیکن وہ یقینی بناتے ہیں کہ اسلامی قوانین کی پاسداری کی جائے۔ ہر جنازے پر، ڈاکٹر جے اور ان کے ساتھی ڈاکٹرز اور نرسیں قطار میں کھڑے ہو کر جلوس کے پیچھے چلتے ہیں۔" وہ لمحے بھر کو رکی، پھر نرم لہجے میں بولی، "معذرت، لیکن میں جنازے کی تیاری کرنا چاہتی ہوں۔ مجھے کچھ وقت اور دعا کی ضرورت ہے۔ اگر تم میرے ساتھ جانا چاہتے ہو تو جا سکتے ہو، یہ تم پر منحصر ہے۔ تمہیں اس مریض سے اتنی وابستگی نہیں تھی جتنی مجھے تھی۔"

"میں یہ موقع ہرگز نہیں گنوانا چاہتا۔ میں عام کپڑے پہن کر جلوس کے شروع ہونے سے پہلے تم سے ملوں گا،" میں نے پختہ عزم کے ساتھ کہا۔

"یہ کل صبح ہوگا، تو تیار رہنا۔ صلاح اور اسماعیل بھی ہمارے ساتھ ہوں گے۔ مجھے انہیں بھی اطلاع دینی ہے اور سب کچھ ترتیب دینا ہے،" اس نے توقف کیا اور میری آنکھوں میں جھانکا۔ "میں تمہیں جلوس کے شروع ہونے سے پہلے لینے آؤں گی۔"

"ٹھیک ہے۔ کل ملاقات ہوگی۔" میں تھوڑا جھجکتے ہوئے بولا، "مجھے افسوس ہے کہ تمہیں اس سب سے گزرنا پڑ رہا ہے۔"

"شکریہ،" اس نے سرگوشی میں کہا، اس کی آنکھیں آنسوؤں سے بھری ہوئی تھیں۔ "یہ میرے لیے بہت معنی رکھتا ہے۔"

اگلی صبح، وہ مجھے لینے آئی۔ وہ ایک سیاہ، ٹخنوں تک لمبا لباس اور حجاب پہنے ہوئی تھی، جبکہ میں نے اپنی بہترین پتلون اور سفید قمیض پہنی تھی۔

ہم صلاح اور اسماعیل سے ملے۔

"یلاہ، (چلو چلیں)،" علینہ نے کہا۔ ہم جنازے میں شرکت کرنے والے دیگر تمام لوگوں کے ساتھ روانہ ہوئے۔

آسمان سیاہ بادلوں سے ڈھکا ہوا تھا، جیسے اللہ اور حضرت محمد (صلی اللہ علیہ وآلہ وسلم) بھی ہمارے ساتھ غم منا رہے ہوں۔ یہ کسی ایسے شخص کے لیے ایک شاندار رخصتی تھی جسے لوگ زیادہ نہیں جانتے تھے۔ میں تو بالکل بھی نہیں جانتا تھا کہ وہ شام میں کون تھی۔

میں نے علینہ کے چہرے پر اداسی کے آثار دیکھے۔ جیسے جیسے ہم آگے بڑھتے گئے، میں اس کا ہاتھ پکڑنے کی خواہش رکھتا تھا، لیکن مجھے ڈر تھا کہ ایسا کرنے سے کچھ غلط نہ ہو جائے۔

"مجھے جنازے پر رونا پسند نہیں، لیکن اگر میں رو پڑوں تو معاف کرنا،" اس نے آہستہ سے کہا۔ ہم قبرستان کی طرف بڑھتے رہے۔ کچھ دیر بعد، اس نے مجھ سے کہا، "تمہیں صلاح اور اسماعیل کے ساتھ جانا ہو گا کیونکہ مردوں اور عورتوں کو تدفین کے وقت علیحدہ رہنا ہوتا ہے۔"

میں جا کر صلاح اور اسماعیل کے ساتھ کھڑا ہو گیا۔ ایک کمیونٹی لیڈر کے طور پر، صلاح قبر کے قریب کھڑے تھے۔ وہ اور دوسرے مرد سادہ قمیضوں اور اچھی پتلون میں ملبوس تھے۔

صلاح نے اپنا بازو میرے بازو کے گرد لپیٹا۔ میں نے ادھر ادھر دیکھا تو سیکڑوں قبریں نظر آئیں، جن میں سے کچھ تازہ کھودی گئی تھیں۔ مجھے ان میں کچھ ایسے مریضوں کی آخری آرام گاہ نظر آئی جن کا ہم علاج کر چکے تھے۔

مجھے اپنے خاندان کی قبروں کی یاد آئی جہاں میں اکثر جایا کرتا تھا، ہمیشہ سوچتا تھا کہ وہ کیوں مر گئے۔ مجھے حیرت ہوئی کہ میں خود کیوں زندہ ہوں۔ کیا میرا جینے کا مقصد محض ایک ڈاکٹر بننا ہے تاکہ میں زندگیاں بچا سکوں؟ اگرچہ یہ ایک اطمینان بخش کام تھا، لیکن کیا زندگی میں اس سے بھی زیادہ کچھ ہے؟

مجھے علینہ اور ہماری رات کے وقت ستاروں کے بارے میں کی گئی گفتگو یاد آئی۔

پھر مجھے جواب مل گیا۔

وہ میری شمالی ستارہ تھی، جو مجھے ایک ایسے مقصد کی طرف رہنمائی کر رہی تھی جو صرف نسخے لکھنے اور تشخیص کرنے سے بڑھ کر تھا۔ اس نے مجھے ایک مقصد دیا اور میری تنہائی کو ختم کیا، جو سٹیسی کے ساتھ بریک اپ کے بعد میرے اندر بسی ہوئی تھی۔ اس نے مجھ پر بے پناہ ہمدردی کا مظاہرہ کیا تھا۔ میں نے کبھی کسی ایسے شخص سے ملاقات نہیں کی تھی جس نے میرے دل کو یوں چھوا ہو۔ یہی وجہ تھی کہ وہ ایک خوبصورت پھول تھی جس نے میرا دل جیت لیا تھا۔

جنازہ جاری تھا۔ پہلی صف میں تقریباً دو سو مرد قطار میں کھڑے تھے، ان کے پیچھے بچے تھے، جن میں سے زیادہ ترنے شام کبھی دیکھی بھی نہیں تھی۔ کیا وہ شامی تھے یا اردنی؟ وہ اپنی پوری زندگی ایک پناہ گزین کیمپ میں گزار سکتے تھے۔ میں نے سوچا، اگر دنیا کی حکومتیں پناہ گزینوں کے ساتھ زیادہ رحم دل ہوتیں، تو ان کا مستقبل کتنا روشن ہو سکتا تھا۔ تیسری صف میں خواتین کھڑی تھیں۔ میں نے پیچھے مڑ کر علینہ کے اداس چہرے کو دیکھا۔ اسے اس حال میں دیکھ کر مجھے تکلیف ہوئی، لیکن میں جانتا تھا کہ یہ سب اس کی زندگی کا حصہ تھا۔ شاید تقریب کے بعد میں اسے تسلی دے سکتا تھا۔

امام نے بولنا شروع کیا، تو میں نے پھر سے توجہ دی۔

ظاہر ہے، میں عربی میں کہے گئے الفاظ نہیں سمجھ سکتا تھا، لیکن میں نے اتنے جنازے دیکھے تھے کہ یہ منظر میرے لیے نیا نہیں تھا۔ ہر جنازہ ہمیں یہ یاد دلاتا ہے کہ زندگی اور موت ایک ہی راستے کے مختلف مراحل ہیں—ایک ایسا راستہ جس پر ہم سب کسی نہ کسی صورت چل رہے ہیں، اپنی اپنی امیدوں کے ساتھ۔

ہم سب کے سامنے ایک کھلی قبر تھی، جس کے ارد گرد نئی کھودی گئی مٹی پڑی تھی۔ لیلیٰ، جو سفید کفن میں لپٹی ہوئی تھی، کو قبر میں رکھا گیا، اس طرح کہ اس کا چہرہ مکہ کی طرف تھا۔ امام کی آواز میں حتمی وداع کی گونج تھی، جیسے وہ اس کی روح کے لیے دعا کر رہے ہوں۔

جلوس ختم ہوا، اور ہم اپنی روز مرہ کی زندگی میں واپس آگئے۔ صلاح اور اسماعیل نے ہم دونوں کو گلے لگایا اور روٹی کی فیکٹری کی طرف روانہ ہوگئے، شاید دوبارہ اپنے کام پر لوٹنے کے لیے تیار۔ میں نے علینہ کو اس کے کمرے تک چھوڑا اور خود کپڑے بدلنے کے لیے اپنے کمرے میں چلا گیا۔

سارا دن، میں بس شام کے پناہ گزین کیمپ کی زندگی کے بارے میں سوچتا رہا۔

یہ کتنا تکلیف دہ تجربہ تھا ان لوگوں کے لیے جو اپنے گھروں سے بھاگے تھے۔

میں نے سوچا، کیا ان بچوں کو حفاظتی ٹیکے دیے گئے تھے؟

یہ کام ہمارے اسپتال کی ذمہ داری نہیں تھی، تو پھر کون یہ کرتا تھا؟

مجھے یقین تھا کہ یہاں کئی بچے ایسی بیماریوں میں مبتلا تھے جن سے آسانی سے بچاؤ ممکن تھا۔

لیکن میں نے جنازے میں شامل لوگوں کے چہروں پر حیرت انگیز حوصلہ بھی دیکھا تھا۔

یہ خاندان ناقابل یقین مشکلات برداشت کر رہے تھے، پھر بھی تمام تر ناانصافیوں کے باوجود امید کا دامن تھامے ہوئے تھے۔

میں نے فیصلہ کیا کہ میں ان لوگوں کی مدد کے لیے ہر ممکن کوشش کروں گا۔

کام کے بعد، ہم نے خاموشی سے رات کا کھانا کھایا۔

میں اس کا ہاتھ تھامنا چاہتا تھا، اس کا دکھ بانٹنا چاہتا تھا۔

لیکن میں جانتا تھا کہ کوئی الفاظ اسے اس کے ماضی اور ان چہروں کو بھلانے میں مدد نہیں دے سکتے جنہیں اس نے مرتے دیکھا تھا۔

میں چاہتا تھا کہ وہ کچھ کہے، کچھ بھی، تاکہ میں اس کے جذبات کو سمجھ سکوں۔

آخرکار، بہت دیر بعد، اس نے میری طرف رخ کیا، اس کا چہرہ میرے بالکل قریب تھا۔

"مجھے جنازوں میں جانا پسند نہیں، لیکن یہ ضروری ہوتا ہے۔ لیلیٰ جیسے لوگ، جن کا کوئی خاندان نہیں ہوتا، انہیں ہماری ضرورت ہوتی ہے۔"

"تم اور دوسرے بہت سے لوگوں نے لیلیٰ کی زندگی میں اس کی مدد کی، اور جنازے میں شرکت کر کے اسے عزت دی۔"

"جیسے میں ہمیشہ تمہاری مدد کے لیے موجود رہوں گا،" میں نے اسے یقین دلایا۔

"تم ابھی میرے ساتھ ہو، لیکن اگر اسماعیل اور میں نیو یارک نہ جا سکے تو؟"

"اگر ہم یہاں ہی رہے، تو ایک دن میں بھی وہیں دفن ہو جاؤں گی جہاں آج تم نے قبریں دیکھیں۔"

"اور پھر اسماعیل کا کیا ہو گا؟ صلاح تو کب کا جا چکا ہو گا۔ تب اس کی دیکھ بھال کون کرے گا؟"

"ان شاء اللہ، اگر یہ اللہ کی مرضی ہوئی کہ تم اور اسماعیل میرے ساتھ نیو یارک آؤ، تو ایسا ہی ہو گا۔" "اور اگر یہ اللہ کی مرضی ہوئی کہ میں تمہارے ساتھ یہیں رہوں، تو میں یہیں رہوں گا۔"

"میں تمہارے بغیر کہیں نہیں جا رہا۔ تم میرے لیے سب سے قیمتی ہو۔"

"اور براہ کرم، اپنی موت کے بارے میں مت سوچو۔ تم ابھی بہت جوان ہو، اور تمہاری زندگی شاندار ہو گی۔ ہمیں اچھے دنوں کی امید رکھنی ہو گی۔"

"میں امید رکھنے کی کوشش کرتی ہوں، لیکن کبھی کبھار بہت مشکل ہو جاتا ہے۔"

"کبھی کبھی، میں سوچتی ہوں کہ کیا اللہ واقعی ہماری دعائیں سنتا ہے؟"

"اتنے معصوم لوگوں کے قتل ہونے کا کیا مقصد تھا؟"

"یہ سب میرے لیے سمجھنا بہت مشکل ہے۔"

"میں نہیں جانتا کہ اللہ کچھ چیزوں کو کیوں ہونے دیتا ہے۔"

"ہم صرف اپنی زندگی کو سنوارنے کی کوشش کر سکتے ہیں۔"

"میں ہمیشہ تمہاری زندگی کو بہتر بنانے میں مدد کروں گا، اور اگر کبھی تمہاری زندگی کو خطرہ ہوا، تو میں تمہارے ساتھ کھڑا ہوں گا اور اسماعیل کا خیال رکھوں گا۔"

"لیکن میں یہ نہیں سوچتا کہ ایسا کبھی ہو گا۔ ہم ایک شاندار زندگی گزاریں گے۔"

"أَنَا أُحِبُّكِ، علینہ۔ میں تم سے محبت کرتا ہوں۔"

اس کی آنکھوں سے آنسو بہنے لگے۔

میں نے ہلکے سے اس کی پشت تھپتھپائی۔

اسے برا نہیں لگا۔

ایک ہفتے بعد، ہم ڈھلتے سورج کی روشنی میں بیٹھے تھے، اپنے وقت کے لمحات کو انجوائے کر رہے تھے۔

بعد میں، ہم نے صلاح اور اسماعیل کے ساتھ کھانا کھایا۔

وہ ہمارے لیے تازہ روٹیاں لے کر آیا، کیونکہ ہمیں بہت پسند تھیں۔

"شکریہ، صلاح، تم ہمیشہ میرے لیے بہت کچھ کرتے ہو،" علینہ نے کہا۔

"اوہ، میری خوبصورت کلی، یہ تو کچھ بھی نہیں۔ آؤ بیٹھو، میں نے چار لوگوں کے لیے کھانے کا انتظام کیا ہے — فلافل اور تبولہ سلاد۔"

"بہت سا کھانا ہے۔ آرام سے کھاؤ۔"

"اوہ، صلاح، مجھے توقع نہیں تھی کہ آج اتنا مزیدار کھانا ملے گا۔"

"ہمیں تمہارا کھانا کھانے کا اعزاز حاصل ہو گا۔"

ہم سب بیٹھ گئے، اور چند نوالے کھانے کے بعد، صلاح نے مجھ سے پوچھا:

"یہاں تمہارا کام کیسا جا رہا ہے؟ تم خوش ہو؟"

"ہاں، میں بہت خوش ہوں جب میں علینہ، تم، اور اسماعیل کے ساتھ ہوتا ہوں۔"

"مجھے اسپتال میں بہت کچھ سیکھنے کو مل رہا ہے، اور مجھے اسلام کے بارے میں جان کر بہت خوشی ہو رہی ہے۔"

"یہ ایک خوبصورت مذہب ہے جس میں بہت سی روایات ہیں۔"

پھر میں نے اسماعیل کی طرف دیکھا اور اشاروں کی زبان میں کہا:

"مجھے خوشی ہے کہ میں ہر دن تم سے بہتر طریقے سے بات چیت کر سکتا ہوں۔"

"مجھے تمہارے ساتھ فٹ بال کھیلنے کا بھی انتظار ہے، اگرچہ تم مجھ سے کہیں بہتر ہو۔"

"مجھے محمد کے چائے خانے میں بھی مزہ آتا ہے،" میں نے مزید کہا۔

یہ سن کر سب ہنسنے لگے۔

اسماعیل نے سب کے لیے اشارے کیے،

"مجھے خوشی ہے کہ آپ نے میری بہن اور مجھے پایا۔ آپ اسے مسکرانے پر مجبور کرتے ہیں۔ آپ سے پہلے، وہ زیادہ نہیں ہنستی تھی۔ اب، وہ ہر دن مسکراتی ہے۔"

"شکریہ، اسماعیل،" میں نے دل سے کہا۔

علینہ نے شرماتے ہوئے اسماعیل کی طرف غصے سے دیکھا، جیسے اسے کہہ رہی ہو کہ وہ ہمارے بارے میں زیادہ بات نہ کرے۔

لیکن اسماعیل نے صرف ہنسنے پر اکتفا کیا۔

میں نے صلاح سے پوچھا، "آپ کی زندگی اور روٹی کی فیکٹری کیسی چل رہی ہے؟ میں دیکھ سکتا ہوں کہ اس پناہ گزین کیمپ میں تقریباً ہر شخص آپ کا بے حد احترام کرتا ہے۔ میں آپ کے ساتھ کھانے اور آپ کی حکمت سیکھنے کو ایک اعزاز سمجھتا ہوں۔"

"شکریہ، میرے دوست۔ یہ ایک خوبصورت شام ہے، اور بہترین تب ہوتی ہے جب میرے دوست اکٹھے بیٹھ کر اچھے خیالات کا تبادلہ کرتے ہیں، ہے نا؟"

"ہاں، واقعی یہ بہت خوبصورت ہے،" میں نے جواب دیا۔

علینہ کچھ کہنے ہی والی تھی کہ میں نے محسوس کیا کہ صلاح کی حالت ٹھیک نہیں لگ رہی۔

"کیا آپ ٹھیک ہیں؟" میں نے چمچ نیچے رکھ دیا اور صلاح کو غور سے دیکھنے لگا۔

کچھ بدل گیا تھا۔

صلاح بے چین نظر آ رہا تھا، اپنی نشست پر کروٹیں لے رہا تھا، اور اس کے چہرے پر تکلیف کے آثار تھے۔

میں جلدی سے اس کے پاس پہنچا اور اسے تھام لیا، کیونکہ وہ سانس لینے کے لیے ہانپ رہا تھا۔

اسماعیل، علینہ، اور میں خوف کے مارے دیکھتے رہے جیسے صلاح کی حالت بگڑتی جا رہی تھی۔

گھبراہٹ نے اس کے چہرے کو اپنی لپیٹ میں لے لیا۔

علینہ کا چہرہ سفید پڑ گیا۔

"صلاح! کیا آپ ٹھیک ہیں؟ کیا آپ کو کچھ ہو رہا ہے؟"

صلاح نے سر ہلایا اور عربی میں بولنا شروع کیا۔

"مجھے بتاؤ کہ وہ کیا کہہ رہا ہے تا کہ میں اس کی مدد کر سکوں!"

علینہ نے جلدی سے جواب دیا،"وہ کہہ رہے ہیں کہ ان کے سینے میں شدید دباؤ اور درد محسوس ہو رہا ہے!"

چند سیکنڈ بعد، اس سے پہلے کہ ہم کچھ کر پاتے، صلاح بے ہوش ہو گیا۔

علینہ فوراً کھڑی ہوئی اور صلاح کی طرف لپکی۔

اسماعیل صدمے میں، بس اسے گھورتا رہا گیا۔

مجھے فوراً اندازہ ہو گیا کہ صلاح کو یا تو دل کا دورہ پڑ رہا ہے یا وہ کارڈیک ارییسٹ میں جا چکا ہے۔

میرے جسم میں ایڈرینالین دوڑ گئی۔

"ہمیں فوراً CPR شروع کرنی ہوگی۔ براہ کرم، اسے فرش پر سیدھا لٹانے میں میری مدد کریں!"

علینہ اور میں نے جلدی سے اسے زمین پر لٹایا،

ہمارے ہاتھ بے حد تیزی سے حرکت کر رہے تھے۔

پھر، میں نے سینے پر زور دار دباؤ ڈالنا شروع کیا،

ہر دباؤ کے بعد سینے کو واپس اپنی اصلی پوزیشن پر آنے کا موقع دیتا رہا۔

ایک منٹ بعد، میں نے محسوس کیا کہ صلاح سانس لے رہا ہے، لیکن ابھی ہوش میں نہیں آیا تھا۔

اس کے بازو ادھر ادھر ہل رہے تھے۔

"ہمیں فوراً صلاح کو اسپتال لے جانا ہوگا، ہم یہاں مزید کچھ نہیں کر سکتے!"

"میں اسے گالف کارٹ میں لے جانے میں مدد کرتا ہوں، اور تم اسے اسپتال لے جاؤ، جب تک میں اسے سنبھالوں گا۔"

پھر، میں نے اسماعیل کی طرف اشارے کی زبان میں کہا:

"فکر مت کرو۔ ہم صلاح کا خیال رکھیں گے۔"

لیکن میں اسے پیچھے چھوڑنے پر دل ہی دل میں افسوس محسوس کر رہا تھا۔

ہم نے جلدی سے صلاح کے بازو اپنے کندھوں پر رکھے اور اسے گالف کارٹ میں بٹھایا۔

پھر، ہم پوری رفتار سے اسپتال کی طرف دوڑے۔

میرا دل حلق میں آگیا جیسے جیسے ہم اسپتال کے قریب پہنچ رہے تھے۔

میں کارٹ سے کودا اور پورے زور سے چیخنے لگا:

"مدد! کوئی ہے؟ فوراً مدد کرو!"

خوش قسمتی سے، چند ڈاکٹرز اور نرسیں فوراً باہر نکلیں اور صورتحال دیکھ کر اسٹریچر منگوانے کا کہا۔ عملہ مستعدی سے متحرک ہوا۔

انہوں نے صلاح کو اسپتال کے اندر لے جایا، جبکہ میں علینہ کو تھامے ہوئے تھا، جو خوف سے کانپ رہی تھی۔

ہم آپریٹنگ روم پہنچے، جہاں صلاح کو بیڈ پر لٹا دیا گیا۔

وہ ہوش و حواس کے درمیان جھول رہا تھا اور سانس لینے میں تکلیف ہو رہی تھی۔

ڈیوٹی پر موجود ڈاکٹر نے ہمیں دیکھا اور کہا، "براہ کرم، آپ باہر انتظار کریں۔ میں جانتا ہوں کہ آپ ان کی فکر کر رہے ہیں، لیکن چونکہ آپ انہیں جانتے ہیں، آپ اس کیس میں مدد نہیں کر سکتے۔"

"ڈاکٹر جے کو بلائیں، اگر آپ چاہیں کہ وہ یہاں آئے۔"

"فکر مت کریں، ہم ان کا پوری طرح خیال رکھیں گے۔"

"جیسے ہی ہمیں کچھ معلوم ہوگا، ہم آپ کو اپڈیٹ کریں گے۔"

پھر اس نے دروازہ بند کر دیا۔ میں نے فوراً ڈاکٹر جے کو کال کی، جو شاید سو رہا تھا، کیونکہ اس کی آواز نیند میں ڈوبی ہوئی تھی۔

"صلاح کو دل کا دورہ پڑا ہے۔ کیا آپ فوراً اسپتال آ سکتے ہیں؟"

"ہہ؟ کیا؟ جو! کس کو ہارٹ اٹیک ہوا ہے؟"

"تم چاہتے ہو کہ میں اسپتال کے آپریٹنگ روم میں آؤ؟"

"ہاں، ڈاکٹر جے! صلاح اسپتال میں ہے، غالباً انہیں انجیوپلاسٹی کی ضرورت ہوگی تاکہ ان کی شریانوں کی جانچ کی جا سکے۔"

ہم باہر بیٹھ کر انتظار کرنے لگے۔

علینہ انتہائی پریشان تھی۔

وہ بار بار اٹھتی، کمرے میں چکر لگاتی، اور پھر بیٹھ جاتی۔

"وہ ابھی کچھ دیر پہلے تک بالکل ٹھیک تھا۔ ایسا کیسے ہو سکتا ہے؟"

اس سے پہلے کہ میں جواب دیتا، اسماعیل کمرے میں داخل ہوا، سانس پھولی ہوئی تھی۔

وہ یقیناً پوری رفتار سے دوڑ کر آیا تھا، کیونکہ وہ صلاح اور اپنی بہن کے لیے ہر حال میں یہاں موجود رہنا چاہتا تھا۔

وہ سیدھا علینہ کے پاس گیا، اسے گلے لگایا، اور اپنا سر اس کے سینے پر رکھ دیا۔

میں نے دونوں کے کندھوں پر ہاتھ رکھا،

اشاروں اور انگریزی میں کہا:

"مجھے دیکھو، براہ کرم۔"

"ہم نہیں جانتے کہ کیا ہوگا، لیکن ہمیں مثبت سوچ رکھنی چاہیے۔"

"ڈاکٹرز ہمیں جیسے ہی کچھ پتہ چلے گا، بتا دیں گے۔"

میری باتوں نے کسی کو تسلی نہیں دی، حتیٰ کہ مجھے بھی نہیں۔

میرا پیٹ مروڑ کھا رہا تھا، میری پیشانی پر پسینہ تھا۔

اچانک، میں نے محسوس کیا کہ میں علینہ کو سختی سے گلے لگا رہا تھا۔

کیا میں نے گناہ کر دیا؟

کیا میں نے اسے گناہ میں مبتلا کر دیا؟

یہ بس ایک اضطراری عمل تھا، زندگی اور موت کی کشمکش میں۔

"براہ کرم مجھے معاف کر دو،" میں نے فوراً کہا۔

"میں صلاح کی پریشانی میں سب کچھ بھول گیا تھا۔"

علینہ نے ہاتھ ہلا کر کہا، "نہیں، معذرت کی کوئی ضرورت نہیں۔

میرے جذبات کو سنبھالنے میں مدد کرنے کی کوشش کرنا بالکل ٹھیک ہے۔

مجھے اس کی واقعی ضرورت تھی۔"

میں نے سکون کا سانس لیا جب وہ کمرے میں ادھر اُدھر چکر لگا رہی تھی۔

جب وہ دوسری بار بیٹھیں، میں نے آہستہ سے اپنا بازوان کے کندھوں کے گرد رکھا۔

انہوں نے اپنا سر میرے کندھے پر ٹکا دیا۔

اسماعیل اپنے ہاتھوں میں چہرہ چھپائے بیٹھا تھا، وہ ہمیں دیکھنے کی ہمت نہیں کر پا رہا تھا۔

میں نے دھیرے سے کہا،

"کبھی کبھی، ایسی چیزیں ہو جاتی ہیں جو ہمارے قابو سے باہر ہوتی ہیں۔

آیئے، صلاح کے لیے دعا کریں اور ڈاکٹروں پر بھروسہ کریں کہ وہ اپنا کام کریں گے، براہ کرم۔"

"میں ابھی صلاح کو کھونا نہیں چاہتی۔ میں بس نہیں سکتی۔

وہ میرے اور اسماعیل کے لیے باپ کی طرح ہیں،

اور اگر وہ نہ رہے تو میں نہیں جانتی کہ میں کیا کروں گی۔

یا اللہ، براہ کرم صلاح کو بچا لو، براہ کرم!"

ہم بے چینی سے آپریٹنگ روم کے باہر انتظار کرنے لگے۔

ہر لمحہ گھنٹوں جیسا لگ رہا تھا، اور دور سے آتی مشینوں کی آوازیں بے چینی میں مزید اضافہ کر رہی تھیں۔

کچھ دیر بعد، ڈاکٹر جے ہم سے آ کر ملے۔

انہوں نے علینہ کے پاس بیٹھ کر کہا، "میں جا کر دیکھوں گا کہ صلاح کی کیا حالت ہے۔ ہمیں ڈاکٹروں پر یقین رکھنا چاہیے۔

صلاح ایک مضبوط انسان ہیں، اور وہ ان کی پوری کوشش کریں گے۔

آیئے، مثبت رہیں۔"

میں نے گہری سانس لی۔

ڈاکٹر جے آپریٹنگ روم میں چلے گئے، اور دس منٹ بعد واپس آ گئے۔

ان کے چہرے پر کوئی خاص تاثر نہیں تھا، بلکہ وہ وہی پیشہ ورانہ سنجیدگی اپنائے ہوئے تھے جو مجھے بھی مستقبل میں ایک ڈاکٹر کے طور پر سیکھنی تھی۔

وہ ہم دونوں کی طرف دیکھ کر بولے،

"صلاح اب ٹھیک ہیں۔ انہیں دل کا دورہ پڑا تھا۔

جونے جو فوری کاروائی کی اور انہیں زندہ رکھا،

شاید اسی کی بدولت ان کی جان بچ گئی۔

زبردست کام، جو!"

میں نے مسکرا کر سر ہلایا۔

میرا دل سکون میں آگیا، کیونکہ اب مجھے معلوم تھا کہ صلاح خطرے سے باہر ہیں۔

ڈاکٹر جے نے مزید وضاحت کی،

"ان کی ایک شریان بند تھی، جس میں ہم ایک اسٹنٹ ڈال رہے ہیں۔

وہ شاید دو دن اسپتال میں رہیں گے، اور اگر وہ اپنی دوا لیتے رہے، تو ان کی زندگی معمول پر آ جائے گی۔"

میں خوشی سے مسکرایا۔

"یہ تو زبردست خبر ہے!

اگر وہ اپنا خیال رکھیں، تو وہ کئی سال اور زندہ رہ سکتے ہیں۔"

علینہ نے پریشانی سے پوچھا، "ڈاکٹر جے، اسٹنٹ ڈالنے میں کتنا وقت لگے گا؟

کیا ہم انہیں دیکھ سکتے ہیں؟"

ڈاکٹر جے نے ایک تجربہ کار سرجن کی طرح پیشہ ورانہ انداز میں جواب دیا،

"انہیں ابھی اسٹنٹ لگایا جا رہا ہے، اور وہ پورے وقت جاگتے رہیں گے۔

لیکن آپ انہیں آپریشن مکمل ہونے کے بعد ہی دیکھ سکیں گے،

جو تقریباً دو گھنٹے میں مکمل ہو جائے گا۔

اس کے بعد، ہم انہیں خون پتلا کرنے والی دوا دیں گے اور ایک دو دن نگرانی میں رکھیں گے۔

جب وہ اپنے کمرے میں شفٹ ہو جائیں گے، تو آپ ان سے ملاقات کر سکتے ہیں۔

آج آپ تینوں کو کام سے چھٹی دے دی گئی ہے، تا کہ آپ جب چاہیں، ان کے ساتھ وقت گزار سکیں۔"

میں نے شکر گزاری سے کہا،

"شکریہ، ڈاکٹر جی!"

میں نے اپنے بازو کھولے، اور علینہ اور اسماعیل نے مجھے گلے لگا لیا۔

پھر علینہ نے پیچھے مڑ کر کہا، "شکریہ، ڈاکٹر جی!"

ڈاکٹر جی مسکرا کر بولے، "کوئی بات نہیں۔

مجھے صبح جلدی کام پر جانا ہے، تو اگر آپ کو مزید کوئی سوال نہ ہو، تو میں آپ تینوں کو اکیلا چھوڑ کر جا رہا ہوں۔

جب آپریشن مکمل ہو جائے، تو ڈاکٹر آپ کو اطلاع دے دیں گے۔

کیا جانے سے پہلے کوئی سوال ہے؟"

علینہ کے چہرے پر کچھ سکون آ گیا تھا۔

اب ان اور اسماعیل کے چہرے پر دوبارہ رنگ لوٹ آیا تھا،

اور میں نے بھی اطمینان کی سانس لی۔

"نہیں، ڈاکٹر جی، آپ جا سکتے ہیں۔

میرے ساتھ جو اور اسماعیل ہیں، تو ہمیں کوئی مسئلہ نہیں ہو گا۔

آپ آرام کریں۔"

ڈاکٹر جی چلے گئے۔

علینہ اب بے حد تھک چکی تھی۔

یہ سارا جذباتی سفر ہم سب پر بھاری پڑا تھا۔

انہوں نے خاموشی سے اسماعیل کے کندھے پر سر رکھ دیا۔

میں نے ایسا محسوس کیا جیسے اسپتال میں میرا کوئی قریبی رشتہ دار داخل ہو۔

کچھ گھنٹوں بعد، ایک ڈاکٹر ہمارے پاس آیا اور کہا، "ہر چیز کامیابی سے مکمل ہو چکی ہے۔

ہم صلاح کو ان کے کمرے میں لے جا رہے ہیں۔

وہ ہوش میں ہیں اور آپ سے ملنا چاہتے ہیں۔"

ہم تینوں نے خوشی میں تالیاں بجائیں اور ڈاکٹر سے ہاتھ ملایا۔

پھر، ہم صلاح سے ملنے کے لیے ان کے کمرے میں پہنچے۔

انہوں نے ہمیں دیکھ کر کمزوری سے ہاتھ ہلایا۔

علینہ اور اسماعیل ان کے بستر کے ایک طرف کھڑے ہوئے،

جبکہ میں دوسری طرف۔

میں چاہتا تھا کہ علینہ انہیں عربی میں تسلی دے، اس لیے میں نے کہا، "اگر آپ چاہیں، تو عربی میں بات کریں۔

اس سے صلاح کو آسانی ہو گی، اور مجھے بالکل برا نہیں لگے گا۔"

انہوں نے انگریزی میں "شکریہ" کہا، پھر عربی میں بات چیت شروع کر دی۔

مجھے اندازہ ہو رہا تھا کہ وہ صلاح سے سوالات کر رہی ہیں اور انہیں پر سکون کر رہی ہیں، اور یہی سب سے اہم تھا۔

کچھ دیر بعد، علینہ نے میری طرف دیکھا اور کہا، "صلاح کہہ رہے ہیں کہ وہ جلدی اسپتال پہنچانے میں ہماری مدد کی بہت تعریف کرتے ہیں۔"

میں نے مسکرا کر کہا، "براہ کرم انہیں بتائیں کہ میں اپنے دوست کے لیے کچھ بھی کرنے کے لیے تیار ہوں۔

اگر انہیں میری مدد کی کبھی بھی ضرورت ہو، تو وہ بلا جھجھک مجھ سے کہہ سکتے ہیں۔

وہ چند دن میں اپنی فیکٹری لوٹ سکیں گے اور پہلے سے زیادہ اچھا محسوس کریں گے۔"

پھر علینہ نے عربی میں دوبارہ بات چیت کی، اور صلاح نے میری طرف دیکھ کر مسکراتے ہوئے سر ہلایا۔

میں نے ان کے کندھے پر دوستانہ انداز میں ہاتھ رکھا۔

کچھ دیر بعد، علینہ نے کہا، "کیا تم اسماعیل کو لے کر آرام کرنا چاہتے ہو؟

وہ میرے بستر پر سو سکتا ہے۔

میں یہاں رکنا پسند کروں گی، تا کہ اگر کوئی ضرورت ہو، تو میں موجود ہوں۔

ہم تینوں کے یہاں رکنے کا کوئی فائدہ نہیں۔"

میں جانتا تھا کہ ہم سب بے حد تھک چکے ہیں، اور میں نے اس کے خیال کو سراہا۔

"ٹھیک ہے، میں تمہاری بات مان لیتا ہوں۔

میں اسماعیل کو اپنے ساتھ لے جاؤں گا، اور صبح تم سے ملاقات کروں گا۔

اگر کوئی ایمر جنسی ہو، تو پہلے ڈاکٹروں کو بلانا، اور پھر مجھے۔

شب بخیر۔ میں تم سے بے حد محبت کرتا ہوں۔"

"جو، میں بھی تم سے محبت کرتی ہوں۔

شکریہ کہ تم نے میرا اور اسماعیل کا اتنا ساتھ دیا۔

اگر تم نہ ہوتے، تو میں نہیں جانتی کہ میں یہ سب کیسے سہہ پاتی۔"

"مجھے چھونے پر برا محسوس مت کرو۔

کیا تم مجھے روزانہ مریضوں کو گلے لگاتے نہیں دیکھتے؟

تمہارا گلے لگانا کوئی گناہ نہیں تھا۔

یہ ظاہر کرتا ہے کہ تم میری پرواہ کرتے ہو اور مجھے بہتر محسوس کروانا چاہتے ہو۔"

علینہ نے اسماعیل کو اشارہ کیا کہ وہ میرے ساتھ جائے اور آرام کرے۔

وہ دونوں ایک دوسرے کو گلے لگاتے ہیں، اور پھر ہم چلے گئے۔

علینہ

جو اور اسماعیل کے اسپتال سے چلے جانے کے بعد، علینہ صلاح کے کمرے میں بیٹھ گئی۔

اس کا دل بوجھل محسوس ہو رہا تھا۔

وہ چاہتی تھی کہ کسی جادوئی چھڑی کو گھما کر سب کچھ ٹھیک کر دے،

مگر وہ ایسا نہیں کر سکتی تھی۔

اس نے خاموشی سے اللہ سے دعا کی:

"اے میرے اللّٰہ، براہ کرم صلاح کو موت یا کسی مستقل نقصان سے بچالو۔
اگرچہ میں انہیں چچا کہتی ہوں، مگر وہ میرے لیے اس سے کہیں زیادہ ہیں۔
اگر وہ نہ ہوتے، تو میں اور اسماعیل زعتری میں بہت تکلیف میں ہوتے۔
صلاح نے ہمیں سکھایا کہ ہمیں اپنے راستے میں آنے والی رکاوٹوں سے آگے بڑھنا چاہیے۔
براہ کرم، انہیں اس دل کے دورے سے نکال دو اور انہیں ایک نئے انسان کی طرح بنا دو۔"
جب وہ دعا کر رہی تھی، اسپتال میں چلنے والی مشینوں کی ہلکی بیپ بیپ کی آوازیں سنائی دے رہی تھیں۔

صلاح نیند میں جا چکے تھے۔
علینہ کو نیند نہیں آ رہی تھی، لہٰذا اس کی سوچیں جو کی طرف مڑ گئیں۔
جو واقعی حیرت انگیز ہے، جیسے سپرمین۔
آج اس نے ناقابلِ یقین بہادری دکھائی، صلاح کو موت کے دہانے سے بچا لیا۔
جب صلاح زمین پر گرے، تو میں گھبرا گئی اور نہیں جانتی تھی کہ کیا کرنا ہے،
مگر جو نے فوراً قابو پا لیا اور صورتحال کو سنبھالا۔
اگر وہ نہ ہوتا، تو شاید صلاح بچ نہ پاتے۔
اس کی موجودگی نے ہر چیز کو برداشت کرنا آسان بنا دیا، چاہے وہ کتنا ہی انتشار اور خوفناک موقع کیوں نہ ہو۔

میں بے حد خوش ہوں کہ جو میرے ساتھ تھا۔
اگر وہ نہ ہوتا، تو شاید صلاح مر چکے ہوتے۔ میں تم سے محبت کرتی ہوں، جو۔
تم نے ایک اور سانحے سے مجھے بچا لیا۔
وہ آنسوؤں سے بھر گئی اور اپنے آنسو پونچھنے لگی۔
پھر، اس کی سوچیں ایک بار پھر اس خوفناک دن کی طرف لوٹ گئیں،
جب اس کے والدین قتل کر دیے گئے تھے۔

بم نے ان کی گاڑی کو تباہ کر دیا تھا، اور جب وہ اور اسماعیل ہوش میں آئے، تو انہیں یہ المناک خبر سننے کو ملی کہ ان کے والدین اب اس دنیا میں نہیں رہے۔

اور کوئی ایسا نہیں تھا جوان کی مدد کر سکے۔

غم اور صدمہ اتنا شدید تھا کہ کسی نے انہیں تسلی دینے کی بھی کوشش نہیں کی۔

وہ اچانک یتیم ہو گئی تھی، اور اپنے چھوٹے بھائی کی ذمہ داری اس کے ناتواں کندھوں پر آن پڑی، بغیر کسی مدد یا رہنمائی کے۔

مگر جو... جو نے ان دیواروں کو توڑنا شروع کر دیا تھا، جو اس نے اپنے ارد گرد بنالی تھیں۔

اس کی موجودگی نے ایک امید جگا دی تھی کہ شاید،

بس شاید، ان کا رشتہ اس کے ماضی کے زخموں کو بھرنے میں مدد دے سکتا ہے۔

وہ کبھی بھی دوبارہ تنہا نہیں رہنا چاہتی تھی۔

باب 12: شادی کی پیشکش

ڈاکٹر جے اور میں صلاح کے دل کے دورے کے ایک ہفتے بعد ان کے دفتر میں ملے۔

"صلاح کیسا ہے؟" ڈاکٹر جے نے پوچھا۔

"وہ بالکل ٹھیک ہے——واپس کام پر بھی آگیا ہے اور زندگی کا لطف لے رہا ہے۔ اگر آپ اسے دیکھیں تو آپ کبھی نہیں سمجھیں گے کہ اسے دل کا دورہ پڑا تھا، یہ سب اسپتال کے عملے کی محنت کا نتیجہ ہے۔"

"اچھی بات ہے۔ اور تم کیسے ہو؟"

انہوں نے اپنے ہاتھوں کی انگلیاں آپس میں جوڑیں اور جھک کر میری طرف دیکھا۔ مجھے لگا کہ کچھ خاص بات ہے، لیکن مجھے اندازہ نہیں تھا کہ کیا۔

"میں ہمیشہ کی طرح ٹھیک ہوں۔ میں یہاں سرجری کے بارے میں بہت کچھ سیکھ رہا ہوں۔ یہ کتابوں میں سر دبانے سے کہیں بہتر ہے۔ ذاتی تجربے سے بڑھ کر کچھ نہیں۔"

"یہ سن کر خوشی ہوئی، لیکن میں تم سے کسی اور چیز کے بارے میں پوچھ رہا ہوں۔ میں نے تمہاری اور علینہ کی محبت کو پنپتے دیکھا ہے، اور میں جانتا ہوں کہ تم دونوں ایک دوسرے سے بہت محبت کرتے ہو۔"

"علینہ اور میرے درمیان سب کچھ بہترین ہے۔"

میں رکا۔ "کیوں؟ کیا کچھ غلط ہے؟ کیا آپ نے میرے والد سے بات کی؟"

"نہیں، کچھ غلط نہیں ہے، لیکن ہاں، میں نے تمہارے والد سے تمہاری کام اور تمہاری اور علینہ کی دوستی کے بارے میں بات کی۔"

"کیا میرے والد نے اسے امریکہ لے جانے کے بارے میں کچھ کہا؟"

میں نے اپنی امید کو چھپانے کی کوشش کی۔

"ہاں، اس نے کیا۔ اگرچہ اسے تمہاری محبت پر شک ہے، اس نے کہا کہ وہ ہر ممکن قانونی طریقے کو دیکھ رہا ہے تاکہ علینہ کو امریکہ لے جایا جا سکے۔

لیکن اس نے مجھ سے کہا کہ میں تمہیں یہ بھی بتا دوں کہ زیادہ امید نہ لگانا۔"

"کم از کم وہ کوشش تو کر رہا ہے۔"

میں نے آہستہ سے کہا۔ "میری تجویز ہے کہ تم علینہ کو اس بارے میں کچھ نہ بتاؤ، کیونکہ اگر یہ سب کام نہ کر سکا، تو وہ بہت مایوس ہو جائے گی۔"

"میں متفق ہوں۔"

رمضان اور شادی کی تجویز

"ویسے، رمضان کا مہینہ قریب آرہا ہے۔

میں جانتا ہوں کہ تمہیں روزے کے بارے میں پتا ہے، لیکن کیا تمہیں معلوم ہے کہ اس دوران جسمانی تعلق بھی منع ہے؟"

"ہاں، میں اس کے روزے رکھنے کے اصولوں کا احترام کروں گا۔

میں یوم کپور پر روزہ رکھ چکا ہوں، لیکن طلوعِ آفتاب سے غروبِ آفتاب تک پورا مہینہ روزہ رکھنا واقعی مشکل ہو گا۔

جہاں تک تعلقات کا سوال ہے، یہ کوئی مسئلہ نہیں۔

میں جانتا ہوں کہ وہ اپنے دین کو بہت سنجیدگی سے لیتی ہے۔

اسی لیے میں نے بھی اس کے احترام میں ابھی تک کوئی حد پار نہیں کی۔"

ڈاکٹر جے نے سر ہلایا۔ "یہ اچھی بات ہے۔"

"ایک اور بات۔ چند دنوں بعد، میں عمّان جا رہا ہوں اسپتال کے لیے کچھ ضروری سامان لینے۔

یہ پورے دن کا سفر ہو گا۔ کیا تم اور علینہ میرے ساتھ چلنا چاہو گے؟

تم دونوں کو بریک کی ضرورت ہے، خاص طور پر جو کچھ تم صلاح کے ساتھ گزر چکے ہو۔"

میں نے سر ہلایا۔ "یہ اچھا ہو گا۔"

ڈاکٹر جے مسکرائے اور کہا، "میں تمہاری ذاتی زندگی میں مداخلت نہیں کرنا چاہتا، لیکن یہ شاید تمہارے لیے بہترین موقع ہو سکتا ہے

کہ تم علینہ کو شادی کی پیشکش کرو ——— مغربی طریقے سے۔"

میں حیران رہ گیا۔ میری آنکھیں کھلی کی کھلی رہ گئیں۔

"اوہ میرے خدا! میں کب اور کہاں اس سے پوچھوں گا، یہی سوچ رہا تھا،

لیکن میں نے کبھی سوچا نہیں تھا کہ کوئی میری مدد کرے گا یا مجھے تجویز دے گا۔"

"لیکن ڈاکٹر جے...!"

میں نے اپنی انگلیاں بالوں میں پھیریں۔

"لیکن میرے پاس انگوٹھی بھی نہیں!"

"اس کی فکر نہ کرو۔ انگوٹھی دینا ضروری نہیں۔

اگر تم واقعی اس سے محبت کرتے ہو، تو تمہیں شادی کی تجویز دے دینی چاہیے۔

کیا تم نے واقعی دل سے فیصلہ کر لیا ہے؟"

"ہاں، بالکل! میں علینہ کے سوا کسی اور کے ساتھ اپنی زندگی گزارنے کا تصور بھی نہیں کر سکتا۔"

ڈاکٹر جے نے سنجیدگی سے کہا، "پھر دیر مت کرو۔

محبت ایک درخت کی طرح ہوتی ہے — جسے اگر صحیح وقت پر لگایا جائے، تو وہ ہمیشہ کے لیے پھل

دیتا ہے۔

جب تم علینہ کو دیکھتے ہو، تو کیا تم اپنی پوری زندگی کا تصور اس کے ساتھ کرتے ہو؟

مشترکہ شامیں، سرگوشیاں، اور ہنسی خوشی کے لمحات؟"

میں نے بے ساختہ کہا،

"ہاں، چاہے وہ میرے ساتھ ہو یا نہ ہو، میں ہر لمحہ اسی کے بارے میں سوچتا ہوں۔"

"اچھا! مجھے لگتا ہے کہ تمہارا اور علینہ کا رشتہ وقت کی ہر آزمائش پر پورا اترے گا،

چاہے تم دنیا میں کہیں بھی رہو یا جو بھی کرو۔

تقدیر نے تم دونوں کو ایک دوسرے کے قریب کیا ہے، اور یہ تقدیر ہی ہے جو یہ فیصلہ کرے گی کہ

وہ تمہارے ساتھ نیویارک جا سکے گی یا نہیں۔

یہ چیز تمہارے کنٹرول میں نہیں ہے، لیکن تم یہ ضرور دکھا سکتے ہو کہ تمہاری محبت کتنی گہری

ہے۔"

میں نے سر جھکا لیا اور کچھ لمحوں کے لیے خاموش رہا۔

کیا خوبصورت بات کہی تھی ڈاکٹر جے نے۔

میں ان کی ہر بات سے متفق تھا۔

مجھے یہ قدم اٹھانا چاہیے۔

ہم دونوں ایک دوسرے کے لیے بنے ہیں، اور دنیا جو بھی کہے، مجھے یقین تھا کہ میں صحیح فیصلہ کر رہا تھا۔

میں نے یقین کے ساتھ ڈاکٹر جے کی طرف دیکھا۔

"ڈاکٹر جے، آپ کی مہربانی اور نصیحت کا بہت شکریہ۔

آپ بالکل ٹھیک کہہ رہے ہیں، مجھے علینہ کو شادی کے لیے پوچھنا چاہیے۔

کیا آپ کے پاس کوئی تجویز ہے کہ میں کہاں پر اس سے یہ سوال کروں؟"

ڈاکٹر جے نے مسکراتے ہوئے کہا، "عمان ایک قدیم اور خوبصورت شہر ہے،

جس میں جدید اور قدیم دونوں خصوصیات موجود ہیں۔

وہاں ایک جگہ ہے جو تمہیں ضرور پسند آئے گی۔"

میرے دل کی دھڑکن تیز ہو گئی۔ "کون سی جگہ؟"

"یہ رومن تھیٹر ہے، جو تقریباً دو ہزار سال پرانا ہے اور آج بھی بہترین حالت میں موجود ہے۔

تم اس کے اسٹیج پر ایک گھٹنے پر بیٹھ کر،

اس تاریخی جگہ کے پس منظر میں علینہ سے شادی کے لیے پوچھ سکتے ہو۔

یہ صرف ایک تجویز ہے، تم چاہو تو کوئی اور جگہ بھی چن سکتے ہو،

بس اسپتال میں کسی سرجری کے دوران ایسا مت کرنا!"

وہ ہنس پڑا۔

مجھے ایک ساتھ جوش اور گھبراہٹ محسوس ہوئی۔

"میں اس کے بارے میں مزید تحقیق کروں گا، لیکن یہ واقعی ایک شاندار جگہ لگتی ہے۔

مجھے اپنی تقریر بھی تیار کرنی ہوگی۔"

ڈاکٹر جے نے مشورہ دیا،"بس یہ یقینی بناؤ کہ جو کچھ کہو، دل سے کہو۔

ایسا نہ لگے کہ کوئی لکھی ہوئی تقریر پڑھ رہے ہو۔"

"اور اگراس نے انکار کر دیا تو؟"

اب میں ہر وہ چیز سوچ رہا تھا جو غلط ہو سکتی تھی۔

ڈاکٹر جے نے میری طرف دیکھا جیسے میں پاگل ہوں۔"وہ انکار کیوں کرے گی؟

وہ تم سے محبت کرتی ہے!"

"آپ ٹھیک کہہ رہے ہیں۔"

"اچھا، اب جا کر اسپتال میں اپنا کام کرو، اور بعد میں اپنی تجویز کی تیاری کرو۔

اور ہاں، علینہ کو عمان کے سفر کے بارے میں بتا دینا،

لیکن شادی کی پیشکش کے بارے میں کچھ مت کہنا!"

"ٹھیک ہے، شکریہ!"

ایک ہفتے بعد، ہم عمان کے سفر پر روانہ ہو گئے۔

ڈاکٹر جے گاڑی چلا رہے تھے، علینہ درمیان میں بیٹھی تھی، اور میں کھڑکی کے ساتھ۔

میں اور ڈاکٹر جے پینٹ اور آدھی آستین والی قمیص پہنے ہوئے تھے،

جبکہ علینہ نے حجاب اور باوقار لباس پہن رکھا تھا۔

راستے میں ڈاکٹر جے نے دن کا شیڈول سمجھایا۔

"عمان ایک بڑا شہر ہے، جہاں بازار اور تاریخی مقامات دیکھنے کے لیے کافی کچھ ہے۔

میں تم دونوں کو مارکیٹ کے قریب اتار دوں گا، اور اپنی ضروریات پوری کرنے چلا جاؤں گا۔

تمہیں خریداری، گھومنے پھرنے اور کھانے کے لیے تقریباً چھ گھنٹے ملیں گے۔

پھر میں تمہیں واپس لے جاؤں گا۔ کوئی سوال؟"

علینہ اور میں نے ایک ساتھ کہا،"نہیں!"

"اچھا، بس یہ یاد رکھنا کہ جو کچھ بھی خریدنا ہے، وہ گاڑی میں فٹ آنا چاہیے،

ایسا نہ ہو کہ مجھے اپنا اسپتال کا سامان باہر پھینکنا پڑے!"

ہم تینوں ہنس پڑے۔

عملاً پہنچ کر، ڈاکٹر جے نے ہمیں بازار میں چھوڑ دیا۔

ہم نے خریداری کی فہرست پہلے ہی بنا رکھی تھی۔

سب سے پہلے ہم خواتین کے ملبوسات کی دکان پر گئے۔

علینہ نے کچھ کپڑے آزمائے اور میری مدد سے ایک لباس پسند کیا۔

مگر جب ہم ادائیگی کے لیے گئے، تو قیمت سن کر علینہ حیران رہ گئی۔

"جو، میرے پاس اتنے پیسے نہیں ہیں۔"

وہ افسردہ نظر آ رہی تھی۔

"اسماعیل اور صلاح کے کپڑے زیادہ ضروری ہیں۔"

"مسلمان عورتیں ویسے بھی فینسی کپڑے نہیں پہنتیں،" علینہ نے کہا، اس کی آواز میں ایک ہلکی سی اداسی چھپی ہوئی تھی۔

میں نے ہاتھ ہلایا، اس کے ہاتھ سے لباس لیا اور کاؤنٹر پر رکھ دیا تاکہ میں اسے خرید سکوں۔ پھر میں نے علینہ کی طرف ایک تسلی بخش مسکراہٹ کے ساتھ دیکھا۔

"مجھے معلوم ہے کہ تم جو بھی لو، خود خریدنا چاہتی ہو، لیکن مجھے تمہاری مدد کرنے دو۔ میرے پاس کافی پیسے ہیں، اور میں چاہتا ہوں کہ تم جو بھی چاہو لے سکو۔ اگر تمہیں پسند ہو تو ہم دو کپڑے بھی خرید سکتے ہیں۔"

"اوہ، یہ واقعی بہت اچھا ہے۔ کیا تمہیں یقین ہے کہ تم ایسا کرنا چاہتے ہو؟ یہ ضروری نہیں ہے۔ میں تم سے تب بھی محبت کرتی رہوں گی چاہے تم میرے لیے کچھ نہ خریدو،" اس نے نرمی اور شکر گزاری کے ساتھ کہا۔

"مجھے معلوم ہے کہ تمہاری محبت میرے پیسوں یا تحفوں پر منحصر نہیں ہے، لیکن مجھے یہ کرنے دو۔

مجھے خوشی ہو گی اگر تمہیں وہ لباس ملے جو تمہیں پسند ہو۔

جب سے میں اردن آیا ہوں، میں تمہارے لیے کچھ بھی نہیں خرید سکا۔

تو براہ کرم، کیا یہ ٹھیک ہے کہ میں تمہارے، اسماعیل اور صلاح کے لیے تحفے خریدوں؟

مجھے بدلے میں کچھ نہیں چاہیے، بس یہ دیکھنا کہ تم خوش ہو، نئے کپڑوں میں خوشی محسوس کرو، اور مسکراہٹ بکھیرتی رہو،" میں نے خلوص اور امید کے ساتھ کہا۔

علینہ کچھ دیر خاموش رہی، پھر اس کا چہرہ ایک نرم مسکراہٹ میں بدل گیا۔

"شکریہ، تم واقعی سب سے اچھے آدمی ہو جسے میں جانتی ہوں۔

میں بھی تمہارے لیے کچھ اچھا خریدوں گی جب موقع ملا، ٹھیک؟"

"بالکل، تم مجھے حیران کر سکتی ہو جب تم چاہو۔ لیکن یاد کرو کہ ہنو کا پر تم نے مجھے کیا دیا تھا؛ وہ خنجر تو واقعی قیمتی ہو گا،

اور میں نے تمہارے لیے کچھ بھی نہیں خریدا تھا۔

یہ بالکل ٹھیک ہے کہ تم اپنوں سے کچھ حاصل کرو،" میں نے اسے یاد دلاتے ہوئے کہا۔

"ٹھیک ہے، میں یہ لباس لے لوں گی۔

اب ہمیں اسماعیل، صلاح، اور تمہارے لیے بھی کچھ خریداری کرنی ہے،" اس نے پرجوش انداز میں کہا۔

میں نے اپنا ویزا کارڈ نکالا اور لباس کی ادائیگی کی۔

پھر ہم مختلف دکانوں میں گھومے، یہاں تک کہ ہمیں مردوں کے لباس کی ایک اچھی دکان مل گئی۔

ہم نے اسماعیل کے لیے دو جوڑی پینٹ اور اس کے ساتھ ملنے والی دو قمیصیں لیں۔

صلاح کے لیے بھی ہم نے کچھ اسی طرح کے تحفے خریدے۔

مجھے کسی چیز کی ضرورت نہیں تھی—اگر میں چاہتا تو میری ماں مجھے نیو یارک سے کپڑوں کے ڈبے پر ڈبے بھیج سکتی تھی۔

لیکن علینہ کو ایک لمبی آستین والی قمیص پسند آئی اور اس نے مجھ سے کہا کہ میں اسے پہن کر دیکھوں۔

اس نے میرے بٹن بند کیے اور کالر ٹھیک کیا۔

"مجھے اسماعیل کے لیے یہ سب کچھ کرنے کی بہت پریکٹس ہے،"اس نے ہنستے ہوئے کہا۔

"تو، تمہیں یہ قمیص کیسی لگ رہی ہے؟ تم اسے چائے خانے میں پہن سکتے ہو۔"

"یہ بہت آرام دہ لگ رہی ہے۔ کیا میں اسے خرید لوں؟"

"ہاں، ضرور۔

مجھے اچھا لگے گا جب تم یہ پہنو گے،اور امید ہے کہ تمہیں بھی یہ پسند آئے گی،"وہ مسکرائی۔

ہم نے تقریباً ایک گھنٹہ خریداری کی۔

پھر میں نے جو کچھ بھی ہم نے خریدا تھا،اسے اپنے بیگ میں رکھ دیا،اور حیران ہو کر دیکھا کہ عَمّان میں کچھ امریکی دکانیں بھی تھیں، بشمول نائکی کا ایک فیکٹری اسٹور۔

عَمّان میری توقع سے زیادہ جدید نکلا۔

لیکن اس کی تمام خوبصورتی کے باوجود، میرا ذہن مسلسل اس لمحے پر مرکوز تھا جب میں علینہ کو شادی کے لیے کہنے والا تھا۔

میں بار بار اپنی گھڑی دیکھ رہا تھا،اور میرا اضطراب بڑھ رہا تھا۔

علینہ نے فوراً نوٹ کیا۔

"کیا کوئی مسئلہ ہے؟

تم کچھ گھبرائے ہوئے لگ رہے ہو۔

بار بار گھڑی کیوں دیکھ رہے ہو؟

ڈاکٹر جے ہمیں یہاں چھوڑ کر نہیں جائے گا،"اس نے کہا۔

"ہاں، تم صحیح کہہ رہی ہو۔ وہ ایسا کبھی نہیں کرے گا۔

کیوں نہ ہم رومن تھیٹر دیکھنے چلیں؟

کیا تم نے اس کے بارے میں کبھی سنا ہے؟"میں نے پوچھا۔

"نہیں۔ میں جانتی ہوں کہ شام میں قدیم جگہیں ہیں، لیکن میں کبھی عَمّان نہیں آئی،"اس نے جواب دیا۔

"زبردست! چلو دیکھتے ہیں۔

مجھے رومن تاریخ اور ان کی شاندار تعمیرات ہمیشہ پسند رہی ہیں۔"

ہم نے ایک ٹیکسی لی اور تھیٹر کے داخلی دروازے پر پہنچے۔

راستے میں، میں خاموشی سے اپنی تقریر کے مختلف جملے دہرا رہا۔

صرف ایک جملہ بار بار وہی رہا——"کیا تم مجھ سے شادی کرو گی؟"

باقی پوری تقریر ہر بار بدل جاتی تھی۔

مجھے پسینہ آ رہا تھا، اور میں نے اپنی آستین سے ماتھا پونچھا۔

علینہ نے غور سے میری طرف دیکھا، اس کی آنکھوں میں پریشانی جھلک رہی تھی۔

"آج بہت گرمی ہے،" میں نے زبردستی مسکرا کر کہا۔

ٹیکسی ڈرائیور نے ہمیں داخلی دروازے پر اتارا۔

ہم نے ٹکٹ خریدے، اور میں نے چاروں طرف نظر دوڑائی تاکہ خود کو جگہ کا اندازہ ہو سکے۔

ایک بورڈ پر لکھا تھا: "انگلش گائیڈز دستیاب ہیں۔"

میں نے علینہ سے کہا، "یہاں رکو، میں ایک گائیڈ کا بندوبست کرتا ہوں۔"

میں ایک گائیڈ کے پاس گیا اور اس سے تصدیق کی کہ وہ انگریزی بول سکتا ہے۔

پھر میں نے اسے اپنے منصوبے کے بارے میں بتایا کہ میں علینہ کو شادی کی پیشکش کرنا چاہتا ہوں۔

میری بات سن کر وہ حیرت سے پیچھے ہٹ گیا، اس کی آنکھیں بڑی ہو گئیں۔

پھر وہ مسکرایا اور کہا، "مبارک ہو!

میں بہت اچھی انگریزی بولتا ہوں۔

یہ میرے لیے خوشی کی بات ہوگی کہ میں تم دونوں کو یہاں کا دورہ کراؤں۔

اس کی فیس سو امریکی ڈالر ہوگی۔"

میں نے فوراً اپنا بٹوا نکالا اور اسے رقم دے دی۔

پھر میں نے ہاتھ کے اشارے سے علینہ کو بلایا۔

"یہ گائیڈ ہمیں تھیٹر کا دورہ کرائے گا۔

میرے خیال میں ایک گھنٹہ لگے گا۔

کیا تم تیار ہو؟ "میں نے پوچھا۔

اس نے سر ہلا کر رضامندی ظاہر کی۔

جیسے ہی ہم تھیٹر میں داخل ہوئے، میں نے چاروں طرف دیکھا۔

میں اس کی شاندار حالت دیکھ کر حیران رہ گیا۔

یہ دو ہزار سال پرانا تھا، لیکن آج بھی قابل دید تھا۔

ہم گائیڈ کے پیچھے چل پڑے، جو تفصیلات بتانے لگا۔

"میرا نام یوسف ہے۔

براہ کرم، مجھے اپنے بارے میں کچھ بتاؤ اور یہ بھی کہ تم یہاں کیوں آئے ہو۔

مجھے اپنے گاہکوں کے بارے میں جاننا اچھا لگتا ہے،" گائیڈ نے عربی لہجے میں انگریزی بولتے ہوئے کہا۔

علینہ نے پہلے جواب دیا۔

"میرا نام علینہ ہے، اور یہ جو ہے، جسے میں ڈیٹ کر رہی ہوں۔

میں زعتری مہاجر کیمپ سے ہوں، جہاں میں نرس کے طور پر کام کرتی ہوں۔

یہ میری عمان کی پہلی سیر ہے۔"

"اچھا، علینہ، خوشی ہوئی تم سے مل کر۔

تمہیں معلوم ہونا چاہیے کہ عمان میں بھی کچھ مہاجر رہتے ہیں۔"

"ہاں، میں جانتی ہوں، لیکن میرا مقام زعتری میں ہے،" اس نے مسکراتے ہوئے کہا۔

پھر یوسف نے میری طرف رخ کیا۔

"اور آپ جناب؟"

میں اندر سے بے حد گھبرا رہا تھا، لیکن میں نے خود پر قابو پانے کی کوشش کی۔

"میرا نام جو ہے، اور جیسا کہ علینہ نے بتایا، ہم ایک ساتھ ہیں۔

میں نیو یارک سے ہوں اور مہاجر کیمپ میں ایک سالہ انٹرن شپ کر رہا ہوں،" میں نے جواب دیا۔

"جو، تم سے مل کر خوشی ہوئی۔ تم دونوں کی ملاقات کیسے ہوئی؟"

میں نے علینہ کی طرف دیکھا۔ "تم بتاؤ۔"

"نہیں، تم بتاؤ،" اس نے کہا۔

یہ پہلا موقع تھا جب کسی اجنبی نے ہم سے یہ سوال پوچھا تھا، اور ہم دونوں کو اپنی کہانی سنانے میں ہلکی سی شرمندگی محسوس ہوئی۔

علینہ نے وضاحت کی، "میں بتاتی ہوں۔ جب جو اسپتال میں آیا، جہاں ہم کام کرتے ہیں، تو میں نے اسے مہاجر کیمپ کا دورہ کروایا، اور ہم فوراً ایک دوسرے کو پسند کرنے لگے۔ یہ آٹھ ماہ پہلے کی بات ہے۔"

"تو، آپ لوگ کب سے عَمّان میں ہیں؟" یوسف نے پوچھا۔

"ہم صرف ایک دن کے لیے یہاں آئے ہیں۔ ہمارا باس اسپتال کے لیے طبّی سامان لینے آیا ہے اور ہمیں چند گھنٹوں میں لے جائے گا،" میں نے وضاحت کی۔

"بہت خوب۔ ٹھیک ہے، چلیں دورہ شروع کرتے ہیں،" گائیڈ نے کہا اور ہمیں تھیٹر کے اندر لے گیا۔

"یہ زیادہ لمبا نہیں ہوگا،" اس نے کہا اور پورے تھیٹر کا جائزہ لینے کے لیے اپنے جسم کو 360 ڈگری گھمایا۔

"رومن تھیٹر میں خوش آمدید، جو کہ ایفی تھیٹر کے نام سے بھی جانا جاتا ہے۔

یہ تھیٹر ایک شاندار تاریخ رکھتا ہے۔

یہ جبل الجوفہ کی پہاڑی کے دامن میں واقع ہے، جو عَمّان کے قلعے کے بالکل سامنے ہے،" اس نے پہاڑی اور قلعے کی طرف اشارہ کیا۔

"جب یہ تعمیر ہوا تھا، تو اسے 'فلاڈیلفیا' کے نام سے جانا جاتا تھا، جو یقیناً وہی فلاڈیلفیا نہیں ہے جو امریکہ میں ہے!"

میں نے فلاڈیلفیا کا نام سن کر ہلکی سی ہنسی لی۔

وہ ہمیں کچھ پتھروں کی طرف لے گیا۔ ایک پتھر کی طرف اشارہ کرتے ہوئے بولا،

"یہ جو تحریر نظر آرہی ہے، یہ یونانی زبان میں ہے اور یہ ظاہر کرتی ہے کہ تھیڑ اصل میں شہنشاہ انٹونینس پیّس کے اعزاز میں تعمیر کیا گیا تھا، جو 138 سے 161 عیسوی تک حکمران رہے۔"

"ذرا رکو۔" میں نے اپنا کیمرا نکالا اور علینہ کی طرف دیکھا۔ "کیا تم براہ کرم ستون کے پاس کھڑی ہو سکتی ہو تاکہ میں تمہاری تصویر لے سکوں؟"

"ضرور!"

وہ ستون کے قریب گئی اور ایک مزاحیہ انداز میں کھڑی ہو گئی، جس پر میں ہنس پڑا۔

میں نے اس کی کئی تصویریں کھینچیں۔

"کیا تم یقین کر سکتی ہو کہ تم دو ہزار سال پرانے ستون کو چھو رہی ہو؟"

"نہیں، یہ ناقابلِ یقین ہے،" اس نے حیرانی سے کہا۔

گائیڈ نے کہا، "میرے پیچھے آئیں، برائے مہربانی۔"

ہم ایک ایسی جگہ پہنچے جہاں سے ہم پورے تھیڑ کو اوپر سے دیکھ سکتے تھے۔ یہ ایک ناقابلِ یقین منظر تھا۔

"اس تھیڑ میں چھ ہزار نشستیں ہیں۔

شائقین سیمی سر کلر انداز میں بیٹھتے تھے، بالکل فٹ بال اسٹیڈیم کی طرح، لیکن یہ سب نشستیں پتھر کی بنی ہوئی ہیں۔

یہ ڈیزائن اس وقت کے معماروں کی ذہانت کو ظاہر کرتا ہے۔

نوٹ کریں کہ تمام نشستیں شمال کی طرف ہیں تاکہ سورج کی روشنی تماشائیوں کو پریشان نہ کرے،" اس نے وضاحت کی۔

"ذرا سوچو، دو ہزار سال پہلے انہوں نے یہ سب کیسے بنایا ہوگا؟ رومی واقعی شاندار معمار تھے،" میں نے حیرت سے کہا۔

"یہ واقعی خوبصورت ہے،" علینہ نے متاثر ہو کر کہا۔

گائیڈ نے تین مختلف جگہوں کی طرف اشارہ کیا۔

"یہاں تین مختلف حصے ہیں۔

وہاں اسٹیج اور آرکسٹرا ہوتا تھا، اور اوپر کی نشستیں تماشے کا شاندار نظارہ دیتی تھیں۔

انہیں 'دی گاڈز' کہا جاتا تھا،" اس نے وضاحت کی۔

ہم اوپر گئے، اور میں نے علینہ کی تصاویر لیں جب وہ 'گاڈز' کی نشستوں پر بیٹھی تھی۔

پھر گائیڈ نے ہم دونوں کی ایک تصویر لی۔

یہ ناقابل یقین لگ رہا تھا کہ ہم وہیں بیٹھے ہیں جہاں رومیوں نے دو ہزار سال پہلے ایک عظیم الشان تھیٹر بنایا تھا۔

میں سوچنے لگا کہ اگر میں وقت میں واپس جا سکتا تو وہاں کی پرفارمنس دیکھنا کیسا لگتا؟

لیکن پھر میرا ذہن بدل گیا—

اگلے پانچ منٹ میں، میں اپنی مستقبل کی بیوی کو شادی کے لیے پروپوز کرنے والا ہوں۔

رومی اگر یہ منظر دیکھتے تو وہ کیا کہتے؟

پھر ہم نیچے واپس آ گئے۔

اب میرا پورا دھیان صرف اس پر تھا کہ میں کیا کہنے والا ہوں،

لیکن میں نے گائیڈ کی آخری وضاحت سنی۔

" تھیٹر کی دیکھ بھال بہت عمدہ طریقے سے کی گئی ہے، اور فرش پر مربعوں کو دیکھیں۔ کوئی سوال؟"

" نہیں، سب کچھ بہترین لگ رہا ہے،" میں نے علینہ کی طرف دیکھتے ہوئے کہا، اور ہم دونوں نے سر ہلایا۔

سب کچھ بالکل مکمل محسوس ہو رہا تھا۔

اب ہم اسٹیج کے قریب بڑے پتھریلے فرش پر کھڑے تھے۔

ہمارے آس پاس کئی دوسرے لوگ بھی تھے جو اس منظر سے لطف اندوز ہو رہے تھے اور تصویریں کھینچ رہے تھے۔

گائیڈ ہمارے سامنے کھڑا تھا اور اب میرا کیمرا تھامے ہوئے تھا۔

ہم نے اپنی پیٹھ تھیٹر کی نشستوں کی طرف کی، اور گائیڈ نے ہماری مسکراتی ہوئی کچھ تصاویر لیں۔

میں نے اوپر دیکھا اور پھر وہاں کھڑے لوگوں کی تعداد دیکھی۔

مجھے یقین ہو گیا کہ یہی وہ جگہ ہے جہاں مجھے اسے پروپوز کرنا چاہیے۔

میں نے اسے اشارہ کیا کہ وہ کھڑی ہو کر تھیٹر کی نشستوں کو دیکھے۔

میرا ماتھا پسینے سے بھیگ گیا، اور میرا دل زور زور سے دھڑکنے لگا۔

علینہ نے فوراً نوٹ کیا، اس کی بھنویں پریشانی سے سکڑ گئیں۔

"کیا کوئی مسئلہ ہے؟ تم بہت گھبرائے ہوئے لگ رہے ہو،" اس نے فکر مند آواز میں پوچھا۔

میں نے کئی بار سر ہلایا۔

"نہیں، کچھ غلط نہیں ہے۔ بس مجھے ایک لمحہ دو۔ میں بالکل ٹھیک ہوں،" میں نے زبردستی مسکرا کر کہا۔

میں نے زمین کی طرف دیکھا اور گہری سانس لی۔ میں شاید سو بار اپنے الفاظ کی مشق کر چکا تھا، لیکن اب جب یہ لمحہ آ پہنچا تھا، میرے الفاظ مجھ سے دور ہوتے جا رہے تھے۔ میں نے خود کو تسلی دی، "ایک اور گہری سانس لو۔ ٹھیک ہے، اب یا کبھی نہیں۔"

میں آہستہ سے ایک گھٹنے پر بیٹھ گیا اور اس کے چہرے پر نظریں جما دیں۔ میرا دل تیزی سے دھڑک رہا تھا۔

"علینہ، جب سے ہم ملے ہیں، میری زندگی بدل گئی ہے۔

تم نے پچھلے آٹھ مہینوں میں میری زندگی میں جو خوشیاں اور محبت بھری ہیں، وہ میرے لیے سب سے قیمتی ہیں۔

میں تم سے بے حد محبت کرتا ہوں اور چاہتا ہوں کہ یہ سلسلہ زندگی بھر یونہی جاری رہے۔ تم سب سے خوبصورت اور نیک دل انسان ہو جسے میں نے کبھی جانا ہے۔ جب تم میرے پاس ہوتی ہو، میرا دل تیز دھڑکنے لگتا ہے۔

اس دنیا میں کوئی اور نہیں جس کے ساتھ میں اپنی زندگی گزارنا چاہوں، اگر تم مجھے قبول کرو۔ کیا تم مجھ سے شادی کرو گی؟"

میں نے اس کی آنکھوں میں امید اور بے چینی کے ساتھ دیکھا۔

علینہ میرے سامنے حیرانی سے کھڑی تھی، اس کی آنکھیں حیرت سے پھیل گئیں۔

اس نے ہلکی چیخ ماری اور اپنے منہ پر ہاتھ رکھ لیا، اس کی آنکھیں خوشی کے آنسوؤں سے بھر گئیں۔

"جو، میں بھی تمہیں اسی طرح چاہتی ہوں۔

میں نے کبھی کسی مرد سے اتنی محبت نہیں کی جتنی تم سے کی ہے۔

تم نے میری زندگی میں روشنی بھری اور مجھے میری تاریک ترین یادوں سے باہر نکالا۔

میں تمہارے ساتھ ہر دن ہنستے ہوئے اور کام کرتے ہوئے خوش رہتی ہوں،"

وہ جذبات سے کانپتی آواز میں بولی۔

وہ ایک لمحے کے لیے کچھ کہہ نہ سکی۔

اب تک وہاں کھڑے سیاحوں کو اندازہ ہو گیا تھا کہ کیا ہونے والا ہے۔

وہ سب ہمارے گرد دائرے میں کھڑے ہو کر اس لمحے کے منتظر تھے، شاید یہ سوچتے ہوئے کہ ہم کوئی مقامی ڈرامہ پیش کر رہے ہیں۔

علینہ کی آنکھیں چمکنے لگیں، اور اس کے ہونٹوں پر ایک روشن مسکراہٹ پھیل گئی۔

پھر وہ جوش میں اچھلی، تیزی سے ایک چکر لگایا اور میری طرف دیکھا، اس کی آنکھیں خوشی سے دمک رہی تھیں۔

"اوہ، ہاں! میں تمہاری بیوی بننا چاہتی ہوں۔

میں تم سے بے حد محبت کرتی ہوں۔

اللہ کا شکر ہے،" وہ خوشی اور محبت سے بھری آواز میں بولی۔

میرا دل خوشی سے جھوم اٹھا، اور جذبات کا ایک طوفان مجھ پر چھا گیا۔

ایسا محسوس ہوا جیسے سب کچھ بالکل ٹھیک ہو گیا ہو۔

مجھے راحت، سکون اور بے پناہ محبت کا احساس ہوا۔

ہم اپنی زندگی کے ایک نئے باب کا آغاز کر رہے تھے —

محبت، امید اور وعدوں سے بھرا ایک سفر۔

میں کھڑا ہوا اور خوشی میں اسے مختصر طور پر گلے لگا لیا —

میں خود کو روک نہ سکا،

اور اس نے بھی جواب میں مجھے گلے لگا لیا۔

مجھے احساس ہوا کہ شاید میں نے اسلامی اصولوں کی خلاف ورزی کر دی ہے،

لیکن یہ اتنا مسرت بھر الحہ تھا کہ میں خود کو روک نہیں پایا۔

ہم پیچھے ہٹے اور محسوس کیا کہ ہمارے ارد گرد تقریباً بیس لوگ کھڑے تھے جو تالیاں بجا رہے تھے اور

"مبارک ہو!"

انگریزی اور عربی میں کہہ رہے تھے۔

ہم نے ہلکا سا جھک کر ان کا شکریہ ادا کیا۔

اب میں کہہ سکتا تھا کہ ہم نے واقعی ایک رومن تھیٹر میں پرفارم کیا تھا!

اچانک، علینہ کی آنکھوں میں آنسو بھر آئے——

خوشی کے آنسو،

شاید وہ لمحے کی گہرائی کو محسوس کرتے ہوئے مغلوب ہو گئی تھی۔

اس نے جلدی سے ایک رومال نکالا اور اپنے آنسو پونچھے۔

گائیڈ ہمارے قریب آیا اور میرا کیمرا مجھے واپس کر دیا۔

"جیسا کہ آپ نے کہا تھا، میں نے آپ دونوں کی تصاویر لے لی ہیں۔

امید ہے کہ آپ کی زندگی خوشگوار گزرے،" یوسف نے مسکراتے ہوئے کہا۔

"شکریہ، یوسف،" میں نے جواب دیا اور اپنا بٹوہ نکال کر اسے اضافی پچاس ڈالر دیے۔

وہ شکریہ ادا کر کے رخصت ہو گیا۔

پھر میں نے علینہ کی طرف دیکھا۔

"میں بے حد خوش ہوں کہ تم نے ہاں کہہ دی، لیکن میرے پاس ابھی تمہارے لیے انگوٹھی نہیں ہے۔

میں وعدہ کرتا ہوں کہ جلدی سے تمہارے لیے ایک انگوٹھی خرید دوں گا۔

ہم مل کر انگوٹھی خرید سکتے ہیں تاکہ تم اپنی پسند کی انگوٹھی منتخب کر سکو۔"

علینہ نے مسکرا کر کہا،

"اوہ، جو! انگوٹھی کی ضرورت نہیں۔

مجھے صرف تم اور تمہاری محبت چاہیے۔

میں ڈاکٹر جے، اسماعیل، اور صلاح کو یہ خبر سنانے کے لیے بے تاب ہوں۔

مجھے یقین ہے کہ وہ سب بہت خوش ہوں گے!"

"ہاں، میں بھی یہی سوچ رہا ہوں،" میں نے گرمجوشی سے مسکرا کر کہا۔

"کیا تم اپنے والدین کو بتاؤ گے؟

ہماری شادی کب اور کہاں ہو گی؟"

وہ حیرانی سے بولی۔

"یہ بہت اچھے سوالات ہیں۔

میرا اپنے والدین سے حالیہ دنوں میں کچھ تلخ تعلق رہا ہے، خاص طور پر جب بات میرے رشتے کی ہو۔

ایسا نہیں کہ میں انہیں پسند نہیں کرتا۔۔۔۔

میں ان سے محبت کرتا ہوں اور جانتا ہوں کہ وہ ہمیشہ میرا بھلا چاہتے ہیں،

لیکن ان کی ہمیشہ یہی امید تھی کہ میں کسی یہودی لڑکی سے شادی کروں گا۔

مجھے نہیں معلوم کہ جب میں انہیں بتاؤں گا کہ میں ایک شامی مسلمان عورت سے منگنی کر رہا ہوں تو وہ کیسا ردعمل دیں گے،

لیکن ان کی رائے میرے لیے اب زیادہ اہم نہیں۔

میں انہیں زعتری واپس جا کر فون کروں گا۔"

میں نے گہری سانس لی اور کہا،

"جہاں تک شادی کی بات ہے، اگر تمہیں منظور ہو، تو میں چاہتا ہوں کہ ہم مئی کے آخر میں زعتری میں شادی کریں۔

اگر میرے والدین آ سکے، اور میں امید کرتا ہوں کہ وہ آئیں، تو ہم مسلم - یہودی شادی کا امتزاج دیکھ سکتے ہیں۔

ہم نکاح اور کیتوبہ (یہودی شادی کا معاہدہ) دونوں کر سکتے ہیں اور اپنے اپنے مذہب کی رسومات شامل کر سکتے ہیں۔

ہم تفصیلات بعد میں طے کر سکتے ہیں۔"

" مجھے یہ خیال پسند آیا،"علینہ نے پر جوش ہو کر کہا۔

"ہم واپسی پر سب کچھ ترتیب دے سکتے ہیں۔

کیا ڈاکٹر جے کو بتائیں گے؟

وہ ہمارے بارے میں کیا کہے گا؟"

میں ہنس دیا۔

"ڈاکٹر جے ہماری شادی پر خوش ہو گا۔

اس نے ہماری محبت کو ابتدا سے ہی محسوس کر لیا تھا، اور مجھے یقین ہے کہ وہ ہمیں شادی کی پوری اجازت دے گا۔"

" چلو، اب کچھ کھانے چلیں۔ مجھے بھوک اور پیاس دونوں لگ رہی ہیں،"میں نے کہا۔

" بالکل! بازار میں بہت سے مزیدار کھانے کی جگہیں ہیں،"علینہ نے خوشی سے کہا۔

ہم تھیڑ سے نکلے اور اس جگہ گئے جہاں ڈاکٹر جے نے ہمیں لینے کا کہا تھا۔

جیسے ہی ہم ایک کیفے میں پہنچے،

فلافل کی خوشبو اور اپنی خوشخبری سنانے کا جوش ہمیں بے حد خوش کر رہا تھا۔

میں نے اپنی زندگی کے سفر پر غور کیا—

اسٹیسی کے چھوڑ جانے سے لے کر، میرے والد کے فیصلے تک، جس کی بدولت میں اردن آیا۔

یہ سب قسمت کی طرح لگ رہا تھا، ایک ایسا سلسلہ جس نے میری تقدیر بنائی۔

اور اس تقدیر کے مرکز میں علینہ تھی۔

مجھے یقین تھا کہ میرے والدین بھی اسے قبول کر لیں گے۔

کیونکہ محبت کی کوئی سرحد نہیں ہوتی،اور یہ محبت ہی تھی جو مجھے اس سفر پر لے کر آئی تھی۔

پھر میں نے ہماری شادی کے بارے میں سوچا—— یہ میرے والد کی کوششوں پر کیسے اثر ڈال سکتی ہے کہ وہ علینہ کو امریکہ لے جانے میں مدد کرے۔

میرے ذہن میں بے اختیار "ان شاءاللہ "کالفظ آگیا۔

عربی زبان نے میرے خیالات میں سرگوشی کی، ماضی اور مستقبل کے درمیان ایک پل باندھ دیا۔

ہم نے فلافل اور تبولہ سلاد کھایا۔

یہ ہماری پہلی دعوت تھی بطور منگنی شدہ جوڑا۔

میں چاہتا تھا کہ ہم خوشی منانے کے لیے شراب کی بوتل منگواتے،

لیکن مجھے معلوم تھا کہ علینہ نہیں پئے گی،

اس لیے ہم نے دو پانی کی بوتلیں منگوالیں۔

ہم ڈاکٹر جے کے آنے کا انتظار کرتے رہے،

یہ سوچتے ہوئے کہ ہمارا مستقبل کیا ہوگا۔

ڈاکٹر جے بالکل وقت پر پہنچے،

لیکن ان کے چہرے پر کوئی خاص تاثر نہیں تھا۔

ہم خاموش کھڑے رہے جب وہ قریب آئے،

دل بے چینی سے دھڑکنے لگے۔

وہ کیا کہیں گے؟

انہوں نے ہم دونوں سے ہاتھ ملایا۔

"تو،دن کیسا گزرا؟ کچھ شاپنگ کی یا کوئی دلچسپ چیز دیکھی؟"

انہوں نے عام سے انداز میں پوچھا۔

میں نے علینہ کی طرف دیکھا اور آنکھ ماری۔

"کیوں نہ تم خود ڈاکٹر جے کو بڑی خبر سناؤ؟ مجھے یقین ہے وہ جاننا چاہیں گے۔"

ڈاکٹر جے نے حیرت کا ڈرامہ کیا۔

"کیا کسی نے تمہیں لوٹ لیا؟"

ہم دونوں ہنس پڑے۔

علینہ نے خوشی سے کہا،

"نہیں، ہمیں لوٹا نہیں گیا، لیکن ہم نے منگنی کر لی ہے۔

کیا یہ زبردست خبر نہیں؟ آپ پہلے شخص ہیں جسے ہم نے بتایا ہے۔"

ڈاکٹر جے نے تالیاں بجائیں اور مسکرائے۔

پھر انہوں نے مجھ سے ہاتھ ملایا اور علینہ کو ملکے سے گلے لگایا۔

"ایک شاندار جوڑے کو مبارک ہو۔

اللہ تمہیں لمبی اور خوشگوار ازدواجی زندگی عطا کرے۔

تو، شادی کب ہو رہی ہے، اور کہاں ہو گی؟"

میں نے کہا،

"ہم زعتری میں شادی کریں گے، لیکن ہمیں تفصیلات طے کرنی ہیں۔

ہمیں آپ کی مدد کی ضرورت ہو گی۔"

"تم اپنے والدین کو کب فون کرو گے؟

مجھے یقین ہے وہ یہ سن کر خوش ہوں گے اور شاید شادی کے لیے آنا بھی چاہیں۔

میں انہیں دیکھنا پسند کروں گا، بہت سال ہو گئے ہیں،"

ڈاکٹر جے نے یادوں میں کھوئے ہوئے لہجے میں کہا۔

"جیسے ہی ہم واپس پہنچیں گے، میں انہیں فون کروں گا۔

مجھے امید ہے کہ وہ شادی میں آئیں گے، میں چاہتا ہوں کہ وہ علینہ سے ملیں۔"

"دیکھتے ہیں کیا ہوتا ہے۔

چلو، کیمپ واپس چلتے ہیں۔ راستے میں مجھے اپنی منصوبہ بندی کے بارے میں مزید بتانا،"

انہوں نے آنکھ ماری۔

مجھے لگتا ہے کہ پورے راستے میں میں مسلسل باتیں کرتا رہا۔

دوسری طرف، علینہ نسبتاً خاموش تھی۔

میں دیکھ سکتا تھا کہ وہ میری بات غور سے سن رہی تھی،

شاید وہ اپنے خیالات میں گم تھی اور دن کے واقعات کے بارے میں سوچ رہی تھی۔

علینہ

علینہ خوشی سے بھرپور تھی جب وہ زعتری کیمپ کی طرف جا رہے تھے۔

یہ اس کی زندگی کا سب سے بہترین دن تھا۔

اسے دنیا کا سب سے شاندار انسان مل گیا تھا، اور وہ شادی اور ایک مشترکہ مستقبل کا بے صبری سے انتظار کر رہی تھی۔

جب جو اور ڈاکٹر جے ٹرک میں گفتگو کر رہے تھے،

اس کے اپنے خیالات ایک الگ دنیا میں چل رہے تھے۔

"میں جو سے منگنی کر کے بے حد خوش ہوں،

اور مجھے یقین ہے کہ شادی، اس کے والدین کے ردِ عمل پر منحصر، ایک شاندار تقریب ہو گی۔

لیکن اس کے بعد کیا ہو گا، یہ ابھی تک غیر یقینی ہے۔

مجھے اور میرے بھائی کو امریکہ لے جانے کے بارے میں ابھی تک کوئی خبر نہیں ملی۔

میں اب بھی اس پر قائم ہوں کہ میرے بھائی کو بھی میرے ساتھ جانا ہو گا۔

شاید ہم شادی کر لیں، اور پھر میں جو کو شاذ و نادر ہی دیکھوں۔

یہ کیسا محسوس ہو گا؟

میں اس سے بے حد محبت کرتی ہوں، لیکن میں اپنی زندگی اس کے بغیر گزارنا نہیں چاہتی۔

میں اسے سوچنے کے بجائے، اس کے ساتھ وقت گزارنا چاہتی ہوں۔

ان شاء اللہ۔"

باب 13: خوشخبری سنانا

جب ہم زعتری واپس پہنچے، میرا دل چاہ رہا تھا کہ اپنی محبت کا اعلان نیو یارک سٹی تک کر دوں۔ میرا ایڈرینالین ابھی تک بلند تھا۔

مجھے معلوم تھا کہ مجھے اپنے والدین کو فون کرنا ہے، لیکن میں نے سوچا کہ بہتر ہے کہ اگلے دن فون کروں۔

میں نہیں چاہتا تھا کہ وہ میری خوشی کو برباد کر دیں۔

اگلے دن، جب میں تھوڑا پُر سکون تھا،

تو میں نے اپنے کمرے سے اپنے والدین کو فون کیا تاکہ انہیں خوشخبری سنا سکوں۔

مجھے یقین تھا کہ وہ جب یہ سنیں گے تو گھبرا جائیں گے۔

میرے دل کے ایک حصے نے کہا کہ وہ خوش ہوں گے لیکن فیصلہ کرنے سے پہلے علینہ سے ملنا چاہیں گے۔

دوسرے حصے نے کہا کہ وہ اسے صاف انکار کر دیں گے اور اگر میں نے شادی کی تو مجھے خاندان سے الگ کر دیں گے۔

میں نے نمبر ڈائل کیا اور جواب کا انتظار کیا۔

تین یا چار بیل کے بعد، جو کہ چار مہینے جیسے لگے،

میری ماں نے فون اٹھایا اور کہا،

"یہ تم ہو جو؟"

"ہیلو، ماں، ہاں، میں ہوں۔

آپ کیسی ہیں؟"

میں نے نرمی اور تھوڑی گھبراہٹ کے ساتھ پوچھا۔

"میں ٹھیک ہوں، اور تم؟

کام کیسا چل رہا ہے؟

مجھے گھر پر تمہاری بہت یاد آتی ہے۔"

انہوں نے کہا، ان کی آواز میں محبت اور کمی کمی تھی۔

"میں بھی ٹھیک ہوں، ماں۔

کام بھی اچھا جا رہا ہے،

ہر دن کچھ نیا سیکھ رہا ہوں۔

ڈاکٹر جے ایک بہترین استاد اور رہنما ہیں۔"

میں نے بات کو ہلکا رکھنے کی کوشش کی۔

"اچھی بات ہے۔ کیا کچھ نیا ہے؟

وہ لڑکی، کیا وہ معاملہ ختم ہو گیا؟" یہ میری ماں تھی، ہمیشہ سیدھے نقطے پر آنے والی۔

میں جانتا تھا کہ ان کی آواز سے یہی لگ رہا تھا کہ وہ چاہتی ہیں کہ میں کہوں، ہاں، وہ قصہ ختم ہو چکا ہے۔

وہ کافی ضدی ہو سکتی ہیں۔

میں نے ہونٹ بھینچ لیے اور اپنی آواز میں خفگی محسوس کی۔

"کیا تم بس یہی سوچتی ہو؟

اس کا نام علینہ ہے، ماں، اور نہیں، یہ ختم نہیں ہوا۔ در حقیقت، میں تمہیں خوشخبری سنا رہا ہوں——ہم دونوں کی منگنی ہو چکی ہے۔"

چند لمحے مکمل خاموشی رہی۔ کیا وہ بے ہوش ہو گئی ہیں؟

کیا میں نے انہیں زیادہ سخت طریقے سے بتایا؟

"ماں، آپ سن رہی ہیں؟

آپ ٹھیک ہیں؟ کچھ بولیں!" میرے دل کی دھڑکن تیز ہو گئی۔ پھر آخر کار، میں نے ان کی آواز سنی۔

"میں... ٹھیک ہوں۔ بس کوشش کر رہی ہوں کہ تم نے جو کہا، اسے ہضم کر سکوں۔"

"اور؟"

میں نے بے چینی سے پوچھا۔

"کیا تم سنجیدہ ہو؟

کیا تم مجھے ہارٹ اٹیک دینے کے لیے یہ کہہ رہے ہو؟"

انہوں نے کہا، ان کی آواز میں بے یقینی تھی۔

"نہیں، ماں، میں سنجیدہ ہوں۔ میں نے کل اس سے شادی کے لیے پروپوز کیا تھا۔ لیکن فیصلہ کرنے سے پہلے تمہیں اسے ملنا ہوگا، ماں۔ وہ سب سے بہترین، خوش مزاج اور نیک دل عورت ہے، جسے میں نے کبھی ملا ہوں، اور وہ میری زندگی میں ہر دن روشنی لے کر آتی ہے۔"

"میں اسے کیسے ملوں جب تم ہزاروں میل دور ہو؟

مجھے اردن جانا پڑے گا یا تمہیں اسے یہاں لانا ہوگا، جو نا ممکن لگ رہا ہے۔

مجھے نہیں معلوم وہ کیا کہے گا۔ میں تم سے محبت کرتی ہوں، لیکن تمہارے فیصلے مجھے مار ڈالیں گے۔

ذرا رکو، میں اسے فون پر لاتی ہوں

اور اسپیکر آن کرتی ہوں۔"

کچھ لمحے بعد، میں نے دونوں کو آپس میں بات کرتے سنا۔

پھر، میں نے اپنے والد کی پر سکون، متوازن آواز سنی،

جو مجھ سے بات کر رہے تھے۔

"ہیلو، جو،

لیا نے ابھی مجھے یہ خبر دی۔ وہ کہہ رہی ہے کہ تم منگنی کر چکے ہو

اور ہمیں علینہ سے ملنا ہے۔"

"ہاں، ابو۔

یہ بہت زبردست ہوگا۔"

مجھے امید محسوس ہوئی۔

"شادی کب ہے؟"

انہوں نے پوچھا۔

"مئی کے آخر میں۔

میرے لیے یہ بہت ضروری ہے کہ آپ دونوں وہاں موجود ہوں۔"

میں نے کہا، اپنی آواز میں سنجیدگی کے ساتھ۔

"ٹھیک ہے، بیٹا۔

میں NYU سے آٹھ مئی تک فارغ نہیں ہو سکتا،

ہم غالباً دس مئی کو اردن آ سکتے ہیں،

جس سے ہمیں علینہ کو جاننے کے لیے تین ہفتے ملیں گے۔

اس کا مطلب یہ نہیں کہ ہم تمہیں شادی کی اجازت دے رہے ہیں،

تمہاری ماں اور میں نے کبھی اردن نہیں دیکھا،

اور یہ ایک اچھا موقع ہے میرے پرانے دوست سے ملاقات کرنے کا۔

وہ کیسے ہیں، اور ان کی بیوی میکا کیسے ہیں؟"

میں یقین نہیں کر پا رہا تھا!

میرے والدین علینہ سے ملنے اردن آ رہے تھے!

میں نے کبھی نہیں سوچا تھا کہ وہ اتنی آسانی سے مان جائیں گے۔

کیا میں کچھ مس کر رہا ہوں؟

وقت، ہی بتائے گا۔

"ٹھیک ہے، ابو۔

بہت شکریہ شادی میں آنے کے لیے۔

میں آپ کو تفصیلات بتاتا رہوں گا۔

یہ جان کر خوش ہوں گے کہ یہ ایک مشترکہ تقریب ہو گی،

ہم اسلامی اور یہودی نکاح نامے دونوں رکھیں گے۔

جہاں تک ڈاکٹر جے اور میکا کا تعلق ہے،

وہ دونوں ٹھیک ہیں، اور مجھے یقین ہے کہ وہ آپ سے مل کر خوش ہوں گے۔"

"زبردست۔

ہم تیاری شروع کرتے ہیں،

رابطے میں رہنا۔"

"ابو،

کیا علینہ کے امریکہ جانے کا کچھ پتہ چلا؟"

میری آواز میں امید تھی۔

"میں اس پر کام کر رہا ہوں، بیٹا، لیکن میں نہیں چاہتا کہ تم زیادہ امید لگاؤ، کیونکہ ابھی تک اسٹیٹ ڈیپارٹمنٹ سے کوئی حتمی جواب نہیں آیا۔

مجھے صحیح آدمی تک پہنچنے میں کافی وقت لگا۔ یہاں کا انتظامی ڈھانچہ بہت پیچیدہ ہے۔

اب تک میں تقریباً تیس لوگوں سے بات کر چکا ہوں،

لیکن ابھی کوئی اچھا اشارہ نہیں ملا۔

لیکن میں نے ہار نہیں مانی۔

مجھے بتاؤ، شادی کے لیے کچھ خاص چاہیے یا ہم سے کچھ منگوانا چاہتے ہو؟"

"صحیح، ابو۔ اور میں سو فیصد یقین سے کہہ سکتا ہوں کہ آپ کو علینہ بہت پسند آئے گی جب آپ اسے جانیں گے، اور علینہ اور اس کے بھائی اسماعیل کے لیے آپ کی کوششوں کا شکریہ۔" میں نے پختہ یقین سے کہا۔

"ہاں، مگر کیا وہ ہمیں بھی پسند کرے گی؟" انہوں نے سوچتے ہوئے پوچھا۔

"یہ اس بات پر منحصر ہے کہ آپ اس کے ساتھ کیسا سلوک کرتے ہیں،" میں نے ہنستے ہوئے جواب دیا۔

"ٹھیک ہے، ابھی کے لیے اتنا کافی ہے۔ جب تمہارے پاس مزید تفصیلات ہوں تو مجھے دوبارہ فون کرنا، اور ہم ابھی اپنے جہاز کے ٹکٹ خرید لیں گے۔ ہم تم سے بہت محبت کرتے ہیں،" انہوں نے گرمجوشی سے کہا۔

"رکو، ماں کو واپس دو، براہ کرم۔"

میں نے ماں کی آواز سنی، "ہاں، کیا ہے؟"

"ماں، میں نے تم سے کبھی زیادہ نہیں مانگا، لیکن میں تم سے کہہ رہا ہوں کہ ایک کھلا ذہن رکھو۔ جب تک تم یہاں نہیں آتیں، اسے بند کر دینا ہمارے لیے فائدہ مند نہیں ہو گا۔"

"میں تمہاری بات سنتی ہوں، جو، اور میں تم سے محبت کرتی ہوں، مگر میں جو چاہوں گی وہی کروں گی۔ اگر میں اسے قبول نہیں کرتی تو میں نہیں کہہ سکتی کہ میں اسے قبول کرتی ہوں۔ ہم جلد اس پر بات کریں گے۔ اللہ حافظ۔"

"میں بھی تم سے محبت کرتا ہوں، امی اور ابو،" میں نے دل سے کہا اور فون کاٹ دیا۔

اب مجھے علینہ اور ڈاکٹر جے کو اپنی کال کے بارے میں بتانا تھا۔ اسے اس رشتہ کو بچانے کی ضرورت تھی، کم از کم میرے والدین کی نظر میں، اور ڈاکٹر جے کو قائل کرنا ہمارے لیے مشکل نہیں تھا۔ سب سے پہلے، میں علینہ کے پاس گیا۔ وہ چاہتی تھی کہ میں اسے کوئی بھی خبر دوں، چاہے وہ اچھی ہو یا بری۔

میں نے دروازے پر دستک دی اور سنا، "براہ کرم اندر آئیں۔"

میں نے دروازہ آہستہ سے کھولا اور علینہ کے کمرے میں داخل ہو گیا۔ وہ بستر پر لیٹی ہوئی تھی، مکمل لباس میں۔ وہ بستر کے کنارے پر بیٹھ کر میرے بولنے کا انتظار کر رہی تھی۔

"کیسی ہیں دلہن؟" میں نے پوچھا۔

"مجھے ابھی تک یقین نہیں آ رہا کہ میری شادی ہو رہی ہے،" اس نے جواب دیا۔ "یہ کسی جادو کی کہانی جیسا ہے جو سچ ہو گئی۔ یہ سب تمہاری اور اللہ کی مہربانی ہے۔"

میں نے گہری سانس لی۔ "میں نے ابھی اپنے والدین سے بات کی ہے۔" میں نے اس کے چہرے پر خوشی سے لے کر بے چینی تک کی تبدیلی دیکھی۔

"اور؟"

میں نے توقف کیا، الفاظ کو احتیاط سے منتخب کرتے ہوئے۔ "انہیں ہماری منگنی کا علم ہو چکا ہے اور وہ جلد ہی آپ سے ملنے اور شادی میں شرکت کرنے آ رہے ہیں۔"

علینہ کی آنکھیں بے چینی اور جوش کے امتزاج سے پھیل گئیں۔ "یہ تو زبردست خبر ہے، یا نہیں؟"

میں نے اسے تسلی دینے کی کوشش کی۔ "مجھے یقین ہے کہ تم انہیں متاثر کرو گی۔ میرے والد شادی کے بارے میں زیادہ کھلے ہیں، لیکن وہ ہمیشہ ایک پوکر چہرے والے آدمی کی طرح ہوتے ہیں۔ عموماً اگر وہ کچھ فیصلہ کر لیں تو وہ حتمی ہوتا ہے۔ بات چیت کی کوئی گنجائش نہیں۔ وہ ابھی بھی تمہیں اور تمہارے بھائی کو امریکہ لے جانے پر کام کر رہے ہیں۔"

علینہ کی پیشانی پر فکر مندی کے آثار تھے۔ "اور تمہاری ماں کے جذبات؟"

"میری ماں——وہ ہمیشہ ایک کھلی کتاب کی طرح رہی ہیں۔ اس کے جذبات باہر آ جاتے ہیں، اور وہ انہیں اپنی آستینوں میں پہن لیتی ہے۔ وہ بہت سچی بھی ہیں۔ اگر انہیں ہماری شادی پسند نہیں آئی تو وہ کھل کر بتا دیں گی۔"

علینہ کی آواز میں ہلکا سا کانپنا تھا۔ "اور جب وہ مجھے ملیں گی، کیا وہ شادی کو 'نہ' کہہ سکتی ہیں؟"

"وہ 'نہ' کہہ سکتی ہیں، لیکن شادی اپنی جگہ پر ہو گی۔ یہ ان کا فیصلہ نہیں ہے کہ ہم شادی نہیں کر سکتے؛ یہ ہمارا فیصلہ ہے۔ اور ہاں، اگر وہ ہماری شادی کی مخالفت کریں گی تو میں ان سے بہت غصہ ہوں گا۔"

علینہ نے سانس چھوڑا، ایک امتزاج کے طور پر سکون اور فکر۔ "تو، جب وہ یہاں آئیں گے تو کیا منصوبے ہیں؟ میں اچھا تاثر ڈالنا چاہتی ہوں۔ آخر کار، اگر تمہارے والد میری مدد نہیں کرتے تو میں تم سے زیادہ متاثر ہوں گی۔"

میں نے اس کی آنکھوں میں عزم کو دیکھا، "میں ہمارے لیے لڑوں گا۔ لیکن تم ٹھیک کہہ رہی ہو۔ ہمیں ایک منصوبہ بنانا ہو گا۔ ڈاکٹر جے ہمارا اتحادی ہو گا، اور مجھے یقین ہے کہ اسماعیل اور صلاح بھی مدد کرنا چاہیں گے۔ ہمیں اپنے والدین کو قائل کرنے کے لیے ٹیم ورک کی ضرورت ہے۔"

علینہ نے سر ہلایا، اور اس کی آنکھوں میں عزم تھا۔ "ہم انہیں دکھائیں گے کہ ہمارے پاس کیا ہے——محبت اور عزم۔"

اسی لمحے، جب ہمارے دل ایک ساتھ دھڑک رہے تھے، مجھے یقین تھا کہ ہم جو بھی راستہ اختیار کریں گے —— ہم ساتھ ہوں گے۔ میں نے سکون کا سانس لیا۔ "ہمیں مختلف لوگوں کے ساتھ کئی عشائیے ترتیب دینے ہوں گے، بشمول ڈاکٹر جے اور ان کی بیوی میکا کے، جو سالوں پہلے میرے والد کے ساتھ کام کرتی تھیں۔"

علینہ کا چہرہ ہلکی سی مسکراہٹ سے نرم پڑا۔ "یہ اچھا لگتا ہے، لیکن مجھے ابھی بھی کام کرنا ہے۔ میں تمہارے والدین کے ساتھ سارا وقت نہیں دوڑ سکتی۔"

میں نے سمجھداری سے سر ہلایا۔ "تم یہ کر سکتی ہو۔ ڈاکٹر جے ہماری مدد کرے گا تمہاری شیڈول کے لیے۔ ایک بات جو تمہیں کرنی ہوگی، وہ یہ ہے کہ تمہیں میری ماں اور والد کے ساتھ کچھ وقت اکیلے گزارنا ہوگا۔"

علینہ حیرانی سے دیکھنے لگی۔ "کیوں تمہاری ماں؟"

"میں اسے اس طرح سمجھاتا ہوں۔

میرے والد خاندان کے کفیل ہیں۔ وہ پیسے کماتے ہیں۔

میری ماں مختلف جزوقتی ملازمتیں کرتی رہی ہیں لیکن اب وہ گھر پر رہتی ہیں۔

کام پر، میرے والد بادشاہ ہیں کیونکہ وہ میڈیکل اسکول کے ڈین ہیں۔ وہ بہت سارے اہم فیصلے کرتے ہیں۔

تاہم، جب وہ گھر آتے ہیں، تو میری ماں باس ہوتی ہیں۔ وہ اکثر خاندان یا میری زندگی کے بارے میں حتمی فیصلہ کرتی ہیں۔

ایک بار وہ فیصلہ کر لیں تو اسے بدلنا تقریباً ناممکن ہوتا ہے۔

وہ مجھ سے تم سے شادی کرنے پر پریشان ہیں کیونکہ تمہارا مذہب اسلام ہے۔

وہ مسلمانوں کے خلاف نہیں ہیں، لیکن وہ مجھ سے تم سے شادی کرنے کے خلاف ہیں۔"

"علینہ کی آنکھوں میں الجھن کا تاثر تھا۔ "تو پھر، تم اس سے بات کیوں نہیں کر سکتے؟ وہ تمہاری ماں ہے، میری نہیں۔ اسے تمہاری بات سننی چاہیے، میری نہیں۔"

میں نے ایک گہری سانس لی، اور میری آواز میں مایوسی آگئی۔ "وہ کبھی بھی اہم معاملات میں میری بات نہیں سنتی، اور یہ سچ ہے کہ وہ ہمیشہ اپنی ہی بات درست سمجھتی ہے۔ میں ہمیشہ اس کا چھوٹا لڑکا ہوں، اور وہ ہمیشہ صحیح ہوتی ہے—میں ہمیشہ غلط ہوتا ہوں۔"

علینہ کا چہرہ سخت ہو گیا، اور اس نے اپنے سامنے بازو کراس کر لیے۔ "تم پچیس سال کے ہو۔ اسے تمہارے جذبات کا احترام کرنا چاہیے۔ میرے ساتھ کبھی ایسا مسئلہ نہیں آیا۔ میری ماں کبھی بھی مجھے کچھ کرنے کا حکم دیتی تھی، لیکن ہمیشہ میرے جذبات کی قدر کرتی تھی۔"

میں نے کندھے اچکائے، کچھ ہارے ہوئے انداز میں۔ "یہ کہنا تمہارے لیے آسان ہے، لیکن میری ماں مجھے بتاتی ہے کہ تمہارے لیے میرے جذبات غلط ہیں۔"

علینہ کی پیشانی پر فکر کے آثار تھے۔ "اس کی کوئی نہ کوئی وجہ ہو گی۔ کیا یہ یہودی روایات یا قانون کا حصہ ہے؟"

میں نے سر ہلایا، تھک کر۔ "بالکل نہیں۔ یہ یہودیوں کا مسئلہ نہیں ہے۔ یہ میری ماں کا مسئلہ ہے۔ وہ ہمیشہ اپنی بات درست سمجھتی ہے اور اسے لگتا ہے کہ وہ ہر چیز کے بارے میں سب کچھ جانتی ہے۔ ابھی امریکہ میں بہت سے یہودی ہیں جو دوسرے مذہب کے افراد سے شادی کرتے ہیں۔ یہ کوئی غیر قانونی بات نہیں ہے۔ میری ماں اور والد روایتی ہیں۔ ایک پرانی کہاوت ہے، 'ہم شکل پرندے ایک ساتھ اڑتے ہیں۔'"

وہ گہری سانس لیتی ہے۔ "تو پھر میں اسے کیسے قائل کروں گی اگر تم نہیں کر سکتے؟"

میں نے اس کی طرف سنجیدگی سے دیکھا۔ "یہ ایک بہترین سوال ہے۔ تمہیں اس کے ساتھ مذہبی اور ثقافتی اختلافات پر براہ راست بات کرنی ہو گی، بغیر غصہ یا پریشانی کے۔ وہ تمہارے سامنے سب کچھ رکھے گی، تم سے کئی سوالات کرے گی، اور شاید تمہیں غلط جواب دینے کے لیے چیلنج بھی کرے۔ سب سے بڑھ کر، تمہیں اس کے خوف کو سمجھنا ہو گا اور اس کے نقطہ نظر کو تسلیم کرنا ہو گا۔ جو بھی وہ کہے، بہتر یہ ہے کہ تم اس کا احترام کے ساتھ جواب دو۔ میری ماں ہمیشہ ان لوگوں کا احترام کرتی ہے جو اس کا احترام کرتے ہیں۔"

اس کی آنکھوں میں عزم تھا۔ "میں یہ کر سکتی ہوں۔ اس شعبے میں میرے پاس بہت تجربہ ہے۔ بہت سے مریض ایسے ہیں جو اپنی زندگی سے بہت مایوس اور پریشان تھے۔ اور قرآن بھی ہمیں چیلنجوں کا سامنا کرتے ہوئے مہربانی کرنے کا حکم دیتا ہے۔"

میں مسکرایا، اور میرے دل میں تھوڑی امید جاگی۔ "یہ بہت خوبصورت طریقہ ہے۔ جب ہم کسی بات پر اختلاف کرتے ہیں تو میں ہمیشہ اپنی ماں کے ساتھ پریشان ہوتا ہوں۔ شاید وہ چاہتی ہے کہ میں بیٹی ہوتا۔"

علینہ کھڑی ہو گئی اور لب بھینچ کر بے چینی سے ادھر ادھر گھومنے لگی۔ "اتنی باتوں کے بعد، اب میں تمہارے والدین سے ملنے کے بارے میں پریشان ہوں۔ اگر انہیں میں پسند نہ آئی تو؟ اگر وہ شادی کو رد کر دیں؟ وہ تمہارے والدین ہیں، اور تمہیں ان کی سننی چاہیے۔"

میں نے اس کی آنکھوں میں دیکھتے ہوئے، اپنی بے چینی چھپانے کی کوشش کی۔ "پریشان نہ ہو۔ مجھے یقین ہے کہ میرے والدین تمہیں پسند کریں گے۔ بس خود رہو اور جب موقع ملے تو اپنی خوبصورت مسکراہٹ دکھاؤ۔ وہ اسلامو فوبک نہیں ہیں، لیکن وہ تھوڑے پریشان ہیں کہ میں مسلم سے شادی کر رہا ہوں۔ یہ کوئی عام بات نہیں ہے۔ لیکن میرے والد—میرے والد کو کوئی مسئلہ نہیں ہوگا۔ انہوں نے ڈاکٹر جے کی مدد کی، جو ایک سیاہ فام آدمی ہے، تا کہ وہ میکا، ایک فلپینی سے شادی کرے۔ وہ نیویارک یونیورسٹی کے میڈیکل اسکول کے ڈین ہیں، اور وہ مسلم فیکلٹی اور طلباء کے ساتھ کام کرتے ہیں۔ میں نے کبھی بھی ان سے مسلمانوں یا کسی بھی ایسے شخص کے بارے میں برا نہیں سنا جو اسلام کو مانتا ہو۔ اور مجھے لگتا ہے کہ اگر انہیں کوئی مسئلہ ہوتا تو وہ ہماری مدد نہیں کرتے۔"

وہ بے چین آواز میں کہتی ہے، "یہ تمہارے لیے کہنا آسان ہے۔ تمہیں کیسے پتہ کہ وہ امریکہ میں اسماعیل اور مجھے جانے کی مدد کرنے کے بارے میں جھوٹ نہیں بول رہا؟ تمہیں میرے والدین کو متاثر کرنے کی ضرورت نہیں ہے، مگر مجھے ہے، تمہارے والدین کو۔"

میں نے ایک گہری سانس لی، اور دل میں اس کے خدشات کم کرنے کی کوشش کی۔ "سب سے پہلے، میرے والد جھوٹ نہیں بولیں گے۔ وہ مجھے سچ بتائیں گے۔ یہ ساری باتیں سن کر مجھے یہ

خواہش ہو رہی ہے کہ تمہارے والدین یہاں ہوتے تاکہ میں ان سے مل سکتا۔ مجھے یاد ہے کہ مجھے یہاں لوگوں کو متاثر کرنا تھا، بشمول صلاح اور تمہارے بھائی۔ میں کسی بھی شخص سے ملنے کا منتظر تھا جس کا تم نے تعارف کرایا۔"

"میں بھی،"اس نے کہا۔

اس نے سر ہلایا اور تسلیم کیا۔ "ٹھیک ہے، یہ صحیح ہے۔ اگلا سوال۔ کیا میں ان سے پوچھ سکتی ہوں کہ کیا میں اسماعیل کے ساتھ امریکہ جا سکتی ہوں؟"

میں نے اس کے سوال پر غور کیا۔ "یہ تمہارے تعلقات پر منحصر ہے۔ میرے والد وہ واحد شخص ہیں جو اس کا جواب دے سکتے ہیں۔ اگر میں تمہاری جگہ ہوتا تو میں اس وقت تک انتظار کرتا جب تک وہ خود یہ بات نہ کریں۔ بہتر یہ ہو گا کہ تم انہیں زیادہ دباؤ میں نہ ڈالنا۔ مجھے پتہ ہے کہ وہ اس پر کام کر رہے ہیں، اور جب ان کے پاس کہنے کے لیے کچھ ہو گا، وہ تمہیں بتائیں گے۔"

علینہ کے کندھے تھک کر جھک گئے۔ "میں سمجھتی ہوں، مگر یہ نہ جاننا کہ کیا میں اپنی زندگی کے باقی حصے میں اپنے شوہر کے ساتھ ہوں گی، بہت پریشان کن ہے۔"

میں نے اسے تسلی دینے کی کوشش کی۔ "تم میرے ساتھ ہو گی۔ میں نے تمہیں بار بار کہا ہے۔ یا تو تم میرے ساتھ امریکہ میں ہو گی، یہاں، یا دنیا میں کسی بھی جگہ جو ہمیں قبول کرے۔ ہم پُرامید رہیں۔"

علینہ کی آنکھوں میں آنسو تھے۔ "مجھے افسوس ہے۔ یہ واقعی ایک جذباتی وقت ہے۔" اس نے ایک ٹشو نکالا اور اپنی آنکھیں صاف کرنا شروع کر دیں۔

میں نے اس کا ہاتھ نرمی سے دبایا۔ "بس خود رہو۔ مجھ پر اعتماد کرو۔ وہ تمہیں پسند کریں گے۔ چلو، خوش ہو جاؤ۔ ہمیں صلاح اور اسماعیل سے ملنا ہے اور ان کے تحفے دینا ہے۔ مجھے پتہ ہے کہ تم نے مجھے ایسا کرنے کا انتظار کیا ہے۔"

اس کے چہرے پر مسکراہٹ آ گئی۔ "تم صحیح کہہ رہے ہو۔ چلو نہیں ملتے ہیں۔"

ہم نے گالف کارٹ لے کر روٹی کی فیکٹری کی طرف روانہ ہوئے۔ صلاح اور اسماعیل ساتھ ساتھ باہر آئے۔ ہم نے انہیں گلے لگایا، اور پھر وہ ہمارے سامنے کھڑے ہوئے۔

اسماعیل نے اشارے سے کہا، "کیا تم نے عمّان میں ہمارے لیے کچھ خریدا؟ کیا مجھے کچھ ملے گا؟" ہم ہنسے۔ میں نے اپنے بیگ میں ہاتھ ڈالا اور اسماعیل کے لیے کپڑے اور فٹ بال نکالا۔ اسماعیل بہت خوش تھا، اس نے مٹھی بند کی اور مسکرا دیا۔ اس نے علینہ اور مجھے گلے لگایا اور کہا اور اشارہ کیا، "شکریہ۔"

پھر میں نے بیگ میں سے صلاح کو اس کے کپڑے دینے کے لیے ہاتھ ڈالا۔ میں نے اسے ایک نیا پینٹ اور قمیض دی۔ اس نے انہیں یوں اٹھایا جیسے وہ ان کا معائنہ کر رہا ہو اور کہا، "شکریہ، علینہ اور جو۔" پھر میں نے اسے گلے لگا لیا—وہ بہت اچھا انسان ہے۔

علینہ اور میں ایک دوسرے کو دیکھنے کے بعد مسکرائے۔ علینہ نے کہا اور اشارہ کیا، "براہ کرم اپنے کپڑے ایک لمحے کے لیے نیچے رکھیں۔ مجھے آپ کو خوشخبری دینی ہے۔ کیا آپ تیار ہیں؟" دونوں صلاح اور اسماعیل نے اپنے کپڑے نیچے رکھے اور فرمانبرداری سے اسے دیکھا۔

اس نے جوش کے ساتھ کہا اور اشارہ کیا، اور کئی چہرے کے تاثرات بنائے۔ "جو اور میں منگنی کر چکے ہیں۔ شادی مئی کے آخر میں زاتاری میں ہو گی!" اس نے اپنے ہاتھ سر کے اوپر اٹھا کر جھولتے ہوئے کہا۔

صلاح اور اسماعیل کی آنکھیں حیرت سے پھیل گئیں، اور وہ مسکرائے اور تالیاں بجائیں۔ اسماعیل نے ہم دونوں کو گلے لگا لیا، اور صلاح نے مجھے گلے لگا لیا۔ صلاح نے کہا، "مبارک ہو،" اور اسماعیل نے اشارہ کیا، "میں تم سے محبت کرتا ہوں۔"

پھر صلاح نے کہا، "میں تم دونوں کے لیے بہت خوش ہوں—یہ میری زندگی کے سب سے خوشگوار دنوں میں سے ایک ہے۔ میں شادی دیکھنے کے لیے بہت پرجوش ہوں اور دیکھنے کا اعزاز حاصل کرنا چاہوں گا۔ کیا تم مجھے مدعو کر رہے ہو؟"

"ہم تمہیں ہماری تقریب کا فرنٹ سیٹ ویو ضرور دیں گے،" میں نے کہا۔ "تم ہمارے لیے اہم ہو۔"

اسماعیل کی جسمانی زبان نے شادی کے بارے میں اس کی جوش و خروش کو ظاہر کیا۔ اس نے اشارہ کیا، "میں اسے دیکھنے کا انتظار نہیں کر سکتا!"

میں نے اسے اشارہ کیا، "یہ مئی کے آخر میں ہوگا۔ تم شادی کا حصہ بنوگے۔ میں چاہتا ہوں کہ تم میرے بیسٹ مین بنو، اور تم ہمارے بارے میں تقریر کر سکتے ہو۔ بس یہ یقینی بناؤ کہ تم کچھ اچھا کہو۔" میں نے مذاق کیا۔ سب ہنسے۔ "اور ہمیں تمہاری مدد چاہیے شادی کے منصوبے میں۔ میں تمہیں اپنے سالے کے طور پر پا کر خوش ہوں گا۔ یہ سب کے لیے بہت پر جوش ہے۔"

"میں اس کا انتظار کر رہا ہوں۔ خوش رہو، بھائی۔"

صلاح اور اسماعیل سے مل کر ہم اپنے اپنے شفٹوں کے لیے اسپتال واپس گئے۔ میں ڈاکٹر جے کے پاس رپورٹ کرنے گیا۔

"جلد ہی شادی کرنے والے آدمی کا کیا حال ہے؟"

"چیزیں بہتر ہو سکتی تھیں۔ میری ماں اور والد مئی گیارہ کو یہاں آ رہے ہیں، جو خوشخبری ہے۔ بری خبر یہ ہے کہ میری ماں شاید مسئلہ بنے، اور علینہ ان سے ملنے کے بارے میں بہت نروس ہے، اور میں بھی۔ میں سمجھتا ہوں کہ یہ معمول کی بات ہے۔ لیکن یہ ایک یہودی- مسلم شادی ہے۔ مجھے نہیں پتہ کہ میرے والدین اسے کس طرح دیکھیں گے یا گروہ شادی کی برکت دیں گے، حالانکہ وہ اس کے لیے کھلے نظر آتے ہیں۔ مجھے نہیں معلوم کہ کسی نے ایسی شادی کی ہو۔"

"یہ اتنا برا نہیں ہے۔ خود کو مت پریشان کرو۔ مجھے توقع ہے کہ تم نروس ہوگے۔ شاید بہتر ہو کہ میں خود تمہارے والدین کو عَمّان سے اٹھا کر لے آؤں تاکہ واپسی کے راستے میں میں ان سے تم دونوں کے بارے میں بات کر سکوں۔ اگر تم میرے ساتھ آ گئے تو شاید وہ سارا دھیان تم پر دیں گے، جس سے مجھے علینہ کے بارے میں مثبت ہونے کا زیادہ موقع نہیں ملے گا۔"

"یہ اچھا خیال ہے۔ وہ کہاں سوئیں گے؟"

"وہ میرے قریب ایک خالی اپارٹمنٹ میں سوئیں گے۔ مجھے تمہاری ماں کے بارے میں پتہ نہیں، لیکن مجھے معلوم ہے کہ تمہارے والد کہیں بھی سو سکتے ہیں۔ اگر تم ہمارے ساتھ فلپائن میں رہ چکے ہوتے تو تمہیں پتہ چلتا۔"

"زبردست۔ جب ہم منصوبہ بنا رہے ہیں تو ہمیں رمضان کے روزے مکمل کرنا ہوں گے۔ میں نے علینہ سے کہا تھا کہ میں کم از کم اس کے ساتھ روزہ رکھنے کی کوشش کروں گا۔ یہ بہت مشکل لگتا ہے، لیکن وہ اسے آسان بنا دیتی ہے۔"

"اس نے ہر سال یہ کیا ہے۔ تم نے یہ نہیں کیا۔ کیا وہ پاس اوور تمہارے ساتھ منائے گی؟"

"میں اسے پاس اوور کا مطلب سمجھا سکتا ہوں، لیکن دو افراد کے لیے ایک تفصیل سے کھانا پکانے کا کوئی فائدہ نہیں ہے۔"

"مجھے لگتا ہے کہ پاس اوور کا کھانا ایک سال کے لیے انتظار کرے گا۔ روزے کے لیے تمہیں خوش قسمتی کی دعا۔"

"شکریہ۔ کیا اور کچھ ہے؟"

"نہیں، میرے پاس ایک خیال ہے۔ تمہیں زیادہ فعال ہونا چاہیے اور اپنے والد پر انحصار نہ کرنا چاہیے۔ وہ نیو یارک میں ہیں اور تم یہاں ہو۔ میں تجویز کرتا ہوں کہ تم، علینہ، اور اسماعیل امریکی سفیر سے بات کرو۔ تمام امکانات تلاش کرو۔ شاید تم دوسرے ملک میں منتقل ہو جاؤ۔ شاید وہ تمہاری مدد کر سکے۔ یہ آزمانے کے قابل ہے۔"

"یہ بہت اچھا خیال ہے۔"

"ٹھیک ہے۔ اب، میرے ساتھ میرے ایڈونچرز پر چلو۔ ہمیں بہت سا کام کرنا ہے۔"

ہم اسپتال گئے تاکہ چند مریضوں سے ملیں اور دو سرجریاں کریں۔

باب 14: عُمّلان کا سفر

چند دن بعد، ہم نے پک اپ ٹرک سے عُمّلان کا سفر کیا۔ علینہ نے روایتی عبایا پہنا تھا، اس کا چہرہ چھپا ہوا تھا مگر اس کی پریشانی واضح تھی، اور اسماعیل اور میں نے عام کپڑے پہنے تھے۔ یہ اسماعیل کا زاتاری سے باہر پہلا سفر تھا جب وہ بچہ تھا۔ جیسے ہی ہم سفر کر رہے تھے، اس کا ناک کھڑکی کے ساتھ لگا ہوا تھا، جو اس کے ارد گرد کے ماحول میں دلچسپی ظاہر کرتا تھا۔ ہم سفارت خانے کے قریب پارک ہوئے اور اندر گئے، بہت ساری توقعات کے ساتھ پریشان تھے۔

امریکی سفارت خانہ بارہ ایکڑ پر مشتمل ہے اور محتاط حفاظتی عملے سے محفوظ ہے۔ مجھے اپنا پاسپورٹ دکھانا پڑا، اور علینہ اور اسماعیل نے زاتاری میں اپنی رہائش کا ثبوت دیا اور وہ میرے مہمان تھے۔ سیکیورٹی چیکنگ میں تقریباً تیس منٹ لگے۔ خاموشی سے، میں اس بات کو دہرانے کی کوشش کر رہا تھا جو مجھے سفیر کو بتانی تھی، میرا دل تیز دھڑک رہا تھا۔

آخرکار، ایک گارڈ نے ہمیں ایئر کنڈیشنڈ ویٹنگ ایریا میں لے جایا۔ تیس منٹ کے بعد، ریسپشنسٹ نے میرا نام پکارا اور ہمیں ایک دفتر میں لے جایا۔ ہم کرسیوں پر بیٹھ گئے، اور ہمارے اعصاب تناؤ سے بھری ہوئی تھے۔

چالیس سال کے قریب عمر کے ایک شخص کمرے میں داخل ہوئے اور ڈیسک کے پیچھے بیٹھ گئے۔ انہوں نے خود کو متعارف کروایا۔ "میں امریکہ کا سفیر ہوں۔ آپ کون ہیں اور میں آپ کی کیا مدد کر سکتا ہوں؟"

"ہیلو، سفیر اسٹیونز۔ خوشی ہوئی آپ سے مل کر۔ میرا نام جو گولڈ ہے۔ میرے ساتھ میری منگیتر علینہ عزیز اور اس کا بھائی اسماعیل ہیں، جو بہرا ہے۔ علینہ اشاروں کی زبان استعمال کرے گی تاکہ وہ جو کچھ ہو رہا ہے، اسے سمجھ سکے۔"

انہوں نے ہم سب کو دیکھا۔ "علینہ، جو اور اسماعیل، آپ سے مل کر خوشی ہوئی۔ آپ کی مدد کس طرح کر سکتا ہوں؟" ان کی آواز پر سکون اور متوازن تھی۔

میری دھڑکن تیز ہو رہی تھی، میں نے گہری سانس لی اور کہا، "اب، ہم یہاں کیوں ہیں، اس کے لیے ہمیں آپ کی مدد چاہیے تاکہ علینہ اور اسماعیل کو امریکہ میں میرے اور میرے والدین کے ساتھ نیویارک میں رہنے کے لیے لایا جا سکے۔ میں ایک امریکی شہری ہوں، مگر علینہ اور اسماعیل شامی پناہ گزین ہیں اور پچھلے آٹھ سال سے زاتاری میں رہ رہے ہیں۔ ہم مئی کے آخر میں شادی کرنے کا ارادہ رکھتے ہیں اور خاندان کو ایک ساتھ رکھنا چاہتے ہیں۔" میری آواز میں سفیر کے لیے احترام تھا، حالانکہ میرے پیٹ میں اضطراب کا گہرا بوجھ تھا۔

"سمجھ گیا۔ کیا آپ نے ویزا حاصل کرنے کی کوشش کی ہے یا امریکہ میں داخلے کے لیے کاغذات جمع کرائے ہیں؟" اسٹیونز نے سوال کیا، ان کی آواز مستحکم تھی۔

"نہیں، ہم نے نہیں کیا، لیکن میرے والد، جو نیویارک یونیورسٹی کے میڈیکل اسکول کے ڈین ہیں، ریاستی محکمہ سے رابطے میں ہیں اور مدد کرنے کی کوشش کر رہے ہیں۔"

"اور اب تک یہ کیسا رہا؟"

"اب تک، انہیں قبول نہیں کیا گیا۔ یہی وجہ ہے کہ ہم یہاں ہیں۔ کیا آپ ہماری مدد کر سکتے ہیں، یا آپ کسی اور سے بات کرنے کے لیے جانتے ہیں؟"

"ابھی نہیں پتا۔ مجھے علینہ اور اسماعیل سے کچھ سوالات ہیں۔ کیا وہ انگریزی بولتے ہیں، یا مجھے مترجم کی ضرورت ہے؟"

"علینہ نے جواب دیا، "میں انگریزی میں ماہر ہوں۔ میں نے انگلینڈ میں چار سال تعلیم حاصل کی۔ اسماعیل عربی بول سکتا ہے لیکن انگریزی کم جانتا ہے۔"

سفیر اسٹیونز نے پرسکون انداز میں سنا۔ "ٹھیک ہے۔ کیا آپ کے والدین زندہ ہیں؟"

"نہیں، میری ماں اور والد شام میں کئی سال پہلے مارے گئے تھے،" علینہ نے جواب دیا، اس کی آواز میں تھوڑی سی لرزش تھی۔

"مجھے یہ سن کر افسوس ہوا۔ کیا آپ کو یہ پتا ہے کہ آپ کے والدین کسی دہشت گرد گروہ سے وابستہ تھے؟"

علینہ کا انداز سخت ہو گیا، اور وہ آگے آگے جھک گئی۔ "آپ مجھ سے یہ سوال کیوں کر رہے ہیں؟ میرے والد ایک معزز آپٹومیٹرک تھے اور میری ماں نرس تھیں۔ وہ کبھی ان لوگوں سے وابستہ نہیں ہو سکتے،" اس نے غصے کے ساتھ کہا۔ "آپ مجھ سے یہ سوال کیوں پوچھ رہے ہیں؟"

"مجھے افسوس ہے، مگر امریکی حکومت نے قسم کھائی ہے کہ دہشت گردوں کے خاندان کو ملک میں داخل ہونے کی اجازت نہیں دی جائے گی۔ اگر ہم آپ پر غور کرتے ہیں، تو آپ کے خاندان کی تاریخ کی تفتیش کی جانی چاہیے۔"

علینہ نے غصے سے کہا، "خیر، وہ دہشت گردوں سے وابستہ نہیں تھے۔ وہ شام کی حکومت سے اپنی جان بچا کر بھاگے تھے۔" اس کے ہاتھ اس کے گھٹنے پر مضبوطی سے جکڑے ہوئے تھے، اور اس کے ناخن سفید پڑ چکے تھے۔

"ٹھیک ہے۔ ہم آگے بڑھ سکتے ہیں۔ مجھے افسوس ہے کہ مجھے آپ کے ذہن میں بری یادیں لانی پڑیں، مگر یہ میرا کام ہے۔ اگلا سوال، آپ امریکہ میں کیا کریں گے؟ مجھے پتا ہے کہ آپ جو سے شادی کریں گے، لیکن آپ کے ذاتی اہداف کیا ہیں؟"

علینہ نے گہری سانس لی، اپنے کندھے سیدھے کرتے ہوئے۔ "میری امید ہے کہ میں نرسنگ کی تعلیم حاصل کروں گی اور کہیں نہ کہیں اسپتال میں کام کروں گی۔"

"اور آپ کا بھائی؟"

"میں اس سے پوچھوں گی۔" اس نے اسماعیل سے اشارہ کیا جس نے عربی میں جواب دیا۔

"اسماعیل کہتا ہے کہ وہ انگریزی سیکھنا چاہتا ہے اور اپنے ہم عمر طلباء کے ساتھ اسکول جانا چاہتا ہے۔ وہ شاید شیف کے طور پر کام تلاش کرے گا، کیونکہ وہ ایک روٹی کی فیکٹری میں کام کرتا ہے۔ وہ جو کے ساتھ بہتر بات چیت کرنا چاہتا ہے، جس سے وہ محبت کرتا ہے۔"

میں نے اسماعیل کو مسکرا کر دیکھا اور اسے تھمزاپ کیا۔ اسماعیل کے چہرے پر ایک شرمیلی مسکراہٹ پھیل گئی۔

سفیر نے کوئی جذبات نہیں دکھائے جب وہ سن رہا تھا۔ مجھے لگا کہ وہ اپنی رائے ظاہر نہیں کرنا چاہتا۔ یا پھر ہم پہلے ہی بدنصیب ہیں؟"

اسٹیونز نے جواب دیا۔ "آپ کے تمام اہداف اچھے ہیں، لیکن چونکہ آپ شام میں پیدا ہوئے ہیں، اور آپ کی زندگی زنداری میں خطرے میں نہیں ہے، اور آپ آٹھ سال سے پناہ گزین ہیں، تو یہ امکان کم ہے کہ آپ کو امریکہ میں قبول کیا جائے گا۔ مجھے واقعی کوئی ایسا ملک نہیں لگتا جو آپ کو قبول کرے۔"

علینہ کے ہاتھ اس کے چہرے کی طرف بڑھے، اس نے اپنی آنکھیں چھپانے کے لیے اپنا چہرہ چھپایا۔ میں اس کے کندھوں کو ملتے ہوئے دیکھ سکتا تھا، اور میرا دل دکھا۔ مجھے یقین ہے کہ اس نے سوچا ہوگا کہ اس کا میرے ساتھ مستقبل ختم ہو گیا ہے۔ میں اسے اس حالت میں دیکھنا نہیں چاہتا تھا۔ آپ کو، سفیر اسٹیونز، اتنے بے دردی سے علینہ سے بات کرنے کی جرات کیسے ہوئی؟ آپ اس کی امیدوں کو ختم کر رہے ہیں۔

مایوسی کے عالم میں، میں نے پوچھا، "مجھے یہ بتائیں، کیا میرے لیے اردن میں مستقل طور پر رہنا ممکن ہے؟"

"آپ یہ UNHCR کے ذریعے کر سکتے ہیں، جو پناہ گزین ایجنسی ہے۔ وہ آپ کا انٹرویو لے گی۔ عام طور پر، آپ کو یہ دکھانا ہوتا ہے کہ آپ کی زندگی امریکہ میں بہت زیادہ خطرے میں ہے۔ جو میں جانتا ہوں، ایسا نہیں لگتا۔ تاہم، یہ میری فیصلے کی بات نہیں ہے، لہذا اگر آپ چاہیں تو اس پر عمل کر سکتے ہیں۔"

شاندار۔ مجھے پناہ گزین ایجنسی کو کیا بتانا ہے؟ میرے والدین مجھے مارنے کی کوشش کر رہے ہیں؟ کوئی بھی تحقیقات یہ ثابت کر دیں گی کہ میری زندگی نیویارک میں اچھی ہے۔ یہ سفیر احمق ہے۔ ہمت رکھو۔

"دیکھیں، سفیر اسٹیونز، یہ ایک خاص معاملہ ہے۔ میرا انٹرن شپ چند مہینوں میں اردن میں ختم ہو جائے گا، اور میرا ویزا ختم ہو جائے گا۔ مجھے نیویارک واپس جانا ہوگا تاکہ دو سال تک میڈیکل اسکول ختم کر سکوں اور کہیں رہائش شروع کر سکوں۔ آپ مجھے، ایک امریکی شہری کو، ایک مشکل صورت حال میں ڈال رہے ہیں۔ میں علینہ کو یہاں نہیں چھوڑوں گا۔ اگر وہ امریکہ نہیں جا سکتی، تو میں واپس نہیں جا سکتا۔ وہ ہسپتال میں ڈاکٹروں کے ساتھ کام کرنے والی سب سے بہترین نرسوں

میں سے ایک ہے۔ آپ ڈاکٹر تھامس جانسن سے اس کے بارے میں پوچھ سکتے ہیں اور یہ دیکھ سکتے ہیں کہ وہ اپنا کام کتنی اچھی طرح کرتی ہے۔ اس کے مریض اسے پسند کرتے ہیں۔ وہ نیو یارک میں نرسنگ کی تربیت کے بعد ایک شاندار نرس بن جائے گی۔ مجھے یقین ہے کہ میرے والد اسے NYU کے نرسنگ اسکول میں داخلے میں مدد کریں گے۔" میں نے کہا، میری آواز میں مایوسی ظاہر ہو رہی تھی۔

سفیر اسٹیونز میری باتیں سن کر سر جھکائے بیٹھے رہے۔ "یہ سب اچھا ہے، مسٹر گولڈ، اور مجھے یہ پسند ہے کہ علینہ ایک اچھا نرس ہے، لیکن یہ فیصلہ میرے ہاتھ میں نہیں ہے کہ وہ امریکہ جا سکتی ہے یا نہیں۔ ہماری حکومت نے یہ پالیسی طے کی ہے کہ کون سی مہاجرین امریکہ آ سکتے ہیں۔ وہ صرف بہترین سائنسدانوں کو چاہتے ہیں۔ اس کے لیے وہ حتیٰ کہ طالب علموں کے ویزے بھی نہیں دے سکتے۔ مجھے معاف کریں، میں کچھ نہیں کر سکتا۔"

میں محسوس کر سکتا تھا کہ جیسے ہی وہ بات کر رہا تھا، میرے جسم میں ایڈرینلن بڑھ رہا تھا۔ میں نے اپنے ہاتھوں کی مٹھیاں کس کر بند کر لیں، اور میرے پورے ہاتھ سفید پڑ گئے۔ میں اس کی ہر بات سے نفرت کرتا تھا۔ علینہ نے اس کی طرف منہ موڑ لیا تھا اور مجھے لگ رہا تھا کہ وہ اٹھ کر چلی جائے گی۔

اس نے مجھ سے کہا، "جو، یہ بے فائدہ ہے۔ وہ ہماری مدد نہیں کرنے والے ہیں۔" "شاید ہمیں بس یہاں سے نکل جانا چاہیے اور جب زاتری واپس جائیں تو کچھ سوچیں۔

میں نے اپنے دونوں ہاتھ اپنے جسم کے سامنے رکھے تاکہ اسے پر سکون کر سکوں۔ بد قسمتی سے، میں بہت پر سکون نہیں تھا اور نہ ہی ہار ماننے والا تھا۔ میں نے فیصلہ کیا تھا کہ چاہے سفیر کچھ بھی کہے، میں علینہ اور اسماعیل کو اپنے ساتھ لے کر جاؤں گا۔ میرا چہرہ غصے سے سرخ ہو گیا تھا۔

"ہمیں یہ نہ بتائیں کہ آپ کچھ نہیں کر سکتے۔ میں تھک چکا ہوں اس بات کو سننے سے کہ نہیں کر سکتے، یہ نہیں کر سکتے، وہ نہیں کر سکتے۔ بس! آپ اپنے آرام دہ دفتر میں بیٹھ کر کچھ بھی نہیں کر رہے ہیں۔ یہ صرف 'نہیں کر سکتے، نہیں کر سکتے' ہے۔ بس! وہ چیزیں کریں جو آپ کر سکتے ہیں۔ ریاستی محکمہ سے رابطہ کریں۔ میرے والد اور ڈاکٹر جے سے بات کریں۔ علینہ کے والدین کے

بارے میں تحقیقات کریں۔ وہ دونوں وہاں خوش آمدید تھے اور بہترین کام کر رہے تھے۔ آپ ہمیں بغیر ایک انگلی ہلائے پریشان کر رہے ہیں۔ "میری آواز رگوں میں بھری ہوئی تھی، میرا دل سینے میں دھڑک رہا تھا۔ میں ایڈرینلن کی لہر محسوس کر رہا تھا، میرا جسم غصے سے کانپ رہا تھا۔

"انسانوں کے ساتھ ایسا سلوک کرنا غلط ہے۔ مجھے پتا ہے کہ آپ نے پناہ گزینوں کی پالیسی نہیں لکھی، لیکن آپ کم از کم کوشش کریں اور اسے بدلنے کی کوشش کریں۔ تو اپنے دفتر میں چھپ کر نہ بیٹھیں، کچھ کریں۔ میرے ٹیکس کے پیسے آپ کو ادا کر رہے ہیں۔ میں ایک امریکی شہری ہوں اور آپ سے توقع رکھتا ہوں کہ آپ ہمارے لیے اپنا بہترین کام کریں گے!" میں نے اپنے مکے پر ہاتھ مارا، میرا چہرہ غصے سے سرخ تھا۔

ریسیپشنسٹ یا سیکریٹری جو کہ نی آنکھوں سے دوڑتی ہوئی اندر آئی اور کہا، "کیا سب کچھ ٹھیک ہے، مسٹر ایمبیسڈر؟ کیا میں سکیورٹی کو فون کروں؟" اس کی آواز تیز تھی اور وہ سفیر اور میرے درمیان بے چین نظروں سے دیکھ رہی تھی۔

سفیر اسٹیونز نے جواب دینے سے پہلے کہا، "نہیں، یہ ضروری نہیں ہے۔ ہم تینوں خود باہر چلے جائیں گے۔ مجھے غصہ آنے کے لیے معذرت چاہتا ہوں، لیکن یہاں انسانوں کی زندگیوں کا معاملہ ہے، اور یہ بہت مایوس کن ہے۔ آپ کا وقت دینے کا شکریہ۔"

کیا بے وقوف آدمی تھا!

علینہ اور اسماعیل اٹھے اور میرے پیچھے دروازے سے باہر نکل گئے۔ جیسے ہی ہم باہر نکلے، میں نے سفیر کو یہ کہتے سنا، "اللہ آپ کا بھلا کرے۔ شاید میں آپ کی صورتحال پر غور کروں گا، لیکن کچھ وعدہ نہیں کر سکتا۔"

میں نے اس کی ایک بھی بات پر یقین نہیں کیا۔

علینہ

ایمبیسڈی کے دورے کے بعد، علینہ کو یہ کچل دینے والا احساس ہوا کہ شاید وہ کبھی بھی زا ترکی سے باہر نہیں جا سکے گی۔ وہ جانتی تھی کہ جو نے اپنی تمام توانائی سے لڑتا تھا۔ کیوں نہیں امریکہ کی

حکومت اپنے شہریوں کی بات سنتی؟ مجھے یقین ہے کہ جو کے والد نیو یارک میں بھی یہی مسائل کا سامنا کر رہے ہوں گے۔وہ جو کے غیر متزلزل حمایت میں تھوڑی تسلی محسوس کرتی تھی۔اس کے الفاظ اس کے دماغ میں گونج رہے تھے : "میں تم دونوں کو کبھی بھی زاتری نہیں چھوڑوں گا۔"اس کی آواز مضبوط، مستقل،اور محبت سے بھری ہوئی تھی۔علینہ نے ذہنی طور پر اپنے سامنے آنے والے حالات کے لیے خود کو تیار کرنا شروع کیا۔ انہیں ایک متبادل راستہ تلاش کرنا ہو گا جو انہیں ایک نئے گھر تک لے جائے جہاں وہ اپنی زندگی کو ایک ساتھ بنا سکیں۔

جو

ایمبیسی سے نکل کر ہم بازار گئے تا کہ کچھ کھانے کا انتظام کریں۔ میں بھی اب غصے میں تھا، میرا جبڑا مضبوطی سے بند تھا اور میں چاہتا تھا کہ اپنا کھانا خاموشی سے کھاؤں،علینہ اور اسماعیل پر اپنی مایوسی کا اظہار نہ کروں۔ تاہم،اسماعیل نے اشاروں سے کہا، "میں نے جو کچھ ہوا،اس کا کچھ حصہ سمجھا ہے، لیکن سب نہیں۔ مجھے لگتا تھا کہ امریکہ میں لوگ اچھے ہیں اور وہ آدمی تمہاری بات سنے گا۔ ہم جو چاہتے ہیں وہ بس ایک بہتر زندگی ہے۔ پھر اس نے انکار کیوں کیا؟"

میں نے اسماعیل کی طرف دیکھا،اس کا چہرہ معصوم اور الجھا ہوا تھا۔اس کی بہری پن کبھی کبھی چیزوں کو آسان بنا دیتی تھی۔اسے لوگوں کی بکواس سننی نہیں پڑتی تھی۔ مجھے ایسا محسوس ہو رہا تھا جیسے میں نے دونوں کو، یعنی اسماعیل اور علینہ ،ناکام کر دیا ہو۔مجھے اسے کچھ سمجھانا تھا جو شاید بیان کرنا مشکل تھا۔

"تم صحیح ہو کہ جو لوگ کہتے ہیں،اس پر سوال اٹھانا چاہیے۔سچ تو یہ ہے کہ دنیا میں بہت سے لوگ ہیں جو اچھے اور ایماندار ہیں اور تمہاری مدد کے لیے کچھ بھی کریں گے۔ لیکن دوسری طرف کچھ لوگ صرف اپنے بارے میں سوچتے ہیں۔ انہیں اس بات سے فرق نہیں پڑتا کہ تمہاری حالت کیا ہے، جب تک انہیں کوئی تکلیف نہ ہو۔ ایمبیسیڈر کو ایک اچھا کام ملا ہوا ہے اور وہ دفتر میں بیٹھ کر لوگوں سے بات کر کے بہت سارا پیسہ کماتا ہے۔ اس کا کام امریکہ کے شہریوں کی مدد کرنا اور اردن اور امریکہ کے درمیان اچھے تعلقات قائم کرنا ہے۔"

"پھر وہ ہمارے لیے کچھ کیوں نہیں کرتا؟"اس کا چہرہ الجھن سے بل پڑا۔

"وہ اپنے موقف پر کھڑا نہیں ہونا چاہتا کیونکہ اسے خوف ہے کہ اگر اس نے کچھ کیا تو اس کا کام چلا جائے گا۔"

"یہ بہت برا ہے۔ تم ہمیشہ علینہ اور میری مدد کرنے کی کوشش کرتے ہو،"اس نے مسکرا کر کہا۔ "ہم حل نکال لیں گے۔ فکر نہ کرو، ہم ساتھ رہیں گے، صحیح ہے، بہن؟"

علینہ نے اس کی طرف مسکرا کر دیکھا، حالانکہ اس کی آنکھوں میں اب بھی پریشانی تھی۔ وہ آہستہ آہستہ اپنا کھانا چبا رہی تھی، اس کی حرکتیں سست تھیں۔ اسماعیل کی کوشش ہمیں خوش رکھنے کی دل کو چھو گئی تھی۔ وہ ہماری فیملی کا مرد تھا اور ہم میں سب سے زیادہ بالغ۔

اس نے مجھ سے پوچھا، "تو اب ہم کیا کریں گے؟ شادی جلد ہی ہونے والی ہے۔"

"ہاں، میں نے ڈاکٹر جے اور چند ڈاکٹروں سے بات کی ہے۔ ڈاکٹر سلامہ کا ایک دوست ہے جس کے پاس اردن کے جنوبی علاقے عدیس اقابہ میں اسرائیل کی سرحد پر ایک کشتی ہے۔ ہم تینوں کسی سے وہ کشتی کرائے پر لے سکتے ہیں، اور ہمیں کسی ملک لے جا سکتا ہے، شاید اٹلی، اسپین یا مراکش۔ ہم مصر بھی جا سکتے ہیں جو سرخ سمندر پر واقع ہے۔"

علینہ چمک اٹھی۔ "تمہیں کیسے لگتا ہے کہ ہم ان ملکوں میں سے کسی میں رہ سکتے ہیں؟ ڈاکٹر سلامہ شاید مصر میں کسی سے ملاقات کر کے ہمیں وہاں رہنے کا راستہ تلاش کر سکتی ہے۔"

"یہ ایک خیال ہے، لیکن مجھے نہیں معلوم کہ یہ کامیاب ہو گا۔"

"یہ بہتر ہے کہ ہزاروں پناہ گزینوں کے ساتھ فیری میں سوار ہو کر بحیرہ روم میں ڈوب کر مر جائیں،" اسماعیل نے کہا۔

"یہ سچ ہے۔ لیکن یہ بہت مایوس کن ہے۔ میں تمہیں پسند کرتا ہوں، جو، تمہارے اس سخت محنت اور اسماعیل اور میری مدد کے لیے۔ بس مجھے نہیں پتا کہ ہم زاتری چھوڑنے میں کامیاب ہو پائیں گے یا نہیں۔"

"ہم ہار نہیں مانیں گے۔ ہم 30 جون تک کہیں نہیں جا پائیں گے، تو میں اپنے ویزا کو ایک سال کے لیے بڑھانے کی کوشش کروں گا۔ آخر کار ہم کوئی نہ کوئی راستہ تلاش کریں گے۔"

جب ہم واپس زاتری پہنچے، ہم نے ٹرک کی چابیاں واپس کیں اور ڈاکٹر جے سے ملاقات کرنے گئے، اور اسماعیل واپس کام پر گیا۔

علینہ اور میں اس کے دفتر میں گئے۔ جیسا کہ ہمیشہ ہوتا ہے، وہ اپنے میز پر بیٹھا تھا اور کاغذی کام میں غرق تھا۔ اس نے اوپر دیکھا۔ "کیسا رہا؟ کیا ایمبیسیڈر نے کچھ مدد کی؟"

"نہیں، اس نے کچھ نہیں کیا۔ بالکل بھی نہیں۔ وہ ہمیں بتاتا رہا کہ علینہ کا امریکہ میں داخل ہونا ناممکن ہوگا۔ میں مزید برداشت نہیں کر سکا اور اس سے بہت غصہ ہو گیا۔ وہ شخص کسی کی بھی ہمدردی نہیں رکھتا۔ یہ اتنا پریشان کن تھا کہ علینہ کو اس کے والدین کے بارے میں سوالات کا جواب دیتے ہوئے اتنا پریشان دیکھا۔" جیسے ہی میں بات کر رہا تھا، میں نے علینہ کی طرف دیکھا، اور اس کے چہرے پر غم کی گہری لکیریں دیکھی، اس کی آنکھیں نیچی تھیں۔

"مجھے یہ سب سن کر افسوس ہوا، حالانکہ میں کچھ حد تک توقع کر رہا تھا۔ تو اب تمہارا منصوبہ کیا ہے؟"

"اگر آپ کو کوئی اعتراض نہ ہو تو ہم ڈاکٹر سلامہ سے بات کرنا چاہتے ہیں۔ میں سمجھتا ہوں کہ وہ ہمیں عدیس اقابہ سے کشتی کرائے پر لینے میں مدد کر سکتی ہیں، شاید دو لوگوں کا عملہ بھی ہو۔ ہم مصر جا سکتے ہیں، جہاں ڈاکٹر سلامہ رہتی ہیں، یا کسی دوسرے ملک میں جا سکتے ہیں جو ہمیں قبول کرے۔ ہم پورٹ سے پورٹ چلتے رہیں گے جب تک ہمیں کوئی مستقل گھر نہ مل جائے، شاید کسی جزیرے پر۔"

"شاید۔ تم ڈاکٹر سلامہ سے بات کر سکتے ہو۔ اس کے لیے تمہیں میری اجازت کی ضرورت نہیں۔ وہ تمہیں کشتی دلوا سکتی ہیں، لیکن اس کے بعد مجھے نہیں پتا۔" اس کی آواز بے یقین تھی۔ "علینہ، کیا تم اس سے متفق ہو؟"

علینہ نے کہا، "ہاں، میں متفق ہوں۔ ہم تمام امکانات کو تلاش کریں گے۔ شاید ہم جون کے آخر تک نہیں جا پائیں گے، یا شاید ہمیں یہاں کچھ وقت کے لیے رکنا پڑے، لیکن ہم امریکہ، انگلینڈ، یا کسی بھی ملک میں جانے کی کوشش کرتے رہیں گے جہاں ہم شہری بن سکیں۔"

ڈاکٹر جے نے سر ہلایا، اس کے چہرے پر سمجھ بوجھ تھی۔ "جب تک تم دونوں اپنے کام کرتے ہو، میں تمہیں لوگوں سے بات کرنے سے نہیں روکوں گا کہ کیا کرنا چاہیے۔ میری مشورہ ہے کہ شادی پر توجہ مرکوز کرو، کیونکہ یہ ایک خوشی کا موقع ہوگا اور تمہیں اور بہت سے لوگوں کو بہت خوشی دے گا۔"

"ہم یہ سب ڈاکٹر سلامہ سے بات کرنے کے بعد کریں گے۔ تمہارا مشورہ ہمیشہ خوش آمدید ہے۔" ہم ڈاکٹر سلامہ کے دفتر کی طرف چل پڑے۔ جب اس نے ہمیں دیکھا، تو اس نے ہمیں بیٹھنے کے لیے مدعو کیا۔

"تمہاری منگنی پر مبارک ہو،" اس نے مسکراتے ہوئے کہا۔ "میں دونوں کے لیے خوش ہوں۔" علینہ نے کہا، "شکریہ۔" اس نے مجھے بات کرنے کی ترغیب دی۔

"شکریہ،" میں نے کہا۔ "یقیناً تمہیں شادی کی دعوت دی جائے گی۔ ہم دونوں نے تم سے بہت کچھ سیکھا ہے، لیکن ہم یہاں تم سے کچھ ایسا پوچھنے آئے ہیں جو اسپتال سے متعلق نہیں ہے۔"

"ٹھیک ہے۔ میں تمہارے لیے کیا کر سکتی ہوں؟" وہ دلچسپی سے آگے جھکی۔

"جیسا کہ آپ جانتی ہیں یا نہیں، علینہ اور اس کا بھائی امریکہ میں داخلے کی کوشش کر رہے ہیں تاکہ ہم وہاں ایک خاندان کے طور پر رہ سکیں۔ تاہم، یہ بہت مشکل ثابت ہو رہا ہے۔ مجھے یقین نہیں ہے کہ اردنی حکام مجھے اردن میں رہنے دیں گے، لہٰذا ہمیں کچھ مشکل فیصلے کرنے پڑ سکتے ہیں۔"

"میں سمجھ گئی،" اس نے کہا، اس کی بھنویں تھوڑی سی چمکیں۔ "تم مجھ سے کیا چاہتے ہو؟"

"ہم نے سنا ہے کہ آپ کے پاس عدیس اقابہ سے کشتی کرائے پر لینے کا راستہ ہے اور ہمیں مصر یا کسی دوسرے ملک لے جانے کا انتظام کر سکتی ہیں۔ میں کشتی کرائے پر لینے اور چھوٹے عملے کو ملازمت دینے کے لیے تیار ہوں۔ اگر آپ کے پاس کوئی تعلقات ہیں، تو شاید ہم مصر جا کر وہاں رہ سکتے ہیں—"

ڈاکٹر سلامہ نے اپنا ہاتھ اٹھا کر مجھے روک دیا۔ "مجھے یہاں رکنے دو،" اس نے کہا، ایک لمحے کے لیے توقف کیا۔ "میرے پاس کچھ چھوٹی کشتیاں ہیں۔ میں عملہ ملازمت پر رکھ سکتی ہوں، اور آپ شاید بحیرہ روم کے کسی بھی ملک میں جا سکتے ہیں، مصر بھی شامل ہے جو سرخ سمندر پر ہے۔ تاہم،

میرے پاس مصر کی حکومت سے کسی کو جاننے کی اجازت نہیں ہے جو آپ کو وہاں رہنے دے۔ مصر پناہ گزینوں کو قبول نہیں کرتا۔ وہ غزہ کے لوگوں کو بھی ملک میں آنے نہیں دیتے۔ اگر آپ پکڑے گئے، تو آپ کو جیل میں کئی سال گزارنے پڑ سکتے ہیں، اگر آپ کو ملک بدر نہ کیا جائے۔ اور آخرکار، عملہ واپس جانا چاہے گا اور وہ آپ کو رپورٹ کر سکتے ہیں۔"

"میں سمجھ گیا۔ تو ہمیں خود ہی کشتی چلانی پڑے گی اور جس بھی ملک میں ہم جائیں گے، وہاں گرفتار ہونے کا خطرہ ہو گا۔"

"ہاں، اور آپ کو کھانا اور پینا پڑے گا اور ہر بندرگاہ پر سپلائیز خریدنی پڑیں گی۔ مجھے ڈر ہے کہ بندرگاہ کی سیکیورٹی آپ کو پکڑ لے گی۔ یہ آپ کی زندگی کو مزید مشکل بنا دے گا۔" اس نے سر ہلایا، اس کی آنکھوں میں افسوس بھرا تھا۔

ہم ایک دوسرے کو دیکھ کر افسردگی سے سر ہلا گئے۔ یہ خیال ٹھیک نہیں ہے۔ یہی آئیڈیا ختم ہو گیا۔

"شکریہ۔ آپ ہمیں سچ بتانے کا شکریہ۔" میں نے کہا، میری آواز مایوسی سے بھری ہوئی تھی۔ ڈاکٹر سلامہ نے ہنستے ہوئے کہا، "مجھے افسوس ہے کہ میں آپ کی مزید مدد نہیں کر سکی۔ میں تم دونوں کو تمہارے ایک دوسرے کے لیے محبت اور وفاداری پر سراہتی ہوں، اور تمہارے لیے نیک خواہشات رکھتی ہوں۔ تم دونوں ایک دوسرے کی مدد کے لیے کچھ بھی کرنے کو تیار ہو، جو بہت سی جوڑیوں میں کم ہوتا ہے۔ اللہ آپ کا حافظ۔"

ہم نے ہاتھ ملائے اور باہر نکل آئے۔ پھر ہم اسپتال کے باہر ایک بنچ پر بیٹھ گئے۔

"مجھے افسوس ہے کہ میں تمہاری اور اسماعیل کی مزید مدد نہیں کر سکا،" میں نے ہمدردی کے ساتھ کہا۔ "یہ افسوسناک ہے کہ حکومتیں اتنی ضدی ہیں۔"

علینہ نے میری طرف افسردگی سے دیکھا۔ "ہاں، یہ سچ ہے۔ دوسرے ممالک نے تمام شامیوں کو مرنے سے روکنے کا موقع دیا تھا، لیکن کچھ نہیں کیا۔ اب، کوئی نہیں سوچتا کہ پناہ گزینوں کے ساتھ کیا ہو گا جب تک کہ انہیں ان کی دیکھ بھال نہ کرنی پڑے۔ یہ افسوسناک ہے۔" اس کی آواز ہلکی سی کانپ رہی تھی، اور اس نے اپنے ہونٹوں کو کاٹ لیا تاکہ وہ رونے نہ لگے۔

"ہاں، یہ سچ ہے۔ میں چاہتا ہوں کہ میں اور زیادہ کر سکوں اور میں کوشش کرتا رہوں گا جب تک کہ کامیاب نہ ہو جاؤں،" میں نے عزم سے کہا۔ "ہم ساتھ ہوں گے، چاہے جو ہو۔"

"یہی وہ چیز ہے جو مجھے تم سے پسند ہے، جو... مجھے پتہ ہے کہ تم کبھی ہار نہیں مانو گے۔ میں ڈاکٹر جے کے مشورے پر عمل کرنا چاہتی ہوں اور شادی کی تیاریوں پر توجہ مرکوز کرنا چاہتی ہوں۔ ہم بعد میں اس پر دوبارہ بات کر سکتے ہیں اگر تمہیں کوئی اعتراض نہ ہو،" اس نے افسردگی سے کہا۔

"ٹھیک ہے۔ ہم یہ کر سکتے ہیں۔ میں اپنے پہلے رمضان کے لیے تیار ہوں، انشاءاللہ۔"

"انشاءاللہ۔"

حالانکہ یہ چیلنج تھا، میں نے پورے مہینے کا روزہ رکھا۔ سورج نکلنے کا وقت تقریباً 6:30 صبح تھا اور سورج غروب ہونے کا وقت 7:00 شام تھا۔ سب سے بڑا مسئلہ دوپہر کا کھانا نہ کھانا تھا، اس لیے میں دن کے وقت کیفے ٹیریا سے بچتا تھا۔

علینہ کا رمضان پر نقطہ نظر روحانی لحاظ سے بہت اہم تھا۔ اس نے مجھے بتایا،

"رمضان کا روزہ اسلام کے پانچ ارکان میں سے ایک ہے، جو خود پر قابو، قربانی، اور کمزوروں کے لیے ہمدردی کو اجاگر کرتا ہے۔ یہ روحانی تفکر، دعا اور اچھے کاموں کا وقت ہوتا ہے۔"

جیسے یہودی مٹزاہ کرتے ہیں، ویسے علینہ کا روزہ رکھنا اور اچھے کام کرنا اس کے ایمان اور ہمدردی کی مثال تھا۔ اس کے بیشتر اچھے کام اسپتال میں ہوتے تھے۔ روزانہ کم از کم ایک بار وہ کسی مریض کو تحفہ دیتی تھی۔ وہ بڑوں کو کپڑے دیتی تھی اور بچوں کو کھلونے؛

میں نے اس کے روزہ رکھنے میں مکمل طور پر اس کا ساتھ دیا۔ میں روزانہ صبح کے وقت علینہ اور دوسرے روزہ رکھنے والوں کے ساتھ ناشتہ کرتا تھا۔ جب سورج غروب ہوتا، ہم سب دوبارہ کیفے ٹیریا جاتے اور پورا کھانا کھاتے۔ کبھی کبھی میں فلافل کھاتا، دوسری بار میں مٹن اور سبزیاں کھاتا۔ ہم میں سے تقریباً دس لوگ اکٹھے بیٹھ کر کھاتے تھے، اسپتال کے اندر ایک چھوٹی سی کمیونٹی۔

صلاح اور اسماعیل اکثر ہمارے ساتھ رات کا کھانا کھانے آ جاتے۔ مسلم اسپتال کی کمیونٹی کے ساتھ کھانا کھانا اور ان کے ساتھ بہتر تعلقات بنانا بہت اچھا تھا۔ جب رمضان ختم ہوا، تو میں یہ اعتراف کرتا ہوں کہ مجھے سکون کا احساس ہوا۔ رمضان پر توجہ مرکوز کرنا

اور دوسرے لوگوں کے ساتھ بیٹھنا میرے امیگریشن کے مسئلے کو عارضی طور پر ہی سہی، ذہن سے
ہٹا دیتا تھا۔

باب 15: شادی کی منصوبہ بندی

ہماری چھٹیوں کے دوران، علینہ اور میں شادی کی منصوبہ بندی پر کام کرتے رہے اور میرے والدین کے لیے ایک شیڈول تیار کیا تاکہ وہ علینہ اور اس کے قریب ترین افراد سے مل سکیں۔ خوشی کے باوجود، علینہ کے اعصاب واضح طور پر دکھائی دے رہے تھے۔ ہم روزانہ اس بات پر بحث کرتے تھے کہ امریکہ منتقل ہونے کا کیا امکان ہے، اور شادی کے مقابلے میں ہم زیادہ اس پر گفتگو کرتے تھے۔

کم از کم ایک بار دن میں، اس نے مجھ سے پوچھا، "اگر مجھے امریکہ میں داخلے سے انکار کر دیا گیا تو کیا ہوگا؟ میں تمہارے والدین کو اپنا پیار کیسے جیت سکتی ہوں؟ اگر مجھے امریکہ میں داخلہ نہ ملے تو ہم کیا کریں گے؟"

مجھے بھی بے چینی کا سامنا تھا۔ ان تمام سوالات کا جواب دینا میرے لیے مشکل تھا۔ میرے جذبات منتشر تھے کیونکہ میں اسے نئے خاندان کے روابط کی خوشی کی تیاری کرتے ہوئے دیکھ رہا تھا، اور زاتری میں ہمیشہ کے لیے رہنے کا امکان بھی تھا۔ مستقبل کے مختلف منظر ناموں کو سوچنا میرے لیے مشکل تھا۔

ایک شام جب میں بستر پر لیٹا تھا، میں نے چھت کو گھومتے ہوئے دو منظر نامے سوچے۔ پہلے منظر نامے میں، میرے والدین کو علینہ کے لیے کوئی صبر نہ تھا۔ وہ مجھ سے فوراً نیو یارک واپس جانے اور علینہ سے تمام تعلقات توڑنے کا مطالبہ کرتے۔ ایسا نہ کرنے کی صورت میں میری میڈیکل تعلیم کی مکمل حمایت ختم کر دی جاتی، اور میری مسلم عورت کے ساتھ شادی کو غلط قدم یا مکمل تباہی سمجھا جاتا۔ میں کیوں اتنے منفی خیالات سوچ رہا ہوں؟ مجھے شک ہے کہ وہ ایسا فیصلہ کریں گے، لیکن اگر ایسا کیا تو میں نے پہلے ہی فیصلہ کیا تھا کہ میں اپنے والدین کو چھوڑ دوں گا اور شاید کبھی انہیں دوبارہ نہ دیکھوں گا۔ میں اپنی باقی زندگی اردن میں علینہ کے ساتھ گزاروں گا۔ شاید ہم عمّان میں رہنے لگیں۔ یہ منظر نامہ مجھے یہ سوچنے پر مجبور کرتا ہے کہ ہم اپنے آپ کو کیسے سپورٹ کریں گے۔ علینہ کے پاس ایک باقاعدہ نوکری تھی۔ میرے پاس نہیں۔

دوسرے منظر نامے میں، میرے والدین نے علینہ کو پسند کیا یا کم از کم قبول کیا، اور ہم شادی کر لیتے، لیکن امریکہ میں داخلے کے لیے ناقابل عبور رکاوٹیں پیش آتیں۔ گھڑی بے رحمی سے جولائی کی طرف بڑھ رہی تھی، جو ہمیں ہمیشہ کے لیے اپنے تعلق کو ختم کرنے کی دھمکی دے رہی تھی۔ اس صورت میں، میں نے اردن میں مستقبل کے لیے رہنے کے لیے ضروری کاغذی کارروائی حاصل کرنے کی امید کی تھی اور اپنے خاندان کو دوسرے ملک منتقل کرنے کا عمل جاری رکھا تھا۔ بدقسمتی سے، امریکہ میں داخلے کی اجازت کبھی نہیں دی گئی۔

چاہے میرے والدین علینہ کو پسند کریں یا نہ کریں، میں دونوں منظر ناموں میں اردن میں ہی رہوں گا، قانونی یا غیر قانونی طور پر۔ میں اتنے تباہ کن منظر ناموں کے بارے میں کیوں سوچ رہا ہوں؟ ہمارا مقصد امریکہ جانا تھا، یہاں پھنسنا نہیں۔

میں نے خود کو ایک بہتر منظر نامہ تخلیق کرنے پر مجبور کیا۔ علینہ میرے ساتھ بیوی کے طور پر کھڑی تھی۔ میرے والدین نے اسے کھلے دل سے گلے لگایا، مذاہب اور ثقافتوں کے درمیان پل بنایا۔ والد نے اعلان کیا کہ اس نے علینہ اور اسماعیل کے لیے امریکہ میں داخلے کا راستہ تلاش کیا ہے، اور ہم سب خوشی خوشی زندگی گزاریں گے۔ یہ منظر نامہ مجھے الجھانے والا تھا کیونکہ اس لمحے میں یہ حقیقت میں ممکن نہیں لگتا تھا۔ خوف اور خوشی میرے خیالات میں سرکنے لگے۔

میں نے تمام امکانات کا مقابلہ کیا اور پھر مزید منظر نامے بنائے۔ میرا دل، ہمیشہ ہمت والا، سرگوشی کرتا رہا، "علینہ، تھامو۔" اس کی گرمی اور ہنسی وہ ستارے تھے جو میری کشتی کو غیر یقینی سمندروں میں رہنمائی کر رہے تھے۔

گیارہ مئی - بڑا دن - آ گیا۔ ڈاکٹر جے عُمان میرے والدین کو لینے گئے اور علینہ اور میں کام پر گئے جب تک کہ وہ نہ پہنچے۔ ہمارے کام نہیں رکے، اور مریضوں کو ہماری دیکھ بھال کی ضرورت تھی۔ جب میں اپنے کاموں کے دورے پر جا رہا تھا، تو مجھے اپنے کاموں پر توجہ مرکوز کرنا مشکل ہو رہا تھا۔ ڈاکٹر جے کے عُمان روانہ ہونے کے تقریباً چار گھنٹے بعد، انہوں نے مجھے کانفرنس روم میں بلایا۔ جب میں اندر آیا، تو میں نے ڈاکٹر جے کو اپنے والدین کے ساتھ کھڑا دیکھا۔ یقین کرنا مشکل تھا کہ میں نے انہیں دس مہینے میں نہیں دیکھا تھا۔ وہ ویسے ہی نظر آ رہے تھے۔ دوسری طرف، میں نے

نمایاں تبدیلی محسوس کی تھی۔ نہ صرف جسمانی تبدیلی، کیونکہ جب ہم جدا ہوئے تو زیادہ سانولا ہو چکا تھا، بلکہ دنیا کے بارے میں میرے نقطہ نظر میں مکمل تبدیلی آئی تھی۔ مجھے امید تھی کہ وہ میری زندگی کی محبت سے ملنے کے لیے تیار ہیں اور کچھ حیرت انگیز چیزیں دیکھنے کے لیے تیار ہیں جو میں یہاں آ کر دیکھ چکا ہوں۔ شاید اس سے ان کے نقطہ نظر بھی بدل جائیں۔

میں مسکرایا اور ان سے گلے ملنے گیا۔ "ہیلو، امی اور ابو۔ آپ دونوں کو دیکھ کر بہت خوشی ہوئی۔ سفر کیسا تھا؟"

انہوں نے ہنستے ہوئے کمزوری سے مسکرا دیا۔ دونوں تھکے ہوئے نظر آ رہے تھے، ان کے بال بکھرے ہوئے تھے اور آنکھوں میں نیند تھی۔ امی نے بوتل سے پانی پیا جو ان کے ہاتھ میں تھا۔

"آپ کو دیکھ کر خوشی ہوئی۔ سفر طویل اور تھکا دینے والا تھا، اور مجھے امید ہے کہ یہ قابل قدر تھا۔ تو یہ پرنسس کہاں ہے جس سے ہمیں ملنا تھا؟"

امی کے پہلے الفاظ سن کر میں شاک میں آ گیا۔ کیا attitude تھا! وہ تھکی ہوئی ہو سکتی تھیں، لیکن ایسا لگ رہا تھا کہ جیسے انہوں نے پہلے ہی فیصلہ کر لیا ہو۔ شاید یہ سفر صرف ایک رسمی بات ہو، تاکہ مجھے خوش کیا جا سکے: علینہ سے ایک مختصر ملاقات، ایک ہاتھ ملانا، اور جلدی سے گھر واپس جانا۔ میں ایسا نہیں ہونے دوں گا۔ ایسا لگ رہا تھا کہ پہلا منظر نامہ ہونے والا ہے۔ میں ایسا نہیں ہونے دوں گا۔ میں تمہیں غصہ کرنے نہیں دوں گا، امی۔

میں نے جتنا ممکن ہو سکے بات کرنے کی کوشش کی۔ "امی، علینہ ابھی کام میں مصروف ہے۔ وہ جیسے ہی اپنے مریض کو تسلی دے کر فارغ ہو گی، یہاں آ جائے گی۔ آپ ابھی آئے ہیں۔ کیا حال ہے؟ وہ کوئی پرنسس نہیں ہے، بس ایک خوبصورت شخص ہے جو ایک نارمل زندگی گزارنا چاہتی ہے، اور آپ کو ایک کھلا ذہن رکھنا ہو گا۔" میری آواز میں غصہ آنا شروع ہو گیا تھا۔ "اگر آپ یہ نہیں کر سکتے تو شاید آپ کو ابھی گھر واپس جانا چاہیے۔ میں نہیں چاہتا کہ ہمارا سارا وقت آپس میں جھگڑنے میں گزرے۔"

میری امی نے آنکھوں کے اشارے سے جواب دیا۔ انہیں میری باتوں سے کوئی فرق نہیں پڑا۔ "آپ کی نارمل زندگی نیو یارک میں ہے، پناہ گزین کیمپ میں نہیں۔ خدا جانتا ہے کہ مجھے ان لوگوں کے لیے بہت ہمدردی ہے، لیکن ہم ان کی حالت کو بہتر بنانے کے لیے کچھ نہیں کر سکتے۔"

میں اپنی ماں پر غصہ کرنا چاہتا تھا لیکن مجھے معلوم تھا کہ ایسا کرنے سے ہمیں کوئی فائدہ نہیں ہوگا۔ میں شکر گزار تھا کہ میرے والد نے مداخلت کی۔ انہوں نے اپنی بازو ماں کے کندھے پر ڈالی اور کہا، "آؤ ہم جلدی فیصلے نہ کریں۔ ہمیں صبر سے کام لینا ہوگا اور اس خاتون کو جاننا ہوگا اس سے پہلے کہ ہم کوئی فیصلہ کریں۔"

لگتا ہے کہ میرے والد علینہ کے بارے میں زیادہ حقیقت پسند ہیں۔ لیکن شاید چونکہ انہوں نے علینہ کو زاتری چھوڑنے کا انتظام نہیں کیا، انہیں اس بات کی فکر نہیں ہے کہ میری انٹرن شپ کے بعد انہیں کیا کرنا پڑے گا۔ میرا دل تیزی سے دھڑک رہا تھا۔ علینہ کہاں ہے؟ مجھے اس کی مدد کی ضرورت تھی۔

بالکل اسی لمحے، وہ کمرے میں داخل ہوئیں۔ وہ نرس کا یونیفارم پہنے ہوئے تھیں اور اس کے سر پر حجاب تھا۔ ایسا لگ رہا تھا کہ جو کچھ بھی میں دیکھ رہا تھا وہ سست روی میں ہو رہا تھا۔ علینہ میرے والدین کے قریب گئیں اور ہاتھ ملانے کے لیے اپنا ہاتھ بڑھایا۔ میرے والد نے ان کا ہاتھ گرم جوشی سے پکڑا اور ایک دل سے مسکراہٹ دی۔ تاہم، میری ماں تقریباً ان سے مڑ گئیں۔ مجھے اپنی ماں کو گھور کر اشارہ کرنا پڑا کہ وہ علینہ کو عزت سے سلام کریں۔ میری نظریں دیکھ کر، انہوں نے علینہ کو بمشکل ایک ہلکا ہاتھ ملایا اور ان کی طرف بمشکل دیکھا۔ میں کمرے میں شدید کشیدگی کو محسوس کر سکتا تھا؛ یہ واضح تھا کہ میری ماں جان بوجھ کر ان سے بدتمیزی کر رہی تھی اور اسے اس کا کوئی شرم بھی نہیں تھا۔

یہ اچھا نہیں ہے۔ میں ماں کے سلوک پر متلی محسوس کر رہا تھا۔ کیا وہ آخر کار ان کے لیے نرم ہو جائیں گی، یا یہ ابتدائی ملاقات مستقبل کے تعلقات کی نوعیت طے کر دے گی؟ صرف وقت بتائے گا۔

ماں کے سرد استقبال کے باوجود، علینہ نے اپنا سکون برقرار رکھا۔ ہم نے پہلے ہی تیاری کی تھی، مختلف ردِعمل پر مشق کرتے ہوئے جو میری ماں کے تبصروں پر ہو سکتے تھے۔ چاہے علینہ نے میرے والدین کے ساتھ سب کچھ بہترین طریقے سے کیا ہو، پھر بھی اگر وہ نرم نہ ہوئے تو کیا ہوگا؟ اگر ان کے دل بند رہیں گے، اور علینہ کی محبت کا اثر نہ لیں؟ کیا وہ ہمت نہیں ہاریں گی، یا وہ آخرکار ان کی ضد سے ہار کر پیچھے ہٹ جائیں گی؟

ان کے آنے سے پہلے، مجھے یاد آیا کہ میں نے واضح کر دیا تھا کہ اسے ان سے ملتے وقت خوش رہنا ہوگا اور ہمارے تعلق یا امریکہ جانے پر بحث نہیں کرنی ہوگی۔ اگر وہ ایسا کرتی، تو میرے والدین فوراً اس سے مڑ سکتے تھے اور اس کے لیے اپنے دل بند کر سکتے تھے۔ جیسے ہی لمحے گزر رہے تھے، میں امید کر رہا تھا کہ اس کی طاقت ثقافتوں، محبت اور قبولیت کے درمیان خلا کو پُر کرنے کے لیے کافی ہوگی۔

علینہ مسکرا کر بولی، "ہیلو، آپ سے مل کر بہت خوشی ہوئی۔ جونے مجھے آپ دونوں کے بارے میں اتنی حیرت انگیز باتیں بتائی ہیں۔ میں دیکھ سکتی ہوں کہ یہ آپ کا اثر ہے جس نے اسے ایک عظیم آدمی اور جلد ہی ایک عظیم ڈاکٹر بنایا ہے۔ آپ سے ملنا ایک اعزاز ہے۔ مجھے آپ کے ساتھ وقت گزارنے کا انتظار ہے تا کہ آپ مجھے بہتر طریقے سے جان سکیں۔"

میری ماں کچھ کہنا چاہتی تھیں۔ "یہ——"

لیکن میرے والد نے ان کی بات کاٹ دی۔ انہوں نے اپنی ہاتھ ماں کے کندھے پر ڈالی۔ "یہ خوشی کی بات ہے کہ ہم اس عورت سے ملے ہیں جس کے بارے میں جو اتنے پر جوش ہیں۔ ہم یقیناً آپ کے ساتھ مزید وقت گزاریں گے۔"

ماں کو کاٹنا پسند نہیں آیا۔ انہوں نے میرے والد کا ہاتھ اپنے مخالف ہاتھ سے ہٹا دیا۔ پھر بھی وہ خاموش رہیں، اپنے جسم کے سامنے بازو لپیٹے اور دکھاوے کے طور پر انکار ظاہر کیا۔

شاید میرے والد علینہ سے میری طرح متاثر ہیں، لیکن میری ماں نہیں۔

ڈاکٹر جے، ماں کی منفی رویے کو دیکھتے ہوئے، مداخلت کی۔ "کیوں نہ میں آپ دونوں کو آپ کے کمرے میں سیٹل کروادوں اور اسپتال کا چھوٹا سا دورہ کروادوں؟ میں روبرٹ سے ملنا چاہتا ہوں۔ ہم نے گاڑی میں بات کی تھی، لیکن دو گھنٹے اتنے سالوں کے حساب سے کافی وقت نہیں ہے!"

"یقیناً،" میرے والد نے کہا۔ "اتنے سالوں بعد آپ سے مل کر خوشی ہوئی، پرانے دوست۔"

"آئیں، اس طرف چلیں۔" ڈاکٹر جے نے میرے والدین کو پیچھے آنے کا اشارہ کیا۔ میں علینہ سے بات کرنے کے لیے پیچھے رہ گیا۔

جب وہ کمرے سے باہر نکل گئے، میں نے علینہ سے کہا، "میرے ماں کے بارے میں فکر مت کرو۔ وہ آخرکار نرم ہو جائیں گی۔ وہ تمہاری دلکشی اور لوگوں کے لیے تمہارے خیال کو پسند کریں گی۔ وہ صرف اس بات سے گھبرا رہی ہیں کہ انہیں اپنے بچے کو دوسری عورت کے حوالے کرنا ہوگا۔"

علینہ نے ایک لرزتی سانس لی۔ وہ الگ رہی تھی کہ وہ رونے والی ہے۔ "امید ہے ایسا ہی ہوگا۔ انسان کسی کو خوش کرنے کے لیے صرف اتنا ہی کر سکتا ہے۔"

"ہاں۔ ایک وقت آئے گا جب تم ان کے ساتھ اکیلی ہوگی، اور تب تم ان کا دل جیت لوگی۔" میں نے اس کی پیٹھ پر ہاتھ پھیرا۔ ایسا لگ رہا تھا کہ یہ صحیح بات ہے کیونکہ میں اسے تسلی دے رہا تھا۔

"شکریہ جو، تم نے مجھے بہتر محسوس کرنے کی کوشش کی۔ اب مجھے واپس کام پر جانا ہوگا۔ بعد میں ملوں گی۔" وہ اپنے مریضوں کی دیکھ بھال کرنے کے لیے چلی گئی۔ کم از کم کام کرنا اسے میرے والدین سے دھیان ہٹائے گا۔

میں چند گھنٹے کام کرنے کے بعد اپنے والدین کے حالات دیکھنے گیا۔ وہ پہلی رات سب کے ساتھ کھانا کھانے کے لیے بہت تھکے ہوئے تھے، اس لیے میں نے انہیں میس ہال میں لے گیا۔ ہم تینوں نے کھانا کھایا اور نیویارک میں میری واپسی کے بعد جو کچھ بھی ہوا تھا اس پر بات کی۔ خوش قسمتی سے، انہوں نے اسٹیسی کا ذکر نہیں کیا۔ والد نے حالیہ میڈیکل اسکول کی گریجویشن اور فیکلٹی کی کچھ خبریں شیئر کیں۔ علینہ کے بارے میں مزید کوئی بات نہیں ہوئی۔ وہ تھکے ہوئے نظر آ رہے تھے، اور مجھے یاد آیا کہ پرواز کے بعد میں بھی کتنا تھکا ہوا تھا۔ کھانے کے بعد، وہ سیدھے بستر پر چلے گئے۔

ڈاکٹر جے نے اپنے اپارٹمنٹ میں میرے والدین اور علینہ کے ساتھ اگلے دن رات کے کھانے کا انتظام کیا۔ میں بہت پرجوش تھا کہ میرے والد اور ڈاکٹر جے اپنی جوانی کے دنوں کی یادیں تازہ کر رہے تھے جب وہ فلپائن میں ڈاکٹر تھے۔

جب کھانا قریب آیا، علینہ اور میں اپنے والدین کو لینے گئے اور انہیں ڈاکٹر جے کے اپارٹمنٹ تک لے آئے۔ یہ پہلا موقع تھا جب میں نے اس اپارٹمنٹ کو دیکھا تھا۔ یہ مجھے اپنے پرانے نیویارک کے اپارٹمنٹ کی یاد دلاتا تھا، جسے میں نے سٹیسی کے ساتھ شیئر کیا تھا۔ یہ شاید سات سو مربع فٹ کے قریب تھا، ایک چھوٹی سی کچن اور ڈائننگ ایریا کے ساتھ ایک کمرے میں۔ وہاں ایک چھوٹا سا رہنے کا کمرہ، باتھ روم اور شاید پندرہ ضرب بارہ فٹ کا بیڈ روم تھا۔ دیواریں ماضی کی کہانیوں کی گواہ تھیں۔ فریم کی ہوئی تصاویر ڈاکٹر جے کے سفر کی تاریخ کو قید کر رہی تھیں—ایفل ٹاور جو چاندنی میں نہا رہا تھا، عظیم دیوار جو لا متناہی حد تک پھیل رہی تھی، اور دور دراز جگہوں پر غروب کا منظر۔ ہم وہاں پہنچے تو ہمیں کچن، ڈائننگ روم اور ایک بیڈ روم کی پانچ منٹ کی تیز سی ٹور کرائی گئی۔ ایسی زندگی گزارنے کے لیے خاص نوعیت کے انسان کی ضرورت ہوتی تھی۔

ڈاکٹر جے نے کہا، "علینہ اور جو، تم دونوں ایک طرف بیٹھو گے، اور تمہارے والدین دوسری طرف بیٹھیں گے۔ مائیکا اور میں آخری طرف بیٹھیں گے۔ کیا یہ سب کو ٹھیک ہے؟"

سب نے سر ہلایا اور میز پر بیٹھ گئے۔ مجھے لگ رہا تھا جیسے میری زندگی کا سب سے بڑا جھگڑا ہونے والا ہو۔ میں اپنے والد کے سامنے تھا، اور علینہ میری والدہ کے سامنے۔ چونکہ مسلمان شراب نہیں پیتے، ڈاکٹر جے اٹھ کر ہماری گلاسوں میں انگور کا رس انڈیل رہا تھا۔ پھر کھڑا ہو کر اس نے کہا، "سب کے لیے ایک ٹوسٹ۔"

ہم سب نے گلاس اٹھائے۔ ڈاکٹر جے نے کہا، "میرے عظیم دوست اور ان کی بیوی کے لیے ٹوسٹ، جنہیں میں کئی سالوں سے نہیں ملا۔ اللہ آپ کو اچھی صحت دے۔" پھر اس نے ہماری طرف رخ کیا، "اور نئی منگنی شدہ جوڑے کے لیے ٹوسٹ۔ اللہ آپ دونوں کو زندگی بھر خوشی دے۔"

کیا آپ واقعی یہ بات کہہ رہے ہیں، والد؟

ہم نے گلاس اٹھائے۔ میں نے والدہ کی طرف دیکھا۔ ان کے چہرے پر کوئی تاثرات نہیں تھے۔ شاید وہ اچھے مہمان بننے کی کوشش کر رہی ہیں۔ اللہ کا شکر ہے کہ انہوں نے دوبارہ جھگڑا شروع نہیں کیا۔

ہم نے اپنا کھانا کھایا—ایک معمولی میڈیٹیرین کھانا جس میں مٹن کباب، چاول اور سلاد شامل تھے۔ کھانے کے بعد، ہم میز پر بیٹھے رہے اور ڈاکٹر جے کو پرانی باتیں کرتے ہوئے سنا۔

ڈاکٹر جے نے میرے والد کی بہت تعریف کی، "آپ کے والد ایک عظیم سرجن ہیں۔ وہ ایک اور بڑے دوست ہیں۔ انہوں نے میری زندگی بچائی جب انہوں نے مجھے مائیکا سے ملوایا۔"

"مجھے اتنا تو معلوم ہے، لیکن آپ کی زندگی کیسے بچی؟"

ڈاکٹر جے نے سر ہلایا، "اس سے پہلے، میں ایک دوسری نرس سے محبت کرتا تھا جسے آپ کے والد نے منظور نہیں کیا تھا، جس سے مجھے غصہ آگیا۔"

"والد، اس عورت میں کیا مسئلہ تھا؟ آپ نے ایک ساتھی ڈاکٹر کی محبت کی زندگی میں مداخلت کیوں کی؟ اور کیا آپ میری زندگی برباد کرنے والے ہیں؟"

میرے والد نے سر ہلایا اور آنکھیں گھمائیں۔ "مجھے یہ کہانی سنانا بہت ناپسند ہے، لیکن چونکہ تمہیں جاننا ہے کہ کیا ہوا—وہ عورت جس سے ڈاکٹر جے بہت محبت کرتا تھا، ہسپتال کی فارمیسی سے دوائیں چوری کر رہی تھی۔ میں نے یہ اپنے پاس سے سنا جب میں ان کے دفتر میں داخل ہوا، وہ پولیس سے بات کر رہے تھے۔ جتنا میں نے سنا، وہ پہلے ہی تحقیقات کا شکار ہو چکی تھی اور اسے بہت مشکل میں پڑنے والی تھی۔"

ڈاکٹر جے نے مزید کہا، "جب اس نے مجھے سچ بتایا، میں نے اس کی ایک بھی بات پر یقین نہیں کیا۔ میں نے اس پر بہت ساری گالی گلوچ کی۔ میں نے سوچا شاید وہ میری گرل فرینڈ کو چوری کر رہا ہے۔"

رابرٹ نے کہا، "میں نے اسے واضح کر دیا کہ اگر اس نے تعلق ختم نہ کیا تو وہ چوریوں میں مشتبہ ہو سکتا ہے۔ میں نے اسے کہا کہ وہ اپنی گرل فرینڈ کا سامنا کرے اور اس سے پوچھے۔"

"میں نے اپنی گرل فرینڈ کا سامنا کیا۔ شروع میں اس نے سب کچھ انکار کیا، لیکن پھر اس نے تسلیم کیا کہ وہ بہت وقت سے چوری کر رہی تھی کیونکہ اس کا نشہ کا مسئلہ تھا۔ مجھے اس پر افسوس ہوا، لیکن اس لمحے میں، مجھے پتا تھا کہ مجھے یہ تعلق توڑنا ہو گا یا، جیسے آپ کے والد نے کہا، اپنی گرل فرینڈ کے ساتھ جیل جانے کے لیے تیار رہنا ہو گا۔ تقریباً ایک ہفتہ بعد جب ہم نے تعلق ختم کیا، وہ گرفتار ہو گئی اور پانچ سال جیل میں گزارے۔ براہ کرم مجھے یہ نہ پوچھنا کہ اس کے ساتھ کیا ہوا کیونکہ مجھے کچھ نہیں معلوم۔ مجھے اسے بھولنے میں کچھ وقت لگا، لیکن جب رابرٹ نے مجھے مائیکا سے ڈیٹ کرنے کا مشورہ دیا، تو یہ ایک آسمانی ملاپ تھا۔ اگر میں نے اس کی بات نہ سنی ہوتی، تو میں آج یہاں تم سب کے ساتھ نہیں بیٹھا ہوتا۔"

میں نے کہا، "اور زیادہ تر امکان یہی ہے کہ میں علینہ سے کبھی نہ ملتا کیونکہ میرے والد مجھے یہاں نہ بھیجتے۔"

ڈاکٹر جے نے کہا، "بالکل، تو وہ میری شادی اور تمہاری آنے والی شادی کے ذمہ دار ہیں۔"

میرے والد نے کہا، "میں نے وہی کیا جو ضروری تھا، اور مجھے امید ہے کہ میں جو کے لیے بھی یہی کروں گا۔" میں ان کی بات پر حیران ہو گیا۔ کیا آپ ہماری مدد کرنے کی کوشش کر رہے ہیں یا ہمیں علیحدہ کرنے کی؟ میں ان سے یہ سوال کرنا چاہتا تھا، لیکن ڈاکٹر جے اور علینہ کی موجودگی میں یہ نہیں کر سکا۔ شام کے اختتام سے پہلے، ڈاکٹر جے نے اگلے دن کے منصوبوں کا اعلان کیا۔ "کل، رابرٹ اور لیا کی درخواست پر، میں ہم چھ افراد کو عملان لے جا رہا ہوں تاکہ دو چیزیں دیکھ سکیں۔ سب سے پہلے، ہم رو من تھیٹر جائیں گے تاکہ رابرٹ، لیا، اور مائیکا کو دکھا سکیں جہاں جو نے علینہ کو پروپوز کیا تھا۔ وہاں کے منظر لاجواب ہیں اور مجھے یقین ہے کہ آپ تاریخ سے لطف اندوز ہوں گے۔ دوسرے نمبر پر، ہم جبل نیبو جائیں گے، جہاں موسیٰ کے بارے میں کہا جاتا ہے کہ وہ وہاں فوت ہوئے اور دفن ہوئے۔ یہ دلچسپ ہونا چاہیے۔ ہم یہاں سے آٹھ بجے صبح روانہ ہوں گے تاکہ رات کے کھانے تک واپس آ سکیں۔" ہمارے پاس کوئی سوالات نہیں تھے اور ہم کچھ دیر مزید وہاں بیٹھے رہے۔ علینہ ساری شام خاموش رہی، اور میرے والدین نے زیادہ تر اس سے نظریں چرا لیں۔ وہ ڈاکٹر جے کے ساتھ بیٹھے رہے اور پرانی باتیں کرتے رہے، جبکہ مائیکا ہمارے ساتھ بیٹھی

تھی۔ یہ ایسا تھا جیسے دو گن میں ایک دوسرے کو گھور رہے ہوں، ایک غلطی کا انتظار کر رہے ہوں۔ ان کی خاموشی یا اجتناب نے مزید کشیدگی پیدا کر دی تھی۔ حالات کو بدلنے کی ضرورت تھی۔ جب میں نے علینہ کو اس کے کمرے تک چھوڑا، تو میں اندر گیا تا کہ اس سے رات کے کھانے کے بارے میں بات کر سکوں۔ میں نے محسوس کیا کہ وہ پریشان ہے، اور میں بھی۔ "تمہارے والدین کو تو واقعی مجھ سے نفرت ہونی چاہیے۔ انہوں نے ساری شام مجھے بالکل نظر انداز کیا، "اس نے کہا۔ وہ رونا چاہ رہی تھی۔ " مجھے نہیں پتہ کہ میں تین ہفتے تک ان کے ساتھ گزار سکتی ہوں یا نہیں۔ میں بہتر ہوں اگر ذاتری میں رہوں۔ ""مجھے افسوس ہے کہ میرے والدین نے تمہیں اتنا غیر آرام دہ محسوس کرایا۔ لیکن یہ صرف آغاز ہے۔ تمہیں ان دونوں سے بات کرنے کے مواقع ملیں گے۔ مجھے یقین ہے کہ وہ تمہیں تمہاری اصل شخصیت کے لیے پسند کریں گے۔ ""اور اگر وہ نہیں کرتے؟""انہیں چھوڑ دو۔ یہ ان کا نقصان ہے۔ ""کل جب ہم سفر پر جائیں گے، مسکراؤ اور اپنی علمیت اور شاندار شخصیت کا مظاہرہ کرو۔ ڈاکٹر جے اور مائیکا ہمارے ساتھ ہوں گے اور ہماری طرف ہیں۔ ""میں اپنی طرف سے بہترین کروں گی، لیکن اگر وہ مجھ سے بات کرنے کو بھی تیار نہ ہوں، تو کچھ ضمانت نہیں ہے۔ اگر وہ مجھے ویسا ہی سلوک کرتے رہے تو مجھے نہیں لگتا کہ میں چاہوں گی کہ وہ شادی میں ہوں۔ ""میں بھی نہیں چاہوں گا کہ وہ وہاں ہوں۔ امید کرتے ہیں کہ یہ بہتر ہو جائے۔ ""ٹھیک ہے۔ فکر نہ کرو، میری جان۔ میں پریشان ہوں، لیکن میں ہار نہیں مانوں گا۔ "ہم جدا ہو گئے اور بستر پر چلے گئے۔

جیسے طے تھا، ہم سب وین میں سوار ہو کر عمّان کے سفر پر روانہ ہو گئے۔ ڈاکٹر جے نے گاڑی چلائی اور پیچیدہ سڑکوں پر سفر کیا۔ میرے والد سامنے بیٹھے تھے، ڈاکٹر جے کے ساتھ بات کرنے کے لیے تیار تھے اور کئی کھوئے ہوئے سالوں کو پورا کرنے کے لیے۔ میری والدہ اور مائیکا درمیان میں بیٹھے تھے، ان کی جوش بھری حالت واضح تھی۔ علینہ اور میں پیچھے بیٹھ گئے۔ ایک بار پھر، میرے والدین اور علینہ کے درمیان بہت کم معنی خیز بات چیت ہوئی۔ ہمیں پہلے مقام — رومن تھیٹر تک پہنچنے میں صرف ایک گھنٹہ سے کچھ زیادہ وقت لگا۔ ڈاکٹر جے نے وین پارک کی اور ہم نے اندر جانے کے لیے ٹکٹ خریدے۔ جیسا کہ قسمت نے چاہا، میں نے یوسف کو دیکھا، جو ہمارا گائیڈ تھا

جس دن میں نے پروپوز کیا تھا، اور کام کی تلاش میں تھا۔ میں فوراً اس کے پاس گیا اور اس سے کہا کہ وہ ہمیں ذاتی دورہ کرائے۔ جب اس نے مجھے دیکھا تو وہ مسکرا دیا اور مجھے گرمجوشی سے ہاتھ ملایا۔ "ہیلو، میں تمہیں اچھی طرح یاد رکھتا ہوں۔ تم اور تمہاری بیوی کیسی ہیں؟" "ہمارا شکریہ کہ تم نے ہمیں یاد کیا۔ ہم ابھی تک سرکاری طور پر شادی شدہ نہیں ہیں، لیکن ہم بہت اچھا کر رہے ہیں۔ شکریہ۔ میری منگیتر، والدین اور باس آج ہمارے ساتھ ہیں، اور وہ اس تھیٹر کو دیکھنا چاہتے ہیں جہاں میں نے علینہ کو پروپوز کیا تھا۔" "کوئی بات نہیں۔ براہ کرم مجھے اپنے والدین سے ملواؤ۔" میں نے یوسف کے ساتھ اپنے والدین، ڈاکٹر جے اور مائیکا سے ملوایا۔ پھر ہم تھیٹر میں گئے۔ یوسف نے وہی دورہ دیا جو علینہ اور میں نے کیا تھا۔ وہ تاریخ سے متاثر ہوئے، جیسے میں ہوا تھا۔ آخرکار ہم اس مربع پر پہنچے جہاں میں نے پروپوز کیا تھا۔ یوسف نے کہا، "جو اور علینہ، مجھے لگتا ہے کہ تم ان سے اس حصے کے بارے میں بہتر طریقے سے بتا سکتے ہو۔" میں نے یوسف کو ہائی فائیو دی اور اپنے والدین کی طرف مڑا۔ "امی اور ابو، اس مربع پر، میں نے گھٹنے کے بل بیٹھ کر علینہ کو پروپوز کیا تھا۔ وہاں تمام نشستوں کو دیکھنا شاندار تھا۔ ہم نے یہ تصور کیا کہ یہ دو ہزار سال پہلے کیسا ہوتا، جب تمام نشستیں بھری ہوئی ہوتی اور تھیٹر اپنی اصلی شان و شوکت میں ہوتا۔" میں نے "اوہ" اور "آہ" کی آوازیں سنی۔ میری والدہ نے کہا، "واہ، یہ واقعی ایک رومانی مقام ہے منگنی کرنے کے لیے۔ یہ خیال کس کا تھا؟" "ڈاکٹر جے کا تھا۔ جب ہم نے یہ کیا تھا تو یہ مزے کا تھا۔ سیاحوں کا ایک گروہ نے ساری بات دیکھی اور زور دار تالیاں بجائیں۔ یا شاید انہوں نے سوچا کہ ہم کسی کھیل میں ہیں کیونکہ یہ تھیٹر بنیادی طور پر اس مقصد کے لیے استعمال ہوتا تھا،" میں نے مسکراتے ہوئے کہا۔ میرے والد نے پوچھا، "اسے ہاں کہنے میں کتنا وقت لگا؟" علینہ نے جواب دیا۔ "میں نے ہاں کہا تھا اس سے پہلے کہ وہ مکمل طور پر بات بھی ختم کرتا۔" وہ میرے والد کو مسکرا کر دیکھ رہی تھی۔ اسے لگتا ہے کہ اس کا اس کے ساتھ بہتر تعلق ہے۔ "یہ بہت خوبصورت تھا۔ کیا آپ ہمیں بتا سکتے ہیں کہ آپ کہاں منگنی ہوئی تھی؟ میں جاننا چاہوں گی۔" میرے والد نے کہا، "ہم گرین وچ ولیج میں ایک اپارٹمنٹ میں رہ رہے تھے۔ نیا سال کا آغاز تھا، ہم ٹائمز اسکوائر گئے تھے، اور بارہ بجے کے قریب میں نے اس سے شادی کی درخواست کی۔ مجھے یقین ہے کہ کسی نے نہیں دیکھا کیونکہ ہر کوئی

ایک دوسرے کو چوم رہا تھا۔ ہم ایک سال بعد شادی کے بندھن میں بندھ گئے۔ جلد ہی ہم تیس سال کی شادی کا جشن منائیں گے۔"

میری والدہ والد کے قریب آئیں اور انہیں بوسہ دیا۔ "یہ میری زندگی کے سب سے خوشی کے دنوں میں سے ایک تھا۔ میں تصور بھی نہیں کر سکتی کہ تمہارے بغیر زندگی گزاروں۔" "ہم سب نے ڈاکٹر جے کو دیکھا، جنہوں نے کندھے اچکائے۔ "مائیکا سے میری منگنی زیادہ رومانیٹک نہیں تھی، حالانکہ جب اس نے ہاں کہا تو ہم نے بہت مزہ کیا۔ ہم بستر پر تھے جب میں نے سوال پوچھا۔ ہم ایک ماہ بعد شادی کے بندھن میں بندھ گئے، اور باقی تاریخ ہے۔" "ہم سب ہنس پڑے۔ "آہ،" علینہ نے جواب دیا۔ تھیٹر کی جوہر کو پکڑنے کے بعد، ہم نے موسٰیؑ کی یادگاری چرچ کے سفر کا آغاز کیا، جسے مقام نبی موسٰیؑ بھی کہا جاتا ہے۔ اردن کی بلند پہاڑی سے دلکش مناظر دیکھے جا سکتے تھے۔ روایات کے مطابق، یہ مقدس مقام وہ جگہ ہے جہاں موسٰیؑ نے وعدہ شدہ سرزمین کو دیکھا تھا۔ کچھ لوگ یہ بھی مانتے ہیں کہ یہ ان کی آخری آرام گاہ ہے۔ اصل چرچ چوتھی صدی عیسوی کے دوسرے نصف میں تعمیر کیا گیا تھا تاکہ وہ مقام عزت دی جا سکے جہاں موسٰیؑ کا انتقال ہوا۔ دورے کے بعد، والدہ نے کہا، "یہ واقعی ایک خوبصورت جگہ ہے۔ خروج کے مطابق، موسٰیؑ نے دریائے اردن کو اس وقت دیکھا جب یہودی لوگ اسرائیل میں داخل ہو رہے تھے۔" "سب نے سر ہلایا، ارد گرد گھومے اور منظر کا لطف اٹھایا۔ پھر ہم نے ایک اچھے ریستوران میں دوپہر کا کھانا کھایا۔ ہم چھ افراد نے روایتی مشرق وسطٰی کے کھانے آرڈر کیے، جیسے تبولہ سلاد، جو گرم موسم کے لیے بہترین سرد سلاد تھا۔ ہم نے مختلف قسم کی چائے بھی پی۔ ڈاکٹر جے نے پوچھا، "تو، آپ کو سفر کیسا لگا؟" والدہ نے کہا، "ہزاروں سال پرانی تاریخ کو دیکھنا بہت دلکش تھا۔ مجھے بہت مزہ آیا۔" والد نے کہا، "میں متفق ہوں۔ علینہ، تمہیں جبل نیبو کیسا لگا؟"

"مجھے تاریخی مقامات پسند ہیں، خاص طور پر چونکہ مجھے پناہ گزینی کے طور پر زیادہ سفر کرنے کا موقع نہیں ملتا اور دنیا کے تمام عجائب دیکھنے کا۔ میں تو مکہ بھی نہیں گئی۔" میری والدہ نے علینہ کی طرف رخ کیا۔ "تو، کیا تم موسٰیؑ پر ایمان رکھتی ہو؟ میں شرط لگاتی ہوں کہ مسلمانوں کو موسٰیؑ سے نفرت ہو گی کیونکہ اس نے ان کی زمین پر قبضہ کر لیا۔" "واہ، اس نے واقعی علینہ سے بات کی۔ یہ ایک معجزہ

ہے! علینہ نے جواب دیا، "جی ہاں۔ موسیٰ یہودی مذہب میں اہم ہیں کیونکہ انہوں نے مصر سے غلاموں کو نکالا اور دس احکام (Ten Commandments) لکھے۔ جہاں تک اسلام کا تعلق ہے، موسیٰ دونوں نبی اور پیغمبر ہیں۔ قرآن میں انہیں سو سے زیادہ بار ذکر کیا گیا ہے، جس سے ان کی کہانی ایک تفصیل سے بیان کی جانے والی کہانی بن گئی ہے۔ ان کی زندگی بعض طریقوں سے پیغمبر محمد کی زندگی سے ملتی جلتی ہے۔" میں اپنے والدین کے چہرے پر چپ کا گہرا تاثر دیکھ کر یقین نہیں کر پا رہا تھا۔ دونوں کے منہ کھلے ہوئے تھے۔ میرے لیے یہ بہت خوبصورت اور کامل تھا۔ میں نے کہا، "مجھے خود بھی یہ نہیں معلوم تھا۔ کیا آپ واقعی سمجھتے ہیں کہ موسیٰ اسی مار کر کے نیچے دفن ہیں جسے ہم نے دیکھا؟" ڈاکٹر جے نے جواب دیا، "میں سمجھتا ہوں کہ یہ ایمان کا مسئلہ ہے۔ ہزاروں سال پہلے کی بات کی ہے، وہاں کی کوئی ویڈیو یا کیمرہ نہیں تھا جو وہ سب کچھ دستاویزی طور پر ریکارڈ کرتا۔ ہم صرف وہی پڑھ سکتے ہیں جو ہمیں معلوم ہے اور اپنے عقائد کے بارے میں فیصلے کر سکتے ہیں۔" والد نے کہا، "میں اس سے متفق ہوں۔ میرے لیے سوال یہ ہے کہ موسیٰ اردن میں کیا کر رہے تھے؟ ہمیں معلوم ہے کہ وہ مصر سے نکلے اور بحر احمر کو عبور کر کے سعودی عرب پہنچے، جہاں انہوں نے اپنی بیوی سے ملاقات کی۔" والدہ نے کہا، "واحد ممکنہ جواب یہ ہے کہ موسیٰ راستہ بھٹک گئے تھے۔ وہ اردن کے ذریعے شمال گئے، جس کا مطلب ہے کہ وہ مردہ سمندر کے غلط طرف تھے۔ یقیناً ہم کبھی نہیں جان پائیں گے۔" "والدہ، یہ بہت اچھا جواب تھا۔ یہ عجیب بات ہے کہ یہودی لوگ اتنے عرصے تک صحرا میں زندہ رہے، جس سے ان کی استقامت کا پتا چلتا ہے۔" میرے والدین واقعی اس سفر میں دلچسپی رکھتے تھے، جس سے مجھے خوشی ہوئی۔ میں نے بھی اپنی رائے شامل کرنا چاہی۔ میں نے کہا، "میں ایک اور بات کہنا چاہتا ہوں۔ علینہ کے ساتھ اپنے تعلقات کے دوران، میں نے یہ دریافت کیا کہ ہمارے مذاہب اور ثقافتوں میں بہت سی مشابہتیں ہیں۔ مثال کے طور پر، علینہ نے موسیٰ کے بارے میں وضاحت کی۔ کیا آپ جانتے ہیں کہ دونوں مذاہب میں شادی کے معاہدے بہت مشابہ ہیں؟ یہاں وہ دبکے رقص کرتے ہیں، ہم ہورا رقص کرتے ہیں۔ دونوں دائرہ رقص ہیں۔ دونوں مذاہب میں ہم کو سور کا گوشت کھانے کی اجازت نہیں ہے۔ جو لوگ اسلام کو فالو کرتے

ہیں وہ رمضان کے دوران روزہ رکھتے ہیں۔ ہم یوم کپور پر روزہ رکھتے ہیں۔ اسلام اور آرتھوڈوکس یہودیت دونوں میں شادی سے پہلے جنسی تعلقات کی اجازت نہیں ہے۔ انہیں ایک دوسرے کو چھونے تک کی اجازت نہیں ہے۔" والدہ نے کہا، "تم نے یہاں اسلام کے بارے میں بہت کچھ سیکھا ہے۔ شکریہ، علینہ، اپنے مذہب کی ان تفصیلات کو ہمارے ساتھ شیئر کرنے کے لیے۔" یہ مثبت تھا—میرے خیال میں۔ ڈاکٹر جے نے سر ہلایا اور کہا، "معذرت، میں مداخلت کر رہا ہوں، لیکن ہمیں زاتری واپس جانا ہے۔ مجھے امید ہے کہ سب نے آج کا دن اچھا گزارا اور ایک دوسرے کے قریب محسوس کیا۔" گھر کی طرف سفر پر کچھ خاص نہ ہوا۔ والدہ سو گئیں، تو سب خاموش ہو گئے۔ اس شام، میرے والدین نے ہمارے ساتھ میس ہال میں کھانا کھایا۔ سب کچھ خوبصورت تھا جب تک میرے والد نے کہا کہ وہ ڈاکٹر جے کے دفتر میں صبح علینہ سے بات کرنا چاہتے ہیں۔" صبح گیارہ بجے ڈاکٹر جے کے دفتر میں۔" "ٹھیک ہے، میں اسے بتا دوں گا۔ کیا میں وہاں بھی آؤں؟ یہ اس کا فیصلہ ہے کہ وہ آپ سے بات کرے یا نہیں۔ مجھے یقین ہے کہ وہ آپ سے ملے گی، لیکن آپ کبھی نہیں جان سکتے۔" "اگر آپ کو اعتراض نہ ہو، تو میں علینہ سے اکیلا بات کرنا چاہوں گا۔ مجھ پر بھروسہ کریں۔ ٹھیک ہے۔ میں گیارہ بجے وہاں ہوں گا اور اس کا انتظار کروں گا۔ اگر وہ وقت مناسب نہ ہو، تو ہم کوئی دوسرا وقت منتخب کر سکتے ہیں۔"

میں نے علینہ کو ڈاکٹر جے اور مائیکا سے بات کرتے ہوئے دیکھا اور ان کے پاس گیا۔ "معاف کیجیے گا، مجھے علینہ سے کچھ منٹوں کے لیے ذاتی طور پر بات کرنی ہے۔" "جی ہاں، جائیے۔" ہم باہر گئے تاکہ بات کر سکیں۔ "میرے والد نے کل صبح گیارہ بجے آپ سے ذاتی طور پر بات کرنے کا کہا ہے۔ انہیں جانتے ہوئے، یہ شاید کسی نوکری یا کالج کی درخواست کا انٹرویو ہو سکتا ہے۔ کیا آپ اس کے لیے تیار ہیں؟" "ہاں، میں تیار ہوں۔ شاید یہ میرا لمحہ ہو۔" "ہاں، یہ ہے۔ مجھے پتا ہے کہ آپ اپنے جوابات سے اسے حیران کن کر دیں گی۔ اسے آپ کو ڈرا کرنے نہ دیں۔ مضبوط رہنا۔ وہ کمزوری نہیں دیکھنا پسند کرتا—"علینہ نے ہاتھ اٹھاتے ہوئے مجھے روک دیا۔ "فکر کرنا بند کرو۔ میں تھوڑی بہتر محسوس کر رہی ہوں، خاص طور پر تمہارے والد کے ساتھ۔ تمہاری والدہ سخت ہوں گی۔ تم اور میں صرف وہی کنٹرول کر سکتے ہیں جو ہم کرتے ہیں۔ ہم تمہارے والدین کو کنٹرول نہیں کر سکتے۔

ہم صرف یہ کوشش کر سکتے ہیں کہ انہیں سمجھائیں کہ ہمارے درمیان محبت کتنی اہم ہے۔ کیا میں امریکہ جانے کا ذکر کروں؟'''' تمہیں اس کی ضرورت نہیں ہو گی، میں ضمانت دیتا ہوں کہ والد یہ بات خود کریں گے، اور جب وہ کریں گے، تو تم اپنے جواب سے انہیں حیران کر دو گی۔ مثبت سوچو۔ کوشش کرو کہ اچھی نیند لو۔''

باب 16: والدین کا فیصلہ

علینہ

علینہ نے بالکل گیارہ بجے ڈاکٹر جے کے دفتر میں قدم رکھا۔ وہ نرس کے لباس میں ملبوس تھی اور اس نے اپنا حجاب پہنا ہوا تھا۔ ڈاکٹر گولڈ ڈاکٹر جے کے ڈیسک پر بیٹھا ہوا تھا۔

وہ کمرے میں داخل ہوئی، یہ ارادہ کیے ہوئے کہ ڈاکٹر گولڈ پر اچھا تاثر چھوڑے۔ اسے یہ احساس تھا کہ یہ شاید اس کا سب سے اہم انٹرویو ہے۔ اگر ڈاکٹر گولڈ اس کی مدد نہیں کرتا، تو وہ شاید اپنی باقی زندگی زاتری میں گزارنے پر مجبور ہو جائے گی۔ وہ اس کے سامنے بیٹھ گئی۔

ڈاکٹر گولڈ اپنی کرسی پر پیچھے جھک گئے، ان کی آنکھوں میں نرمی آئی جب انہوں نے بات شروع کی۔

"گڈ مارننگ، ڈاکٹر گولڈ۔ مجھے خوشی ہے کہ ہمیں ذاتی طور پر بات کرنے کا موقع ملا۔ میں جانتی ہوں کہ آپ کے پاس بہت سے سوالات ہیں۔" علینہ مسکرائی، اس کے ہاتھ اس کی گود میں بے چین ہو کر جڑ گئے۔ "مجھ سے ملنے کا شکریہ۔"

ڈاکٹر گولڈ نے بمشکل کوئی اظہار کیا۔ "شروع کرنے سے پہلے، میں یہ کہنا چاہتا ہوں کہ میں نے یہاں کا دورہ بہت لطف اندوز ہو کر کیا، اور آپ اور جو اچھے میزبان ثابت ہوئے ہیں۔ خاص طور پر کل عُمّان کا سفر بہت پسند آیا۔ رومن تھیٹر اور جبل نیبو دیکھنا اچھا لگا، جہاں آپ کی منگنی ہوئی۔ یہ بہت رومانوی لمحہ رہا ہو گا جب یہ ہوا۔ جبل نیبو کا دورہ بھی ایک عظیم تجربہ تھا اور اس جگہ کو دیکھنا حوصلہ افزا تھا، جہاں موسیٰ کا آخری آرام گاہ ہونے کا امکان ہے۔"

علینہ نے سر ہلایا، اس کے چہرے پر ایک گرم مسکراہٹ پھیل گئی۔ "مجھے خوشی ہے کہ آپ نے وہ جگہ دیکھی جہاں ہم منگنی کرنے گئے تھے۔ جب یہ ہوا تو بہت پرجوش تھا اور مجھے مکمل طور پر حیران کن لگا۔ میں کبھی جبل نیبو نہیں گئی تھی۔ جیسا کہ میں نے کل کہا، موسیٰ اسلام کے مذہب میں اہم ہیں۔"

ڈاکٹر گولڈ کی آنکھوں میں جوش کے ساتھ چمک آئی۔ "آپ نے کل مجھے اپنی معلومات سے بہت متاثر کیا۔ ڈاکٹر جے اور مائیکا نے آپ کے کام کے بارے میں بہت اچھے تبصرے کیے ہیں۔ ایسا لگتا ہے کہ آپ اچھی تربیت یافتہ ہیں حالانکہ آپ نے کبھی کسی باقاعدہ یونیورسٹی کی تعلیم حاصل نہیں کی۔ کیا آپ مجھے اپنی تعلیم کے بارے میں بتا سکتی ہیں؟"

علینہ نے گہری سانس لی، اس کی آواز پُراعتماد تھی۔ "میں نے شامی اسکولوں میں تعلیم حاصل کی۔ جب میں چار سال کی تھی، میرے والدین انگلینڈ چلے گئے اور میں وہاں چار سال تک اسکول گئی۔ وہاں میں نے انگریزی سیکھنا شروع کی۔ جب میں شام واپس آئی، تو میں نے اپنے بھائی کی پیدائش کے بعد انگریزی کی تعلیم کو جاری رکھا۔ میرے والد آپٹومیٹریسٹ تھے اور میری والدہ نرس تھیں۔ دونوں نے اسکول میں اچھی کارکردگی کی اہمیت کو اجاگر کیا۔"

ڈاکٹر گولڈ آگے جھک گئے، ان کی دلچسپی بڑھ گئی۔ "تو، آپ نے کبھی یونیورسٹی میں تعلیم حاصل نہیں کی؟"

علینہ نے سر ہلایا، اس کی آنکھوں میں ایک خواہش کی جھلک تھی۔ "نہیں، میں نے نہیں کی۔ جب میرے والدین کا انتقال ہوا، میں پندرہ سال کی تھی، اور مجھے کبھی اس کا موقع نہیں ملا، لیکن میں چاہتی ہوں کہ ایسا ہو سکے۔"

"یونیورسٹی میں آپ کیا پڑھنا چاہیں گی؟" ڈاکٹر گولڈ نے نرمی سے پوچھا۔

"نرسنگ۔ مجھے نرس کے طور پر کام کرنا بہت پسند ہے اور میں اپنی والدہ کے نقش قدم پر چلنا چاہوں گی،" علینہ نے جوش کے ساتھ جواب دیا۔

ڈاکٹر گولڈ کی آنکھوں میں نرمی آ گئی۔ "نرس کیوں؟ کیوں نہ لیب ٹیکنیشن یا کوئی اور پیشہ اختیار کریں؟ جب آپ نرسنگ کرتی ہیں تو آپ کو کس بات سے اطمینان ملتا ہے؟" علینہ کا چہرہ ایک دو سو واٹ کے بلب کی طرح چمک اُٹھا۔ "مجھے نرسنگ کرنا بہت پسند ہے۔ میں نے سینکڑوں مریضوں سے ملاقات کی ہے، اور یقیناً، میں چاہتی ہوں کہ وہ سب اپنی جسمانی چوٹوں سے چھٹکارا پائیں، لیکن اس ہسپتال میں، بہت سے مریضوں نے ایک عضو کھو دیا ہے، لہذا یہ مشکل ہوتا ہے۔ ایسی صورتحال میں، مجھے ایک مریض کا کانپتا ہوا ہاتھ پکڑنا بہت پسند آتا ہے۔ ہمارے بہت

سے مریض بچے ہیں جنہوں نے جنگ میں زبردست چوٹیں کھائی ہیں۔ مجھے بزرگوں کی کہانیاں سننا اور ان کے ساتھ ہنسنا یا رونا پسند ہے۔ مجھے لگتا ہے کہ میں ہمدردی اور طبّی مہارت فراہم کر کے فرق ڈال رہی ہوں۔ میں درد اور سکون کے درمیان پل بننا چاہتی ہوں۔ کسی بچے کو درد کے باوجود مسکراتا دیکھنا بہت حوصلہ افزا ہوتا ہے۔"

ڈاکٹر گولڈ نے تسلی بخش انداز میں سر ہلایا۔ "یہ اچھا جواب ہے۔" اس نے اپنی نشست میں تھوڑی تبدیلی کی، اس کا چہرہ مزید سنجیدہ ہو گیا۔ "اب جو کے بارے میں بات کرتے ہیں۔ اس نے مجھے بتایا کہ آپ ایک شاندار عورت ہیں، اور میں دیکھ رہا ہوں کہ وہ آپ کو خوش رکھنے کے لیے کچھ بھی کرے گا۔ مجھے خوشی ہے کہ وہ ایسا محسوس کرتا ہے۔ اب آپ کا موقع ہے کہ مجھے بتائیں کہ آپ اسے کیوں پسند کرتی ہیں۔"

اس کے گال ہلکا سا سرخ ہو گئے۔ "میں جو کو کیوں پسند کرتی ہوں؟ یہ آسان سوال ہے۔ سب سے پہلے، مجھے یہ کہنا ہے کہ جو بہت اچھا لگتا ہے۔ مجھے امید ہے کہ آپ کو یہ بات کہنے میں کوئی اعتراض نہیں ہو گا۔"

ڈاکٹر گولڈ ہنسا، 'نہیں، بالکل نہیں، خاص طور پر جب وہ میری طرح لگتا ہے۔ آگے بڑھیں۔' وہ" مسکرایا۔"

علینہ نے ساتھ ہنسی میں اضافہ کیا، اس کی آنکھوں میں چمک تھی۔ "جب سے میں نے جو سے ملاقات کی ہے، میں نے یہ سیکھا ہے کہ وہ لوگوں کے لیے کتنا فکر مند ہے، خاص طور پر میرے لیے۔ جب بھی مجھے کوئی مسئلہ ہوتا ہے، وہ میرے لیے وہاں ہوتا ہے، چاہے کام پر ہو یا شام کے وقت۔ وہ ہمیشہ میری حوصلہ افزائی کرتا ہے۔ جب صلاح کو دل کا دورہ پڑا، جو نے اسے ہسپتال پہنچایا جب کہ میں گھبرا رہی تھی اور نتیجتاً اس نے شاید اس کی زندگی بچائی۔ اس نے میرے بھائی کی اشارے کی زبان سیکھنے کے لیے وقت نکالا تاکہ وہ اس کے ساتھ بات کر سکے۔ مجھے نہیں معلوم آپ کو اس کے بارے میں کیا علم ہے، لیکن وہ فٹ بال کے میدان میں بہترین دوست ہیں۔ اسماعیل جو سے بھائیوں کی طرح محبت کرتا ہے، اور میں اپنے بھائی کے بغیر نہیں رہ سکتی۔"

ڈاکٹر گولڈ کی آنکھوں میں فخر کی جھلک تھی۔ "جاری رکھیں۔ مجھے اپنے بیٹے کے اچھے کاموں کو سن کر خوشی ہو رہی ہے۔"

علینہ کی ہنسی گرم اور سچی تھی۔ "میں یہاں اس کے تمام اچھے کام نہیں بتا سکتی، اس میں بہت وقت لگ جائے گا۔ وہ مجھے ہنسانے کی بھی کوشش کرتا ہے۔ ہم ایک ساتھ پاگل پن کرتے ہیں۔ ایک رات، ہم نے روٹی کی فیکٹری میں آٹے کی لڑائی کی۔ یہ اتنا مزے کا تھا۔ یہ یاد ہمیشہ میرے ساتھ رہے گی۔"

ڈاکٹر گولڈ ہنستے ہوئے ماضی کی یادوں میں غرق ہوئے۔ "یہ بہت مزے دار رہا ہوگا۔ یہ مجھے لیہ کے ساتھ اپنے کچھ جوانی کے کچھ لمحے یاد دلاتا ہے۔"

اس نے سر ہلایا، اس کی آنکھیں نرم ہو گئیں۔ "ہاں، مجھے یقین ہے۔ جو بہت سوچ سمجھ کر کام کرتا ہے۔ وہ میری بات سنتا ہے اور میری محسوسات کو سمجھتا ہے۔ جب میں کسی بات پر اس سے متفق نہیں ہوتی، تو وہ اسے قبول کرتا ہے۔"

آخر میں، جو مجھے اپنے مستقبل کے بارے میں خواب دیکھنے پر مجبور کرتا ہے۔ جو سے پہلے، میں اپنے کام کو اس امید کے بغیر کرتی تھی کہ میرے بھائی یا میری زندگی میں زاتری کے باہر کوئی مستقبل ہوگا۔ اب، میں اس کے اور اپنے بھائی کے ساتھ کسی دوسرے ملک جانے کا خواب دیکھ سکتی ہوں، اور ہم اپنی زندگیوں میں جو کچھ بھی ہوتا ہے، وہ سب شیئر کر سکتے ہیں۔ یہی وہ بات ہے جو مجھے آپ کے بیٹے کے بارے میں پسند ہے۔"

ڈاکٹر گولڈ نے گرم مسکراہٹ کے ساتھ کہا، "بہت اچھا کہا۔" اس نے گہری سانس لی، اس کا چہرہ سنجیدہ لیکن مہربان تھا۔ "میں دیکھ سکتا ہوں کہ تم دونوں ایک دوسرے سے کتنی محبت کرتے ہو۔ جو نے مجھ سے کہا ہے کہ میں تمہیں اور تمہارے بھائی کو امریکہ لانے کا طریقہ تلاش کروں۔ میں اعتراف کرتا ہوں کہ شروع میں، میں یہ نہیں کرنا چاہتا تھا۔ میں چاہتا تھا کہ وہ واپس گھر جائے اور کسی اچھی یہودی لڑکی سے ملے، جیسا کہ میری بیوی کہتی ہے۔"

اس کی آنکھیں تجسس سے پھیل گئیں۔ "تو، پھر کیا بدل گیا؟"

ڈاکٹر گولڈ نے آہ بھری، اس کی آواز نرم ہوگئی۔ "مجھے یہ سمجھ آیا کہ اسے اپنی زندگی کے فیصلے خود کرنے ہیں۔ میں ہمیشہ اس کے ساتھ نہیں رہوں گا کہ اسے ہر کام کے بارے میں رہنمائی دوں۔ اب وقت آگیا ہے کہ میں یہ چھوڑ دوں۔ میں دیکھ سکتا ہوں کہ اس نے کسی کو ڈھونڈ لیا ہے جو اسے ضروری فیصلے کرنے میں مدد دے سکتا ہے۔"

علینہ کی آنکھیں شکر گزاری سے بھر گئیں۔ "شکریہ۔"

ڈاکٹر گولڈ نے ہاتھ اٹھایا، اس کا چہرہ سنجیدہ تھا۔ "ابھی شکریہ نہ کہو۔ میں ابھی ختم نہیں ہوا۔"

علینہ نے سر ہلایا، اس کا دل تیز دھڑک رہا تھا۔

"تمہیں جو سے شادی کرنے کی میری دعا حاصل ہے۔ یہ خوشخبری ہے۔ تاہم، میں ابھی تک اپنے رابطوں سے نہیں سنا کہ میں تمہیں اور تمہارے بھائی کو امریکہ لے جا سکتا ہوں۔ میرے پاس ایک منصوبہ ہے۔ اگر وہ تمہیں آنے کی اجازت دیتے ہیں، تو تم نیو یارک یونیورسٹی میں نرسنگ اسکول میں داخلہ لو گی، اور ہم اسماعیل کے لیے تعلیمی منصوبہ تیار کریں گے۔ وہ فٹ بال لیگ میں شامل ہو سکتا ہے، جیسا کہ ہمارے پاس لانگ آئلینڈ میں بہت ساری لیگیں ہیں۔"

"آپ کو کب تک اپنے رابطوں سے جواب ملنے کی امید ہے؟"

"جلد ہی، لیکن مجھے نہیں معلوم کہ کب، اور وہ تمہیں انکار بھی کر سکتے ہیں۔ میں ابھی کچھ بھی وعدہ نہیں کر سکتا؛ میں حکومت کو کنٹرول نہیں کرتا۔ میں نے اس پر بہت محنت کی ہے، لیکن جب تک مجھے مثبت جواب نہیں ملتا، تم جو سے شادی کر لو تو بھی امریکہ نہیں جا سکتی۔ میں تمہیں بتا سکتا ہوں کہ میں ہار نہیں مانوں گا، چاہے کتنا بھی وقت لگے۔ ہم گولڈز کے لیے انکار کوئی جواب نہیں ہوتا۔"

علینہ ہنسی۔ "میرے ساتھ ملاقات کا وقت نکالنے کے لیے شکریہ۔ مجھے خوشی ہے کہ ہمیں ذاتی طور پر بات کرنے کا موقع ملا۔"

"مجھے بھی۔ تم نے سوالات کا جواب دینے میں زیادہ تر میرے میڈیکل اسکول کے طلبا سے بہتر کام کیا۔ میں شادی کے لیے بے تاب ہوں اور امید کرتا ہوں کہ تم دونوں کا مستقبل بہت اچھا ہو گا۔ اب تمہیں بس میری بیوی کو قائل کرنا ہے، اور یہ کوئی آسان کام نہیں ہو گا۔ وہ یہودی بچوں کا خواب دیکھتی ہے اور انہیں اپنے مذہب کے بارے میں سکھانے کا سوچتی ہے۔"

جب علینہ کمرے سے نکلی، اس کے جذبات ملے جلے تھے۔

رابرٹ وہ اتنا برا آدمی نہیں تھا جتنا جونے کہا تھا۔ وہ سیدھا اور دوستانہ تھا، باوجود اس کے کہ اس نے چند سخت سوالات کیے تھے۔ لیکن علینہ کو سمجھ آگیا تھا کہ اس نے یہ سوالات کیوں کیے تھے۔ یہ جو کے لیے محبت تھی، تا کہ اس کی حفاظت کر سکے۔ وہ یہی کام اسماعیل کے لیے بھی کرے گی؛ وہ امریکہ جانے کے بارے میں ایماندار تھا۔

وہ واپس گئی جہاں جو انتظار کر رہا تھا۔ وہ اکیلا بیٹھا تھا۔ جب وہ قریب پہنچی، اس نے فوراً توجہ دی اور کھڑا ہو گیا۔ علینہ دیکھ سکتی تھی کہ وہ کتنا نروس تھا۔

"کیسا گیا؟ کیا اس نے تمہیں ڈرایا یا پریشان کیا؟"

"اوہ، نہیں۔ وہ بہت اچھا تھا۔ وہ تمہاری بہت فکر کرتا ہے اور چاہتا ہے کہ تم خوش رہو۔ اور اس نے ہماری شادی کی دعا دی ہے، اس لیے میں بہت خوش ہوں اس بات پر۔"

جونے fist pump کیا۔ "ہاں!" پھر وہ پر سکون ہو گیا اور پوچھا، "اس نے امریکہ کے بارے میں کیا کہا؟"

"وہ اس پر کام کر رہا ہے۔ وہ مجھے اپنے ملک لانے کی کوشش کر رہا ہے تا کہ میں وہاں نرسنگ اسکول جا سکوں۔ یہ بہت اچھا ہو گا۔ لیکن جیسا کہ اس نے تمہیں بتایا، وہ وعدے نہیں کر سکتا۔"

"چلیں، کم از کم وہ کوشش کر رہا ہے۔ ہم اس سے زیادہ نہیں مانگ سکتے۔ میں یہاں تمہارے ساتھ رہنے کے لیے منصوبے بناؤں گا، اگر کچھ نہیں ہوتا۔ چونکہ میرے والد جانتے ہیں کہ ہم کتنے خوش ہیں، وہ سمجھیں گے۔"

اس نے صاف طور پر کہہ دیا ہے کہ وہ اب تمہارے لیے فیصلے نہیں کرے گا۔ تم خود فیصلہ کر سکتے ہو۔"

جو

ہم نے فیصلہ کیا کہ اپنے والدین کو روٹی کی فیکٹری لے جائیں تا کہ وہ صلاح اور اسماعیل کے ساتھ کھانا کھائیں۔ ہم نے انہیں گالف کارٹ میں سوار کرایا اور شام ایلیسیز پر بہت ساری دکانوں کے پاس سے گزرتے ہوئے وہاں پہنچے۔ بہت سے لوگوں نے ہمیں پہچانا اور جیسے ہی ہم گزرے،

انہوں نے ہاتھ ہلایا۔ جب ہم پہنچے، تو ہم نے روٹی کی فیکٹری میں ایک میز لگائی۔ ہوا تازہ پکی ہوئی روٹیوں کی خوشبو سے بھری ہوئی تھی، اور تندوروں سے آنے والی حرارت ہمیں گھیرے ہوئے تھی۔ علینہ میرے سامنے بیٹھی تھی، اس کی آنکھوں میں تجسس کی چمک تھی۔ اس کا سننے کا انداز ایسا تھا کہ آپ کو محسوس ہوتا تھا کہ آپ واقعی سنے جا رہے ہیں۔

سب سے پہلی بات جو میری والدہ نے نوٹ کی وہ تھی علینہ کا اپنے بھائی کے ساتھ اشاروں کی زبان کی بات کرنا۔ میری والدہ نے علینہ سے پوچھا، "میں دیکھ رہی ہوں کہ تم اپنے بھائی کے ساتھ اشاروں کی زبان استعمال کر رہی ہو۔ کیا وہ ہمیشہ سے بہرا تھا؟"

"نہیں، وہ جنگ کے دوران بمباری کے باعث بہرا ہو گیا تھا۔ ابھی تک ہم نہیں جانتے کہ اس کی سماعت ٹھیک ہو سکتی ہے یا نہیں۔ ہماری اشاروں کی زبان کوئی رسمی اشاروں کی زبان نہیں ہے، لیکن یہ وہ زبان ہے جسے ہم نے ایک دوسرے کے ساتھ سالوں سے استعمال کیا ہے۔ صلاح اور جو بھی اسماعیل سے بات چیت میں کافی ماہر ہو گئے ہیں۔ اسماعیل جو کے ساتھ فٹ بال کھیلنا پسند کرتا ہے، اور جب بھی موقع ملتا ہے، وہ کھیلتے ہیں۔"

میری والدہ میری طرف مڑی، ان کی آنکھوں میں حیرت تھی۔ "تم نے مجھے اس کے بارے میں کبھی نہیں بتایا۔ تم نے اسماعیل کے بارے میں کیوں نہیں بتایا اور یہ کہ تم اشاروں کی زبان سیکھ رہے ہو اور فٹ بال کھیل رہے ہو؟ تم ہمیشہ یہ بات کرتے ہو کہ تم ایک عورت سے محبت کرتے ہو۔ تمہیں خود پر فخر ہونا چاہیے۔ مجھے لگتا ہے کہ یہاں ایک بہرے شخص کے لیے کمیونٹی میں زندگی گزارنا مشکل ہوتا ہے۔ کیا یہاں اس کے لیے کوئی اسکول ہے؟"

"والدہ، تم نے حقیقت میں کچھ اچھا کہا۔ یہ ایک معجزہ ہے۔" مجھے شرمندگی کا احساس ہوا اور میں نے اپنے ہاتھوں کی طرف دیکھا۔ "نہیں، کوئی نہیں۔ ہم امید کرتے ہیں کہ اگر اسماعیل امریکہ آتا ہے، تو ہم اسے نیویارک میں بہرے لوگوں کے لیے ایک اسکول دلوا پائیں گے۔ میں نے چیک کیا ہے، اور لانگ آئی لینڈ میں ایک اسکول ہے۔"

"ہاں، وہاں ایک اسکول ہے، لیکن مجھے نہیں معلوم وہ کتنا اچھا ہے۔ کیا وہ کوئی انگریزی جانتا ہے؟" میری والدہ نے فکر مندی سے پوچھا، ان کی پیشانی پر شکن تھی۔

"نہیں، شاید چند الفاظ، لیکن اتنی نہیں کہ وہ بات چیت کر سکے۔"

"عربی کے بارے میں کیا؟"

"وہ عربی میں روانی سے بات کرتا ہے۔ وہ جب چھوٹا تھا تو سن سکتا تھا۔ جب تک اس کے والدین کا انتقال نہیں ہوا، وہ بہرا نہیں ہوا تھا۔"

میری والدہ کا چہرہ نرمی سے بدل گیا، اور اس نے میرے بازو پر ہاتھ رکھا۔ "میں امید کرتی ہوں کہ اسے وہ مدد ملے جو اسے ضرورت ہے، چاہے وہ نیو یارک آئے یا نہ آئے۔"

"والدہ، شکریہ۔ میں اس بات کی قدر کرتا ہوں، اور مجھے یقین ہے کہ علینہ بھی کرتی ہے۔ تمہارا یہ کہنا بہت اچھا تھا۔ مجھے امید ہے کہ تم اسماعیل کو بہتر طور پر جان پاؤ گی۔"

میرے والد، جو خاموشی سے سن رہے تھے، آگے جھک گئے۔ "یہ اسماعیل کے بارے میں دلچسپ بات ہے۔ میں چاہتا ہوں کہ صلاح سے چند سوالات پوچھوں، اگر یہ ٹھیک ہو تو۔"

"والد، میں صلاح سے شادی نہیں کر رہا ہوں۔ آپ کو اسے انٹرویو کرنے کی ضرورت نہیں ہے۔" سب نے زور سے ہنسی کی۔

جب ہنسی تھمی، صلاح نے کہا، "جی ہاں، جو چاہیں پوچھ سکتے ہیں،" اس کی آنکھیں میرے والد کی طرف بڑی سکون سے مڑ گئیں۔

"تم یہاں کتنے سالوں سے رہ رہے ہو؟" میرے والد نے پوچھا، ان کی آواز نرم تھی لیکن تجسس سے بھری ہوئی۔

"دس سال سے زیادہ۔ پہلے، ساری زندگی شام میں گزاری،" صلاح نے جواب دیا، اس کی آواز میں ماضی کی یادیں تھیں۔

"سمجھ گیا۔ تو، کیا یہاں تمہاری کوئی فیملی ہے؟"

"نہیں، میری ساری فیملی شام میں قتل ہو گئی—بیوی، بچے،" صلاح نے کہا، اس کی آنکھوں میں غم کی جھلک تھی۔

"مجھے افسوس ہے کہ یہ سنا۔ تمہارے لیے یہ کتنی مشکل بات ہو گی،" میرے والد نے کہا، ان کی آواز ہمدردی سے بھری ہوئی تھی۔

"مقابلہ کرنا؟ اس کا مطلب کیا ہوتا ہے؟" صلاح نے پوچھا، اس کی پیشانی پر حیرت کے نشان تھے۔

"خیمے میں اپنی فیملی کے بغیر زندگی گزارنا،" میرے والد نے نرمی سے وضاحت کی۔

"آہ، ہاں، کبھی کبھی مشکل ہوتی ہے، لیکن اسماعیل میرے ساتھ رہتا ہے اور علینہ کے ساتھ بھی، جیسے کہ وہ میری بیٹی ہو۔ وہ بہت خوبصورت انسان ہے——سب کی مدد کرتی ہے۔ اب جو بھی یہاں ہے، ہم سب ساتھ اچھا وقت گزارتے ہیں۔ جو نے میری زندگی بچائی۔"

"یہ سن کر اچھا لگا،" میرے والد نے کہا، سر ہلا کر۔ "اس نے تمہاری زندگی کیسے بچائی؟"

"میرے دل کا دورہ پڑا۔ جو اور علینہ مجھے ہسپتال لے گئے اور انہوں نے میری صحت یابی میں مدد کی۔ اس کے بغیر، شاید میں مر جاتا۔"

والد نے تالیاں بجائیں اور میری طرف دیکھا۔ "شاباش، بیٹے۔"

"کچھ نہیں تھا، والد۔ شاید میری تربیت کا کچھ حصہ کام آیا، اور میں وہاں تھا جب یہ ہوا۔"

"تو، ہم کیا کھا رہے ہیں؟" صلاح نے پوچھا، ماحول کو ہلکا کرنے کی کوشش کرتے ہوئے۔

علینہ نے آواز بلند کی، اس کی آنکھوں میں چمک تھی۔ "ہم فلافل کھا رہے ہیں مشہور پیتا روٹی پر تہینی اور ایک میڈیٹرین سلاد کے ساتھ۔"

میری والدہ کا چہرہ روشن ہو گیا۔ "ہم فلافل بہت پسند کرتے ہیں۔ نیو یارک میں بہت ساری مشرق وسطیٰ کی جگہیں ہیں۔ وہ تقریباً ہر مشرق وسطیٰ کا کھانا پیش کرتے ہیں جو آپ تصور کر سکتے ہیں۔ ہم تمہارا فلافل آزمانے کے لیے بے چین ہیں۔"

ہم نے پانی کی بوتل اور فلافل کے ساتھ کھانا شروع کیا۔ جیسے ہی ہم نے کھانا شروع کیا، سب خاموش ہو گئے کیونکہ سب اپنے کھانے پر توجہ مرکوز کر رہے تھے۔ ہمیں سارا کھانا کھانے میں صرف بیس منٹ لگے۔

علینہ نے اعلان کیا، "ہمارے پاس کچھ میٹھا بھی ہے۔ کیا آپ بکلوا چاہیں گے؟ مجھے پتہ ہے کہ جو اسے بہت پسند کرتا ہے۔"

میرے والد نے کہا، "ہاں،" "لیکن میری والدہ نے کہا، "نہیں، شکریہ، میں بھری ہوئی ہوں۔"

علینہ نے میرے والد کو کھانے کے لیے ایک ٹکڑا دیا، اور اسی طرح اسماعیل اور مجھے بھی۔ صلاح نے بھی انکار کر دیا۔

"مم، مزیدار،" میرے والد نے کہا، ذائقے کا لطف لیتے ہوئے۔ "کیا تم نے یہ بنایا؟"

"نہیں، صلاح نے آج رات سارا کھانا پکایا۔ تمہیں اسے اور اسماعیل کو شکریہ کہنا چاہیے، جو نے اس کی مدد کی،" علینہ نے مسکراتے ہوئے کہا۔

میری والدہ نے پوچھا، "میں اسماعیل کو 'شکریہ' کیسے کہوں؟"

علینہ نے انہیں اشارہ سکھایا، اور میری والدہ نے اسماعیل کو اشارے میں کہا، "شکریہ۔" اسماعیل نے مسکرا کر اسے دیکھا، اس کی آنکھوں میں خوشی کی جھلک تھی۔ پھر اس نے کہا، "صلاح، تم ہمارے لیے جب چاہو کھانا بنا سکتے ہو۔ یہ بہترین فلافل تھا جو ہم نے کبھی کھایا۔"

صلاح نے کہا، "کوئی بات نہیں، شکریہ۔ جب چاہو دوبارہ آنا،" اس کا چہرہ فخر سے دمک رہا تھا۔

میرے والد نے صلاح سے پوچھا، "تمہارا پیشہ شام میں کیا تھا؟"

"میں کار میکانک تھا۔ جب بم میرے دفتر پر گرے، سب کچھ تباہ ہو گیا، بچے بھی مر گئے؛ اتنے مردہ چہرے دیکھنا بہت برا تھا۔ انشاءاللہ،" صلاح نے کہا، اس کی آواز اس کی یادوں کے بوجھ سے بھری ہوئی تھی۔

میری والدہ نے پوچھا، "کیوں ایسا کہا؟ مجھے معلوم ہے کہ اس کا مطلب 'اگر خدا کی مرضی ہو' ہوتا ہے۔"

"ہم اسلام کو فالو کرتے ہیں۔ یہ وہ طریقہ ہے جس میں ہم نے پرورش پائی ہے۔ میں سمجھتا ہوں یہ یہودیوں کے لیے مختلف ہوتا ہے۔ یہودی خدا پر ایمان رکھتے ہیں، ٹھیک ہے؟ لیکن شاید اللہ پر نہیں،" صلاح نے کہا، اس کی آواز تجسس سے بھری ہوئی تھی۔

"ہاں، ہم خدا پر ایمان رکھتے ہیں، لیکن یہودیوں کے خدا کی مرضی کے بارے میں مختلف عقائد ہوتے ہیں۔ ہم میں سے کچھ لوگ تقدیر پر ایمان رکھتے ہیں، نہ کہ خدا کی مرضی کو سب پر مسلط کرنے پر،" میری والدہ نے وضاحت کی، ان کی آواز غور سے بھری ہوئی تھی۔

"میں سمجھتا ہوں۔ آخر کار جو کچھ ہوتا ہے، وہ ہوتا ہے۔ ہم سب کچھ کنٹرول نہیں کر سکتے،" صلاح نے کہا، سر ہلاتے ہوئے اتفاق کیا۔

"میں تم سے متفق ہوں۔ تم بہت دلچسپ انسان ہو، اور میں تمہیں بہترین کی دعا دیتی ہوں،" میری والدہ نے کہا۔ "ہم سے ملنے کے لیے وقت نکالنے کا شکریہ۔"

کھانے کے بعد، ہم نے اپنے والدین کو ان کے کمرے تک واپس لے جایا۔ کھانے نے ہمیں ایک دوسرے کے قریب کر دیا تھا۔

علینہ میرے ساتھ ان کے کمرے تک آئی۔ میں نے والدہ اور والد سے پوچھا کہ وہ اس شام کے بارے میں کیا سوچتے ہیں۔

میرے والد نے کہا، ان کی آنکھوں میں شام کے جذبات کی جھلک تھی۔ "یہ بہت پرجوش تھا، اور کھانا بہت مزیدار تھا۔ صلاح مجھے ان مریضوں کی یاد دلاتا ہے جن کے ساتھ میں نے سالوں پہلے ڈاکٹرز ود آؤٹ بارڈرز کے ساتھ کام کیا تھا۔ میں نے ہر کسی کی مدد کرنے کی پوری کوشش کی، لیکن کبھی کبھار یہ افسوسناک ہوتا ہے۔ میں اس کی فیملی واپس نہیں لا سکتا، چاہے میں چاہوں بھی۔ میں دیکھ سکتا ہوں کہ وہ علینہ اور تم دونوں کا بہت اچھا دوست ہے۔"

والدہ نے کہا، "شکریہ۔ مجھے تم سے اور تمہاری زندگی کے بارے میں مزید جان کر خوشی ہوئی۔ یہ اتنا برا نہیں جتنا میں نے سوچا تھا۔ ہم دوبارہ بات کریں گے۔" میں نے اپنے والدین کو شب بخیر کہا اور نوٹ کیا کہ والدہ علینہ کو گلے لگانے سے کتراتی ہیں۔ شاید قبولیت حاصل کرنے کے لیے ابھی مزید کام کرنا ہو گا۔ پھر ہم انہیں چھوڑ کر اگلے دن تک کے لیے چلے گئے۔

جب میں نے علینہ کو شب بخیر کہا، وہ بے چین تھی اور ظاہر کر رہی تھی کہ وہ کچھ کہنا چاہتی ہے۔ "کیا بات ہے؟ مجھے پتا ہے کہ کچھ چیز تمہیں پریشان کر رہی ہے۔"

"کھانا اچھا تھا، اور مجھے بہت مزہ آیا، لیکن ایک بات مجھے پریشان کر رہی ہے۔ تمہاری والدہ مجھے گلے لگانے یا چھونے کی کوشش نہیں کرتیں۔ ان سے کوئی محبت نہیں دکھائی دیتی۔"

"ہاں، میں نے بھی یہ دیکھا۔ تاہم، انہوں نے اسماعیل اور صلاح کے بارے میں کچھ اچھے تبصرے کیے ہیں، تو شاید برف پگھل رہی ہے۔ تم نہیں توقع کر سکتی کہ وہ چند دنوں میں مکمل طور پر بدل جائیں گی۔ ان کے پاس ان باتوں کے بارے میں دفاع کرنے کے لیے سالوں کا وقت تھا۔"

"مجھے پتا ہے، لیکن یہ اتنا مایوس کن ہے۔ پھر بھی، مجھے تجسس ہے کہ میری والدہ تمہیں کیسے قبول کرتیں۔ شاید یہی کچھ ہوتا۔ میری والدہ اور والد ہماری شادی کو شاید پسند نہ کرتے، اور میری حالت میں، مجھے شاید اسے قبول کرنا پڑتا یا ہمیشہ کے لیے گھر چھوڑنا پڑتا۔"

"میں کل ماں سے بات کروں گا اور دیکھوں گا کہ وہ اب کیا سوچ رہی ہیں اور محسوس کر رہی ہیں۔ جلد ہی، تم دونوں کو اپنے اختلافات کو حل کرنے کے لیے کچھ وقت ایک ساتھ گزار نا پڑے گا۔ یہ آسان نہیں ہو گا، لیکن مجھے یقین ہے کہ تم یہ کر سکتے ہو۔"

"انشاءاللہ۔"

"انشاءاللہ۔"

اگلے دن، جب علینہ کام کر رہی تھی اور والد ڈاکٹر جے سے بات کر رہے تھے، میری والدہ میرے ساتھ ہسپتال کے قریب ایک پکنک بینچ پر بیٹھی تھیں۔ یہ ایک خوش آئند موقع تھا تا کہ میں اپنی والدہ سے ذاتی طور پر بات کر سکوں۔ مجھے یہ کرنا ضروری تھا، لیکن دل کے اندر، جب سے میری منگنی ہوئی تھی، میں اس بات چیت سے ڈر رہا تھا۔

"تو، والدہ، اب تک تمہیں اردن کیسا لگا؟" میں نے آگے جھک کر پوچھا۔

"یہ ایک دلچسپ جگہ ہے۔ میں دیکھ سکتی ہوں کہ تم یہاں اچھا کر رہے ہو،" اس نے جواب دیا۔

"ہاں، میں ٹھیک ہوں، والدہ۔" میں نے اپنے بازو عبور کیے، عزم اور پریشانی کا مکسچر محسوس کرتے ہوئے۔ "مجھے خوشی ہے کہ تمہیں اردن پسند آیا، لیکن ہمیں علینہ کے بارے میں بات کرنی ہو گی۔ مجھے معلوم ہے کہ تمہیں میرے علینہ سے شادی کرنے پر کچھ تحفظات ہیں، تو آئیے اس پر بات کرتے ہیں۔"

"ہاں، چلیں بات کرتے ہیں۔" اس نے آہ بھری، اس کے کندھے تھوڑے سے جھک گئے۔ "مجھے لگتا ہے کہ وہ ایک خوبصورت عورت ہے، اور اگر وہ یہودی ہوتی تو میں تمہیں اس سے شادی کی

اجازت دینے میں کوئی ہچکچاہٹ نہ محسوس کرتی، لیکن وہ نہیں ہے۔ تم نے سٹیسی سے کیوں نہیں شادی کی؟"

میں نے سر ہلایا۔ سٹیسی کا ذکر کیوں کیا؟"والدہ، سٹیسی اب پیچھے کی بات ہو گئی ہے۔"مجھے تھوڑی سی جھنجھلاہٹ محسوس ہوئی۔ "شاید میں اس سے شادی کرتا، لیکن تم بھول رہی ہو کہ اس نے مجھے چھوڑا تھا، نہ کہ میں نے اسے۔ میں نے اسے قائل کرنے کی کوشش کی تھی کہ ایسا نہ کرے، لیکن وہ کسی بات کو سننے کو تیار نہیں تھی۔ مجھے یقین ہے کہ سٹیسی کامیاب ہو گی اور ایک عظیم ڈاکٹر بنے گی، لیکن ہم شادی نہیں کریں گے اور نہ ہی کوئی تعلق ہو گا۔ علاوہ ازیں، علینہ سٹیسی سے سو گنا بہتر ہے۔ ہم نے کام اور ذاتی زندگی میں اتنی چیزیں ساتھ کی ہیں۔ میں نے یہاں ایسے بڑے تجربات کیے ہیں جو نیو یارک میں کبھی نہیں کر سکتا تھا۔"

"شاید۔ لیکن میرے لیے، وہ بہتر نہیں ہے۔ "میری والدہ کی آواز بلند ہوئی، اس کا چہرہ جذبات سے لال ہو گیا۔ "وہ مسلمان ہے، خدا کی قسم، اور ایک ایسی مذہب کی پیروکار ہے جو یہودیوں سے نفرت کرتا ہے۔"

"کب سے یہ کہا گیا کہ اسلام پیروکار یہودیوں سے نفرت کرتے ہیں؟"میں نے پوچھا، میری آواز مستحکم لیکن مضبوط تھی۔ "میں تسلیم کرتا ہوں کہ کچھ لوگ یہودیوں سے نفرت کرتے ہیں، لیکن اسلام خود ایک پرامن مذہب ہے۔"

"چاہے اسلام پرامن مذہب ہو، لیکن وہ ہمارے عقیدے سے نہیں ہے۔"میری والدہ کی آنکھوں میں آنسو بھر آئے۔ "تم جانتے ہو ہماری تاریخ، ہماری روایات۔ ہم صدیوں کی تکالیف سے بچ کر آئے ہیں۔ ہمارا عقیدہ ہماری شناخت ہے۔"

"والدہ، شام، فلسطین، اور دوسرے ممالک میں لوگوں نے بھی ہزاروں سال کی نفرت برداشت کی ہے۔ میں نفرت پر بات نہیں کرنا چاہتا۔ محبت مذہب سے بالاتر ہے۔"میں آگے جھک کر بولا، میری آواز نرم ہو گئی۔ "علینہ اور میں ایک گہرے ربط میں جڑے ہوئے ہیں۔ وہ ہر کام میں ہمدرد ہے۔ اس کے مریض اسے بہت پسند کرتے ہیں، اور اب وہ مجھے بھی پسند کرتے ہیں۔ وہ ذہین ہے، اور——"

والدہ نے بات کاٹ دی، اس کی آواز لرز رہی تھی۔ "مجھے سنو، جو۔ ہم نے دنیا کو بدلتے ہوئے دیکھا ہے۔ ہم نے نفرت اور تقسیم دیکھی ہے۔ ہمارے مذہب سے باہر شادی کرنا—یہ خطرناک ہے۔ ہماری میراث کا کیا ہو گا؟ ہمارے آباؤ اجداد نے ہماری ثقافت کو بچانے کے لیے لڑا۔ تم یہ سب کچھ کیسے نظر انداز کر سکتے ہو؟"

"تم جانتی ہو کہ میں ہماری میراث کا احترام کرتا ہوں، اور وہ بھی کرتی ہے۔ میں اپنی یہودی شناخت کو کبھی نظر انداز نہیں کروں گا۔ "میں نے اس کے ہاتھ کو چھونے کی کوشش کی۔ "وہ کھلے ذہن کی ہے۔ ہم اپنے بچوں کو یہودیت اور اسلام دونوں کی قدر کرنا سکھا سکتے ہیں۔"

"اور شبات کی رات کے کھانے؟ پاس اوور کے سیڈرز؟ کیا وہ حصہ لے گی؟ کیا وہ موم بتی جلا سکے گی؟ کیا وہ تمہارے بچوں کے بار یا بت متزواہ میں شرکت کرے گی؟ کیا وہ بیٹے کی ختنہ کے لیے تیار ہو گی؟ "میری والدہ کی آواز مایوسی سے بھری ہوئی تھی۔

میری والدہ دنیا کی سب سے ضدی انسان ہیں۔ میں نے اپنی مٹھی سے بینچ پر مارا، میری آواز بلند ہو گئی۔ "وہ سیکھے گی، والدہ! ہم اپنی روایات خود بنائیں گے۔ ہم حنوکا، پاس اوور اور رمضان منائیں گے۔ کیا تمہیں معلوم ہے، والدہ، کہ علینہ نے اس سال حنوکا کے تحائف سے مجھے حیران کن کیا؟ وہ چاہتی تھی کہ میں اپنی تعطیلات مناؤں چاہے اس کا اسلام سے کوئی تعلق نہ ہو۔ وہ جانتی تھی کہ یہ میرے لیے کتنا اہم ہے۔ ہمارا محبت ان خلاوں کو پُر کر سکتی ہے۔ ہمارے بچے دونوں یہودیت اور اسلام کے بارے میں سیکھیں گے۔"

"یقیناً، وہ یہودیت کے بارے میں سیکھ سکتی ہے، لیکن دنیا ہمیشہ مہربان نہیں ہوتی۔ "میری والدہ کی آواز نرم ہوئی، ان کی آنکھوں میں درخواست تھی۔ "اگر ہمارے پوتے پوتیاں امتیاز کا سامنا کریں تو؟ کیا ہو گا اگر——"

میں نے سر ہلایا۔ "والدہ، میری بات سنو۔ میں خوف کو اپنے دل کی رہنمائی کرنے نہیں دوں گا۔" میں اٹھ کھڑا ہوا اور والدہ کو عزم کے ساتھ دیکھا۔ "ہم زندگی کی مشکلات کا سامنا ساتھ ساتھ کریں گے۔ محبت خوف سے زیادہ مضبوط ہے۔"

"جو، تمہارے والد اور میں تم سے محبت کرتے ہیں،اور میں چاہتی ہوں کہ میں تمہیں یہاں سمجھ سکوں، لیکن ہم ایک انجان راستے پر ہیں۔"اس نے میری طرف دیکھا،اس کی آنکھوں میں غیر یقینی تھی۔"تم دونوں کو ہمیں ہمارے خوف پر قابو پانے میں مدد دینی ہوگی۔ ہم چاہتے ہیں کہ تم خوش رہو۔"

میں اسے نقصان نہیں پہنچانا چاہتا، لیکن کیوں میری والدہ یہ نہیں سمجھ سکتیں کہ میں خوش ہوں؟ وہ خاموشی سے بیٹھی تھی، جیسے ایک کھویا ہوا کتے کا بچہ۔ میں اٹھا، میز کے گرد چکر لگایا اور اسے مضبوطی سے گلے لگالیا۔ میری والدہ کو ایڈجسٹ ہونے کے لیے مزید وقت کی ضرورت تھی، لیکن میں دیکھ سکتا تھا کہ وہ کوشش کرنے کے لیے تیار تھیں۔

"کل،علینہ تمہیں کیمپ کا دورہ کرائے گی،اور تمہیں اس سے اکیلے بات کرنے کا موقع ملے گا۔ تم دیکھو گے کہ وہ ایک شاندار عورت ہے جس کی یہاں ہر کسی کے درمیان عزت ہے۔ تم ہمارے لیے چیزوں کو آسان بنا سکتے ہو اور اسے اپنی زندگی میں قبول کر سکتے ہو، یا پھر تم چیزوں کو مشکل بنا سکتے ہو۔ یہ تم پر منحصر ہے۔ میں نے بہت پہلے سیکھ لیا تھا کہ میں تمہیں کچھ کرنے پر مجبور نہیں کر سکتا۔"

لیہہ نے سر ہلایا۔"ہم دیکھیں گے کہ یہ کیسے ہوتا ہے۔"

یہ سب کے فائدے کے لیے بہتر ہو۔

جب علینہ کا کام ختم ہوا، تو میں نے اس کے ساتھ اور اپنے والدین کے ساتھ رات کا کھانا کھایا۔ بات چیت ہلکی پھلکی تھی اور کوئی زبردست تبصرے نہیں ہوئے۔ کل بہتر دن ہونا چاہیے۔ رات کو جدا ہونے سے پہلے،علینہ کے تاثرات سے ظاہر ہو رہا تھا کہ اس کے دماغ میں کچھ ہے۔

میں نے اس سے پوچھا، "کیا کچھ پریشانی ہے؟ کیا ہم اس کے بارے میں بات کر سکتے ہیں؟"

"مجھے تمہاری والدہ سے ڈر لگتا ہے،جو۔ وہ مجھ سے مہربان ہو گئی ہے، لیکن دوستانہ ہونا اور مجھے تمہاری بیوی کے طور پر قبول کرنا دو مختلف باتیں ہیں۔ مجھے یہ تمہیں بتا کر افسوس ہو رہا ہے، لیکن شاید ہمیں اپنے تعلقات کو ختم کر دینا چاہیے۔ شاید تمہیں اپنی والدہ کو خوش کرنا چاہیے اور گھر جا کر

ایک اچھی یہودی لڑکی کی تلاش کرنی چاہیے۔ شاید وہ سٹیسی نہ ہو، لیکن نیویارک میں ہزاروں لڑکیاں ہوں گی جن سے تم شادی کر سکتے ہو۔"

میری آنکھیں حیرت سے کھل گئیں، میں اسے بے یقین ہو کر دیکھ رہا تھا۔ "علینہ، پر سکون ہو جاؤ۔ میں اپنی والدہ کی وجہ سے ہمارے تعلقات کو نہیں ختم کرنے والا ہوں۔ میں کسی اور سے شادی نہیں کرنا چاہتا، سوائے تمہارے۔ ہاں، نیویارک میں ہزاروں یہودی لڑکیاں ہوں گی جن سے میں شادی کر سکتا ہوں، لیکن ان میں سے کوئی بھی تمہاری طرح شاندار نہیں ہے۔ تم نے میری زندگی کو بدل دیا ہے اور مجھے ایک بہتر شخص بنایا ہے، جو میں نیویارک میں رہ کر کبھی نہیں بن سکتا تھا۔"

"شکریہ، میں تم سے محبت کرتی ہوں، لیکن مجھے تمہاری والدہ کے ساتھ اکیلا رہنے کا خوف ہے۔"

"میں جانتا ہوں۔ مجھے بھی ڈر لگتا ہے۔ میں چاہتا ہوں کہ تم دونوں ایک دوسرے سے محبت اور عزت کرو۔ شاید یہ مدد کرے۔ میرے پاس ایک خیال ہے۔ شاید ہمیں ساتھ دعا کرنی چاہیے۔"

"کیا؟ ہم کیسے دعا کر سکتے ہیں؟ میں اللہ سے عربی میں دعا کرتی ہوں۔ تمہیں میری دعاؤں کا علم نہیں ہے۔"

"یہ سچ ہے۔ اگر تم تیار ہو، تو ہم اپنی ایک سادہ دعا بنا سکتے ہیں، جو تم اور میرے درمیان ہو گی۔ یہ ہمیں ایک دوسرے کے قریب کرے گی اور شاید تمہاری پریشانی کم کرے۔"

"ہم یہ کیسے کر سکتے ہیں؟"

"مجھے سنو۔ نیویارک میں، بہت سے لوگ کہتے ہیں 'ایمان رکھو' جب وہ پریشان ہوتے ہیں کہ کچھ کیسے ہو گا۔ اسلام میں، تم ہمیشہ 'انشاءاللہ' کہتے ہو۔ میں کہوں گا، 'ایمان رکھو'، اور تم کہو گی، 'انشاء اللہ۔' ہم دونوں جھک کر یہ دو بار کریں گے، پھر ایک دوسرے کو دیکھ کر اس کو دہرا لیں گے۔ پھر تم میری پیروی کر سکتی ہو باقی کے لیے۔ کیا تم اسے آزمانا چاہو گی؟"

"ہاں، ہم نے کبھی ساتھ دعا نہیں کی، اور مجھے یقین ہے کہ یہ ہمیں مضبوط کرے گا۔ دعا ہمیشہ ایک اچھا عمل ہے۔ آئیے کرتے ہیں۔"

ہم دونوں ایک دوسرے کے ساتھ جھک گئے۔ میں نے شروع کیا۔

"ایمان رکھو۔"

علینہ نے جواب دیا، "انشاءاللہ۔"

"ایمان رکھو۔"

"انشاءاللہ۔"

پھر ہم گھٹنے ٹیک کر ایک دوسرے کی طرف رخ کر کے بیٹھ گئے۔

"ایمان رکھو۔"

"انشاءاللہ۔"

جب اس نے "انشاءاللہ" کہا، میں نے کہا، "یہ ہو گا علینہ۔ یہ ہو گا۔ کہو علینہ،"

"یہ ہو گا۔ یہ ہو گا۔"

"اس پر یقین رکھو، علینہ، کیونکہ یہ ہو گا۔ کیا تم یقین کرتی ہو؟"

"ہاں، میں یقین کرتی ہوں۔"

"میں بھی یقین کرتا ہوں—کہ ہم ایک طویل، خوشحال زندگی گزاریں گے جس میں بہت ساری شاندار یادیں ہوں گی اور ہم ہر لمحے کو ایک دوسرے کے ساتھ قیمتی سمجھیں گے۔ تم کیا یقین کرتی ہو؟"

"میں بھی یہی یقین کرتی ہوں۔ میں یقین کرتی ہوں کہ تمہارے والد اور والدہ مجھے پسند کریں گے، اور ہم امریکہ جائیں گے۔ حتیٰ کہ اگر ہم نہیں جا پاتے، تب بھی ہم خوشحال زندگی گزاریں گے چاہے جہاں بھی ہو۔ ہاں، یہ ہو گا۔"

میں نے کہا، "آمین،" اور علینہ نے میری نقل کرتے ہوئے کہا، "آمین۔"

پھر ہم اٹھ کھڑے ہوئے۔

میں نے اس سے پوچھا، "کیا تمہیں بہتر محسوس ہو رہا ہے؟"

"یہ شاندار تھا۔ اب ہم نے اپنی ذاتی دعا بنا لی ہے، اور ہاں، مجھے بہتر محسوس ہو رہا ہے۔ میں تمہاری والدہ کا سامنا کرنے کے لیے تیار ہوں اور اپنی پوری کوشش کروں گی۔"

میں نے تالیاں بجائیں اور مسکرایا۔ علینہ زیادہ عزم کے ساتھ لگ رہی تھی۔

"جب میں تمہاری والدہ کو کل کیمپ کا دورہ کراؤں گا، کیا مجھے اپنا حجاب پہننا چاہیے؟ کیا تمہاری والدہ کو برا لگے گا؟"

"یہ اچھا سوال ہے۔" میں نے رک کر سوچا۔ "میرے خیال میں تمہیں وہی پہننا چاہیے جو تم عام طور پر پہنتی ہو، لیکن یہ تم پر منحصر ہے۔"

"ٹھیک ہے۔ پھر میں حجاب پہنوں گی۔ شب بخیر۔" وہ نرمی سے مسکرائی، اس کی آنکھوں میں عزم بھرا تھا۔

میں اپنے کمرے میں واپس آیا، کل کے دن کے بارے میں بے حد نروس تھا۔ مجھے ایمان رکھنا ضروری تھا۔

صبح سویرے، میں نے علینہ اور اپنے والدین کے ساتھ کیفے ٹیریا میں ناشتہ کیا۔ پھر ہم مکمل دن کے کام کے لیے ہسپتال چلے گئے۔ ڈاکٹر جے نے میرے والد کو ہسپتال کا دورہ کرانے کا منصوبہ بنایا تھا، پھر ہم لنچ کے لیے ملیں گے۔ ان سب چیزوں کا کوئی خاص مقصد نہیں تھا کیونکہ علینہ میری والدہ کو کیمپ کا دورہ کرانے والی تھی؛ میں بے چینی سے اس کے واپس آنے کا انتظار کرتا۔

علینہ

اگلے دن صبح، جو اور اس کے والد ہسپتال کی طرف چل پڑے۔ علینہ نے مسز گولڈ کی طرف رخ کیا۔ "مسز گولڈ، کیا آپ دورے کے لیے تیار ہیں؟"

لیہہ مسکرائیں۔ "ہاں، لیکن براہ کرم مجھے مسز گولڈ نہ کہو۔ مجھے لیہہ کہو۔ ہمیں اتنے رسمی نہیں ہونا چاہیے۔"

"ٹھیک ہے، لیہہ۔ پہلے، مجھے ہسپتال میں ایک مریض کو دیکھنے کے لیے رکنا ہے۔ وہ ایک جوان لڑکی ہے۔ کیا یہ آپ کے لیے ٹھیک ہے؟ اگر آپ چاہیں تو آپ یہاں میرا انتظار کر سکتی ہیں۔"

پُر عزم ہو کر لیہہ نے کہا، "نہیں، نہیں۔ میں نے تیس سال تک ایک ڈاکٹر سے شادی کی ہے اور مجھے ہسپتال کی شکل اچھی طرح سے پتا ہے۔ براہ کرم راستہ دکھاؤ۔"

جب علینہ نے لیہہ کو ہسپتال میں لے جانا شروع کیا، تو اس کی نظر انتظار کے علاقے میں جناب خالد پر پڑی۔ اس کے چہرے پر گرم مسکراہٹ پھیل گئی جب اس نے علینہ کو دیکھا۔ وہ اس کی طرف تیز

قدموں سے چلتی ہوئی گئی، جیسے وہ اس کے لیے جانا پہچانا تھا۔ "جناب خالد، آپ کو دیکھ کر خوشی ہوئی،" علینہ نے کہا، اس کی آواز سچی محبت سے بھری ہوئی تھی۔ پھر اس نے جناب خالد سے عربی میں بات کی۔ پھر اس نے لیہہ کو بتایا کہ وہ کیا کہہ رہی تھی۔ "یہ لیہہ ہے، جو کی والدہ۔ وہ کچھ ہفتوں کے لیے یہاں ہیں۔"

جناب خالد نے کھڑے ہو کر کہا، اس کی آنکھوں میں تفریح کی جھلک تھی۔ "آپ سے مل کر خوشی ہوئی، لیہہ، اور علینہ، آپ کو دیکھ کر خوشی ہوئی۔ جو کے ساتھ سب کچھ کیسا جا رہا ہے؟ میں نے سنا ہے کہ آپ کی شادی ہونے والی ہے۔" علینہ نے لیہہ کے لیے ترجمہ کیا، جس نے مسکراہٹ کے ساتھ جواب دیا، لیکن کچھ نہیں کہا، اس کی آنکھوں میں تجسس اور تفریح کا امتزاج تھا۔ عربی میں، علینہ نے کہا، "ہاں، میں ہوں۔ لیہہ شادی کے لیے یہاں آئی ہیں۔ لیکن آپ ہسپتال میں کیوں ہیں؟"

"اوہ، یہ کچھ نہیں۔ مجھے کچھ دوا کی ضرورت ہے۔ سب کچھ ٹھیک ہے،" جناب خالد نے جواب دیا، اپنے ہاتھ کو بے وقعت انداز میں لہراتے ہوئے۔

"یہ جان کر اچھا لگا،" علینہ نے کہا، سر ہلاتے ہوئے۔

خالد نے لیہہ کو اس طرح دیکھا جیسے وہ اس کا اندازہ لگانے کی کوشش کر رہے ہوں۔ "ہاں۔ کیا میں لیہہ کو آٹھ اونٹوں کے بدلے خرید سکتا ہوں؟" جناب خالد نے پوچھا، اس کی آنکھوں میں شرارت کی جھلک تھی۔

علینہ نے سر ہلایا، ہونٹوں پر ایک ہلکی مسکراہٹ کے ساتھ۔ اس نے لیہہ کی طرف مڑ کر کہا، "جناب خالد کو مذاق کرنا پسند ہے اور وہ خواتین کو اونٹوں کے بدلے خریدنے کی پیشکش کرتے ہیں۔ وہ آپ کے لیے آٹھ اونٹ پیش کر رہا ہے، لیکن وہ صرف مذاق کر رہا ہے۔"

لیہہ نے اسے ایسے دیکھا جیسے وہ پاگل ہو، اس کی بھنویں حیرت سے اوپر اُٹھ گئیں۔ "کیا؟ کب سے میں آٹھ اونٹوں کے برابر ہو گئی ہوں؟"

علینہ نے جناب خالد کی طرف انگلی اٹھائی، اس کا چہرہ تفریح اور مایوسی کا امتزاج تھا۔ اوہ، اللہ، اس نے کیا کر دیا؟" نہیں، یہ وقت مذاق کرنے کا نہیں ہے۔" پھر اس نے لیہہ کی طرف مڑ کر، اپنی

آنکھوں میں معذرت کے ساتھ کہا، ''مجھے اس کے لیے بہت افسوس ہے۔ وہ سب کے ساتھ ایسے مذاق کرتا ہے۔''

لیہہ نے اپنے ہاتھ لہرا کر، گرم جوشی سے مسکراتے ہوئے کہا، ''اوہ، فکر نہ کرو۔ میں کسی بھی مذاق کو جتنا بھی سنوں، برداشت کر لوں گی۔ یہ مزے کا تھا۔ ہم نیویارک میں یہ کبھی نہیں کہتے کیونکہ وہاں کوئی اونٹ نہیں ہیں۔ یہاں، یہ ٹھیک ہے۔''

علینہ نے کہا، ''شکریہ آپ کی سمجھ کے لیے۔ ہمیں اب عابدہ سے ملنا ہے، میری مریضہ۔ کیا آپ تیار ہیں؟''

''راستہ دکھاؤ،'' لیہہ نے جواب دیا، اس کی مسکراہٹ اطمینان بخش تھی۔

کمرے میں پہنچ کر، علینہ ابدہ کے پاس گئی اور اسے گلے لگا کر ماتھے پر بوسہ دیا، اس کی آنکھوں میں محبت اور ہمدردی کی جھلک تھی۔ عربی میں اس نے کہا، ''عابدہ، تمہیں دیکھ کر خوشی ہوئی۔ تم کیسی محسوس کر رہی ہو؟''

لیہہ دونوں کو دیکھ رہی تھی، اس کی تجسس بڑھ چکی تھی اور اس نے سوال کیا، ''تم دونوں نے کیا کہا؟'' اس کی آنکھیں علینہ اور عابدہ کے درمیان تیر رہی تھیں۔

''اوہ، ہم نے بس ایک دوسرے کو سلام کیا اور پوچھا کہ وہ کیسی ہیں،'' علینہ نے جواب دیا، اس کی آواز نرم تھی۔

''اس کے ساتھ کیا ہوا؟'' لیہہ نے پوچھا، اس کی پیشانی پر فکر کے نشان تھے۔

''اس نے کہنی توڑی ہے اور یہاں ٹھیک ہونے آئی ہے۔ وہ صرف دس سال کی ہے،'' علینہ نے وضاحت کی، اس کی آواز افسوس سے بھری ہوئی تھی۔

''کتنی افسوس کی بات ہے۔ کیا تم براہ کرم لڑکی سے پوچھ سکتی ہو کہ وہ اپنے فارغ وقت میں کیا کرنا پسند کرتی ہے؟'' لیہہ کی آواز نرم ہوئی، اس کی آنکھوں میں ہمدردی تھی۔

''یقیناً،'' علینہ نے کہا، پھر وہ عابدہ کی طرف مڑی۔ اس نے عربی میں عابدہ سے پوچھا، جو عربی میں جواب دیتے ہوئے، اس کی آنکھیں چمک اُٹھیں۔ پھر وہ لیہہ کی طرف مڑ کر کہنے لگی، ''اسے

حادثے سے پہلے وائلن بجانا پسند تھا۔ وہ کافی اچھی تھی۔ اب، وہ سوچتی ہے کہ وہ کبھی دوبارہ نہیں بجا پائے گی۔"

"براہ کرم اس سے پوچھو کہ کیا اس کے پاس ابھی بھی وائلن ہے؟" لیبہ نے کہا، اس کی آواز فکر سے بھری ہوئی تھی۔

علینہ نے عابدہ سے پوچھا کہ کیا اس کے پاس ابھی بھی وائلن ہے۔ عابدہ نے جواب دیا، اس کی آنکھیں نیچی ہو گئیں۔

"عابدہ کہتی ہے کہ اس کے پاس اب وہ نہیں ہے۔ وہ اس کے زخمی ہونے کے دوران تباہ ہو گیا تھا،" علینہ نے ترجمہ کیا، اس کی آواز ہمدردی سے بھری ہوئی تھی۔

"یہ بہت افسوسناک بات ہے،" لیبہ نے کہا، سر ہلاتے ہوئے۔ "کیا تم اس سے نہیں پوچھ سکتیں کہ کیا وہ ایک نیا وائلن لینا چاہے گی؟"

"ہمیں یہاں اس کے لیے وائلن نہیں ملے گا،" علینہ نے کہا، اس کی آواز میں افسوس کی جھلک تھی۔

"فکر نہ کرو، میں گھر سے ایک آرڈر کر سکتی ہوں تاکہ وہ کچھ ہفتوں میں پہنچ جائے۔ آگے بڑھ کر اس سے پوچھو،" لیبہ نے کہا، اس کی آواز پُر عزم اور مضبوط تھی۔

علینہ اس بات سے حیران ہو گئی، اس کی آنکھیں حیرت سے پھیل گئیں۔ اچھے وائلن مہنگے ہوتے ہیں۔ وہ جو نے کہا تھا ویسی ضدی نہیں ہے۔ پھر علینہ نے عابدہ سے دوبارہ عربی میں بات کی۔ عابدہ کی آنکھیں پھیل گئیں اور وہ مسکرا دی، اس کا چہرہ خوشی سے چمک اُٹھا۔

علینہ نے لیبہ کو بتایا، "وہ نئے وائلن کے لیے بہت خوش ہو گی۔ تمہاری سخاوت کا شکریہ۔ وہ ایک دن تمہارے لیے بجانے کی امید رکھتی ہے۔"

"براہ کرم اسے بتاؤ کہ مجھے اسے سننا پسند آئے گا،" لیبہ نے کہا، اس کی مسکراہٹ گرم اور سچی تھی۔

علینہ نے ایسا کیا، پھر میڈیکل چارٹس دیکھے اور عابدہ کو اس کی دوا دی۔ "اچھی لڑکی۔ تم جلد صحت یاب ہو جاؤ گی۔" پھر اس نے عابدہ کو گلے لگایا اور ماتھے پر بوسہ دیا، اس کی آنکھوں میں محبت سے بھرپور نظر آ رہی تھی، اور پھر لیہہ کی طرف مڑ کر کہا، "چلیں، اب ہم کیمپ دیکھنے جا سکتے ہیں۔"

وہ اور لیہہ گالف کارٹ پر بیٹھ کر روانہ ہوئے۔ جیسے ہی وہ چلے، علینہ نے کہا، "یہ وہ بہت شاندار کام تھا جو تم نے عابدہ کے لیے کیا،" اس کی آواز میں تعریف کی جھلک تھی۔

"اسے کہنے کا شکریہ۔ مجھے خیراتوں کو تحفے دینے کا بہت مزہ آتا ہے۔ نیو یارک میں، میرے شوہر اور میں مختلف خیراتوں میں چندہ دیتے ہیں۔ ہم یہودی اس بات پر ایمان رکھتے ہیں جو ہم مٹزوا کہتے ہیں،" لیہہ نے وضاحت کی، اس کی آواز فخر سے بھری ہوئی تھی۔

"ہاں، جو نے مجھے یہ سمجھایا تھا۔ اب، میں تمہیں وہ راستہ دکھاؤں گا جسے ہم شام ایلیسیز کہتے ہیں۔ راستے میں بہت ساری دکانیں اور ایک چائے خانہ ہے۔ میں تمہیں ان کے بارے میں بتاؤں گا، اور تم مجھ سے کہیں بھی رکنے کو کہہ سکتی ہو۔ ٹھیک ہے؟" علینہ نے خوش دلی سے پوچھا۔

"ٹھیک ہے،" لیہہ نے جواب دیا، اس کی آنکھوں میں تجسس تھا۔

"ٹھیک ہے۔"

جیسے ہی وہ چل رہے تھے، سینکڑوں لوگوں نے انہیں ہاتھ ہلایا، جن میں بہت سے دکان کے مالک شامل تھے جو انہیں اپنے اسٹور میں آنے کے لیے قائل کرنے کی کوشش کر رہے تھے۔ وہ ایک شادی کے لباس کی دکان سے گزرے۔ لیہہ نے دکان کو دیکھا اور رکنے کو کہا۔ وہ اندر گئے تاکہ دیکھ سکیں۔

"کیا تم نے شادی کا لباس منتخب کر لیا ہے؟" لیہہ نے پوچھا۔

"نہیں، میں یہ جلدی کرنے والی ہوں۔ یہ صرف کچھ دنوں کا کام ہے۔ یہاں کے لباس زیادہ تر وہ ہیں جو دوسروں نے چھوڑے ہیں۔ یہ سب بہت ہی شامی روایتی لباس ہیں۔"

"میں سمجھ گئی۔ یہ بہت خوبصورت لگتے ہیں۔ مجھے اس بارے میں سوچنے دو۔ شاید ہم بعد میں دوبارہ یہاں آ کر مزید دیکھیں۔ میں تمہیں انتخاب کرنے میں مدد کرنا چاہوں گی۔ آخرکار، میرے پاس کچھ تجربہ ہے۔"

"یہ اچھا ہو گا۔"

یہ عجیب تھا۔ کیا وہ ہماری شادی کو قبول کر رہی ہیں یا نہیں؟ وہ دکان سے نکلے اور لوگوں کے خیموں یا چھوٹے گھروں میں رہائش دیکھنے کے لیے کچھ وقت نکالا۔ پھر وہ روٹی کی فیکٹری میں گئے۔ صلاح نے بتایا کہ وہ روزانہ ہزاروں روٹیاں بناتے ہیں اور مفت تقسیم کرتے ہیں۔ لیہہ نے اسماعیل اور علینہ کو دوبارہ اشاروں کی زبان میں بات کرتے ہوئے بھی دیکھا۔

"تم اسماعیل سے کیا بات کر رہی تھیں؟"

"میں اس کی بہن ہوں، لیکن اس کی ماں کی طرح بھی ہوں، ہمیشہ اس کے بارے میں فکر مند رہتی ہوں۔ میں جب بھی اسے دیکھتی ہوں، اس سے پوچھتی ہوں کہ وہ کیسے ہے۔"

"میں سمجھ گئی۔ تم اپنے بھائی کے لیے اتنی وفادار ہو، یہ بہت اچھا ہے۔"

علینہ نے لیہہ کو بتایا، "ہاں، میں اپنے بھائی سے دل و جان سے محبت کرتی ہوں، اور میں اسے یہاں کبھی نہیں چھوڑوں گی۔ چلو، اب ہم چائے خانے جائیں گے اور وہاں بیٹھ کر بات کریں گے۔ جو اور میں وہاں کئی بار جا چکے ہیں۔ تم محمد سے ملو گی۔ وہ ایک عظیم آدمی ہے اور ایک اچھا سیلز مین بھی ہے۔" "راستہ دکھاؤ۔ مجھے شامی چائے آزمانا پسند آئے گا۔ میں نے اس کے بارے میں بہت سنا ہے۔" وہ چائے خانے میں داخل ہوئیں، جہاں محمد نے ان کا استقبال کیا۔

"سلام، علینہ،" محمد نے کہا، اس کی آنکھوں میں تجسس کی جھلک تھی، جیسے وہ علینہ اور لیہہ کو دیکھتے ہوئے ان سے بات کر رہا ہو۔ "تمہاری آنے والی شادی پر مبارک ہو۔ یہ خبر تیزی سے پھیل گئی۔ یہ خوبصورت خاتون تمہارے ساتھ کون ہیں، اور میں تمہارے لیے کیا کر سکتا ہوں؟"

علینہ نے اپنا جسم تھوڑا سا موڑا، اس کی انگلیاں بے چینی سے اس کے حجاب کے کنارے کو چھو رہی تھیں۔ "یہ لیہہ ہے، جو کی والدہ۔ وہ اور میں میری معمول کی میز اور چائے چاہیں گے، براہ کرم۔" محمد نے سر ہلایا، اس کی نظریں علینہ کے چہرے پر رکی ہوئی تھیں۔ "جی ہاں،" اس نے کہا، انہیں مدھم روشنی والے کمرے میں لے جاتے ہوئے۔ کمرے میں مختلف چائے کی خوشبو تھی، جیسے دار چینی اور سنترے کے چھلکے۔

لیہہ نے کمرے کو دیکھا جب وہ اپنے مقام پر بیٹھے۔ دیواروں پر خوشی کے لمحوں کی مدھم تصاویر تھیں—خاندان ہنستے ہوئے، بچے کھیلتے ہوئے۔ "تو، اب تک تمہیں زاتری کیسا لگا؟ کیا یہ وہی ہے جو تم نے سوچا تھا؟" علینہ نے پوچھا، اس کی انگلیاں چائے کے کپ کے کنارے کو چھوتی ہوئی۔

لیہہ تھوڑی دیر رُکی۔ "جو لوگ میں نے ملے ہیں وہ سب بہت شاندار ہیں۔ لیکن میں چاہتی ہوں کہ یہاں کی حالت اتنی غریب نہ ہوتی۔ ایسا لگتا ہے کہ یہاں کوئی بھی سفر کرنے یا اچھے سامان خریدنے کے لیے پیسہ نہیں رکھتا۔" اس کی آواز میں ایک غمگینی تھی جیسے وہ پناہ گزین کیمپ کی مشکلات کو حقیقت میں سمجھ رہی ہو۔

علینہ نے سر ہلایا، اس کی آنکھوں میں ہمدردی کی جھلک تھی۔ "ہاں، یہ سچ ہے۔ یہاں جتنے بھی پناہ گزین ہیں، وہ سب نے شام میں کسی نہ کسی المیہ کا سامنا کیا ہے۔ میرے اور اسماعیل کے لیے، ہمارے والدین ہمارے سامنے گاڑی میں مارے گئے تھے۔" اس کی آواز نرم تھی، اور افسوس سے بھری ہوئی تھی۔

لیہہ آگے جھک گئی، اس کی نظریں گہری تھیں۔ "میں یہاں کے سب لوگوں کے لیے برا محسوس کرتی ہوں، تمہارے لیے بھی، اور میں تمہاری مدد کرنا چاہتی ہوں۔ کیا ہم جو اور تمہارے بارے میں بات کر سکتے ہیں؟"

علینہ کی مسکراہٹ ہلکی سی لرز گئی، اس کی انگلیاں چائے کے کپ کے ارد گرد مزید سخت ہو گئیں۔ "ہاں، بالکل۔ ہم جو بھی بات کرنا چاہو، کر سکتے ہیں۔"

لیہہ نے گہری سانس لی، اور اس کی حالت درست ہو گئی۔ "ٹھیک ہے، علینہ، مجھے لگتا ہے کہ تم ایک خوبصورت عورت ہو، اور جو کچھ میں دیکھ رہی ہوں، یہ سمجھنا آسان ہے کہ میرا بیٹا تم سے کس طرح محبت کر بیٹھا۔ کیا تم اسے اتنی محبت کرتی ہو جتنی وہ تم سے کرتا ہے؟"

"جی ہاں، میں اسے دل و جان سے محبت کرتی ہوں۔ جو سے ملنے سے پہلے، میں نے کبھی کسی مرد کے بارے میں ایسا نہیں محسوس کیا، اور جب میں یہاں آئی، تو میں نے کبھی نہیں سوچا تھا کہ کسی ایسے شخص سے شادی کرنا ممکن ہو گا جیسے وہ ہے۔ وہ میرے جذبات کا بہت خیال رکھتا ہے اور

میرے احساسات کا احترام کرتا ہے۔" اس کی آواز لرز رہی تھی، اور یہ امید اور غیر یقینی کے درمیان کمزور پل کو ظاہر کر رہی تھی۔

"ٹھیک ہے۔ جیسا کہ تم جانتی ہو، میں یہودی ہوں۔ اب، میں مسلمانوں سے نفرت نہیں کرتی—جو لوگ یہاں ملے ہیں، ان سب کو پسند کرتی ہوں—لیکن نیو یارک میں، کچھ لوگ ان کے بارے میں صرف برائی کہتے ہیں۔ یہ ہمیشہ سے تھا، لیکن ورلڈ ٹریڈ سینٹر پر حملوں نے اس کو بڑھا دیا۔"

"ہاں، وہ ایک خوفناک دن تھا، لیکن میں اس وقت بہت چھوٹی تھی کہ صحیح طور پر یہ جان سکوں کہ کیا ہوا۔ اب مجھے سمجھ آتی ہے۔"

"ہاں، اس کے بارے میں نہ سوچنا مشکل ہے۔ اور پھر میں سنتی ہوں کہ اگر مسلمانوں کو اللہ کے ساتھ بلند مقام چاہیے تو انہیں شہید بننا ضروری ہے۔"

"ہاں، مجھے اس کے بارے میں معلوم ہے، لیکن یہ اس بات پر منحصر ہے کہ تم شہادت کو کس طرح سمجھتی ہو۔ مجھے یقین ہے کہ اللہ کے لیے کسی بے گناہ انسان کو مارنا شہادت نہیں ہے۔ اللہ کبھی بھی کسی کو ایسا کرنے کا حکم نہیں دے گا۔ لیکن اگر کوئی ملک اسلامی عقیدے کے لوگوں کے خلاف جنگ شروع کرنا چاہتا ہے، اور وہ اپنے ایمان کے لیے مرنے کے لیے تیار ہوں، تو ان کا اللہ کے ہاں بلند مقام ہو گا۔ اس کا یہ مطلب نہیں کہ ہمیں جنگیں شروع کرنی چاہئیں۔ یہ میری رائے ہے۔ نہ ہی وہ حماس کے سپاہی جو اسرائیل میں بے گناہ یہودیوں کا قتل کرتے ہیں، شہید ہیں۔"

"تمہارا شکریہ کہ تم نے یہ کہا۔"

لیہ نے بات کر نا روک دیا، لیکن علینہ نے محسوس کیا کہ اس کے پاس مزید کچھ کہنا ہے، اس لیے وہ لیہ کے خیالات کو مرتب ہونے کا انتظار کرتی رہی۔

"اگر تم جو سے شادی کرتی ہو، تو کیا تم بچے پیدا کرو گی، اور ان کا مذہب کیا ہو گا؟" لیہ نے پوچھا، اس کی آواز مستحکم تھی لیکن تجسس سے بھری ہوئی تھی۔

"ہم اس بارے میں بات کر چکے ہیں۔ میں انہیں اسلام اور یہودیت دونوں کے ساتھ بڑا ہونے دینے کے لیے تیار ہوں۔ جب وہ بڑے ہوں گے، تو وہ اپنے لیے فیصلہ کر سکتے ہیں کہ کیا چاہتے

ہیں۔ میں اپنی ایمان کسی کے لیے نہیں چھوڑوں گی، بشمول جو کے۔ جب میں مر جاؤں گی، تو میں مسلمانوں کی طرح دفن ہونے کی توقع کرتی ہوں، جیسے میں امید کرتی ہوں کہ وہ یہودی طریقے سے دفن ہوں گے۔"

"کیا تم دونوں ایک ہی قبر میں دفن ہوگے؟"

"ابھی مجھے اس کا کوئی علم نہیں ہے۔ امید ہے کہ ہمیں اس بارے میں پچاس سال یا زیادہ تک سوچنے کی ضرورت نہیں پڑے گی۔"

"تم تعطیلات کیسے مناؤ گے؟ جو مجھے بتاتا ہے کہ تم دونوں ہر مذہب کی تعطیلات مناؤ گے۔"

"ہاں، ہم تمام یہودی اور اسلامی تعطیلات منائیں گے، جن میں یوم کفّور اور رمضان شامل ہیں۔ ہم کرسمس نہیں منائیں گے۔"

"میں اسلام کے تہواروں کے بارے میں اتنا نہیں جانتی کہ ان کی تفصیلات سمجھ سکوں، لیکن یہ کوئی بات نہیں۔ مجھے سکون ہے کہ ہم بچوں کے ساتھ یہودی تعطیلات منانے کے قابل ہوں گے۔"

"ہاں، میں یہودی مذہب کے بارے میں مزید سیکھنے کے منتظر ہوں، لیکن میں اسلام قبول نہیں کروں گی، اور مجھے یقین ہے کہ وہ اسلام قبول نہیں کرے گا، اور نہ ہی میں چاہتی ہوں کہ وہ کرے۔"

"یہ ایک اچھا جواب ہے۔ مجھے نہیں معلوم کہ یہ سچ ہے یا نہیں۔ میرے دل میں ابھی بھی اس شادی کے بارے میں بہت سارے شبہات ہیں۔ مجھے یہ سمجھنے میں دلچسپی ہے کہ تم دونوں یہ کیوں کر رہے ہو۔ کیا یہ اس لیے ہے کہ جو کو سٹیسی کے بعد کسی سے ملنا تھا؟ تم سٹیسی کے بارے میں جانتی ہو، ٹھیک ہے؟" لیہہ کی نظریں تیز تھیں، اور اس کی آواز میں شکوک و شبہات تھے۔

کیا یہ کسی قسم کا امتحان ہے؟ کیا تم مجھے سٹیسی سے حسد کرنے کی توقع کر رہی ہو؟ علینہ نے سر ہلایا، اس کے ہاتھ ہلکے سے لرز رہے تھے۔ تم اسے یہاں کیوں لے آ رہی ہو؟ کیا اس لیے کہ تم چاہتی ہو کہ جو اس سے شادی کرے اور مجھ سے نہیں؟ مجھے اپنی برداشت برقرار رکھنی ہوگی اور ٹوٹنا نہیں چاہیے۔

لیہہ نے سیدھا علینہ کو گھورتے ہوئے بات جاری رکھی۔ "کیا یہ اس لیے ہے کہ تم دونوں ایک ساتھ کام کرتے ہو اور اپنے مسائل کے بارے میں بات کرنے کے لیے کسی کو تلاش کر رہے ہو اور کسی اور کو نہیں پا رہے؟ یہ خاص طور پر جو کے لیے سچ ہو گا۔"

علینہ نے اس بات کا انتظار کیا تاکہ یہ تصدیق کر سکے کہ لیہہ نے بات کرنا بند کر دی ہے۔ "نہیں،" اس کی آواز مستحکم تھی، لیکن اس کی آنکھیں اس کی پریشانی ظاہر کر رہی تھیں۔ "میں سیلاس، ڈاکٹر جے، میکا، اور ہسپتال کے تقریباً کسی بھی شخص سے بات کر سکتی ہوں۔ جو بھی وہ کرے گا۔"

لیہہ کی بھنویں تنگ ہو گئیں۔ "تم نے مجھے قائل نہیں کیا۔ میں ایک ماں ہوں۔ میں لوگوں کو سمجھتی ہوں۔ تم کیا کہو گی جو مجھے اس شادی پر برکت دینے کی ترغیب دے؟ اگر میں تمہیں ایک لاکھ ڈالر دوں اور تمہارے بھائی کے ساتھ کسی دوسرے ملک جانے کا بندوبست کروں، اگر تم جو سے شادی نہ کرو، تو کیا تم اسے قبول کرو گی؟"

علینہ کی آنکھیں چونک کر کھل گئیں۔ یہ کیا ہے! اس نے اپنی مٹھی ٹیبل پر ماری۔ "یہ ایک horrible سوال تھا۔ میں جو سے پیسوں کے لیے شادی نہیں کر رہی ہوں اور نہ ہی میں کہیں جاؤں گی بغیر اس کے اور اسماعیل کے۔ میں جو کے ساتھ رہنا چاہتی ہوں چاہے میں ساری زندگی غریب رہوں۔ تو مجھے رشوت دینے کی کوشش نہ کرو۔ یہ کامیاب نہیں ہو گا۔ مجھے معلوم ہے کہ تمہیں اپنے شکوک ہیں، لیکن جو حقیقت ہے وہ یہ ہے کہ میں ہمیشہ جو سے محبت کروں گی، اور وہ ہمیشہ مجھ سے محبت کرے گا۔ حقیقت یہ ہے کہ ہم ایک دوسرے کے مذہب کا احترام کرتے ہیں۔ حقیقت یہ ہے کہ ہم دونوں تمام پناہ گزینوں کی مدد کرنا چاہتے ہیں، نہ صرف شامی پناہ گزینوں کی۔ دنیا بھر میں چھ کروڑ سے زائد پناہ گزین ہیں۔ کیوں نہیں وہ سب لوگوں کی طرح ایک نارمل زندگی گزار سکتے؟ اگر پناہ گزین نہ ہوتے، تو لوگ انہیں اتنا نفرت کیوں کرتے؟ اب، اگر تم ہمیں ایک ساتھ قبول نہیں کر سکتی ہو، تو شادی میں نہ آنا۔" اس نے کھڑے ہو کر لیہہ کو گھورا۔ ایک لمحے کے بعد، اسے احساس ہوا کہ شاید اس نے لیہہ کو متاثر کرنے کا موقع گنوا دیا ہے۔ "اے اللہ، مجھے معاف کر دے۔ دیکھو میں نے کیا کیا۔ میں نے اپنے محبوب آدمی سے اپنی شادی تباہ کر دی۔"

موت کا سکوت تھا جب علینہ جواب کا انتظار کر رہی تھی۔

لیہہ نے علینہ کی طرف دیکھا اور چائے کا گھونٹ لیا۔ "لذیذ۔" پھر اس کی آنکھیں بڑی ہو گئیں۔ اس نے تالیاں بجائیں۔ "شاباش، خوب کہا۔ اب میں آخر کار دیکھ سکتی ہوں کہ تم جو سے کتنی محبت کرتی ہو اور اس کے لیے کتنی لڑنے کے لیے تیار ہو۔ مجھے لگتا ہے کہ تم نے میرے سوالات کا جواب دے دیا اور میرے بیشتر شکوں کو دور کر دیا، لیکن ایک ماں کے طور پر، ہمیشہ کچھ باقی رہیں گے، تو تم جانتی ہو، رشوت ایک امتحان تھا۔" لیہہ کی آواز نرم ہوئی، اس کے چہرے پر مسکراہٹ پھیل گئی۔

علینہ نے اطمینان کی گہری سانس لی اور مسکرائی۔ اس نے اپنے ماتھے پر پسینہ محسوس کیا اور اسے پونچھنا پڑا۔ کیا یہ ایک امتحان تھا؟ "تمہارے الفاظ کا شکریہ۔ کیا تم ہماری شادی کو قبول کر رہی ہو؟"

"ہاں، میں قبول کرتی ہوں۔ کیا تم اب خوش ہو؟"

"ہاں، بالکل، میں خوش ہوں۔ مجھے خوشی ہے کہ تم مجھے اپنی بہو کے طور پر قبول کر رہی ہو۔"

لیہہ اُٹھ کر میز کے گرد چلی اور علینہ کو گلے لگا لیا۔ آخر کار، مجھے کچھ سکون مل سکتا ہے۔

انہوں نے چائے ختم کی اور گالف کارٹ میں واپس ہسپتال کی طرف روانہ ہو گئے۔ جب وہ شام ایلیسیز سے گزر رہے تھے تو دوبارہ وہ شادی کے لباس کی دکان سے گزرے۔ اچانک لیہہ نے کہا، "رک جاؤ! میں ابھی تمہارے لیے ایک خوبصورت شادی کا گاؤن خریدنے جا رہی ہوں۔"

یہ بات علینہ کو حیران کن لگی۔ اس کی آنکھیں بے یقینی سے پھیل گئیں۔ "یہ میرے لیے بہت اہم ہو گا۔ تمہیں میری منظوری ظاہر کرنے کے لیے مجھے ایک لباس خریدنے کی ضرورت نہیں ہے۔ تمہاری دعاؤں سے ہی شادی کی قبولیت کافی ہے۔"

"ہاں، میں شادی کی پوری طرح سے منظوری دیتی ہوں۔ اور میں تمہیں یہ لباس خرید کر دوں گی۔ تم کچھ بھی نہیں کر سکتی ہو جو مجھے رکنے سے روکے، تو چلو، دکان میں چلیں۔"

علینہ یقین نہیں کر سکی کہ اس نے جو سنا تھا۔ وہ دکان میں داخل ہو گئیں اور تھوڑی دیر تک خریداری کرنے کے بعد سیلز پرسن سے پوچھا کہ کیا علینہ لباس آزما سکتی ہے۔

علینہ نے آئینے میں دیکھنے کے بعد جب گاؤن پہنا اور فٹنگ کرائی، تو اس نے انگلیوں سے روایتی سفید شامی شادی کے لباس کی باریک لیس اور چھوٹے سیکوئنز کو چھوا، جس کے لمبے آستین تھے جو اس

کے ہاتھوں کو ڈھانپتے تھے۔ ایک ہم آہنگ حجاب اس کے سر پر رکھا تھا۔ "میں اس خوبصورت گاؤن میں راستہ چلنے کا انتظار نہیں کر سکتی۔ یہ بہت شاندار ہے۔" اس نے کہا، "اس کی آنکھوں میں خوشی کی چمک تھی۔

لیہہ نے کہا، "مجھے بھی انتظار نہیں ہو رہا۔ تم بہت خوبصورت دکھو گی، اور جو دنیا کا سب سے خوش آدمی ہو گا۔"

علینہ کی آنکھوں میں آنسو آ گئے۔ "لیہہ، ایک بار پھر شکریہ کہ تم نے یہ خریدا۔ جب بھی میں اس لباس کو دیکھوں گی، میں تمہاری مہربانیوں کو یاد کروں گی، اور مجھے یہ جان کر محبت محسوس ہوتی ہے کہ تم میری عزت کرتی ہو۔"

لیہہ نے مسکرا کر اس کی طرف دیکھا۔ "تم ایک شاندار بہو بنو گی۔ ہمیں واپس جا کر دوسروں کو اس لباس کے بارے میں بتانا چاہیے۔"

علینہ اور لیہہ گالف کارٹ میں بیٹھ کر واپس ہسپتال چلے گئے۔ جیسے ہی وہ واپس جا رہے تھے، علینہ خوش تھی کہ اس نے لیہہ کے خوف کو جو والد اس کی شادی کے بارے میں کم کر دیا اور بہترین شادی کا گاؤن ڈھونڈا۔

جو

میں نے دن ہسپتال میں اپنے والد اور ڈاکٹر جے کے ساتھ گزارا۔ میرا دماغ ہسپتال میں نہیں تھا۔ اس کے باوجود، میں نے اپنا کام کیا۔ زیادہ ذاتی باتیں نہیں ہوئیں کیونکہ ہسپتال مصروف تھا۔ میرے والد اور میں جب اکیلے بات کرنے کے قابل ہوئے تو وہ کام کے بعد تھا۔ ہم ایک میز پر بیٹھے تھے، علینہ اور لیہہ کے واپس آنے کا انتظار کر رہے تھے۔

"والد، آپ کو یہاں ہسپتال کیسا لگ رہا ہے؟" میں نے پوچھا۔

"یہ کئی سال پہلے کی یادیں واپس لے لے آیا۔ کبھی کبھی، میں چاہتا ہوں کہ میں یہ سب کر رہا ہوتا بجائے اس کے کہ ایک میز پر بیٹھ کر کاغذی کام اور میٹنگز میں وقت گزارتا۔"

"مجھے یقین ہے کہ تم نے ڈاکٹر جے کے ساتھ شاندار کام کیا ہو گا۔ میں نروس ہوں۔ تم کیا سوچتے ہو کہ علینہ اور ماں کے درمیان کیا ہو گا؟ کیا تمہیں لگتا ہے کہ وہ دونوں آپس میں اچھے ہوں گے یا جب وہ یہاں واپس آئیں گے تو ایک دوسرے سے نفرت کریں گے؟"

اس نے اپنے ہاتھ ہوا میں اٹھائے اور کہا، "مجھے کوئی اندازہ نہیں۔ تمہاری ماں کا اپنا دماغ ہے اور اپنے طریقے ہیں۔ اگر اسے علینہ پسند نہیں آئی تو ہم شاید شادی میں نہ ہوں، حالانکہ میں دیکھ سکتا ہوں کہ تم ہر حال میں شادی کرو گے۔"

"ہاں، والد، ہر حال میں، لیکن میں چاہوں گا کہ آپ اور ماں وہاں ہوں اور ہم سب ایک دوسرے کے ساتھ اچھے ہوں۔"

"وہ عربی میں کیا کہتے ہیں؟ انشاء اللہ۔ اگر یہ اللہ کی مرضی ہو۔"

"واہ والد، تم عربی میں بات کر رہے ہو۔ شاید یہ اچھا نشان ہو۔"

جیسے ہی میں نے یہ کہا، ہم نے علینہ اور ماں کو ہماری طرف آتے ہوئے دیکھا۔ میری آنکھیں حیرت سے کھل گئیں اور میرے چہرے پر مسکراہٹ پھیل گئی۔ جو میں دیکھ رہا تھا وہ غیر معمولی تھا۔ دونوں ایک دوسرے کے ساتھ گلے ملے ہوئے تھے اور ان کے چہرے پر خوبصورت مسکراہٹ تھی۔

ہالیلویا (خدا کی تعریف ہو)! فوراً مجھے معلوم ہو گیا کہ علینہ نے یہ کر دکھایا تھا۔ اس نے میری زندگی ایک اور بار بچا لی۔ مجھے پتا تھا کہ میری ماں اب خوش ہے، جو میرے والد کو بھی خوش کرے گا۔ اب ہم شادی کو بغیر کسی تنازعہ کے کر سکتے تھے۔

علینہ اور میرے والدین نے شادی سے پہلے ایک دوسرے کو بہتر طور پر جانا۔ شادی کے دن تک، وہ زیادہ بہو کی نسبت بیٹی کی طرح محسوس ہو رہی تھی۔

جب ہم اپنے اپنے راستوں پر گئے، تو مجھے علینہ سے ذاتی طور پر بات کرنے کا وقت ملا۔

"میں تم پر بہت فخر کرتا ہوں۔ مجھے یقین نہیں آتا کہ تم نے ماں کو تمہیں قبول کرنے کے لیے قائل کر لیا۔ کیا یہ آسان تھا؟"

"ہاں،اور نہیں۔ دورے دینا آسان تھا، لیکن جب ہم چائے خانے میں بیٹھے تو باتیں گرمی اختیار کر گئیں، اور میں غصے میں آگئی۔"

"اس نے تمہیں غصہ کیسے دلایا؟"

"اس نے میری تم سے محبت پر یقین نہیں کیا اور مجھے رشوت کی پیشکش کی، یہ کہہ کر کہ وہ اسماعیل اور مجھے دوسرے ملک میں منتقل ہونے میں مدد کرے گی۔"

میں حیران ہو گیا۔"اس نے واقعی ایسا کیا؟ مجھے معلوم ہے کہ تم کبھی رشوت قبول نہیں کر سکتیں۔ شاید وہ تمہیں آزمانا چاہتی تھی یہ دیکھنے کے لیے کہ تم میرے ساتھ شادی کرنے کے لیے کتنی دور تک جا سکتی ہو۔"

"ہاں۔اس نے بعد میں بتایا کہ یہ ایک امتحان تھا، اور میں نے بہترین طریقے سے اسے پاس کیا۔"

"ہاں! اور اس نے تمہیں شادی کا لباس خریدا؟"

"ہاں، یہ ایک خوبصورت لباس ہے۔ امید ہے تمہیں بھی پسند آئے گا۔"

"مجھے یقین ہے کہ میں لباس کو پسند کروں گا، لیکن تمہاری محبت سے زیادہ نہیں۔ یہ سکون کا باعث ہے، اور ہم ایک شاندار شادی کے منتظر ہو سکتے ہیں۔"

"ہاں، شاید ہم شادی تک کچھ معمول کی زندگی گزار سکیں گے۔ اب واحد فکر یہ ہے کہ کیا میں امریکہ جا سکوں گی؟"

"مجھے اب بھی امید ہے کہ یہ ہوگا۔ یاد رکھو، ہم عمّان یا کہیں بھی رہ سکتے ہیں۔"

"میں جانتی ہوں۔ میں اللہ سے اس کی مدد کی دعا کروں گی۔"

"اور میں اپنے والد سے اس کی مدد کی دعا کروں گا۔"

ہم دونوں ہنسے اور الوداع کہا۔

شادی سے پانچ دن پہلے، ڈاکٹر جے نے میرے والد اور مجھے اپنے دفتر میں چائے پر مدعو کیا۔ مجھے لگا کہ وہ میرے انٹرن شپ کے اختتام کے بارے میں بات کرنا چاہتے ہیں اور کچھ جائزہ دینا چاہتے ہیں۔ جب میرے والد اور میں پہنچے، تو مجھے حیرت ہوئی کہ وہاں اردن میں امریکی سفیر بیٹھے ہوئے

تھے۔ میرا دل خوف سے بھر گیا۔ مجھے ننانوے فیصد یقین تھا کہ ان کے وہاں ہونے کا صرف ایک ہی سبب ہو سکتا ہے۔

ڈاکٹر جے نے ہمیں بیٹھنے کا اشارہ کیا۔ "رابرٹ، یہ مسٹر اسٹیونز ہیں، اردن میں امریکی سفیر۔ وہ علینہ کی صورت حال پر مزید اپ ڈیٹ دینے کے لیے یہاں ہیں۔ میں میٹنگ ان کے حوالے کرتا ہوں۔"

سفیر اٹھ کھڑے ہوئے۔ ان کا چہرہ سنجیدہ تھا، اور میں برا خبر سننے کے لیے تیار تھا۔

"آپ سے مل کر خوشی ہوئی، رابرٹ۔ میں پہلے ہی آپ کے بیٹے اور علینہ سے مل چکا ہوں۔ آپ دونوں اور اس کے بھائی علینہ کے لیے بہت پر عزم لگتے ہیں۔ رابرٹ، تم نے اسٹیٹ ڈیپارٹمنٹ کے کچھ لوگوں کو پاگل کر دیا۔ جب جو مجھ سے ملنے آیا، اور میں تمہیں بتا سکتا ہوں کہ اس نے سمجھوتہ کرنے سے انکار کیا، تو میں نے فیصلہ کیا کہ علینہ اور اس کے خاندان پر تحقیق کروں۔ میں نے کبھی نہیں دیکھا کہ کوئی شخص اس کے لیے اتنی شدت سے دلائل دے رہا ہو۔ لگتا ہے یہ عزم خاندان میں، ہی ہے۔"

رابرٹ نے کہا، "اور تم نے کیا پایا؟"

"علینہ کے خاندان نے جب وہ چھوٹی تھی تو انگلینڈ میں چار سال گزارے۔ اس کی ماں اور والد اپنے شعبوں میں بہت عزت دار تھے، خاص طور پر والد۔ وہ ایک ممتاز آپٹومیٹرسٹ تھے۔ انہوں نے بنیادی طور پر شام واپس جانے کا فیصلہ کیا کیونکہ وہ چاہتے تھے کہ ان کے بچے مشرق وسطیٰ کی ثقافت کا تجربہ کریں۔"

میں نے کہا، "تو اس کے خاندان میں کوئی مسئلہ نہیں تھا، اور وہ دہشت گرد نہیں تھے؟"

"جو، کھیلنا بند کرو۔" میرے والد نے کہا۔

"ٹھیک ہے۔ تو اس کا مطلب ان کے لیے کیا ہے؟"

"میں نے انگلینڈ میں سفیر سے بات کی، اور برطانوی حکومت آپ کو اور انہیں انگلینڈ میں رہنے کی اجازت دینے کے لیے تیار ہے اور وہ ان کے قوانین کے مطابق برطانوی شہری بننے کی درخواست دے سکتے ہیں۔"

"یہ بہترین خبر ہے،" ڈاکٹر جے نے کہا۔ "تم کیا سوچتے ہو، جو؟"

"مجھے لگتا ہے یہ اچھی خبر ہے۔ ہم انگلینڈ میں رہ سکتے ہیں۔"

سفیر نے مداخلت کی۔ "رک جاؤ، ابھی اور بھی کچھ ہے۔"

"اوہ" یہی تھا جو میں کہہ سکا۔

"چونکہ یہ واضح ہے کہ اس کے والدین ماڈل شہری تھے اور شام کی حکومت یا معروف دہشت گردوں سے ان کا کوئی تعلق نہیں تھا، امریکی حکومت انہیں ویزا دینے کے لیے تیار ہے تاکہ وہ امریکہ میں شہریت کے لیے درخواست دے سکیں۔"

میں اپنی کرسی سے اٹھ کھڑا ہوا اور اپنے والد کو گلے لگا لیا۔ پھر، میں نے ڈاکٹر جے اور سفیر کو بھی گلے لگا لیا۔ سفیر کی طرف مڑ کر میں نے کہا، "شکریہ۔ یہ ہمارے لیے سب کچھ ہے۔ تم نے واقعی ہماری مدد کی۔"

"ہاں، لیکن تمہیں یہ جاننا چاہیے کہ میں نے یہ بھی اپنے لیے کیا ہے۔ دیکھو، میں ایک اردنی عورت سے شادی کر چکا ہوں، اور جب یہاں میرا وقت ختم ہو گا، تو میں چاہوں گا کہ اسے امریکہ لے آؤں۔ وہ ابھی شہری نہیں ہے۔ اس کے پاس یونان کی دوہری شہریت ہے، لیکن ہم امریکہ جانا چاہتے ہیں۔ میں دوبارہ اسٹیٹ ڈیپارٹمنٹ میں کام کر سکتا ہوں۔ تمہاری شادی اور مستقبل کے لیے نیک تمنائیں۔ جب تم تیار ہو، تو ضروری کاغذی کارروائی کے لیے میرے دفتر آ سکتے ہو۔"

ہم نے ہاتھ ملایا، اور وہ چلا گیا۔

"میں نے والد اور ڈاکٹر جے کی طرف دیکھا۔ تمہیں کیا لگتا ہے کہ ہمیں اسے کب بتانا چاہیے؟ یہ خوشی کی خبر ہے۔ میں ابھی تیار ہوں۔"

ڈاکٹر جے اور ولد ایک دوسرے کی طرف دیکھنے لگے۔ "اگر تمہیں برا نہ لگے تو، میں چاہتا ہوں کہ ہم یہ خبر شادی میں اعلان کریں۔ اس سے تالیاں بجیں گی،" میرے والد نے کہا۔

"ہاں، لیکن اس کا مطلب یہ ہے کہ اسے پانچ دن انتظار کرنا ہو گا،" میں نے کہا۔

"ڈاکٹر جے نے کہا، "نہیں، اسے انتظار نہیں کرنا پڑے گا۔ اگر ہم یہ تینوں کے درمیان رکھیں، تو وہ یہ نہیں جانے گی کہ کچھ چھوٹ رہا ہے اور پھر بھی خبر کا انتظار کرے گی۔ مجھے شادی میں اعلان

کرنے کا خیال پسند ہے۔ صرف ایک مسئلہ ہے جس پر فکر کی ضرورت ہے کہ وہ ٹوٹ نہ جائے، اگر ایسا ہو تو، کہو کہ ہاں، بتا دو۔"

"مجھے یہ خیال اچھا لگتا ہے،" میں نے کہا۔ "کتنی تسلی ہے۔"

باب 17: شادی

علینہ

صبح کی نماز کے بعد، علینہ جذبات سے لبریز ہو گئی اور اس نے ایک خاص دعا کی۔

"اے اللہ، آج میری شادی کا دن ہے، اور میں شکر گزار ہوں کہ میں جو سے شادی کر رہی ہوں، جو یقیناً ایک شاندار شوہر ثابت ہو گا۔ اس نے مجھ سے وعدہ کیا ہے کہ میں اسلام کے ساتھ اپنے تعلقات قائم رکھوں گی۔ میں یہودیت کے بارے میں بھی مزید سیکھوں گی تاکہ وہ اپنے تہواروں کا جشن منا سکے۔ تم نے یہ سب ممکن بنایا، اور میں تمہاری شکر گزار ہوں۔ لیکن اب مجھے دوبارہ تم سے مدد مانگنی ہے۔ رابرٹ، جو کے والد، ابھی تک یہ نہیں جان سکے ہیں کہ کیا میرے بھائی اور میں جو کے ساتھ امریکہ جا سکتے ہیں یا نہیں۔ اے اللہ، کیا تم چاہتے ہو کہ ہم اپنی باقی زندگی زاتری میں گزاریں؟ میں بہت چاہتی ہوں کہ میں جو کے ساتھ امریکہ میں رہوں۔ کیا تم براہ کرم مداخلت کر سکتے ہو اور یہ ممکن بنا سکتے ہو؟ جو کو میڈیکل اسکول مکمل کرنے کے لیے گھر جانا ہے، اور میں نہیں چاہتی کہ شادی کے فوراً بعد میں یہاں اکیلی رہ جاؤں۔ ہمارے پاس صرف ایک مہینہ بچا ہے جب تک کہ وہ گھر نہ جائے۔ میں امید کرتی ہوں کہ یہ تمہاری مرضی ہو کہ ہم دونوں ساتھ جا سکیں۔"

باقی صبح اور دوپہر، لیہہ اور میکا نے علینہ کی مدد کی تاکہ وہ خوبصورت نظر آئے۔ انہوں نے خاص طور پر اس کی آئلینر پر کام کیا، اور اسے آنکھ کے بیرونی کونے سے آگے بڑھا کر لمبے اثر کے لیے بنایا۔ پھر، انہوں نے اس کی شادی کا لباس پہننے میں مدد کی اور اسے سیٹ کیا۔

جب وہ مکمل ہو گئی، تو وہ آئینے کے سامنے کھڑی ہوئی اور لیہہ اور میکا نے اس کی تعریف کی۔

"تم بالکل خوبصورت لگ رہی ہو،" لیہہ نے کہا۔

"شکریہ، کیا تمہیں لگتا ہے کہ جو کو یہ پسند آئے گا؟"

"وہ اسے پسند کرے گا،" میکا نے کہا۔ "تم ناقابل مزاحمت لگو گی۔"

"شکریہ، میری تیاری میں مدد کرنے اور یہ خوبصورت شادی کالباس خریدنے کے لیے۔ مجھے خوشی ہے کہ میں تمہیں یہ سمجھا سکی کہ میں جو سے کتنی محبت کرتی ہوں۔ میں ہر ممکن کوشش کروں گی کہ ہماری خوشی جاری رہے، چاہے میں کبھی امریکہ نہ جاسکوں۔"

لیہ اور میکا نے اس کے چہرے پر خوشی دیکھی، لیکن ساتھ ہی وہ اس کی پریشانی بھی محسوس کر رہے تھے، کیونکہ وہ نہیں جانتی تھی کہ آیا وہ زاتری چھوڑ سکتی ہے یا نہیں۔

"ہم دونوں اللہ سے دعا کریں گے کہ تم اپنے خوابوں کو حقیقت بنا سکو،" میکا نے کہا۔ "ایمان رکھو۔"

"انشاءاللہ۔"

پھر، انہوں نے جو کے آنے کا انتظار کیا۔

جو

میں نے دن اپنے والد اور ڈاکٹر جے کے ساتھ ہسپتال میں گزارا، اور میں بہت بے چین تھا، ایک ساتھ نروس اور پرجوش۔ دوپہر کے ابتدائی اوقات میں، میں نے شاور لیا اور وہ سوٹ پہنا جو میرے والدین نے گھر سے لایا تھا۔ میں نے اپنے والد کی طرف مڑ کر کہا، "کیا کوئی آخری نصیحت ہے قبل اس کے کہ میں شادی کے بندھن میں بندھوں؟"

پہلی بار میرے والد خاموشی سے کھڑے ہوئے جیسے انہیں پتہ ہی نہ ہو کہ کیا کہنا ہے۔ آخرکار، تھوڑی دیر کے بعد اور ایک آہ کے ساتھ، اس نے کہا، "خوش رہو اور اپنی زندگی کا لطف اٹھاؤ۔ علینہ خوبصورت ہے، اور تم خوش نصیب ہو کہ تم نے کسی ایسی عورت سے شادی کی ہے۔"

"شکریہ۔ میں تمہارے تمام کیے ہوئے کاموں کا شکر گزار ہوں۔ مجھے یقین ہے جب تم اپنا اعلان کرو گے، تو سارا مقام ہل کر رہ جائے گا۔ مجھے خوشی ہے کہ ہم نے یہ چند ہفتے ایک ساتھ گزارے اور دوبارہ جڑ گئے۔"

"شکریہ۔"

پھر میں نے اپنے والد اور ڈاکٹر جے کو گلے لگایا۔

"میں تم دونوں سے شادی میں ملوں گا۔"

پھر میں نے اپنے کمرے سے نکل کر اپنی محبت کو لینے اور شادی کے لیے روانہ ہونے کا فیصلہ کیا۔

***

میں نے اس کے دروازے پر دستک دی۔ "اندر آؤ" کی آواز میری سماعتوں میں پہنچی اور میرا دل خوشی سے دھڑکنے لگا۔ میں اندر داخل ہو گیا۔ یہ وہ لمحہ تھا جس کا میں انتظار کر رہا تھا۔ جیسے ہی میں نے اسے دیکھا، وہ اتنی خوبصورت لگ رہی تھی کہ میری نظریں اس سے ہٹ نہیں سکیں۔ اس کا روایتی شامی شادی کا لباس ایک خوبصورت اور نفیس نمونہ تھا۔ کپڑا اس کے جسم کو ڈھانپنے ہوئے تھا، چھوٹے سیکوئنز چمک رہے تھے۔ اس کے سر پر ایک نازک حجاب تھا جو اس کی خوبصورتی کو مزید بڑھا رہا تھا۔

جب اس کی آنکھیں میری آنکھوں سے ملیں، تو میں تقریباً منجمد ہو گیا، مگر پھر بھی ہنسی کے ساتھ مسکرا دیا۔ میرا نروس ہونا خوشی میں بدل گیا، اور جب اس نے بھی مسکرا کر جواب دیا، تو یہ ہمارا آغاز تھا، ہمارا ہمیشہ کا رشتہ تھا۔

میں اندر آیا، میرا دل تیز دھڑک رہا تھا، اور میں نے سرگوشی کی، "تم میری سانسیں چھین لیتی ہو۔ میں بہت خوش قسمت ہوں کہ میں نے ایسی شاندار عورت سے ملاقات کی۔ میں انتظار نہیں کر سکتا کہ ہم میاں بیوی بنیں۔" میری آواز میں جذبات تھے، اور میرے ہاتھ تھوڑے سے کانپ رہے تھے۔

"میں ہمارے سفر کو جاری رکھنے کے لیے تیار ہوں چاہے وہ ہمیں کہاں لے جائے۔ میں تم سے محبت کرتا ہوں۔"

"اور میں تم سے بہت محبت کرتی ہوں،" میری نظریں اس کی آنکھوں میں ڈوب گئیں۔ میں نے اپنی ماں کو ٹشو نکالتے اور اپنی آنکھیں صاف کرتے ہوئے دیکھا۔ میں نے اس کے پیچھے ہلکا سا ہاتھ پٹکا۔ "سب ٹھیک ہے، ماں۔"

اس نے ٹشو کو میرے طرف لہراتے ہوئے ایسا کہا جیسے کہہ رہی ہو، "میں جانتی ہوں۔"

پھر میں نے علینہ کی طرف مڑ کر کہا،

"میری محبت، کیا تم جانے کے لیے تیار ہو؟"

"ہاں، میری محبت۔ میں بہت پرجوش ہوں۔"

میں نے اپنی ماں کو گلے لگایا، جو اپنی جزوی سکونت کو دوبارہ حاصل کرنے کی کوشش کر رہی تھی اور کہا، "تم بہت خوبصورت لگ رہے ہو۔ میں تمہارے لیے بہت خوش ہوں۔"

"ایک ایسی سمجھدار ماں ہونے کا شکریہ۔ میں ہمیشہ تمہارا شکر گزار رہوں گا۔ تو، ماں، شکریہ۔ تمہارا شکریہ کہ تم نے مجھے محبت، قربانی، اور لچک کے بارے میں سکھایا۔ تمہارا شکریہ کہ تم میری پہلی استاد، پہلی دوست، اور ہمیشہ کے لیے ہیرو ہو۔" میں نے اپنی ماں کو مضبوطی سے گلے لگایا اور میکا کو بھی گلے لگایا۔

میں اپنی والدہ اور میکا کے ہمراہ علینہ کے ساتھ چل رہا تھا، وہ دونوں ہمارے پیچھے تھیں۔ ہم چاروں اسپتال کی کیفے ٹیریا کی طرف گئے، جسے ڈاکٹر جے نے فراخ دلی سے ہماری تقریب کے لیے مختص کر دیا تھا۔ اُن کی اہلیہ، میکا، نے جگہ کو اس انداز میں سجایا تھا کہ وہ شادی کی سنجیدہ تقریب کے وقار کو خوش آمدید کہہ سکے۔

جیسے ہی ہم اندر داخل ہوئے، محبت اور اپنائیت کی ایک لہر نے ہمارا استقبال کیا۔ وہاں اسماعیل، صلاح، میرے والدین، ڈاکٹر جے اور میکا کے ساتھ ساتھ کئی اور لوگ موجود تھے، جن کی بانہیں کھلی تھیں اور جن کے گلے ملنے کے انداز ہمارے رشتے کی خوشی اور ان کی بے لوث حمایت کی عکاسی کر رہے تھے۔

کمرہ خوشی اور اُمید سے بھرا ہوا تھا۔ علینہ کے مریض — خالد، علی، مسز احمد اور عابدہ — مسکراتے چہروں کے ساتھ کھڑے تھے، ان کی موجودگی اس بات کا ثبوت تھی کہ رشتے صرف اسپتال کی فائلوں اور وارڈز تک محدود نہیں رہتے۔ طبّی عملہ عزت اور خاموشی کے ساتھ کمرے کے پچھلے حصے میں کھڑا تھا۔

پر خلوص گلے ملنے کے بعد ہم نکاح نامے کے سامنے جا کھڑے ہوئے، جو دو اسٹینڈز پر رکھے گئے تھے۔ یہ نکاح نامے خاموشی سے ہمارے عہدِ وفاداری کا اعلان کر رہے تھے، اور ہر آنے والے کے لیے واضح پیغام تھے کہ آج دو دل، دو زندگیاں ایک ہو رہی ہیں۔ کمرے میں سنجیدگی اور لمحے کی اہمیت ہر ایک پر واضح تھی۔

کچھ لوگ کرسیوں پر بیٹھے تھے، جبکہ کچھ پس منظر میں خاموشی سے کھڑے تھے۔ صلاح اور اسماعیل جیسے قریبی اور اہم مہمان ہمارے قریب ایک طرف کھڑے تھے۔ علینہ سب کی طرف مڑی اور بولنے لگی۔ صلاح، اسماعیل کے ساتھ کھڑا تھا تاکہ جب علینہ بات نہ کرے تو وہ اسماعیل کو سمجھا سکے۔

سب سے پہلے علینہ نے عربی میں بات کی اور ساتھ ساتھ اسماعیل کے لیے اشاروں کی زبان میں بھی ترجمہ کیا۔ پھر اس نے وہی بات انگریزی میں دہرائی:

"سب کو خوش آمدید۔ آپ سب کا یہاں آنے کا بے حد شکریہ۔ جو اور میں، ساتھ ہی جو کے والدین، صلاح، اسماعیل، ڈاکٹر جے اور ان کی اہلیہ، ہم سب نے مل کر اس شادی کی منصوبہ بندی کے لیے بہت محنت کی۔ ہم چاہتے تھے کہ اس تقریب میں یہودی اور اسلامی دونوں رسموں کو شامل کریں۔ اگر آپ دونوں مذاہب کا مطالعہ کریں تو آپ کو پتا چلے گا کہ کچھ رسوم ایک جیسی ہیں۔ انہی میں سے ایک ہے شادی کا معاہدہ۔ سب سے پہلے ہم نکاح نامے پر دستخط کریں گے اور چاہتے ہیں کہ صلاح اور اسماعیل گواہوں کے طور پر دستخط کریں۔ صلاح اور اسماعیل، کیا آپ دونوں مہربانی فرما کر معاہدے پر دستخط کریں گے؟"

اگرچہ اس کی آواز پُراعتماد تھی، لیکن اس کی آنکھیں جذبات سے نمناک تھیں۔

جب علینہ نے یہ کہا تو میں نے دیکھا کہ صلاح کے سر نے پیچھے کی طرف جھٹکا کھایا، اور اس کی آنکھوں میں آنسو تیرنے لگے۔ وہ ایسا دکھائی دے رہا تھا جیسے ابھی رو دے گا۔ ہم نے اُسے حیران کرنے کا ارادہ کیا تھا، کیونکہ اس نے ہمارے لیے بہت کچھ کیا تھا۔ اگر وہ نہ ہوتا تو شاید ہم آج شادی

شدہ نہ ہوتے۔ دوسری طرف اسماعیل خوشی سے مسکرا رہا تھا۔ دونوں آگے بڑھے اور عربی میں معاہدے پر دستخط کیے۔

جب صلاح نے مڑ کر علینہ کی طرف دیکھا تو علینہ نے اُسے پیار بھری مسکراہٹ دی اور کہا:
"میں تم سے بہت محبت کرتی ہوں، صلاح۔ تم برسوں سے میرے لیے باپ کی طرح رہے ہو۔"

صلاح نے جذبات سے لبریز آواز میں جواب دیا:
"شکریہ۔ میں تم دونوں کے لیے بہت خوش ہوں۔ میری زبان سے الفاظ نہیں نکل پا رہے، معذرت۔"

پھر علینہ نے اپنے بھائی کو گلے لگایا اور اشاروں کی زبان میں کہا:
"شکریہ، میں تم سے محبت کرتی ہوں۔"

اسماعیل مسکرایا اور مجھے بھی گلے لگا لیا۔ میں نے سب کے سامنے کہا اور اشاروں میں بھی کہا:
"مجھے فخر ہے کہ اسماعیل میرا سالا ہے، اور مجھے یقین ہے کہ ہم ساتھ بہت اچھے لمحات گزاریں گے۔"

اسماعیل نے خوشی کے ساتھ سر جھکا کر سلام کیا، اس کی آنکھوں میں خوشی چمک رہی تھی۔ دونوں دوبارہ اپنی جگہ پر جا کھڑے ہوئے۔

میں نے گہرا سانس لیا اور آگے بڑھا۔ میں نے انگریزی میں بات کی اور علینہ نے ہر جملے کا عربی ترجمہ کیا۔
"یہودیت میں شادی کے معاہدے کو 'کتوبہ' کہا جاتا ہے۔"
میں نے دونوں نکاح ناموں کی طرف اشارہ کیا جو اسٹینڈ پر رکھے تھے۔

"جیسا کہ آپ سب دیکھ سکتے ہیں، دونوں معاہدے اپنی ساخت اور ڈیزائن میں ایک جیسی خوبصورتی رکھتے ہیں۔ میری خواہش ہے کہ ہمارے نکاح نامے پر میرے والدین دستخط کریں، تاکہ

وہ ہمارے دو گواہ ہوں۔ زندگی بھر وہ میرے لیے ایک مضبوط سہارا رہے ہیں،اور میں ان کے بغیر اپنی زندگی کا تصور بھی نہیں کر سکتا۔ابو،امی، کیا آپ مہربانی فرما کر ہمارے نکاح نامے پر دستخط کریں گے؟"

میری بات سن کر میرے والد کی آنکھیں حیرت سے پھیل گئیں،اور میری ماں کے ہونٹوں پر ایک ہلکی سی خاموش حیرانی چھا گئی۔

جب وہ دونوں 'کتوبہ' کی طرف بڑھے تو میرے والد نے کہا:

"میرے لیے یہ بڑے اعزاز کی بات ہے کہ میں جو اور علینہ کے نکاح نامے پر دستخط کروں۔ مبارک ہو۔"

پھر دونوں نے دستخط کیے،اُن کے ہاتھ پُراعتماد لیکن چہرے جذبات سے لبریز تھے۔ وہ ایک لمحے کے لیے رُک کر اس موقع کی اہمیت کو محسوس کرتے رہے۔

میں نے بات جاری رکھی:

"یہودی روایت کے مطابق دلہے کے خاندان کی جانب سے دلہن کو تحفے یا جہیز دیا جاتا ہے۔البتہ، مجھے یہ بالکل اندازہ نہیں کہ میرے والدین نے ہمارے لیے کیا طے کر رکھا ہے۔انہوں نے مجھے کچھ نہیں بتایا،اس لیے اب میں یہ موقع ان کے حوالے کرتا ہوں۔"

میری ماں بڑے وقار سے آگے بڑھیں،اپنے ہاتھ ہلائے اور ایک ہلکی سی جھکائی دی۔ پھر مجمع کی طرف متوجہ ہو کر کہا:

"میں آپ سب کی یہاں موجودگی پر دلی شکر گزار ہوں۔ گزشتہ چند ہفتے میرے لیے ایک شاندار تجربہ رہے، جن میں مجھے علینہ سے واقفیت کا موقع ملا اور زعتری کی سیر کا بھی۔ یہ واقعی ایک حیرت انگیز جگہ ہے۔آج میں اس خوبصورت دلہن کو ایک تحفہ پیش کرنا چاہتی ہوں۔ گھبرائیں نہیں، ہم زیورات کے ڈھیر لے کر نہیں آئے"!

سب لوگ ہنسنے لگے۔ میری ماں نے مسکراتے ہوئے کہا:

"شروع میں جب جونے مجھے علینہ کے بارے میں بتایا تو میں نے سوچا کہ شاید ان کا رشتہ زیادہ عرصہ نہ چلے، لیکن آج میں خوشی کے ساتھ تسلیم کرتی ہوں کہ میری سوچ سراسر غلط تھی۔ یہ رشتہ کسی معجزے سے کم نہیں۔ اب، کیا آپ دونوں میرے سامنے آسکتے ہیں؟"

ہم دونوں ہاتھوں میں ہاتھ ڈالے آگے بڑھے۔

"علینہ، جونے مجھے بتایا کہ اس نے تمہیں منگنی کی انگوٹھی نہیں دی۔ امریکہ میں یہ ایک بڑی غلط بات سمجھی جاتی ہے، تو میں نے اس کی یہ غلطی درست کرنے کا فیصلہ کیا۔"

سب لوگ ہنسے۔ پھر میری ماں نے اپنے پرس سے ایک جیولری باکس نکالا اور اسے کھول کر ایک خوبصورت، قدیمی ڈائمنڈ رنگ نکالی۔ انگوٹھی کے بیچ میں ہیرے کا خوبصورت نگینہ جڑا تھا، اور اس کے چاروں طرف دھات پر پھولوں کے ڈیزائن بنے ہوئے تھے۔ پھر انہوں نے وہ انگوٹھی میرے حوالے کی۔

"جو، براہ کرم یہ انگوٹھی اپنی ہمیشہ کی بیوی کو پہنا دو۔ یہ میری دادی کی شادی کی انگوٹھی ہے اور ہمارے خاندان میں سو سال سے زیادہ وقت سے ہے۔ اگر تم دونوں کو اعتراض نہ ہو تو میں چاہتا ہوں کہ علینہ اسے اور کئی سالوں تک اس کا لطف اٹھائے۔"

میں جذبات سے بھر گیا۔ میں نے وہ انگوٹھی کئی بار دیکھی تھی۔ میری ماں نے اس انگوٹھی کا ہمیشہ احترام کیا تھا جب وہ چھوٹی تھی۔ یہ تقریباً وہ واحد چیز تھی جو میری پڑدادی کے پاس امریکہ آنے کے وقت تھی۔ میں نے انگوٹھی کو باکس سے نکالا اور سب کے سامنے اٹھا کر دکھایا۔ لوگوں نے تالی بجائی اور کچھ نے کہا، "پہناؤ، پہناؤ۔"

میں علینہ کی طرف مڑا اور اس نے اپنی بائیں ہاتھ کی طرف انگوٹھی بڑھائی۔ آہستہ آہستہ میں نے انگوٹھی اس کی انگلی پر چڑھا دی۔ یہ بالکل فٹ ہو گئی۔ مجھے یقین ہے کہ میری ماں نے علینہ کا انگوٹھی کا سائز ناپا تھا اور اگر ضروری ہوتا تو اسے ایڈجسٹ کیا تھا۔ پھر میری بیوی نے اپنا ہاتھ اٹھایا تاکہ سب

انگوٹھی دیکھ سکیں۔ لوگوں نے کہا، "شاباش، اور مبارک ہو۔" پھر اس نے میری ماں کو گلے لگایا، اس کی آنکھوں میں آنسو تھے۔ "شکریہ، مسز گولڈ۔ یہ میرے لیے بہت اہم ہے۔"

میں نے اپنی ماں کو گلے لگایا اور اس کے گال پر بوسہ دیا۔ نرم آواز میں کہا، "شکریہ، ماں۔ یہ واقعی ہمارے دن کو خاص بنا دیا۔"

"یہ میری خوشی ہے۔" پھر وہ پیچھے ہٹ گئیں تاکہ میرے والد بول سکیں۔

میرے والد آگے بڑھے۔ مجھے پتہ تھا وہ کیا کہیں گے، لہذا میں علینہ پر نظر ڈال کر اس کے رد عمل کو دیکھنے لگا۔

"میرے پاس علینہ کے لیے ایک تحفہ ہے۔ یہ کوئی مادی چیز نہیں ہے جیسے وہ خوبصورت شادی کی انگوٹھی۔ میں نے ابھی تک کسی کو نہیں بتایا اور اس لمحے کا انتظار کر رہا تھا۔"

اس نے ایک کاغذ نکالا اور اس پر لکھا ہوا تقریر پڑھنا شروع کیا۔

"میں نے اپنے بیٹے کو اس کی ساری زندگی خوش رکھنے کے لیے بہت محنت کی ہے۔ یقیناً، میں کبھی کبھار سخت تھا اور جو کو ڈاکٹر بننے کی ترغیب دی، جیسے میں ہوں۔ تاہم، کوئی بھی والد اپنے بیٹے کی محبت میں اس کے لیے فیصلے نہیں کر سکتا۔ علینہ اور جو ایک دوسرے کے لیے بہترین ہیں، اور میں نہیں چاہوں گا کہ وہ کسی وجہ سے جدا ہوں۔ لہذا، جو کی مدد اور دیگر بہت سوں کی مدد سے، مجھے فخر ہے کہ میں نے علینہ اور اسماعیل کو امریکہ میں عارضی رہائشی حیثیت دلوا دی ہے، کم از کم پانچ سال کے لیے اور ممکنہ طور پر ہمیشہ کے لیے۔"

شروع میں علینہ صدمے میں کھڑی رہی اور بمشکل حرکت کی، جب کہ میں تالی بجار ہا تھا اور خوش ہو رہا تھا۔ پھر اس نے دونوں ہاتھ بلند کیے اور کہا، "ہاں، ہاں۔" "میں خود کو روک نہ سکا۔" میں نے علینہ کو گلے لگایا، اس کو نرمی سے بوسہ دیا، اور پھر گلے لگایا۔ میں نے علینہ کو اسماعیل سے اشاروں میں بات کرتے دیکھا اور دونوں نے ایک دوسرے کو مضبوطی سے گلے لگایا۔ پھر میں نے اپنے والد کو گلے لگایا اور کہا، "شکریہ، والد صاحب۔ یہ آپ کا بہترین تحفہ تھا جو آپ نے ہمیں دیا! آپ نے یہ کیسے کیا؟" میں نے ان کی طرف آنکھ ماری، اور وہ ہنسا۔

"ہم نے یہ مل کر کیا۔ بہترین ٹیم ورک۔"

میرے والد جواب دینے سے پہلے، علینہ نے ان کو گلے لگایا، اور اسماعیل نے بھی ایسا کیا۔ پھر سب نے تالی بجائی۔

علینہ نے آنکھوں میں آنسو لیے ہوئے کہا، "یہ واقعی میری زندگی کا سب سے خوشی کا دن ہے۔ میں اپنے خوابوں کی محبت سے شادی کر رہی ہوں اور امریکہ جا رہی ہوں۔ بہت شکریہ! میں تمہارا احسان کیسے چکا سکوں گی؟"

میرے والد نے کہا، "تمہیں مجھے کچھ نہیں چکانا، اور میں یہ چاہتا ہوں کہ تم یہ جانو کہ تمہاری عملاً کا سفر اور سفیر سے ملاقات نے واقعی فائدہ دیا ہے۔ تمہیں NYU میں نرسنگ اسکول جانا ہو گا، جہاں میں ایک ڈین ہوں۔ تم خزاں میں شروع کر سکتی ہو۔"

ہم دونوں نے اپنے والد کو دوبارہ گلے لگایا۔ "یہ کیسے ہوا؟" میں نے پوچھا۔

"یہ آسان تھا۔ جب تم وہاں پہنچ جاؤ گے، تو ہم ایک اور امریکی شادی کی منصوبہ بندی کریں گے کیونکہ تمہاری یہاں کی شادی شاید تسلیم نہ ہو۔ پھر ہم اس کی شہریت حاصل کرنے پر کام کریں گے۔"

"شکریہ، والد۔ آپ واقعی ہمارے لیے آئے۔ مازلوٹوف (خوش قسمتی)۔"

"شکریہ، بیٹے۔ میں تمہیں زندگی بھر کی خوشی کی خواہش کرتا ہوں، لیکن تمہیں میڈیکل اسکول ختم کرنا ہو گا، ورنہ میں تمہیں باہر نکال دوں گا اور علینہ کو رکھوں گا۔"

ہم دونوں ہنس پڑے۔ ڈاکٹر جے اور میکا آئے، گلے لگائے اور ہاتھ ملایا۔ پھر ڈاکٹر جے اور والد نے گلے لگایا۔ میرے والد نے کہا، "اس نے مجھے قائل کیا کہ علینہ تمہارے لیے بہترین ہے، جیسے ہی میں جہاز سے اترا۔ تمہیں اس کا بہت کچھ قرض ہے۔"

"ہاں، ہمیں ہے۔" اور میں نے ڈاکٹر جے اور ان کی بیوی کو گلے لگایا۔

چند مزید منٹوں کے بعد گلے لگانے اور سب کو بوسہ دینے کے بعد، میں نے اعلان کیا، "علینہ اور میں ایک اور کام کریں گے، جو کہ یہودی روایت ہے۔ میں ایک گلاس پکڑے ہوئے ہوں جو ایک رومال میں لپٹا ہوا ہے۔ ہم دونوں اس گلاس پر پاؤں رکھ کر اسے توڑیں گے۔ عام طور پر یہ صرف دلہن کرتی ہے، لیکن میں چاہتا ہوں کہ ہم دونوں کو یہ موقع ملے۔ شادیاں خوشی کے مواقع ہیں،

لیکن یہ زندگی میں ایک اہم تبدیلی کی علامت بھی ہیں۔ یہودی مذہب میں، گلاس توڑنا ہمیں یاد دلاتا ہے کہ زندگی کے سب سے خوشی کے لمحوں میں بھی ہمیں اپنے چیلنجز کا خیال رکھنا چاہیے۔"

میں نے گلاس نیچے رکھا، اور علینہ اور میں نے کہا، "ایک، دو، تین، "اور ہم دونوں نے گلاس پر پاؤں رکھا اور اسے توڑ دیا۔ سب نے تالی بجائی۔

"مازلوٹوف، "میری ماں نے کہا۔

"مبارک ہو، "صلاح اور اسماعیل نے کہا۔

"مبارک ہو، "ڈاکٹر جے اور میکا نے کہا۔

"شکریہ، اللہ، "علینہ نے کہا۔

پھر ہم ایک دوسرے کی طرف مڑے، ہماری آنکھوں میں محبت اور توقعات کی جھلک تھی۔ ہم نے ایک دوسرے کو گلے لگایا، اپنی محبت کی گرمی اور اپنے پیاروں کی حمایت محسوس کی، اور ایک نرم بوسہ شیئر کیا۔ جب ہم علیحدہ ہوئے، میں نے سب کی طرف مڑ کر کہا،

"شکریہ، سب کا آ کر ہمیں خوشی دینے کے لیے۔ شادی کی تقریب اب ختم ہو گئی ہے، لیکن جشن جاری ہے۔ آپ سب ہمارے منصوبہ بند جشن میں شامل ہو سکتے ہیں۔ بہت سارا رقص اور کھانا ہو گا، تو براہ کرم لطف اندوز ہوں۔"

علینہ اور میں، ہمارے ہاتھ ایک دوسرے میں جڑے ہوئے، جو ہماری یکجہتی کی علامت تھے، اپنے پیاروں کو استقبالیہ کی طرف لے کر جا رہے تھے۔ محمد نے ہمارا استقبال کیا، مجھے گلے لگایا اور ہاتھ ملایا۔ وہ ہیڈ کیٹرر تھا اور اس نے ہماری شادی کے لیے پورا بعام فراہم کیا تھا، ساتھ ہی اپنی مشہور چائے بھی۔ یہ ایک فراخ دلانہ اقدام تھا جو، بغیر شک، ایک قیمت کے ساتھ آیا تھا۔ تاہم، میرے والدین اس کی خدمات میں سرمایہ کاری کرنے کے لیے زیادہ خوش تھے تا کہ اس کی محنت اور لگن کا صلہ دیا جا سکے۔ اس کے گود لیے ہوئے بچے اچھا کھانا کھانے والے تھے۔

جب ہم جشن کے قریب پہنچے، میں نے دیکھا کہ یہ پورے جوش و جذبے کے ساتھ جاری تھا اور ہوا میں موسیقی کی لحن کا گہرا اثر تھا۔ میں ڈبکے کی دھڑکن سن رہا تھا اور رقص کے میدان کو دیکھ رہا تھا۔ ایک گروپ کے مردوں نے لائن بنا رکھی تھی، ان کے پاؤں ٹک رہے تھے اور ان کے جسم

تھرک رہے تھے۔ وہ مجھے شامل ہونے کے لیے اشارہ کر رہے تھے، اور میں ان کے ساتھ شامل ہو گیا۔ جلد ہی اور لوگ بھی رقص میں شامل ہو گئے۔

پھر، مردوں نے مجھے ایک مخصوص جگہ پر کھڑے ہونے کے لیے کہا۔ میں نے ایسا ہی کیا، اور ایک خوبصورت انداز میں، انہوں نے میرے سر کے اوپر دو چمکدار تلواریں بلند کیں۔ یہ ایک ایسا خاص لمحہ تھا کہ ان عظیم لوگوں نے مجھے اپنی محبت اور خوشی کا حصہ بنایا۔

میں ان گھنٹوں کے لیے شکر گزار تھا جو دبکے کو سیکھنے میں گزارے تھے؛ اب، میں حقیقت میں اس جشن کا حصہ بن سکتا تھا۔

صلاح نے میرے والد اور ڈاکٹر جے کو مدعو کیا کہ وہ بھی رقص میں شریک ہوں۔ میرے والد کے گال سرخ ہو گئے، وہ قدموں کی سمجھ میں نہیں آ رہے تھے۔ اسی دوران، ڈاکٹر جے نے اپنے عمر کو شکست دی اور اس توانائی کے ساتھ رقص میں کودپڑے جوان کے سالوں کے برعکس تھی۔ رقص پانچ منٹ سے زیادہ جاری رہا۔ پھر، جیسے ہی وقت آیا، علینہ اور دوسری خواتین اس دائرے میں شامل ہو گئیں۔ علینہ کا ہاتھ میرا ہاتھ پکڑتا ہے، اور ہم ایک ساتھ رقص کے دھارے میں شامل ہو گئے۔ ہنسی اور زمین پر پاؤں مارنے کی آواز نے فضا کو بھر دیا، پھر اچانک موسیقی رک گئی۔

سب نے تالی بجائی، اور سب اس بات کا انتظار کر رہے تھے کہ اگلا کیا آئے گا۔ میری ماں DJ کے قریب کھڑی تھی۔ مائیکروفون ہاتھ میں پکڑے ہوئے، میری ماں کی آواز ہوا میں گونج رہی تھی۔

"کیا شاندار رقص تھا، عزیز دوستو۔ اب وقت آ گیا ہے کہ جو، میرے شوہر، اور میں ہورا رقص شیئر کریں، جو ہمارے شادیوں میں ایک قیمتی روایت ہے۔ یہ دبکے سے جڑا ہوا ہے، اس لیے مجھے یقین ہے کہ سب فوراً اس میں شامل ہو جائیں گے۔ ہورا صرف ایک رقص نہیں ہے؛ یہ شادیوں میں یکجہتی، جشن اور کمیونٹی کی علامت ہے، اور آج یہ ہمارے مسلم دوستوں کے ساتھ یکجہتی کی علامت ہے۔ ہم آپ میں سے ہر ایک کو مدعو کرتے ہیں کہ ہمارے ساتھ شامل ہوں۔ براہ کرم غور سے دیکھیں جیسا کہ ہم دکھاتے ہیں۔"

دو بڑی مسکراہٹوں اور بے صبری کے ساتھ، میرے والدین اور میں رقص کرنے کے لیے آگے بڑھ گئے اور ہجوم کے بیچ میں جا کر ہورا کے قدم دکھانے لگے۔ ہمارے حرکتیں دیکھنے والوں کے

رہنمائی بن گئی۔ پھر ہم نے سب کو مدعو کیا کہ وہ ایک بڑا دائرہ بنائیں اور ہمارے ساتھ رقص کے قدم کی نقل کریں۔ یہ ایک منظر تھا کہ جب مسٹر خالد، علی، اور عابدہ بغیر کسی مشکل کے رقص میں شامل ہو گئے۔ یہ ایک شاندار احساس تھا! مجھے اپنے مریضوں سے محبت تھی۔

علینہ نے میرے والدہ کے ساتھ رقص کرنے کے لیے قدم بڑھایا۔ ان کے ہاتھ ایک دوسرے میں جڑے ہوئے تھے اور ان کے جسم چکر لگا رہے تھے۔ وہ ایک دوسرے کو مسکرا کر اور ہنستے ہوئے دیکھ رہے تھے جیسے وہ سالوں سے ایک دوسرے کو جانتے ہوں۔ یہ منظر میرے آنکھوں میں آنسو لے آیا۔

ایک منٹ بعد، انہوں نے پیچھے ہٹ کر میرے والد اور میں نے دائرے کے بیچ میں ایک رومال کے ساتھ رقص کیا۔ ہم نے کبھی ایسا نہیں کیا تھا۔ یہ بہت شاندار تھا۔

پھر، آٹھ مضبوط نوجوان مرد آگے آئے۔ انہوں نے علینہ اور مجھے دو کرسیاں پیش کیں اور ہمیں بیٹھنے کا اشارہ کیا۔ جب میں بیٹھا، میرا دل تیز دھڑکنے لگا۔ ایک مشترکہ کوشش کے ساتھ، انہوں نے ہمیں اپنے کندھوں پر اٹھالیا۔

ہجوم کے اوپر جھولتے ہوئے، ہم دونوں نے ایک رومال پکڑا، علینہ کی ہنسی میری ہنسی میں مل گئی۔ ایسا محسوس ہو رہا تھا جیسے ہم ایک کہانی کے کردار ہوں، وہ کہانی جو ہمارے معاشروں میں موجود تقسیمات کو نظر انداز کرتی ہو۔ ہم رقاص تھے، خواب دیکھنے والے تھے، اور محبت کے سفیر تھے۔ ایک منٹ بعد، ہمیں نیچے رکھا گیا اور ہم دائرے کے بیچ میں دوبارہ رقص کرنے لگے۔

ہو رانے کامیابی کے ساتھ اختتام پذیر کیا، اور سب نے تالی بجائی۔ مہمان رقص کے میدان میں کھڑے تھے، اگلے گانے کا انتظار کر رہے تھے۔ DJ نے تیز لائن ڈانسنگ کا گانا شروع کیا اور مائیکروفون میں کہا کہ سب شامل ہو جائیں۔

میری محبت، نرم اور پختہ قدموں والی، مرکز میں پہنچ گئی۔ اس کے قدم پیچیدہ نمونوں کو اسٹامپ کر رہے تھے، اس کا جسم لحن کے ساتھ جھوم رہا تھا۔ جہاں تک میرا تعلق ہے، میں تھوڑا لڑ کھڑا رہا تھا۔ میرے قدم اتنے صاف نہیں تھے جتنا کہ مجھے چاہئے تھا، لیکن میں اپنی ماں اور والد سے بہتر کر رہا تھا۔ میں زیادہ توانائی کے ساتھ حرکتوں کے ساتھ چل رہا تھا۔

پھر، ایک آہستہ، دل کو چھو جانے والی دھن شروع ہوئی۔ علینہ اور میں مرکز میں اکیلے رقص کرتے ہوئے ایک دوسرے کے ہاتھوں میں ہاتھ ڈال کر رقص کر رہے تھے۔ ہماری آنکھیں کھل اور بند ہو رہی تھیں جیسے ہم اس لمحے کو جذب کر رہے ہوں۔ ہم تھوڑی دیر کے لیے علیحدہ ہوئے—میں نے اپنی ماں سے رقص کرنے کے لیے کہا اور علینہ نے اپنے والد کو مدعو کیا۔ ایک یا دو منٹ بعد، ہم نے اپنے پارٹنر بدل لیے؛ علینہ نے صلاح اور اپنے بھائی کے ساتھ رقص کیا اور میں میکا کے ساتھ شامل ہوا۔ رقص کا میدان توانائی سے بھر اہوا تھا کیونکہ اور لوگ بھی شامل ہو گئے۔

میں نے اپنی نظر اپنے والدین پر ڈالی۔ وہ محمد کے ساتھ گہری بات چیت میں مصروف تھے، ان کے چہرے پر جوش تھا۔ میں نے چند لمحوں کے لیے ان کے ساتھ شامل ہوا۔

"ارے، محمد، السلام علیکم۔ سب کیسے ہیں؟"

"جو! تمہاری شادی کے دن کی مبارک ہو۔"

"شکریہ۔ تو، تم نے میرے والدین سے کتنی رقم کمائی؟ کیا تم نے انہیں صحیح سودا دیا؟" میرے والدین ہنس پڑے۔

محمد شرمندہ ہو گیا۔ میں نے کہا، "فکر نہ کرو۔ اس رقم کو ان بچوں پر خرچ کرنا جو تم نے گود لیے ہیں۔"

"شکریہ، جو۔" ہم نے ایک دوسرے کو گلے لگایا۔

میٹھے پکوانوں سے بھرا ہوا میٹھے کا میز ہم کو دعوت دے رہا تھا۔ بقلوا، کنفہ، اور معمول—سب لذیذ اور خوشبودار۔ میرے والدین، جو کھانے کے شوقین تھے، نے ایک نظر میں ان سب کو دیکھا اور وہ اپنے عنصر میں آ گئے۔ انہوں نے ہر کھانے کا نمونہ چکھا، اس کے ذائقوں کا لطف اٹھایا اور شاید یہ حساب لگایا کہ کتنے اضافی میل انہیں کیلوریز جلانے کے لیے دوڑنا پڑے گا۔

اور پھر، وہ خاص لمحہ جس کا ہم سب انتظار کر رہے تھے: شادی کا کیک—پانچ سطحوں کا ایک بلند شاہکار۔ صلاح، محمد، اور میری ماں نے اس کی تخلیق میں محنت کی تھی، ہر سطح میں اپنی محبت اور مہارت ڈالی تھی۔ ہم کیک کے قریب پہنچے، ہمارے ہاتھ آپس میں جڑے ہوئے تھے۔ میں ایک طرف اور علینہ دوسری طرف کھڑی تھی جب لوگ ہماری تصویریں لے رہے تھے۔ مجھے صرف

یہ آوازیں سنائی دے رہی تھیں " مسکراؤ، مسکراؤ، مسکراؤ۔" پھر میں نے چھری اٹھائی اور پہلی سطح کو کاٹ ڈالا، ہم دونوں ہنستے ہوئے جیسے بچے ہوں۔ میں نے علینہ کو ایک ٹکڑا کھلایا اور اس نے جواب میں مجھے ایک ٹکڑا دیا، ہماری نظریں پھر ایک دوسرے میں جڑ گئیں۔ پہلا نوالہ میٹھا تھا۔ پھر ہمیں اپنے چہروں سے چند ٹکڑے صاف کرنے کے لیے رومال کی ضرورت پڑی۔

ایک گھنٹے تک ہجوم میں گھومنے اور لوگوں سے مبارکبادیں قبول کرنے کے بعد، اب وقت آ چکا تھا کہ ہم رخصت ہوں۔

ہم نے اپنے والدین، صلاح اور اسماعیل، ڈاکٹر جے اور میکا کو بلایا کہ وہ ہمارے قریب آئیں۔ موسیقی رکی، اور ہم رقص کے میدان کے مرکز میں کھڑے ہو گئے۔ میں نے اپنی جیب سے کاغذ نکالا، تیار تھا کہ سب کو کچھ باتیں بتا سکوں۔

"آپ سب کا یہاں آنے کا شکریہ۔ علینہ اور میں آپ سب سے کچھ باتیں کرنا چاہتے ہیں، لیکن سب سے پہلے، اسماعیل، میرے نئے بہنوئی، کچھ کہنا چاہتے ہیں۔ وہ اشارے کی زبان استعمال کریں گے، اور علینہ ان کی آواز ہوں گی۔"

اسماعیل سب کے سامنے کھڑا ہوا اور اس نے اپنی بات شروع کی۔

"سلام علیکم، میں اسماعیل ہوں، علینہ کا چھوٹا بھائی۔ میں بہت خوش ہوں کہ میری بہن اور جو کا شادی ہو گئی۔ جو میرے بہترین دوستوں میں سے ایک ہیں۔ ہم ہر ہفتے کئی بار فٹ بال کھیلتے ہیں، اور وہ ایک پرانے امریکی آدمی کے لیے بہت اچھا کھیلتے ہیں۔" سب ہنس پڑے۔ میں نے مذاق میں اس کی طرف انگلی اٹھائی۔ "میں یہ بھی کہنا چاہتا ہوں کہ صلاح کا شکریہ جن کے ساتھ میں نے کئی سال گزارے ہیں۔ انہوں نے مجھے بہت ساری باتیں سکھائیں۔ صلاح اور جو نے میری نئی زبان سیکھی ہے اور میرے ساتھ اچھی طرح بات چیت کرتے ہیں۔"

میں نے دیکھا کہ صلاح نے آنکھوں کے کونوں میں سے کچھ آنسو پونچھے۔

اسماعیل نے بات جاری رکھی، "میں امید کرتا ہوں کہ نیو یارک جانے سے مجھے نئے دوست بنانے کا موقع ملے گا۔ اور میں جو کے والدین کا شکریہ ادا کرنا چاہتا ہوں کہ انہوں نے میرے ساتھ بہت اچھا سلوک کیا۔" سب نے تالی بجائی اور ہم نے اس کو گلے لگا لیا۔ میں نیو یارک میں ہمارے سفر کا

بے صبری سے انتظار کر رہا تھا۔ اسماعیل نے جگہ چھوڑ دی اور صلاح کے ساتھ کھڑا ہو گیا، جبکہ علینہ نے اپنی تقریر نکالی۔

اس نے سب کو ہاتھ ہلا کر سلام کیا اور پھر اپنی تقریر کو پڑھنے کے لیے اُٹھایا۔

"آپ سب کا شکریہ کہ آپ نے میرے خوبصورت شادی کے دن میں شرکت کی۔ میں یہاں کچھ خاص لوگوں کا ذکر کرنا چاہتی ہوں جو میرے لیے بہت اہم ہیں۔ جو، کیا تم یہ تھوڑی دیر کے لیے پکڑ سکتے ہو؟" اس نے اپنی تقریر مجھے دی، جسے میں نے اس کے لیے اٹھالیا۔ پھر اس نے اپنے بھائی کی طرف رخ کیا اور اشارے کی زبان استعمال کرتے ہوئے بات کی۔ "سب سے پہلے، میں اپنے بھائی اسماعیل کا شکریہ ادا کرنا چاہتی ہوں۔ میں تم سے بہت محبت کرتی ہوں۔ تم اور میں نے بہت کچھ ساتھ برداشت کیا ہے۔ پھر بھی، تمہاری سماعت کی کمی کے باوجود، تم نے بہت سے دوسرے لوگوں کو خوشی دی ہے۔ میں بہت خوش ہوں کہ جب ہم امریکہ جائیں گے، تو تم مزید تعلیم حاصل کر پاؤ گے۔" سب نے تالی بجائی۔

"اگلا، میں جو کے والدین، لیا اور رابرٹ کا شکریہ ادا کرنا چاہتی ہوں۔ پچھلے کچھ ہفتوں میں میں نے ان سے ملاقات کی ہے، اور وہ بہت ہی گرمجوش اور دینے والے خاندان ہیں۔ میں نے کبھی نہیں سوچا تھا کہ میں اتنی خوبصورت اور جذباتی انگوٹھی پہنوں گی۔" اس نے میری پردادی کی انگوٹھی سب کو دکھائی۔ پھر سے سب نے تالی بجائی۔ "میں نرسنگ اسکول میں شرکت کرنے کا اور نیویارک کے بارے میں مزید سیکھنے کا انتظار کر رہی ہوں، میری نئی ساس لیا سے۔"

لیا نے علینہ کو ایک بوسہ بھیجا اور کہا، "شکریہ، شکریہ۔"

"اگلا، میں صلاح کا شکریہ ادا کرنا چاہتی ہوں، جو کئی سالوں سے میرے لیے باپ کی طرح رہے ہیں۔ جب مجھے اس کی ضرورت تھی، اس نے میری حوصلہ افزائی کی۔ اس کے بغیر، میں آج یہاں نہ ہوتی۔ میں تمہیں بہترین خواہشات دیتی ہوں اور وعدہ کرتی ہوں کہ جلد تمہیں ملنے آؤں گی۔"

وہ صلاح کے پاس گئی اور دونوں نے ایک دوسرے کو گلے لگایا۔ میں نے صلاح کی آنکھوں میں کچھ آنسو دیکھے۔

"آخرکار، میں اپنے شوہر کا شکریہ ادا کرنا چاہتی ہوں، جس سے میں دل و جان سے محبت کرتی ہوں۔ وہ بہت خیال رکھنے والے اور محبت سے بھرے ہوئے ہیں۔" اس نے سیدھا میری طرف دیکھا۔ "تم شاندار ہو، اور تم نے زندگی کے بارے میں میرے نظریے کو کئی طریقوں سے بدلا ہے۔ مجھے نہیں معلوم کہ ہمارا سفر کہاں جائے گا، لیکن مجھے یقین ہے کہ ہم ہمیشہ ساتھ رہیں گے۔ میں تم سے محبت کرتی ہوں، جو۔"

میں اس کے پاس گیا، اسے گلے لگایا اور چوم لیا۔ "شکریہ، میری خوبصورت دلہن۔ تم میری ساری زندگی ہو۔"

اس نے مجھے سختی سے گلے لگایا اور پھر ایک طرف ہٹ کر مائیکروفون کا استعمال کرنے دیا۔ "امید ہے کہ آپ نے اس جشن کا اتنا ہی لطف اٹھایا ہوگا جتنا ہم نے۔ اس سے پہلے کہ ہم رخصت ہوں، میں چند باتیں شیئر کرنا چاہتا ہوں۔ تقریباً ایک سال پہلے، میں زائتاری آیا تھا تاکہ Doctors Without Borders میں انٹرنشپ شروع کر سکوں۔ میں سیکھنے اور اسپتال میں مدد کرنے کے لیے پرجوش تھا، لیکن میں نے سماجی زندگی سے کچھ زیادہ نہیں سوچا تھا۔ مجھے یہ نہیں پتا تھا کہ تقدیر نے میرے لیے کچھ غیر معمولی رکھا تھا۔

"آئیں علینہ عزیز سے ملاقات کریں—ایک نرس اور ایک مضبوط اسلامی عقیدے والی عورت۔ میں—نیویارک کا یہودی آدمی—اسے کیسے پسند کر سکتا ہوں؟ لیکن علینہ میں سب سے دلکش مسکراہٹ ہے جو میں نے کبھی دیکھی ہے۔ اس کے پاس ایک بہت اچھا حس مزاح بھی ہے۔ مجھے اب بھی یاد ہے جب ہم نے آٹے کی لڑائی کی تھی۔"

میں رک گیا اور صلاح کی طرف دیکھا، جس نے ایک لمحے کے لیے اپنی آنکھوں پر ہاتھ رکھ لیا۔ میں ہنسا۔ علینہ نے جھک کر مسکرا کر کہا۔ کمرے میں ہنسی کا طوفان آ گیا۔

میری آواز لرز رہی تھی جب میں نے بات جاری رکھی۔ علینہ کا ہاتھ میری کمر کے گرد تھا، خاموشی سے میری حمایت کر رہی تھی۔ "علینہ اور میں ایک مہینے میں نیویارک واپس جا رہے ہیں۔ لیکن فکر نہ کریں—ہم زائتاری کو اکثر دوبارہ دیکھنے کا ارادہ رکھتے ہیں۔ صلاح، ہمارے عزیز دوست، نے

یہاں ہمارے وقت کو بے حد بہتر بنایا ہے۔ اور حالانکہ میں چاہتا ہوں کہ میں آپ سب کو نیو یارک لے جا سکوں، حقیقت کچھ اور کہتی ہے۔"

دل سے مسکراتے ہوئے، میں نے اختتام کیا، "تو، جب تک ہم دوبارہ نہ ملیں، اس تجربے کو ہمارے ساتھ بانٹنے کا شکریہ۔ خدا حافظ، زاتاری۔"

جب ہم ہاتھوں میں ہاتھ ڈال کر چل رہے تھے، ایک مرد اور عورت گانے کے لیے سامنے آئے اور "مبروک" (مبارک ہو) گانا شروع کیا۔ یہ گانا زیادہ تر عربی میں گایا گیا تھا، لیکن کچھ حصے انگریزی میں بھی تھے۔ گانا مکمل ہونے میں کئی منٹ لگے۔

جب موسیقی بج رہی تھی، میں نے ہجوم کو دیکھا، جو مختلف پس منظر اور البسوں سے بھرا ہوا تھا۔ میں نے ایک گروپ کو دیکھا، جن کی محبت، سمجھ بوجھ اور اتحاد سرحدوں کو عبور کر چکا تھا۔

جب موسیقی ختم ہوئی، ہم سب نے سب کو ہاتھ ہلایا، ایک دوسرے کا ہاتھ تھاما اور میرے کمرے کی طرف چلنا شروع کر دیا۔ جب ہم وہاں پہنچے، میں نے دروازہ کھولا، علینہ کو اٹھایا، کمرے میں لے جایا اور دروازہ بند کر دیا۔

جب میں وہاں کھڑا تھا، مجھے سمجھ نہیں آ رہا تھا کہ کیا کروں۔ میں بس اسے خواب کی طرح گھومتے ہوئے دیکھ رہا تھا۔ میں نے ایک پورے ایک سال تک علینہ کے ساتھ محبت کرنے کی خواہش کی تھی، اور اب ہم شادی شدہ تھے اور ایسا کر سکتے تھے۔ ہم نے "I love you" کا تبادلہ کیا۔

"أحبك" میں نے عربی میں کہا۔ "אני אוהבת אותך" علینہ نے عبرانی میں جواب دیا۔ ہمارے لب ایک دوسرے سے پرجوش انداز میں ملے؛ ہمارے جسم ہم آہنگی سے حرکت کر رہے تھے، خواہش کی ایک خوبصورت رقاصی۔ ہم نے ایک ایسا رشتہ قائم کیا جو الفاظ کی حدوں کو پار کر گیا۔

جب ہم ایک دوسرے کی بانہوں میں سمائے، میں نے اسے نرمی سے ڈھانپ لیا۔ اس کا سر میرے سینے پر آرام سے جا کر رکھا، اور میں نے اسے بوسہ دیا، تسلی اور یقین کا پیغام دیتے ہوئے۔ یہ ایک انتہائی ذاتی عمل تھا جس کی میں امید کرتا ہوں کہ ایک لاکھ بار اور ہو گا۔

جب ہم تھکے، میں نے سرگوشی کی، "شب بخیر، میری محبت،" اور اس نے سرگوشی کی، "شب بخیر تمہیں بھی، میری محبت۔ میٹھے خواب۔" چند مزید بوسوں کے بعد، ہم دونوں گہری نیند میں ڈوب گئے، اس کا سرابھی بھی میرے سینے پر تھا۔

اختتامیہ

اگلے دن، میری ماں اور والد نیو یارک واپس لوٹ گئے۔ علینہ اور میں نے اپنے والدین کو زور سے گلے لگایا۔

میری ماں رونے لگیں۔ انہوں نے کہا، "یہ وہ سب سے خوبصورت شادی تھی جس میں نے کبھی شرکت کی۔ میں آپ دونوں کو نیو یارک میں دیکھنے کا انتظار کر رہی ہوں اور جہاں تک ہو سکے، مدد کرنے کو تیار ہوں۔ جب آپ پہنچیں گے، میں آپ کے رہائشی کمرے تیار کر لوں گی، آپ کے لیے ذاتی اشاروں کی زبان کے اسباق کا بندوبست کروں گی 'اور اس کے لیے مختلف تعلیمی مواقع تلاش کروں گی۔ آپ ہمارے ساتھ جتنا چاہیں رہ سکتے ہیں۔"

میں دیکھ سکتا تھا کہ یہ تجربہ ان کی زندگیوں کے لیے ہمیشہ کو بدل چکا تھا، جیسے یہ میری زندگی کو بدل چکا تھا۔ میں ہنسا۔ "شکریہ، ماں، لیکن جب میں اپنی تربیت مکمل کر لوں گا اور بورڈز پاس کر لوں گا، تو امید ہے کہ ہم کہیں اپنا گھر تلاش کر سکیں گے۔ میں تم سے بہت محبت کرتا ہوں، لیکن——"

علینہ اور مجھے ہسپتال میں اپنے کام کو مکمل کرنا تھا اس سے پہلے کہ ہم روانہ ہوں، لیکن ہم نے جتنا ہو سکے صلاح کے ساتھ وقت گزارا۔ صلاح زائری کے لوگوں میں ایک دانا بزرگ کی طرح تھا۔ میں اسے نیو یارک میں ملے کسی بھی شخص سے زیادہ پسند کرتا تھا۔ میں چاہتا تھا کہ اسے اپنے ساتھ لے آؤں، لیکن میں یقین نہیں کر پا رہا تھا کہ وہ ہمارے ساتھ آنا چاہے گا یا نہیں۔

روانہ ہونے سے پہلے، علینہ اور صلاح نے طویل دیر تک آبدیدہ ہو کر ایک دوسرے کو گلے لگایا۔ جب میں صلاح سے جدا ہوا، میں نے کہا، "فی الحال خدا حافظ، میرے دوست۔ تم نے مجھے بہت کچھ سکھایا ہے؛ مجھے یقین ہے کہ ہم دوبارہ ملیں گے۔"

ہم نے آخری الوداع ڈاکٹر جے سے کہا، جنہیں ہمیں ایئرپورٹ تک لے جانا تھا۔ انہوں نے ہماری بیگز اور چیک ان میں مدد کی۔ سیکیورٹی سے گزرنے سے پہلے، اسماعیل اور علینہ نے انہیں گلے لگایا۔ ڈاکٹر جے نے کہا، "تمہارا یہاں ہمیشہ خیر مقدم کیا جائے گا۔ مجھے تمہاری کمی محسوس ہو رہی ہے۔"

علینہ نے کہا، "ہر چیز کا شکریہ،" اور دوبارہ انہیں گلے لگا لیا۔

"شکریہ، ڈاکٹر جے،" میں نے کہا، "تم انسانوں میں ایک خدا کی طرح ہو، تمہارے انسانیت کے لیے کام سے۔ تم جیسے لوگوں کی وجہ سے میں ڈاکٹر بننا چاہتا ہوں، اور امید ہے کہ جلد تم سے ملاقات ہو گی۔"

ڈاکٹر جے نے اپنے چہرے پر مسکراہٹ لانے کی کوشش کی۔ "شکریہ، تم دونوں۔ تم دونوں نے دنیا کو بہتر بنایا ہے، اور مجھے تمہاری بہت یاد آئے گی۔ اب جاؤ اور روانہ ہو جاؤ، ورنہ میں رونا شروع کر دوں گا۔"

ہمارے نیو یارک جانے والے دس گھنٹے کے پرواز کے دوران، علینہ، جو درمیان والی سیٹ پر بیٹھی ہوئی تھی، میرے کندھے پر سر رکھ کر سکون سے سو رہی تھی، جبکہ اسماعیل کھڑکی والی سیٹ پر سو رہا تھا۔ میں نے اس سال میں جو کچھ بھی ہوا اس پر غور کیا۔ میری کبھی تنگ نظری کا حامل دنیاوی نظریہ وسیع ہو چکا تھا، اور زاتاری کے لوگ میری دل میں نقش ہو گئے تھے، جو ایک نہ مٹنے والے نشان کے طور پر رہ گئے تھے۔

ہم نے روانہ ہونے سے پہلے علینہ اور میں نے ایک عہد کیا تھا—ایک غیر بولا ہوا وعدہ—کہ ہم دنیا بھر میں پناہ گزینوں کے حقوق کے لیے آواز اٹھائیں گے۔ زاتاری ایک جگہ سے زیادہ تھا؛ یہ انسان کی طاقت اور امید کا ایک ثبوت تھا۔ ہم نے یہ عہد کیا تھا کہ ہم ان کے وکیل بنیں گے، ان کی آوازوں کو بلند کریں گے اور حکومتوں سے مطالبہ کریں گے کہ وہ ان کی انسانیت کو تسلیم کریں۔ جب ہمارا طیارہ نیو یارک کی طرف بلند ہو رہا تھا، مجھے معلوم تھا کہ یہ سفر ابھی شروع ہوا تھا۔

مصنف کا تعارف

میں ماؤنٹ ورنن، نیویارک میں پیدا ہوا اور اب فلوریڈا کے ونٹر پارک میں ریٹائرڈ زندگی گزار رہا ہوں۔ میں ایک بہرا یہودی ہوں؛ میری سماعت 13 سال کی عمر میں ختم ہوگئی تھی۔ میں شادی شدہ ہوں، میرا ایک بیٹا اور چار بلیاں ہیں۔ اگرچہ آپ کو اس کتاب میں کچھ عربی یا عبرانی الفاظ ملیں گے، میں ان زبانوں میں روانی نہیں رکھتا۔ میں کئی سالوں تک امریکی اشاروں کی زبان (American Sign Language) کا کالج پروفیسر رہا ہوں۔

اس کتاب کو لکھنے کی دلچسپی مجھے اپنے والد سے ملی۔ وہ اسرائیل میں ہائی اسکول، لبنان میں کالج گئے اور مصر میں امریکی فوج میں خدمات انجام دیں۔ انہوں نے کئی مصری دوست بنائے، جن سے میں سالوں پہلے ملا تھا، اور انہی ملاقاتوں نے میری دلچسپی کو جنم دیا۔